梅花煞

王松 著

作家出版社

图书在版编目（CIP）数据

梅花煞／王松著．-- 北京：作家出版社，2023.8
ISBN 978-7-5212-1763-6

Ⅰ．①梅… Ⅱ．①王… Ⅲ．①中篇小说 – 小说集 – 中国 – 当代 Ⅳ．①I247.5

中国版本图书馆CIP数据核字（2021）第271728号

梅花煞

作　　者：王　松
责任编辑：兴　安
封面作者肖像绘画：落　子
书名题字：溪　翁
装帧设计：王一竹
出版发行：作家出版社有限公司
社　　址：北京农展馆南里10号　　邮　编：100125
电话传真：86-10-65067186（发行中心及邮购部）
　　　　　86-10-65004079（总编室）
E-mail:zuojia@zuojia.net.cn
http://www.zuojiachubanshe.com
印　　刷：中煤（北京）印务有限公司
成品尺寸：152×230
字　　数：310千
印　　张：22.75
版　　次：2023年8月第1版
印　　次：2023年8月第1次印刷
ISBN 978-7-5212-1763-6
定　　价：59.00元

目
录

梅花煞

叶汶对我说，有句俗话，人老深，马老滑，兔子老了鹰难拿，其实这个深不是别的深，是指心计，心计深也不是别的意思，是说办事有分寸，懂得适可而止。他说着就意味深长地笑了，然后摇摇头，又接着说，年轻时不这样，总是脑子一热，一条道儿跑到黑，说白了就是一根筋，只要认准的事，说怎么着就得怎么着，用我七爷的话说，不管不顾。

　　他说，事情的起因，是那年春天，福佑剧场后身儿的一个废品收购站着了一把火。这福佑剧场后来改叫"红卫兵剧场"，再后来又叫"战斗剧场"，这次废品站着火之前，刚又改回来。当时叶汶刚中学毕业，运气挺好，已经没有去农村插队的任务。但工作不理想，分到一个废旧物资回收公司，说白了也就是"收破烂儿的"。这个着火的废品收购站，就是这家公司的一个下属单位。据说，这把火是突然烧起来的，火苗子蹿起一丈多高，把前面的福佑剧场都映红了。幸好抢救及时，才没酿成更大火灾。事情出在清理火场的时候。当时消防队的人为消除隐患，把库房里所有的破烂东西都搬出来。就在这时，无意中发现了一个瓦楞纸的箱子。这箱子方方正正，不像旧东西，在破烂儿堆里也就挺显眼。有人把这箱子打开，里面是一摞一摞的白纸，却又不像一般的白纸，上面有字。于是就把消防队长叫来。消防队长拿出几张纸看了看，见一张的上面写着"关于汉奸白燕尘在日伪时期表现的揭发材料"，再翻翻箱子里别的纸，应该也都是类似的内容。消防队长不知这白燕尘是什么人，但显然，这种材料上说的应该不是一般的事。想了想，叮嘱这箱子先别动，就把废品收购站的站长叫来。站长过来扒拉着箱子看了看，倒没当回事，废品站里经常会有些莫名其妙的东西，就大咧咧地说，大概是底下的人当废纸收来的。消防队长毕竟有经验，立刻提醒说，这可不是一般的废纸，更不能流出去。站长一听，这才意识到事情有点儿大，于是赶紧给公司打了电话。

叶汶这时在办公室当文书。公司领导接到电话，让他去看看怎么回事。其实这种事以往也有过，底下的废品站收了什么奇怪的东西，一时吃不准，就向公司汇报。公司的处理办法一般都是物归原主。只要认为是不宜当废品的东西，从哪儿收来的还退回哪儿就是了。但这回不一样，叶汶一听"白燕尘"这名字，好像有点儿耳熟。接着就想起来，他爷爷懂曲艺，不光喜好，年轻时还是鼓曲票友，据他爷爷说，当年虽然算不上名票，在京城也小有名号，经常去子弟八角鼓的票房走局；叶汶好像听他爷爷说过，当初有一个叫白燕尘的人，最早在北京的票房一块儿玩儿票，"拆唱八角鼓"唱得最好，后来下海了，在珠市口的街南唱梅花调。但他爷爷从没说过，这白燕尘还是个汉奸。叶汶去废品收购站的路上想，就不知电话里说的这个"汉奸白燕尘"，跟他爷爷说的唱梅花调的白燕尘是不是一个人。

来到废品站，消防队的人已经撤了。废品站的站长姓吴。吴站长是个瘦子，长着一张黄脸，一见叶汶来了就赶紧说，没想到收破烂儿收了这么一箱东西，你快弄走吧，省得搁我这儿招惹是非。叶汶从箱子里拿出这几张"关于汉奸白燕尘在日伪时期表现的揭发材料"看了看，发现上面说的都是一些老艺人过去的事。再看，还有几个名字，也都是他爷爷曾提过的，心里就明白了，这个"汉奸白燕尘"，应该就是那个唱梅花调的白燕尘。

叶汶留了个心眼儿，回来的路上，先把揭发白燕尘的这份材料拿出来，揣在身上。回到公司，只把这个瓦楞纸箱子交给领导。下午，他找个没人的地方，把这份揭发材料又仔细看了一遍。这材料是一个叫郝连瑞的人写的。据材料上说，白燕尘的艺名叫"小白牙儿"，1936年来天津，当时是投奔他师父"老板儿牙"，后来一直在南市和谦德庄的几个茶馆儿园子唱梅花大鼓，最拿手的是"含灯大鼓"。1937年8月天津沦陷，那年冬天，一个下午，白燕尘突然拉着几个人去南市牌坊附近的一个地方。到了那儿才知道，日本的"红帽儿衙门"已经有人等着，要给艺人登记。这几个跟着去的人一看，心里都不太愿意。但已经被白燕尘拉去了，再看"红帽儿衙门"的人一个个儿都铁青着脸，样子挺凶，又不敢走。后来见白燕尘已经带头儿写了自己的名字，也就只好都把名字写上了。这个叫郝连瑞的人说，当时登记的人有十来个，好像有"老板儿牙""蔫黄瓜""二窝头""唐转轴儿"，还有谁就记不清了，他自己也跟着登了记。他当时不敢不登，他已看出来了，白燕尘跟"红帽儿衙门"的人不光熟，应该还不是一般的关系，而自己在园子的后台候场时，跟大伙儿聊天儿经常拿日本人"砸挂"，还说过日本人不少坏话，他担心白燕尘向"红帽儿衙门"的人告发自己。这以后果然发现，白燕尘不光跟

"红帽儿衙门"的人熟，也经常有来往。1938年秋天，日本人占领武汉。白燕尘表现就更活跃了，硬拉着大伙儿上街参加日本人的庆祝活动，在旭街一带，"白帽儿衙门"的人给维持秩序，白燕尘还带头儿为日本人宣传演出。

这份揭发材料不长，字也写得歪歪扭扭，可以看出，这个叫郝连瑞的人文化程度不高，应该是和白燕尘同一个时期的老艺人。叶汶曾听他爷爷说过，所以知道，这个郝连瑞在材料里说的"砸挂"，是曲艺艺人，主要是相声行里的一句行话，意思是开玩笑，随便抓哏拿别人找乐儿，当然是含着挖苦的意思。如果这样说，这个郝连瑞担心也就是有道理的。

从这份材料可以确定，这个白燕尘，确实是从北京过来的那个鼓曲艺人白燕尘，如果这样说，也就应该和叶汶的爷爷说的曾在北京票房一块儿唱"拆唱八角鼓"的那个白燕尘是同一个人。但问题是，这个白燕尘来天津之后，怎么又跟日本人的"红帽儿衙门"和"白帽儿衙门"扯上关系了呢？叶汶曾在一本书里看过，所谓"红帽儿衙门"，是日本侵华时期在天津的宪兵队，"白帽儿衙门"则是天津的日本警察署，这两个机构当时干尽坏事，天津人都恨之入骨。因为日本宪兵队的人穿黄军服，帽子上有一道红边儿，日本警察署的人穿蓝制服，帽子上有一道白边儿，天津人有个习惯，如果恨谁，就给谁起"外号儿"，于是暗地里就把日本宪兵队叫"红帽儿衙门"，把日本警察署叫"白帽儿衙门"。倘真如郝连瑞所说，这个叫白燕尘的艺人当年为"红帽儿衙门"和"白帽儿衙门"做事，那就应该是汉奸无疑了。

叶汶这个晚上回到家里，并没直接跟他爷爷说这事。

叶汶的这个爷爷不是亲爷爷，是他亲爷的七弟，论着叫七爷。后来叫来叫去成了官称，门口儿的街坊也就都叫七爷。叶汶的亲爷行大，年轻时就病死了，是这个七爷把他爸养大的，这些年也就一直当个亲爹养着。七爷这时已八十多岁，但耳不聋，眼不花，脑子也还清楚。只是话越来越少。过去偶尔高兴了，还说说当年在京城玩儿"拆唱八角鼓"的事。后来就不说了，只是玩玩儿鸟儿，也养养草虫儿。再后来鸟儿和草虫儿也玩儿不动了，就只剩了一个嗜好，家里有一台手摇的老式留声机，天津人叫"电转儿"，是个老货，还有一堆旧唱片，灌的也都是当年一些老艺人的鼓曲唱段。前几年怕被人发现，不敢使劲听。这二年外面的风声过去了，才又搬出来。平时沏上一壶茉莉花茶，一边喝，一边就闭着眼有滋有味儿地听这些老唱片。叶汶这个晚上没说白天的事，也是有所考虑的。七爷现在已不爱提当年的事，他担心说得太愣，再一问，七爷反倒更不说了。但再想，这事总得弄明白，所以问还是得问，于是吃完了晚饭，就试探着跟七爷说，记得当初，您提过一个叫白燕尘的人，跟这人熟吗？

七爷正闭着眼，一边喝茶，听曹宝禄的《翠屏山》，这时睁眼看看他，问，哪个白燕尘？

叶汶说，就是唱梅花调的白燕尘。

七爷摇摇头，又把眼闭上了。

叶汶说，您好像说过，跟这人，认识。

七爷沉了一下，我说过吗？不记得了。

叶汶想说，您还说过，这人唱"拆唱八角鼓"最好，后来也唱梅花调。但话到嘴边，又咽了回去。叶汶从小就知道，七爷的规矩大，说的话，一句是一句，不能顶嘴。

但想了想，又小心地问，还有一个叫"老板儿牙"的，您知道吗？

七爷又把眼睁开了，看看他，你怎么想起问这个？

叶汶这才把白天的事说了。说完，又拿出那份揭发材料。七爷的眼神儿不行了，脸上的肉皮也松下来，花镜戴不住。他一手扶着镜腿儿，拿起这几张纸看了看，没说话就放下了。叶汶一直看着七爷。七爷又沉了一会儿，嘟囔着说，汉奸，他怎么成了汉奸？

叶汶盯着七爷，等他继续往下说。但七爷鼻孔里哼一声，不说了。

叶汶又试探着问，这上面提到的人，您都知道吗？

七爷摇摇头，把留声机盖上，起身回自己屋去了。

叶汶想，七爷说不记得白燕尘了，应该不是不记得。如果真不记得了，只有两种可能，一是上了年岁，忘了，还一种可能，就是当年跟这人有什么过节儿，不想再提。

但叶汶觉得，这两种可能又都不太可能。首先，七爷虽然上了年岁，平时也不太说话，但脑子还清楚，偶尔说起当年的事，连一些细节都能说出来。其次，如果因为不熟才忘了这人，就更不太可能。七爷当初确实提过这个白燕尘，否则叶汶也不会在看到这份揭发材料之前就已知道，这个白燕尘是唱梅花调的。此外还有一点，七爷曾说，当年在北京玩儿"拆唱八角鼓"的都是票友。票友跟下海的艺人还不是一回事。下海艺人做艺，为的是养家糊口，而在票房唱"拆唱八角鼓"的票友则只是玩儿，说白了也就是图个乐儿。当年的七爷和这个白燕尘都是京城小有名气的子弟八角鼓票友，也算名票，如果彼此不认识，甚至没见过，这有些说不过去。这时叶汶就想起来，七爷看了这份揭发材料还自言自语，他说，汉奸，他怎么成了汉奸？七爷的这句话虽然说得含糊，但可以理解成两个意思，一是说，这个白燕尘根本不是汉奸。也可以理解成，这样的人，怎么可能是汉奸？但不管是哪种意思，他这样说，也就说明并不是不记得这个白燕尘了。倘果真如此，也就只有一种可能，七爷是因为什么事，或者当年跟这个白燕尘之间确实有过什么过节儿，所以才不愿再提了。

叶汶从小就听七爷说当年的老事儿，七爷听留声机，也在旁边跟着听，对曲艺这行也就多少了解一些。这次白燕尘这事，倘搁别人，一说一问，也就过去了。但叶汶的心里却过不去。过不去还不光是因为从小受七爷影响，对曲艺感兴趣，也是七爷说起这个白燕尘时，这种让人摸不透的态度。叶汶在心里断定，七爷不是跟这个白燕尘不熟，应该很熟。这时叶汶突然想到，那个瓦楞纸的箱子里还装着满满一箱纸，里面说不定还有东西。

这一想，心又一下子悬起来。

以往也有这样的事，公司遇上不宜流到外面去的大宗旧文件或旧材料，就直接跟造纸厂联系，让那边来人拉走，直接化成纸浆。叶汶想，这个纸箱子中午就交给公司领导了，倘领导随手给造纸厂打个电话，这箱纸一拉走就再也追不回来了。

叶汶第二天早早来到单位，先找这个纸箱子。去领导的办公室，没有。出来又在公司里转了一圈，最后才在办公楼的楼梯底下发现了。看来领导已经决定，甭管送哪儿，想赶紧把这箱废纸处理掉。果然，叶汶一回办公室，领导的电话就跟过来，让他立刻和造纸厂联系，来人把这箱废纸拉走。叶汶连忙说，他上午出去办事，正好路过造纸厂，一会儿用自行车驮着，到造纸厂给他们扔下就行了。叶汶的心里已经盘算好，出公司不远有一家新华书店，他有个同学，叫陈辰，就在这个书店工作，一会儿出去，可以把这个纸箱子先存在那儿。

这个上午，叶汶驮着这个纸箱子出来，在路上找个僻静地方，又把箱子翻了翻。可以看出，这箱子里都是一些互相揭发的检举材料，说的事也五花八门，有当年的事，也有这些年生活作风的事，还有的是说某人在历次运动中的一些言论和表现。叶汶翻了一阵，又发现一份揭发材料，也是这个叫郝连瑞的人揭发白燕尘的。他在这份材料里说，白燕尘在日伪时期，还曾经跟一个叫宫崎银花的日本女人鬼混过，这女人很有来历，据说也是"红帽儿衙门"的人，白燕尘为了跟她鬼混方便，也为掩人耳目，还收她为徒弟，当时很多人都知道此事。

叶汶不敢耽搁太长时间，只粗略看了一下，先把这份材料收好，就驮着箱子来到书店。

叶汶跟这个陈辰是初中同学，已经几年没见。陈辰是个不爱多事的人，一听叶汶是这事，也没多问，就让他把这个纸箱子放到库房的角落里了。

这个上午，叶汶回到公司，先忙完手里的事，才把这份新找到的材料拿出来，又仔细看了一遍。这份材料比上一份写得更含糊，没细节，也没确切时间，看来这个叫郝连瑞的人对他这次揭发的事也不是很清楚，从头到尾都只是"听说"。他在材料里说，听说，白燕尘还曾认识一个叫宫崎银花的日本女人，认识没几天就搞到一块儿了。又说，这个宫崎银花是干什么的不清楚，只听说，好像是日本"红帽儿衙门"的人。那时白燕尘在南市的聚缘茶园演出，每晚出来，这个叫宫崎银花的女人就已雇好胶皮等在园子门口，很多人都看见过，白燕尘散场一出来，就上了这女人的胶皮一块儿走了。听说这女人住在宫岛街，白燕尘还经常在这女人的住处过夜。后来白燕尘为了带着这女人去哪儿方便，就干脆收她为徒。拜师那天，行里去了很多人，听说还去了不少"红帽儿衙门"的人，这事后来在业内也有很多议论。

叶汶知道，这份揭发材料里说的"胶皮"，是天津人的叫法儿，也就是过去的人力车，在北京叫"洋车"。说的"宫岛街"，是当年日本占领时期，日本人取的地名，也就是今天的鞍山道。这时叶汶想，如果这个郝连瑞揭发的这些事确实属实，倘这个白燕尘还活着，在几年前那个特殊时期麻烦就大了，判刑入狱都是轻的，说不定在"批斗"时就已经让人打死了。照这样看，这个郝连瑞如此不遗余力地往死里揭发白燕尘，就算没有杀父之仇、夺妻之恨，至少跟白燕尘也应该有什么解不开的宿怨。这时，叶汶对这个白燕尘已经不是好奇，而是越来越感兴趣。他想知道，这个人在当年究竟是怎么回事。可要想进一步了解白燕尘，就得先找到这个写揭发材料的郝连瑞。而要找郝连瑞，就得先搞清这个瓦楞纸箱子是从哪儿来的。

这个下午，叶汶借着出来办事，又来到福佑剧场后身儿的废品收购站。吴站长一见叶汶又来了，就知道还是为那个纸箱子的事。叶汶也就不拐弯儿，直接问，这纸箱子是从哪儿收来的。吴站长说，已经问过底下的人了，是福佑剧场送来的。又说，不过不是福佑剧场的人，是"天和艺术团"的人。叶汶越听越乱，问，这"天和艺术团"又是怎么回事？吴站长这才说，这天和艺术团其实就是个曲艺团，但不属于国营，只是一些当年的艺人自己组织的，算"小集体"。叶汶明白了，当时除了国营单位，还有"大集体"和"小集体"两种。这两种虽然都是集体经济，但"大集体"是受政府行业管理部门的领导，"小集体"则是自主经营，自负盈亏。吴站长说，这个天和艺术团平时办公就在福佑剧场，演出也在这儿。前一阵剧场修缮，艺术团的办公地点也要一块儿整修，就把一些没用的东西清理出来，该扔的扔，该卖的卖，最后归置了一三轮车，给废品收购站这边拉过来，其中就有这个纸箱子。

叶汶听了问，这么说，这个纸箱子是天和艺术团的？

吴站长点头说，对。

叶汶从废品站出来时想，如果这个纸箱子是天和艺术团的，事情就可以解释了。按吴站长说的，这个天和艺术团是一个曲艺团，而这个箱子里的材料，说的也都是曲艺行里的事，这就对上了。叶汶从废品站一出来，就径直又来到前面的福佑剧场。

剧场的后院有一溜儿平房，天和艺术团就在这儿办公。叶汶从公司出来时，特意带了一张空白介绍信。这是一个月前去汽车运输场，为公司联系拉运废旧物资的事时特意开出来的。当时没用上，没想到这会儿派上用场了。叶汶来到剧场的后院，见一个办公室的门开着，就走过来。屋里的一个中年人立刻站起来，问找谁。叶汶来时已经想好了，就说，想了解一点情况。说着就把事先填好的介绍信拿出来。中年人看了看，是废旧物资回收公司的，就笑笑说，我们这是曲艺团，不知跟你们废品公司有什么关系？叶汶知道他会这么问，就说，是这样，我们最近回收的东西里，有一箱旧材料，是你们这儿送去的，按规定，我们要先跟当事人确认一下内容，这些材料才能当废品处理。又问，您贵姓？

这中年人立刻说，我姓关，是天和艺术团的业务副团长。

关团长又想了想，点头说，想起来了，前一阵团里的库房清理杂物，是有一箱旧材料，当时扔又没法儿扔，流传出去也不好，想想你们也许有办法，就当废品给你们送去了。

又问，你要找谁？

叶汶说，有个叫郝连瑞的，在吗？

关团长说，郝先生早就病了，也上了年岁，一直在家，已经不出来了。

叶汶明白了。这一点，事先没想到。从这个郝连瑞在材料上说的事推算，他现在也应该八十多岁了。关团长又说，他一直住南市的荣吉大街，在瑞蚨里，那一片虽是老房子倒也不难找。想想又说，不过，他是河北昌黎人，是不是回老家了，就不太清楚了。

叶汶说，还有个叫"老板儿牙"的，应该也是位老先生，还在吗？

关团长一听就笑了，说，"老板儿牙"是我父亲，十几年前就不在了。

叶汶听了又看看这个关团长。其实从进来，说了几句话，他就已猜到，这个关团长应该不光是行政领导，也是曲艺行里的人。曲艺行里的人说话有个特点，甭管熟人还是生人，都客气，这客气还不是虚的，虚的客气虽然客气，但给人的感觉是拒人于千里之外。曲艺行里的人不是，客气里还透着知近，也就让人感觉挺热乎。这关团长既然是"老板儿牙"的儿子，用曲艺行的话说，也就应该是门里出身。果然，关团长说，他本来是唱梅花大鼓的，这两年管业务，联系演出的事多，才不太上台了。叶汶想起来，郝连瑞在揭发材料里曾说，"老板儿牙"是白燕尘的师父，当年白燕尘来天津，就是投奔"老板儿牙"来的。如果这样说，这个关团长应该也认识白燕尘，至少了解一些关于他的事。

于是问，有个白燕尘，您肯定知道吧？

关团长一听就笑了，说，从你刚才一说，要找郝先生，我就猜到是为白燕尘的事了。

关团长告诉叶汶，他不光知道白燕尘，当年还很熟。那时岁数小，晚上经常跟着他爸去茶馆儿园子，在后台玩儿时，总能见着白燕尘。白燕尘当时三十来岁，当然不太在意他这几岁的孩子。不过"老板儿牙"毕竟是他师父，师父的儿子，论着也是兄弟，就经常在门口给他买串糖墩儿，或买一把糖炒栗子。叶汶一见关团长把这事说破了，也就不再绕弯子，索性把在郝连瑞的揭发材料里看到的事都说出来。然后又问关团长，当年的这些事，他了解不了解。关团长没立刻回答，沉了沉才说，有些事，已经过去这些年了，现在也不太好说。

叶汶听了不太明白。在前几年的运动中，大家出于各种目的相互揭发，这样的事也常见。但后来落实政策，所有的人和事，最后都已有了确切的定论，应该不会再有悬而未决的问题。关团长明白叶汶的意思，摇头说，有定论，是针对活着的人，但有的已不在世，很多当年的事已经无法查证，就算有的相关当事人还活着，现在也都已上了年纪，再出于各种考虑，大家各说各的，落实起来也很麻烦，后来就成了无头案。关团长说着又笑笑，现在活人的事还忙不过来呢。话说回来，人都已经不在了，落实不落实也没太大意思，所以只要不是太重要的人和事，又不涉及现在还活着的人，一般也就都搁下了。

这时，叶汶突然问，您知道叶宝铃吗？

关团长想想说，听说过，好像是唱岔曲儿的，也是个老先生，今天要活着也得八十开外了。说着又笑笑，不过没下海，那时只是玩儿票，我要没记错，当年官称七先生。

关团长说完，又很快地瞟了叶汶一眼。

叶汶说的叶宝铃，也就是七爷。关团长说七爷时，话虽不多，但叶汶已经听出来，看来自己想的是对的，无论七爷当年是不是下海了，他至少跟曲艺行里的这些人是有来往的，倘这样说，他也就应该与白燕尘有过交往，而且很可能很熟。

叶汶这趟没白来。

这个关团长挺爱说话。当然还有一个原因，叶汶这时还不到二十岁，一个这样年纪的年轻人就对曲艺如此感兴趣，而且听得出来，对行里的事也多少知道一些，这在当时还不多见。况且，曲艺这一行本来就是江湖。七爷当初常说，曲艺行里有句话，"聪明不过帝王，伶俐莫过江湖"。可以看出，这个关团长虽然说话不动声色，但是个极精明的人，心里有数，也很有分寸，该说的说，不该说的不说。他跟叶汶聊了一会儿，应该也就明白了，这个年轻人不光是为那箱废纸来的。这箱废纸只是个由头，也许还有别的目的。

所以，不等叶汶再问，也就把能说的都说了出来。

据关团长说，白燕尘确实是1936年来天津的。他当年是有旗籍的满人，在北京的票房跟一帮八旗子弟唱"拆唱八角鼓"，还是个名票。后来下海了，也是为在这一行里有根有蔓儿，虽然早就会唱梅花调，有一回来天津南市的"三不管儿"演出，跟"老板儿牙"一见面，俩人都挺对眼，于是在行里找个人给说合说合，就拜了"老板儿牙"为师。"老板儿牙"给取个艺名，叫"小白牙儿"。白燕尘拜师以后还在北京。那时是在珠市口。当时珠市口的地盘很大，分街南和街北。街南也就是所谓的"天桥"一带。白燕尘下海以后，又拜了天津的"老板儿牙"，在珠市口的街南也就挺红。

但后来，出了一件事。

白燕尘毕竟是旗籍出身，虽然下海了，"撂地儿"还是有些拉不下脸，平时就只在园子里唱。有时实在排不上场口儿了，才

015

在街上跟别人一块儿"画锅"，行话叫"撂明地"。这时白燕尘已经在唱"叼灯大鼓"。但不是跟师父"老板儿牙"学的，早在北京的票房玩儿票时就已学会了。这"叼灯大鼓"也叫"含灯大鼓"，唱的也是梅花调。但唱的时候嘴里还叼着东西。这东西是一个小木头架子，最早的时候，这架子上吊着三盏带流苏的宫灯，表演时把灯点着了，木头架子叼在嘴里，用后槽牙咬住，所以嘴劲儿小的还唱不了，吐字又得清楚，唱词也就只能是"齐齿音"。后来因为太难唱，就把这三个宫灯去掉了，改在木头架子上点三根蜡烛。这一来也就好看了，唱的时候把蜡烛一点着，演员的脸上也照得通亮。白燕尘过去学这含灯大鼓，只是新鲜，觉着好玩儿，后来下海了，又在园子里表演，这一下也就成了绝活儿。当时这种含灯大鼓还很少，能唱的人也不多，白燕尘一下就红了。一天晚上，白燕尘刚从台上下来，有人往后台送来一座"银盾"。当时"捧角儿"，送"银盾"是常有的事。这种银盾比一个梳妆镜大点儿，中间是一个盾牌形状，有银的，也有"高碗儿锡"的，上面刻着赞美或祝贺之类的话，用个木头托儿架着。白燕尘一见有人送来这东西，吓了一跳，忙问后台管事的，这是谁送的？管事的先还不说，等旁边没人了，才告诉他，是一个女人送的。白燕尘问，哪儿的女人？管事的就拉他来到台口，朝下面坐在头一排的一个女人指了指。这女人看着也就二十多岁，像个有钱人家的太太，但着装打扮透着不俗。这时白燕尘已认出来，这女人这一阵子常来，每次来了都坐头一排。这以后，这女人又连着让人给送来几个"银盾"。白燕尘就沉不住气了。这时后台管事的才告诉他，这女人的底细已经打听清楚了，她叫兰雪篁，本来是燕京大学的学生，后来演"文明戏"，让一个军官看上了。这军官姓黄，是孙殿英手下的一个副官，头几年跟着孙殿英去马兰峪把慈禧的坟给挖了，趁乱也得了不少宝物，正是财大气粗的时候。但兰雪篁一个女学生，自然瞧不上这种扛枪扛炮的，一开始不愿意。可架不住这黄副官软硬兼施，又派手下人总去兰雪篁演文明戏的地方捣乱。后来兰雪篁实在没办法了，只好勉强嫁给了这个黄副官。但这黄副官人性太恶，平时经常欺压属下，底下的人已跟他积怨很深，娶了兰雪篁没两年，底下的一个小排长借着擦枪走火，就把他打死了。这以后，兰雪篁成了寡妇，倒也把这黄副官当初跟着孙殿英去挖慈禧的坟弄来的宝物都落在手里了。后台管事的说，您也是走了桃花儿运，这么有钱的寡妇，又年轻漂亮，不知多少男人惦记呢，现在她倒左一个银盾右一个银盾地送您，真要娶了她，您也就不用再吃这碗开口饭了。但白燕尘听了，心里却不这么想。白燕尘是旗籍子弟，当初也是吃过见过的，况且一听，这女人的死鬼丈夫当初是挖慈禧老佛爷的坟才得来的这些宝物，先就觉着恶心了。管事的已看出白燕尘的心思，赶紧提醒说，您不答应说不答应的，可千万别给我得罪人，咱这园子小，禁不起折腾，这女人每回来，身边跟的人看着也没一个省事儿的，别说我，您也惹不起。白燕尘这时已下海一年多，当然知道深浅，这类的事以往也曾听到过，也就明白，只要这女人一天不张嘴，自己就能脱身，可一旦把事儿挑明就不好办了，所以不能给她这机会。这么想了，一咬牙一跺脚，就来天津投奔师父"老板儿牙"了。

关团长说，这白燕尘来到天津，师父"老板儿牙"一看就堵心了。白燕尘来的第一天晚上，在南市的聚缘茶馆儿演头一场就是含灯大鼓。当时"老板儿牙"站在台口，沉着脸一直看着，等白燕尘下来，没说话就扭头走了。但白燕尘的这个含灯大鼓很受欢迎。当时天津也有含灯大鼓，可是跟白燕尘的不一样，所以观众看了都觉着新鲜。就这样又过了几天，"老板儿牙"实在忍不住了，一天晚上在后台，把白燕尘叫过来问，这含灯大鼓，是从哪儿学来的？又说，我没教过你。白燕尘说，在北京的票房跟他们玩儿时学的。

"老板儿牙"没再说话，哼了一声就走了。

其实"老板儿牙"说这话，已经明显带着气。但白燕尘这时心气儿正高，没听出来。后来又有一次，也是在园子的后台候场，"老板儿牙"借着跟别人聊天儿，终于把窝在心里的话说了出来，他说，吃开口饭凭的是真能耐，要唱就执工执令地好好唱，讲的是字正腔圆，有板有眼，嘴里还叼个灯，跟耍猴儿似的，这算哪一道？

白燕尘在旁边听了，这才知道是说自己。

关团长说到这儿，让一个电话打断了。电话是唐山一个剧场打来的，说有两个人已经过来了，估计马上就到，要商量请天和艺术团去那边演出的事。

叶汶一听，就告辞出来了。

叶汶终于知道了，七爷当年玩儿票时，都叫他七先生。那时没下海，也就没艺名，七先生只是个官称。叶汶本来还想问关团长，七先生跟白燕尘到底是怎么个关系，当年他俩究竟熟不熟。但已看出来，这关团长虽然爱说话，却不是个爱多事的人，他觉着能说的，甭等问就说，可不想说的，你问也是白问。不过关团长的话也已经说得够明白了，他又是当年"老板儿牙"的儿子，听他的意思，七爷当初在天津，跟行里的人确实有着千丝万缕的关系。

叶汶这个晚上回来，七爷精神挺好。七爷毕竟已是八十多岁的人，精神也是好一阵坏一阵，好的时候听着留声机，也能聊几句，也有时坐着就能睡着了。叶汶的父母都在塘沽的港口工作，一个在办公室，一个在工会，每周六才回来一次。叶汶还有一个哥哥，一个姐姐，也都在港口上班，平时家里就只有七爷和叶汶爷儿俩。这个晚上吃完了饭，叶汶来到七爷的屋里。七爷正喝茶。叶汶故意很愣地说了一句，白天看见"老板儿牙"的儿子了。

七爷喝了口茶，哦了一声说，这"老板儿牙"，好像叫关锡林。

叶汶一听有门儿，这回七爷没把话封死，就说，他儿子，现在是天和艺术团的副团长。

七爷听了，看一眼叶汶。

叶汶就把现在的天和艺术团是怎么回事，跟七爷说了。

然后又试探着问，听关团长说，当年，行里的人都叫您七先生？

七爷慢慢放下茶盏，你是去问白燕尘的事了？

叶汶说，是。

七爷说，这白燕尘当年挺精神，一嘴的小白牙，就为这，后来"老板儿牙"给取艺名，才叫他"小白牙儿"。想了想又说，他人也机灵，弦子弹得好，还会弹两下琵琶，是个云遮月的嗓子，单一个味儿。说着沉了一下，其实要论起来，他跟咱叶家，还算亲戚。

叶汶一见七爷的话匣子打开了，赶紧问，怎么个亲戚？

七爷告诉叶汶，白燕尘是满人，叶家当年也是满人。叶汶一听很意外，这些年了还是第一次知道，敢情自己是满人。七爷说，当年刚进民国时，满人受歧视，也没地位，很多满人子弟为了生计，就都给自己改成汉族，叶家也就跟着改了。七爷喝了口茶，又说，京城的满人多了，当然也不能是个满人就是亲戚，但跟白燕尘的关系是另一回事，当初一块玩时，曾论过这事，满人的白姓和叶姓，早年入关以前都是瓜尔佳氏。但白燕尘家的这个瓜尔佳氏比叶家厉害。当年他先祖入关以后，是在京西香山一带的"健锐营"。这"健锐营"也叫"飞虎健锐云梯营"，在八旗禁卫军里，是一支带有特种部队性质的队伍。所以说起来，这白燕尘也算名门之后。那时旗籍子弟整天闲着没事，凑在一块玩儿"全堂八角鼓"，也就是玩儿票，图个乐儿，但后来一进民国就不行了，当初有"钱粮月米"供着，家里不愁吃喝，大清国一倒，"铁杆儿庄稼"没了，再说玩儿票就说不起了。有的旗籍子弟在票房时就已唱成名票，一咬牙索性下了海，但也有面子窄的，脸皮儿薄，瘦死的骆驼不倒架，过去在票房玩儿票拆唱八角鼓，怎么唱都行，可真以做艺为生，指着这个吃饭，就拉不下脸了，宁愿去做小生意。这时，白燕尘和七爷虽然还算不上京城名票，也都已经小有名气。白燕尘就和几个过去一块玩的票友下海，去了天桥的园子。七爷也咬了几次牙，但最后还是没狠下这个心。于是跟朋友凑了几个钱，倒腾点儿古旧东西。这时旗籍的人家大都败了，靠跑当铺，卖着过日子。开当铺的也就看准这一点，专欺负旗人，多好的东西拿去也往死里压价。七爷和几个旗人子弟就做这个生意，去旗籍人家收东西，开价尽量合理，然后再转手卖给当铺。这样干了一年多，生意挺顺手，也赚了点儿钱，没事的时候几个朋友就又开始玩儿票。当时七爷最爱去的票房是苇坑胡同的"聚英楼"。一天晚上，七爷从聚英楼出来，一个年轻女人也跟出来。走了几步，在身后叫住七爷。七爷回头一看，认出来，刚才唱岔曲儿时就已注意到了，这女人一直坐在自己对面。但从穿着打扮儿能看出来，是个新派女人。来票房玩儿的一般都是旗籍票友，或因为好喜这个，让哪个票友带着来的。这女人是个生脸儿，又是新派，就很少见。这时，这女人走过来说，七爷唱的岔曲儿真有味儿，这么好的嗓子，还真不多见。七爷一见人家夸自己，也就赶紧说，只是好喜这个，跟朋友一块儿唱几句，也就图个乐儿，不能当真。这女人说，七爷客气了，您可是京城的名票啊。

七爷一听这才明白，这女人听自己唱，应该不是头一回了。

这女人又说，想请七爷去喝个茶。

以往这种事也有，哪个票友听高兴了，请七爷去喝个茶或吃个饭。可眼前这毕竟是个年轻女人，又初次见，不好叨扰人家。七爷就推辞说，自己还有事。这女人也不坚持，笑笑说，那就明儿晚上吧，还在这儿，听完您唱，赏脸吃个便饭。七爷见人家实心实意，不好再推，只好说，那就恭敬不如从命了，不过明晚确实有事，后天吧。

于是就这样，跟这女人定下来。

第三天晚上，七爷特意从聚英楼早出来一会儿，就和这女人一块儿去吃饭。这顿饭吃得挺愉快，聊得也挺投机。这女人叫兰雪篁，不仅懂曲艺，还懂文明戏，而且一说话就听出来，文化也挺高。再一聊才知道，还在燕京大学读过书。七爷这几年玩儿票，出入票房和一些场所，见的女人也不少。可像兰雪篁这种新派女人，还是第一次接触。这时再看这女人，不能说长得多漂亮，但眉目清秀，细鼻子细眼的，有些像话本小说里的绣像仕女。七爷的心里一高兴，跟这女人也就越聊话越多。二人喝着聊着，还真有点千杯少的感觉。

这以后，这女人又请七爷吃了几次饭，两人也就熟了。

七爷说到这儿，就停下了。

叶汶看出来，七爷不是不想说了，是没精神了。七爷闭上眼，坐了一会儿，又把眼睁开，指指桌上的留声机。叶汶明白了，七爷的意思是让他把留声机打开。他以为七爷想听，就打开留声机的盖子，拿出摇把儿，刚要插上摇几下，七爷摆摆手，又朝留声机的盖子指了指。叶汶这才发现，这盖子从里面看，还有一个夹层。这夹层是一块皮子，不细看，还以为是个衬里儿。叶汶试着在这夹层里摸了一下，掏出几张照片。这显然都是老照片，已经发黄，有的上面还有一些水印。叶汶给七爷拿过来。七爷拿在手里，眯起眼一张一张看了，拿出一张放到桌上，用手指敲了敲说，这个，就是白燕尘。

叶汶拿起照片，仔细看了看。

这是个油头粉面的男人，身穿马褂儿，怀里抱着个琵琶，和几个人坐在一棵石榴树下。从面相一眼能看出来，就是个当年的八旗子弟，眼角眉梢透出一股清秀的脂粉气。但再细看，两个嘴角和鼻子尖儿都很锋利，也有几分桀骜不驯的狂气。叶汶想问七爷，照片上的这几个人里，哪个是他。但七爷已经躺下了。叶汶把东西收起来，就轻着脚从屋里出来了。

七爷这个晚上说的话，让叶汶有点糊涂了。

七爷提到一个叫兰雪篁的女人。天和艺术团的关团长在说起白燕尘时，也曾提到过这个女人，也说她懂文明戏，不光懂，还会演。倘这样说，他们说的就应该是同一个人。如果按关团长说的，这个兰雪篁是在白燕尘来天津之前，在北京天桥的园子演出时，她去捧他的。可七爷又说，他是在北京的子弟八角鼓票房见到她的。七爷虽没明说，或者要说的话还没说完，也能听出来，这个兰雪篁请七爷吃饭，好像不光是因为爱听他唱的岔曲儿，应该还有别的意思。叶汶明白，七爷已经这把年纪，总不会在女人的事上跟自己吹嘘，况且，他也不是这种人。可如果真这样，问题就来了，七爷跟这个叫兰雪篁的女人接触，究竟是在她去天桥捧白燕尘之前，还是之后呢？关团长和七爷在说起这个兰雪篁时，有一点是一致的，这是一个新派的知性女人，但再怎么新派，总不会在请七爷吃饭的同时，又去捧白燕尘吧？

叶汶这时已经基本可以确定了，看来七爷当年，跟这个白燕尘的关系很深。他虽然没下海，跟曲艺行里的人应该也有着择落不清的关系。但还有一点，叶汶也明白，要想弄清这些事，只能等七爷想说的时候，他自己说。倘一追问，他也许反倒不说了。

第二天是星期六，叶汶特意倒休一天，这样跟第二天的星期日连上，就可以休息两天。上午，叶汶一吃了早饭就奔南市的荣吉大街来。上次去天和艺术团时，关团长曾说，那个叫郝连瑞的人住在荣吉大街瑞蚨里。但当时只顾说话，没问具体是瑞蚨里几号。不过问题也不大，郝连瑞是老艺人，在瑞蚨里想必也是老住户，一打听应该都知道。果然，来到瑞蚨里一问，一个正在门口点煤球炉子的胖女人朝里一指说，往里走，右一拐，头一个门儿就是。

让叶汶没想到的是，这个郝连瑞已经躺在床上不能动了。这是个干瘦的老男人。人一老，再一瘦，肉皮就更松了，皮下又没肉，像一件衣裳披在骨头上。屋里像个黑窑，有一股呛鼻子的尿臊味儿。郝连瑞的老伴儿是个半人多高的小老太太，叶汶听关团长说过，郝连瑞的老伴儿也是行里人，当年是说相声的。显然，这小老太太这些年已经历过很多事，一见叶汶立刻警惕起来，上一眼下一眼地打量半天，又问是哪个单位的。叶汶心里明白，这时，如果再把跟关团长说的那套话跟她说，皮儿就太厚了，这小老太太也不一定能听懂。于是说，自己是来搞外调的。但故意没说是哪个单位的。果然，小老太太一听更紧张了，也明显比刚才客气了，赶紧让座，又去拿烟。叶汶没坐，又摆摆手，意思是自己不会抽烟，然后就走到床前，看看躺在床上的郝连瑞。郝连瑞的两个眼窝已经深陷进去，眼窝儿一陷，就显得脑门儿挺大，看着有些吓人。他瞪着眼，看着屋顶。叶汶发现，他的眼皮一眨不眨，眼珠儿也不动，像是凝住了。叶汶在他跟前站了一会儿，问，你写过白燕尘的揭发材料？

郝连瑞似乎没听见，两眼仍然一眨不眨地瞪着屋顶。

叶汶又问，你在材料上说的，现在还能负责吗？

郝连瑞的两眼瞪着，像没听见。

这时小老太太过来说，他不会说话了，整天炕拉炕尿，就是个活死人了。

叶汶只好转过身来问她，关于这个白燕尘的事，您知道吗？

小老太太立刻拨楞着脑袋说，不知道，都是多少年前的事了，谁还记得？

叶汶点点头，就准备告辞。但刚要转身，床上的郝连瑞突然说，那都是假的。

叶汶回头看看他。他的声音不大，吐字也不太清楚，但还能听懂。小老太太立刻有点儿慌。她刚说郝连瑞已是个活死人，现在这"活死人"突然开口说话了，脸上一下有点儿挂不住，也担心自己说了瞎话，被这个来搞外调的人怪罪，就赶紧往回找辙说，这可新鲜，真是太新鲜了，他怎么突然能说话了呢？已经几年了，还当他不会说话了呢。

叶汶没理她，又来到床前，看着郝连瑞。

郝连瑞的两眼仍然一眨不眨，像冲着空气说，那些事儿，都是我干的。

小老太太赶紧过来说，甭听他的，他已经糊涂了。说着就拿过一条发黑的毛巾给他擦嘴角的涎液，其实是捂他的嘴，一边嘟囔着说，你忘了挨皮带的时候了，又胡说八道。

郝连瑞突然拿起个手边的东西，在小老太太的头上砸了一下，同时有什么东西溅出来。叶汶闻到了，应该是尿，有一股臊味儿。细一看，果然是个便壶。小老太太挨了这一便壶，赶紧躲到一边去了。郝连瑞的身上盖着一条薄被，肚子在薄被底下一起一伏。他慢慢转过脸，看着叶汶，两眼终于眨了一下，又使劲说，那些事儿，不是他。

说完就把眼闭上了。肚子仍像蛤蟆的下巴，一扇一扇的。

叶汶从郝连瑞的家里出来时看看时间，还不到中午。荣吉大街离福佑剧场很近，想了想，就又奔福佑剧场来。天和艺术团的几个办公室都锁着门。叶汶来到前面，问剧场传达室的人。一个秃头的胖子告诉他，关团长一早就出去了，说中午以前回来。正说着，就见关团长骑着自行车回来了。关团长一见叶汶就问，找我吗，还有事？

叶汶说，也没太大的事。

关团长说，来吧。

叶汶就跟着关团长来到剧场后面的办公室。叶汶告诉关团长，刚才去郝连瑞的家了。关团长一听，愣了一下。显然，他没想到，这个不到二十岁的年轻人，对这件事竟然这么认真。叶汶这时也看出来了，关团长的眼珠转了几转，似乎要说什么，但嘴唇动了动，又没说出来。于是就主动说，刚才在郝连瑞的家里，他已经把实话说出来了。

关团长更意外了，问，他现在，能说话了？

叶汶问，他一直不能说话吗？

关团长说，这几年，去看过他几次，他老婆说，他早就不能说话了。

叶汶听了，再想想刚才的那个小老太太，心里就明白了。

关团长又问，他刚才，说什么实话了？

叶汶的心里立刻转了一下。其实刚才，郝连瑞并没说什么，一共不过三句话，第一句是，"那都是假的"，第二句是，"那些事，都是我干的"，第三句是，"那些事，不是他"。但如果照实把这三句话说出来，关团长肯定就不会再说什么了。这么想了，就说，他现在说话呜噜呜噜的，听不太清，不过大致的意思还是能懂，把当时的事，都说了。

果然，关团长一听郝连瑞都说了，沉了一下说，其实这些事，他现在说不说，承不承认都已经无所谓，当初他写这些揭发材料时，大家就知道是怎么回事。

叶汶问，您那时就见过这些材料？

关团长笑了，有的材料，还是经我手递上去的。

关团长告诉叶汶，这郝连瑞是唱乐亭大鼓的。当初他写这些揭发材料时，团里有的老艺人还在世，当年的事也就都在心里装着，其实谁也骗不了谁。关团长那时还小，有的事虽不记得了，但这些年也断断续续听他父亲"老板儿牙"说过。郝连瑞揭发说，当年白燕尘把园子里的人拉到南市牌坊，去日本人的"红帽儿衙门"登记，这件事确实有，但是据一块儿去的"老板儿牙"后来说，那次并不是白燕尘拉着去的，而是郝连瑞。当时郝连瑞还吓唬大伙儿，说"红帽儿衙门"的人已经说了，他们手里有名单，如果谁敢不去登记，等他们找上门来就没这么客气了。大家一听，都是出来混饭吃的，家里还有老婆和一堆孩子，也就只好跟着去了。事后有一回，郝连瑞喝大了，才把实情吐露出来，他给"红帽儿衙门"办这事儿，还得了一笔钱，但具体得了多少他不说。那时郝连瑞有个毛病，好赌，手里不能有钱，一有钱就往宝局跑。当时南市有几个大宝局，他不敢进，就往小赌窑儿里钻。一进去就赌得昏天黑地，不把手里的钱输光了不出来，为这有几次，还把园子的场给误了。别人"上地儿"进园子，是为了挣钱养家糊口，他也为挣钱，可挣钱为的是赌。后来他老婆实在受不了他了，就带着孩子跟人跑了。再后来日本人的"红帽儿衙门"也看出他有这毛病，就给他钱，让他拉着身边的艺人为日本人干事，赶上有庆祝活动，还出来演出。其实大伙儿的心里也明白是怎么回事，可是都看出来，郝连瑞跟"红帽儿衙门"的人熟，怕他告发，所以他一叫，也就只好都跟着去。1945年日本人投降，开始抓汉奸。艺人里有人举报，说郝连瑞是汉奸，给日本人干过不少事，跟"红帽儿衙门"和"白帽儿衙门"的人都有走动。郝连瑞听说了，连夜就跑回河北的乐亭老家去了。在那边躲了几年，直到解放，才又回天津来。他现在这老婆，当初是在唐山的"小山儿"说相声的，俩人不知怎么搭咯上了，就把她也带到天津来。

关团长说，前几年搞运动时，郝连瑞担心自己当年的事让人兜出来，就想先下手，安在别人身上。他知道，清楚当年这些事的人，除了"老板儿牙"，还有唐转轴儿、"蔫黄瓜"和"二窝头"几个人。虽然"老板儿牙"和唐转轴儿都已不在世，可"蔫黄瓜"和"二窝头"几个人当时还在，他自然不敢往他们身上安。就这样，他把这些事都安在白燕尘的身上了。

叶汶问，这个白燕尘，是哪年去世的？

关团长摇头说，这话要说就长了，已经这些年了，还一直是个悬案。

叶汶本想让关团长接着说，但看出来，他刚回来，手头还有事，就只好先告辞出来了。

这个下午，叶汶回到家已是四点多钟。家里没人。七爷现在年纪大了，已经轻易不出门，这样的时候很少见。屋里挺乱，好像突然有什么事出去的。这时，叶汶才发现，在外面的桌上有一张字条，是母亲留的，说七爷突然病了，她和叶汶的父亲送七爷去滨湖医院了，让他一回来就立刻过去。叶汶一看赶紧从家里出来，奔滨湖医院来。

叶汶赶到医院，才知道七爷是突发脑溢血。叶汶的父母每周六只上半天班，中午就从塘沽回来。这个下午到家，跟七爷说了几句话，七爷就回自己屋去了。刚进去，就听屋里咕咚一声。叶汶的父亲赶紧进来，见七爷已经倒在地上。幸好这时叶汶的哥哥姐姐也回来了，一家人赶紧把七爷送到滨湖医院。滨湖医院是脑系科的专科医院，果然，大夫一看就确诊了，是脑出血。据大夫说，幸好破裂的不是大血管，而且只是渗血，送来也及时，所以还没有太大危险。但病人的年纪太大了，对一个八十多岁的老人来说，病情还是很危重。

叶汶赶来时，七爷已在重症监护室。

叶汶的父亲一见叶汶就问，这几天，七爷是不是有什么事？叶汶在来医院的路上也已经想过这个问题，是不是自己这几天一直跟七爷说当年的事，勾起他的心思，让他的情绪有波动。但再想，又觉得应该不会，七爷说这些事时，情绪似乎没有太大变化。叶汶的父亲又说，刚才七爷来到医院，稍稍清醒了就一直问，叶汶去哪儿了。

叶汶的父亲问，你知道他要跟你说什么吗？

叶汶的心里大概能猜到，但还是说，不知道。

叶汶从小跟着七爷，爷儿俩最亲。七爷前些年还爱说话，没事的时候，就经常跟叶汶说闲话儿，聊一些当年的老事儿。起初叶汶不太懂，后来大了，就明白了，七爷跟自己说话，是因为心里有话。所以，爷儿俩渐渐地就有了一个默契，甭管七爷说什么，叶汶只听，听完记在心里也行，不记也行，只是不能跟别人说，连父母也不说。也正因如此，叶汶这些年知道七爷的事，就比家里人多。这个晚上，七爷从重症监护室推出来时，身上还插满管子。叶汶的姐姐跟普通病房这边的一个护士长认识，特意给安排了一个两人病房。护士长说，另一个床的病人病情不重，白天做完治疗，晚上就回去了，也就等于是单人病房。七爷从重症监护室一出来，病情就稳定下来。但夜里输液，还要有人陪护。

叶汶说自己留下。就让家里人都回去了。

七爷一直昏睡。叶汶去护理站打了个招呼，就下楼去，先在医院门口的馄饨铺喝了碗馄饨，又给七爷买了点儿夜里吃的东西。再回病房时，七爷已经醒了。七爷经了这场病，再醒过来，倒像有了些精神。他看看叶汶说，这几天，你好像挺忙，一直在外面跑。

叶汶见七爷已输完液，针头也拔了，就问，饿不饿？

七爷摇头说，不饿，光输液就输饱了。

又问叶汶，你这一天又去哪儿了？

叶汶知道，七爷已经猜到了，自己白天出去，应该又跟白燕尘有关，于是说，前几天给您看过一份揭发材料，写这材料的人叫郝连瑞，您还记得吗？

七爷说，记得，当年是唱乐亭大鼓的。

叶汶说，我去他家了。

七爷说，他比我小，应该也八十多了。

想了想，又说，这人的人性不行，人性要行，也不会写这种揭发材料。

叶汶想告诉七爷，郝连瑞已经承认了，他揭发白燕尘的那些事，其实都是他自己干的。但这时，他不想把话岔开。他现在最关心的，还是那个叫兰雪篁的女人。据关团长说，这个女人曾在北京天桥捧白燕尘，当年白燕尘就是为了躲她，才来天津的。但七爷又说，他在北京的票房唱子弟八角鼓时，这女人也曾主动接近他，又请他吃饭喝茶。这究竟是怎么回事？

这会儿病房里没人，外面的楼道也清静下来。

叶汶故意把话朝这边拐了一下，说，当年你在京城，也是个名票啊。

七爷淡淡笑了一下，名票说不上，不过是外面走局时，一提都知道。

叶汶说，是啊，要不那个叫兰雪篁的女人，怎么追着请您吃饭呢，肯定也是爱听。

七爷看一眼叶汶，沉了一下，嘴动了动，似乎想说什么。但下巴底下的喉结像个干核桃似的滚了几滚，又把话咽了回去。深深喘了一口气，就把眼闭上了。

叶汶这几天也跑累了。护士来查夜房时说，护理站有躺椅，是专给陪床家属预备的，不过得租，一晚上一毛钱，天一亮就得还回去。叶汶去租了个躺椅，放在七爷的床边，把病房的灯关了，就半躺半倚地坐下来。但累归累，眯了一会儿，又睡不着。这几天的事，一直在脑子里翻腾。本来就是一件事，一个叫白燕尘的人，另一个叫郝连瑞的人写材料揭发他，说他是汉奸。可这几天一问，再一捯，却越捯涉及的人越多，事儿也从这一件捯出了一堆事儿。叶汶不光从小受七爷影响，对曲艺这一行的事感兴趣，也爱看书。七爷的床底下有一箱旧书。有的是旧小说，也有鼓词唱本。过去的老艺人大都没文化，跟师父学艺，只是口传心授，用曲艺行里的话说，是师父一口儿一口儿喂出来的。但七爷当年毕竟是和一些旗籍子弟玩儿票，旗籍子弟大都读过书，也能写唱本，所以这些东西留下来就很珍贵。前几年七爷怕惹事，白天不敢拿出来，只有到了晚上，才给叶汶拿出一本，让他夜里看，天一亮就赶紧又放回箱子里，藏在床铺底下。就这样，叶汶这几年把七爷的这箱旧书都看了。

夜里，叶汶刚迷糊，就听七爷在床上轻轻叹了口气。

叶汶赶紧起来，不知刚才是不是做梦。来到病床跟前，见七爷睁着眼。病房里很暗，只有门上的小窗透进一缕外面楼道的灯光。借着这灯光能看见，七爷的两眼挺亮。七爷的眼里本来已经浑浊发黄，他自己常说，什么叫老眼昏花，这就是老眼昏花。可这时，他的白眼球儿挺白，黑眼球儿挺黑，看着很清澈。七爷看一眼叶汶说，你坐吧。

叶汶就在七爷床边的凳子上坐了。

七爷说，人跟人，就是个缘分。

叶汶知道，七爷指的，应该是那个叫兰雪篁的女人。

七爷舒出一口气，躺了一会儿，又说，其实那时，还不知道这是个什么女人。

七爷说话已经没底气，声音像一股烟儿似的从嗓子里飘出来，但吐字很清晰，听着就似乎若远若近。他说，那时玩儿票跟下海虽是两回事，但碰上真爱听的人，也是个高兴的事儿。那以后，跟这个叫兰雪篁的女人一块儿吃了几次饭，又喝了两回茶，也就熟了。七爷这时已经成家，而且不是个随便的人，平时跟朋友一起玩儿票归玩儿票，却从不去那些乱七八糟的地方。但毕竟已在票房玩儿了几年，又经常走局，对一些风月的事也就都懂。这时心里已有感觉，这女人这样三番两次地请自己，显然已不是只喜欢自己唱的岔曲儿，应该还有别的心思。七爷这时正是风流倜傥的年纪，再看这女人，言谈举止又透着不俗，跟她说话聊天儿挺投机，心里就想，倘她真不是光为喜欢自己唱的岔曲儿，倒也是一桩美事。

但就在这时，这女人跟七爷聊天儿时，却不知不觉地把话拐弯儿了。

一天晚上，这女人请七爷吃了饭，又去茶馆儿喝茶。一边说着闲话，不知怎么聊起乐器，这女人说，她最喜欢弦鼗的声音，有一种紧绷绷的劲道，一听就男人气。七爷一开始不知她说的弦鼗是什么东西，后来这女人再一说，才明白了，敢情自己玩儿了这些年的三弦儿，在古时叫"弦鼗"。他没想到，这个叫兰雪篁的女人竟然对乐器也有研究。这女人又说，其实她更喜欢的还是琵琶。她曾听过，白燕尘虽然唱梅花调最拿手，但琵琶也弹得好，有一回信手弹了一曲《阳春白雪》，本来只是随便玩儿的，可真是已经到了化境。七爷跟这女人正聊得高兴，不想她却突然拐到白燕尘的身上，又这么赞不绝口，心里就有些悻悻。其实这时，外面的人都知道，在票友里七爷跟白燕尘的关系最近。两人关系近，还不光是因为经常一起走局，说话也能说到一块儿。白燕尘是个有洁癖的人，不光人有，心里也有，平时穿衣打扮总是一尘不染，脚上的青布鞋也白是白，黑是黑，一看就透着一股精神气儿，而且无论在哪种场合，别管遇到多高身份的人，或遇到哪路事，也总是不卑不亢，既没有旗籍子弟的油滑轻狂，也没有趋炎附势的低三下四。七爷敬重他，拿他当朋友，也就是看中他这一点。但尽管如此，这时，这个叫兰雪篁的女人在自己面前这么夸他，心里就还是有点不太得劲儿。

没过两天，这女人又请七爷吃饭，这回还特意备了一份厚礼。七爷一看就更不对了。从情理上说，七爷是票友，兰雪篁要送礼物，也就是送个银盾或锦帐之类，这种礼就已经够重了，可这回送的却是一对玉佩。七爷毕竟有见识，一眼就看出这对玉佩不是一般的物件儿，应该有些来历。七爷的心里一动，就明白了，对方礼下于人，自然是必有所求。果然，这兰雪篁倒也不是个叽叽歪歪的女人，干脆就挑明了，大大方方地把送这份厚礼的意图说出来。她说，她看上了白燕尘，不光是看上他的艺，也看上了他这个人。她觉着，白燕尘跟别的艺人不一样，别的艺人吃开口饭，做艺做的是饭，可白燕尘不是，他做艺就是做艺，在他这儿，艺比饭更要紧。这女人说，现在白燕尘在天桥的园子演出，她几乎天天去，去了还总坐头一排，每晚就这么直盯盯地瞪着白燕尘，可他却像没这么回事，一直视而不见。兰雪篁说着就流下泪来。她说，她不想像市面儿上的那些俗人，往台上扔东西，砍钱，真那样就没意思了，话说回来，白燕尘要是真吃这一套，她也就不会这么稀罕他了。可现在，就不知他心里到底是怎么想的，要说压根儿就没注意她这人，应该也不对，她已经往后台送过几回银盾，管事的总得告诉他这是谁送的，可他如果已经明白她的心思，行还是不行，应还是不应，总该有个回话儿。兰雪篁对七爷说，有句老话儿，要想成好事，还得找对人，她已经看出来了，要说白燕尘的身边，能跟他论得上朋友的人也不少，可这种事，自然不能找那些俗流，况且就是找了也没用，在白燕尘跟前肯定没这分量，说也是白说。她说，她已经听说了，七先生跟白燕尘的关系最近，所以，如果方便，就请七先生给白燕尘递个话儿，也探探他的心思。

七爷一听，这才明白了。七爷自从认识这个叫兰雪篁的女人，这些日子心情很好，觉着遇上这样一个红颜知己，实在难得，甭管以后怎么着，至少现在一块儿吃吃饭，喝喝茶，天南地北地聊聊天儿是个很开心的事儿。却不料，人家接近自己，其实是揣着另一段心思，心里一下就有些失落。但既然对方已经张了口，彼此又以朋友相称，况且白燕尘也确实是自己多年的至交，也就只好硬着头皮应下来。不过还是把话先说在头里，白燕尘那人的脾气他知道，是出了名儿的"拧轴子"，当初朋友开玩笑，说他是个"拧死爹不戴孝帽子"的主儿，所以只能说个试试，也就是把兰雪篁的心意传过去，但成与不成，不敢保。

兰雪篁听了立刻千恩万谢。

几天后，七爷果然和白燕尘见了一次。七爷当初和白燕尘一块儿玩儿票走局，整天黏在一块儿。但自从白燕尘正式下海，七爷又去做了生意，两人各忙各的，见面的机会也就少了。七爷和白燕尘这次见面，话说得不太投机。白燕尘显然不喜欢这个兰雪篁，也已知道她是怎么回事。跟七爷说话时，话里话外就带出来，好像七爷来当说客，替这个兰雪篁保媒拉纤儿似的。这一下七爷就有些恼了。七爷的心里本来就带着八分气儿，自从跟这个兰雪篁认识，经常一块儿吃饭喝茶，聊天儿也聊得挺热乎儿，却不料是剃头挑子一头儿热，人家对自己根本就没这意思，一门心思都在白燕尘的身上。现在本来是硬着头皮来的，白燕尘倒不领情，可你不愿意说不愿意的，话也不该这么说，就像自己在这里边得了多少好处似的。心里这么想着，脸也就一下耷拉下来。七爷本来也不是好脾气，这时正跟白燕尘喝茶，本来说好，喝了茶再一块儿去吃饭。这一恼，也就找个托辞，起身告辞走了。

七爷说到这里，就停下了。

叶汶知道，七爷累了。

七爷嘟囔了一句，是啊，是有点儿累了。

叶汶说，您睡会儿吧。

这时，七爷躺在床上，忽然哼哼唧唧地唱起来。声音含在嗓子眼儿里，忽上忽下，像在水上漂着。叶汶曾听过老艺人孙书筠的唱片，知道这是京韵大鼓《大西厢》：

二八的俏佳人懒梳妆，崔莺莺得了这么点儿的病，躺在了牙床。她是半斜半卧。这位姑娘，苶呆呆闷忧忧，茶不思，饭不想，孤孤单单冷冷清清空空落落凄凄凉凉，独自一个人闷坐春闺低头不语寂寞无言腰儿瘦损斜睨着她的双眼，手儿托住她的香腮帮……

七爷的声音，似乎越漂越远。

叶汶再看，七爷好像睡着了。

叶汶一夜没睡，脑子里像过电影，翻腾的都是这几天听到的事。

关于白燕尘和这个叫兰雪篁的女人，叶汶一直有一种感觉，他们之间的事应该没这么简单。这个晚上七爷一说，也就基本清楚了。首先，这女人主动来接触七爷，并不是对七爷有什么意思。由此可以知道，她是看上白燕尘在先，而且在接触七爷之前，就已经常去天桥的园子看白燕尘的演出，也送过几次银盾。由此可以推断，她这时已对白燕尘有了明确的表示，只是白燕尘对她的表示没有任何回应，或者说，一直没然她这个茬儿。她是实在没办法了，又不知在哪儿打听到，七爷跟白燕尘有交情，所以才来苇坑胡同的聚英楼票房找七爷。这也就可以进一步推测，正是七爷跟白燕尘这次见面之后，白燕尘意识到，这个叫兰雪篁的女人真动了心思，而且要来真的了，所以才下定决心到天津来。不过还有一点，也可以确定，七爷后来也来天津，跟白燕尘和这个女人没有任何关系。七爷曾亲口说过，他当年经常来天津不是玩儿票走局，是为生意上的事。后来也是因为生意上的事阴错阳差，才落在天津了。

这时，叶汶又想起天和艺术团的关团长。关团长每次说起白燕尘，似乎总是欲言又止。问他白燕尘是怎么死的，也只是吞吞吐吐地说，至今仍是一桩悬案。

叶汶想，是不是这里边还有什么事，关团长又不想说出来？

第二天早晨，叶汶的父母来时，七爷还没醒。叶汶等着大夫查完了房，又跟家里交代一下，就从医院出来。星期日的上午，街上很清静。叶汶骑着车，虽然一夜没睡，感觉还挺有精神。这时，他突然又想起存在新华书店的那个纸箱子。这个箱子还一直没仔细翻过，里边会不会还有什么有用的材料？这样一想，就掉转车把朝书店骑来。

书店星期天不休息。叶汶来时，那个叫陈辰的同学已在班儿上。陈辰一见叶汶，就带他来到仓库。但叶汶说，这箱子先不取走，只是看看里边的东西。陈辰说，行，你就自己在这儿看吧。说完就回前面去了。叶汶打开这个纸箱子，又翻了翻，发现手写的材料只是上面几层，再往下就是半箱废报纸了。他把这箱子送来时，曾在路边翻过，知道这些材料的大概内容。这时，一个牛皮纸袋引起他的注意。他拿起这个纸袋，把里边的东西抽出来。

这显然也是一份材料，但只有两页纸。这份材料是一个叫马福升的人写的，在这名字的后面还有个括号，注明叫"蔫黄瓜"，这应该是这个人过去的艺名。叶汶想起来，在郝连瑞揭发白燕尘的材料里，曾提到过这个艺名叫"蔫黄瓜"的人。这份材料没标题，但看得出来，应该是一份证明材料。叶汶仔细看了一下就明白了，也是关于白燕尘的，说的是白燕尘当年跟那个日本女人的事。叶汶记得，关于白燕尘跟这日本女人的事，郝连瑞也曾写过一份揭发材料，说白燕尘当年曾跟一个叫宫崎银花的日本女人不清不楚。但郝连瑞的那份材料写得很含糊，从头至尾都只是"听说"，并没有什么实质性的事。而"蔫黄瓜"的这份材料就比较详细了。不过虽详细，显然也很客观，只说自己亲眼见过的事，而且是就事说事，不下任何结论。

叶汶注意到，"蔫黄瓜"的这份材料里不仅提到宫崎银花，还提到一个叫吉筱美的日本女人。这份材料说，白燕尘应该是先和这个叫吉筱美的女人认识的。这吉筱美一看就是个日本女人，头发绾得挺高，还总穿一身大花儿的和服，身后背着个小枕头。那时白燕尘每晚在南市的聚缘茶馆儿演出完了，一出来，这个吉筱美的小汽车就已经等在门口。当时白燕尘曾在茶馆儿的后台说过，他不想跟这女人来往，也看得出来，他每晚出来，确实不想上这女人的汽车。但后来才听说，这女人是"红帽儿衙门"的人，白燕尘不敢得罪，担心真得罪了会给园子里找麻烦，也就只好勉强应付。"蔫黄瓜"的这份材料说，不过后来，这个叫吉筱美的日本女人就不见了。过了些日子，又有一个叫宫崎银花的女人，晚上经常雇了胶皮，在园子门口等白燕尘。一开始没人知道她叫宫崎银花，只叫宫银花，也不知她是个日本女人。白燕尘起初跟这女人走得挺近。后来这女人还叩了白燕尘，虽没"摆知"，也成了"口盟"徒弟。但再后来，有人告诉他，这女人其实是个日本人，白燕尘才知道上当了，从这儿开始，就总躲着这个女人。当时园子里的管事是唐转轴儿。后来听唐转轴儿说，这个叫宫崎银花的日本女人也是"红帽儿衙门"的人。"蔫黄瓜"在这份材料里说，后来他离开聚缘茶馆儿，去了谦德庄的园子，所以关于这件事也就只知道这么多。但当时园子里的"二窝头"和"田醋溜儿"，还有"老板儿牙"也都知道这件事。不过"老板儿牙"这时已跟白燕尘翻脸，说不认他这徒弟了，还要清理门户，所以白燕尘的这种事，他当然不管不问。但"二窝头"和"田醋溜儿"跟白燕尘的关系近，有一回这个宫崎银花来园子找白燕尘，还是"二窝头"帮着给挡的。叶汶一看这几个名字就想起来，在郝连瑞的揭发材料里，都曾提到过。但又在箱子里翻了翻，却没找到"二窝头"和"田醋溜儿"的证明材料。这有两种可能，一是可以想象，老艺人都胆小怕事，所以不愿给自己惹麻烦。还一种可能，就是这两个人都已不在世了。

显然，这个艺名叫"蔫黄瓜"的马福升写的这份证明材料，跟郝连瑞的揭发材料有很大出入。郝连瑞揭发的只是一个叫宫崎银花的日本女人，而"蔫黄瓜"在说了这个宫崎银花的同时，又说出一个叫吉筱美的日本女人。但在郝连瑞的揭发材料里为什么没提这个吉筱美呢？是郝连瑞不知道这个女人，还是故意不说？如果故意不说，就说明这里应该还有什么事。

叶汶想，现在能把这些事说清楚的，只有一个人，就是天和艺术团的关团长。如今这些当年的老艺人已经死的死，傻的傻。关团长毕竟是"老板儿牙"的儿子，虽然那时还小，但这些年也应该听他父亲说过不少老事。如果关团长再说不清楚，那就应该没人能说清楚了。叶汶想到这儿，就在书店给福佑剧场这边打了个电话。

关团长星期天没休息，这时果然在。

叶汶放下电话，就蹬上车奔剧场来。

叶汶有些后悔了。

当初七爷还能说话，也爱说话时，跟他聊得太少了。七爷年轻时也算是在江湖里泡过，这大半辈子攒了一肚子的杂学儿，用曲艺行里的话说"肚囊儿宽绰"，很多事不让他说出来，将来有一天就这么带走了，真太可惜了。七爷曾说，当年在票房唱子弟八角鼓，跟下海走江湖是两回事，走江湖吃的是开口饭，有句话，叫"状元才，英雄胆，城墙厚的一张脸"。意思是说，干这行得有个好口才，这口才还不光是能说，也得出口成章，赶上相声的"贯口"或成本大套的"人物赞""兵器赞"，一口气能说出上百句；"英雄胆"则说的是无论独走江湖还是雄兵百万，一张嘴不光满腔豪侠之气，还要气贯长虹，不仅有英雄的胆识，还要有英雄的胆略。但光有这两样还不行，吃开口饭的还有一点最重要，就是"不要脸"，脸皮得比城墙还厚。七爷说，当年的老先生曾说过，其实不要脸才是要脸，要脸也许反倒是不要脸。江湖上还有句话，叫"既要卖，脸儿朝外"。脸皮儿薄、小性儿不行，你上台一句词说错了，底下的茶壶也许就飞上来。人家花钱买票，来听的是玩意儿，你真好，就捧，不好就往下轰，谁也不是贱骨头，花钱买票坐在这儿听你胡唱八唱。不过还有一宗，干这一行的耳朵得聋，眼也得瞎，顺眼不顺眼的都能看，顺耳不顺耳的也都能听，所以日子一长，吃开口饭的也就得练得没心没肺，没囊没气，没脸没皮，没羞没臊。七爷说，有的人就不行，在票房唱惯了子弟八角鼓，后来下海了，还是玩儿票的爷们儿脾气，听不得倒好儿，还没到哪儿就先害臊了，这种人要拉不下这脸，还不如别下海，照这么干非饿死不可。

现在叶汶回想，当初七爷说这话，就是说起白燕尘时说的。

叶汶赶到福佑剧场已是将近中午，一见关团长有点儿不好意思，说路太远，紧赶慢赶才过来的。关团长正喝茶，笑笑说，没关系，反正中午不回去，早来一会儿晚来一会儿无所谓。看一眼叶汶，又说，现在曲艺观众已经越来越少，满大街放的都是港台流行歌曲，年轻人都去听邓丽君了，像你这样，对曲艺的事这么感兴趣，还真难得。

说着看看叶汶，又问，你家里，有干这个的？

叶汶这才说，上回问您的叶宝铃，是我爷爷。

关团长一听连连点头，笑着说，这就难怪了。

又说，这回来，还是为白燕尘的事？

叶汶点头说，是。

叶汶就把七爷这几天说的关于白燕尘的事，都对关团长说了。又说，上午又去翻了翻那个纸箱子，发现了"蔫黄瓜"在几年前写的一份关于白燕尘的证明材料，其中提到两个日本女人，一个叫宫崎银花，另一个叫吉筱美，都跟白燕尘有关系。关团长一听就说，这事儿你问我，算问对了，这两个日本女人的事，我还真知道。

叶汶一听高兴了，立刻在关团长的对面坐下来。

关团长说，这两个日本女人的事，这些年，听我爸断断续续地说过。

关团长说着就有些感慨，沉了一下，才对叶汶说，曲艺这一行到底是江湖，既然是江湖，安身立命就靠一个义字，所以说起来，江湖人都讲义气。

叶汶听了点点头。

关团长说，他爸"老板儿牙"也是如此。

"老板儿牙"当年虽跟白燕尘师徒反目，甚至清理了门户，但后来每次说起白燕尘的这段往事，还是该怎么说怎么说，不往好里褒，也不往坏里贬。据"老板儿牙"说，一开始，确实是这个叫吉筱美的日本女人先出现的。在这之前，白燕尘刚出了一档事。当时白燕尘在南市一带的园子唱"含灯大鼓"，已经越唱越红，后来谦德庄和地道外的一些大小园子也都来请他，有时一天得跑几场。所以当时，虽然他的艺名"小白牙儿"已被师父"老板儿牙"收回去，也就又有了一个新的绰号儿，叫"白赶五"，意思是他一天能赶五个场子。就在这时，日本人的"红帽儿衙门"也就盯上他了。后来才知道，当时日本人想在天津成立一个由他们控制的"曲艺工会"，把天津的曲艺艺人都收纳进来，这样不仅便于管理，也便于为他们服务。但要成立这样的"工会"，就得找一个有名气的艺人牵头儿，名气越大，才越有号召力。当时白燕尘在天津正红得发紫，行里树敌又少，"红帽儿衙门"就相中了他。但"红帽儿衙门"的人知道白燕尘性子倔，没直接找他，而是先找的唱乐亭大鼓的郝连瑞。郝连瑞这时明里暗里一直替"红帽儿衙门"办事，大家心里都清楚，只是谁也不说。

一天晚上，郝连瑞来找白燕尘，说要请他吃饭。白燕尘一听就乐了，说这可新鲜，您也有请客的时候，我早就说过，这辈子在天津，能吃你一碗"嘎巴菜"死了都值。郝连瑞知道白燕尘是旗籍子弟，说话嘴损，也就只当没听出好赖话儿。这个晚上，郝连瑞把白燕尘拉到"正阳春鸭子楼"。白燕尘在鸭子楼里一坐，就觉出不对了，这不是吃开口饭的艺人来的地界儿。郝连瑞也不提别的，只顾点菜，点了菜又要酒。白燕尘一直看着他，等他点完了，跑堂儿的伙计走了，才问，这到底是怎么回事？郝连瑞一听就笑了，说没怎么回事，刚发了一笔小财，咱是爷们儿，今晚请你开个洋荤。白燕尘说，咱爷们儿归爷们儿，可还没有这么吃饭的交情，说吧，你到底想干什么？一边说着酒菜就上来了。郝连瑞立刻张罗着吃。白燕尘却没动筷子，仍然看着他说，你先说清了吧，不说清了，这饭我没法儿吃。

郝连瑞这才说，那就明说吧，这顿饭不是我请的。

白燕尘问，谁？

郝连瑞说，你眼下可是响腕儿，有名的"白赶五"，已经红得摸不得了，尤其你这含灯大鼓，跟别人差样儿，在天津是蝎子的屁屁，独一份儿，所以啊，有人看上你了。白燕尘知道郝连瑞跟日本人的"红帽儿衙门"有来往，这时就已猜到八九分。果然，郝连瑞又说，后面的事以后再说，先说眼前吧，过几天，日本人在福岛花园儿有一个大的庆典，连搞三天，你是有名有姓的大角儿，就想请你出来，只要你一出来，再找别人也就好找了。

正说着，一个留平头的方脸男人走过来，在饭桌跟前坐下了。

郝连瑞赶紧介绍说，这位是绪方课长。

方脸男人面带微笑，冲白燕尘欠了一下身，伸过手说，我叫绪方清一，请多关照。

白燕尘看看这个绪方清一，只点了下头，说，我还有点事，先告辞了。

说完，就起身走了。

这次事后，郝连瑞对白燕尘说，你惹祸了，这个绪方清一可是"红帽儿衙门"的人。白燕尘也知道自己惹祸了。他虽然没跟"红帽儿衙门"打过交道，也听说过，那地方只要进去没几个能活着出来的，知道天津是没法儿再待了，正打算去济南避一避，但就在这一晚出事了。这时白燕尘在园子的场口儿已是最后，用行里的话说叫"攒底"，也就是梨园行的"大轴儿"。他的习惯是每晚后半场时才来园子，路上先喝碗馄饨，等散了场回家，再松松快快地喝二两，散散一天的乏累。这个晚上，他又来到南市口儿拐角的一个小馄饨铺。要了一碗馄饨，正喝，旁边两个喝馄饨的人不知怎么说着说着话就矫情起来。这两人都三十多岁，一看就不像省事儿的，先是一对一句地戗巴，接着就你一下我一下地动起手来。白燕尘正喝馄饨，嫌乱，就回头说了一句，你们要打上外边打去，外边地界儿宽绰。不料这两人一听不打了，立刻都冲着他来。一个抓起桌上的脏东西，啪地扔进白燕尘的碗里。白燕尘一看就知道碰上了天津的"杂巴地"，起身要走。另一个跟过来，伸手就在他头上给了一下。这一下白燕尘真急了。白燕尘在京城玩儿子弟八角鼓时，也跟朋友一块儿练过，有些身手。这时一反手就叼住这人的手腕子，往怀里一带，又往外一推，嘴里说了声，去你的！这人倒退几步跌出门去，一屁股就坐在地上。另一个一见也急了，抄起馄饨碗就朝白燕尘扣过来。白燕尘闪身躲过去，但袖子上还是溅了油汤子。白燕尘平时穿的衣裳都是一尘不染，雪白的领口儿雪白的袖口儿，这时一见脏了，更急了，抄起身边的凳子就要砸。但就在这时，又有几个人冲进来，不由分说就把白燕尘和这两个人都按住了。显然，这几个进来的是便衣。白燕尘一见这俩人跟这几个便衣对眼神儿，就明白了，他们认识，应该是一伙儿的。等进了班房，才知道，自己是让"红帽儿衙门"的人抓了。第二天，日本人控制的《庸报》就登出消息，说著名含灯大鼓艺人白燕尘昨晚在饭馆儿与人大打出手，碗碟横飞，还伤及无辜。在这则消息的旁边，还登了一张白燕尘在台上表演含灯大鼓的照片。白燕尘在班房里听说自己上了《庸报》，气得两眼发黑。这时，那个叫绪方清一的日本课长又来见他。白燕尘一见这个绪方清一，旗籍子弟的爷们儿脾气就上来了，赌气说，既然你们已把我说成是天津的杂巴地，为喝碗馄饨就跟人大打出手，还拿海碗把人开了，我这种人再给你们演出，你们不嫌丢面子吗？咱干脆两便，既然话都让你们说了，报纸也让你们登了，你们想怎么处置我就随便吧，大爷我这大鼓，是死活不唱了。说完干脆在班房里一躺，谁也不搭理了。

但白燕尘在"红帽儿衙门"里只关了几天，就给放出来了。他直到稀里糊涂地让日本人给推到街上，还不知是怎么回事。当天晚上，白燕尘来园子的后台跟大伙儿见了个面。白燕尘的脾气虽偏，人也各色，但平时挺大气，手也松，谁有事都帮忙，所以人缘儿很好。大伙儿一见他平安回来了，都围着问这问那。后台的管事唐转轴儿知道白燕尘在班房里受了几天惊吓，还不能上台，就让他先回去歇歇。这时有人进来，对白燕尘说，外面有人找。白燕尘出来一看，一辆雇好的胶皮已经等在门口。旁边站着个小干巴瘦的年轻人，不认识，一张嘴是河南口音，对白燕尘说，特地来请白先生，有点事，借一步说话。白燕尘看出这年轻人虽然干巴瘦，却像个行武出身。这次经了这一场事，也已经豁出去了，没问话就上了胶皮。

这个晚上，白燕尘被拉到"小白楼"的维格多利西餐馆。"小白楼"本来是美国人在天津的租界，后来美国人把这块地界儿给了英国人，又成了英租界。但这西餐馆是一个白俄女人开的，一楼是咖啡座。白燕尘一进来，就看见了坐在角落里的兰雪篁。白燕尘立刻明白了，自己这次能从"红帽儿衙门"里囫囵着出来，应该是兰雪篁来天津办的事。兰雪篁正低头喝咖啡，见白燕尘来了，先让他在自己对面坐下，然后告诉他，确实是自己跟

"红帽儿衙门"的人通融的。但事情已闹成这样，日本人答应放他出来，也是有条件的。

白燕尘坐在兰雪篁对面，看着她。

兰雪篁说，您这爷的脾气，我是知道的，不过还是得告诉你，日本人让你出来的条件是，他们最近要举办一个隆重庆典，你必须出来，至于后面的事，后面再另说。

说着看看白燕尘，我已经替你答应了。

白燕尘一听，心里立刻来了气，自己要答应日本人早就答应了，还用费这么大劲嘛。但毕竟跟这女人不熟，虽然不知人家这次是来天津办事，偶然碰上的，还是专为这事来的，就算偶然碰上的，既然帮了这么大忙，况且还是从"红帽儿衙门"里往外捞人，自己总不能不识好歹。这么一想，也就竭力压着火儿，尽量把口气放平和说，你没问我，不该答应他们。

兰雪篁说，我知道你会这么说，不过告诉你，现在你答应也得答应，不答应也得答应，日本人说了，只要你翻车，他们把你怎么着另说，你常去的这几个园子，一律查封，你寻思寻思吧，日本人是什么玩意儿变的你应该清楚，他们可是说得出来就干得出来。说着，又拿出一个锦盒，放到白燕尘面前的桌上，我明天一早就得回去，那边还有事，这是来时，特意去了一趟同仁堂，给你拿的阿胶，经了这一场事，你也该好好儿补一补。

说完，就起身走了。

日本人的这次庆典，白燕尘还是去了。白燕尘明白，自己是孤身一人，怎么都好说，可园子后台的这些人就不行了，家里都有老婆孩子，还张着嘴等着吃饭，园子别说让日本人封几天，就是封一天也受不了。这么一想，这件事也就只好硬着头皮应下来。

叶汶听到这儿，心里就明白了。郝连瑞在揭发材料里说，当年白燕尘曾拉着园子里的艺人去给日本人演出，看来指的就是这件事。但他只说其一，没说其二，当时白燕尘去给日本人演出，其实还另有难言之隐，而且这难言之隐不是因为他自己，是考虑到别人。

　　关团长点头说，是啊，当年他父亲"老板儿牙"也说过，白燕尘这人的身上毛病是挺多，可毛病归毛病，就冲他这回为大伙儿应了这事儿，当时的人就都该感谢他。

　　关团长说，白燕尘在当时毕竟是有名有姓的大角儿，艺人里也就很有号召力，这次日本人的庆典他一出面，能去的人也就都去了，"红帽儿衙门"挺高兴，庆典之后，又要跟他商议下一步成立"艺人工会"的事。但白燕尘在福岛花园儿勉强唱了三天，已经唱恶心了。"红帽儿衙门"的人再跟他商量后面的事，表面只是哼哼哈哈，不说行，也不说不行，心里却已盘算好，想赶快离开天津。日本人也不傻，看出白燕尘不想在天津待了。但这时也已知道，这白燕尘软硬不吃，是个蒸不熟煮不烂油盐不进的主儿。于是没过几天，就把一个叫吉筱美的日本女人打发过来。这吉筱美的模样确实挺漂亮，瓜子脸，尖下颏儿，两个媚眼细长，小鼻子小嘴儿。日本女人本来都是"萝卜腿"，又短又粗，可这个吉筱美却是两条大长腿，还细腰儿大屁股。白燕尘这时已经三十来岁，但这些年贪玩儿，一直没心思成家，后来下海了，又整天忙生计，也就还没顾上。其实白燕尘倒不是不喜欢女人。但喜欢女人的男人也分几种，有的男人喜欢女人，是好色，一见女人想的就是那点事儿，除了那点事儿也就没别的。也有的男人喜欢女人，是喜欢女人的这个人，倘人喜欢了，再干那点事儿也就锦上添花。换句话说，如果是不喜欢，或瞧不上眼的女人，甭管长相多漂亮，该不喜欢也照样还是不喜欢。这也就应了那句俗话，宁吃鲜桃儿一口，不啃烂杏一筐。白燕尘也就是这后一种男人。在他眼里，女人不光是漂亮不漂亮，还得看喜欢不喜欢。

这个叫吉筱美的日本女人，白燕尘就不喜欢。还不光因为是日本女人，见面头一眼，就觉着身上有一股说不出的风尘气。这女人又是郝连瑞领来的。其实郝连瑞跟这女人早就认识。当初"红帽儿衙门"的人最先看中的是郝连瑞，觉着这人在这一行里认识的人多，整天东串西串，也活泛，如果让他牵头办事应该是个合适的人选。要想笼络一个男人，最快也最有效的办法当然是女人。于是这吉筱美很快就跟郝连瑞认识了。两人吃了几次饭，吉筱美就把郝连瑞带回自己的住处。但吉筱美很快就发现，这个郝连瑞看着挺男人，还留着一嘴胡子，真到床上却是个银样镴枪头儿。这还不算，两天过来，就对床上的这点事儿没兴趣了，再后来干脆就不见人了。吉筱美找了几天才知道，原来这个郝连瑞真正感兴趣的不是她，而是赌，每晚园子一散，他就一头钻进赌窑儿不出来了。吉筱美回到"红帽儿衙门"一说，日本人也就投其所好，又开始给他钱。给也不多给，只是细水长流，让他手里总有点儿，不断流儿，就这么一直拴着他。于是就这样，也就把郝连瑞套牢了。这次郝连瑞把这个吉筱美引到白燕尘的跟前，用的办法挺笨。这时白燕尘的心里已经明白，经过这次庆典之后，日本人也就更不会放过自己，所以不想连累太多的人，谦德庄和地道外的园子能不去就都不去了，只在南市的聚缘茶馆儿。一天晚上，园子散了场，白燕尘在后台收拾了正要走，郝连瑞过来拉住他，说要请他喝茶。白燕尘知道又没好事，推说自己还有个约会，就想赶紧脱身。不料郝连瑞一把拉住他，涎着脸说，让你去，你就去，今儿晚上去了保你不会后悔。白燕尘知道郝连瑞这人不地道，但看看他，又不知他这葫芦里到底卖的什么药，就只好跟着出来了。

郝连瑞雇了胶皮，拉着白燕尘来到旭街跟宫岛街的交口儿。旭街也就是今天的和平路，宫岛街是现在的鞍山道，这一带最早是日本人的租界，当时取的也就都是日本街名。在宫岛街路口的拐角，有一个日本茶室。这时白燕尘的心里就已明白了八九分。但既然已经来了，也就只好下了胶皮，硬着头皮跟着进来。来到一个房间，见榻榻米上坐着个穿和服的日本女人。郝连瑞给白燕尘介绍说，这是吉筱美小姐，她去园子听过你的含灯大鼓，很仰慕，早就想认识你，一直没机会，所以今晚才让我把你请来。白燕尘跟"红帽儿衙门"打了这几次交道，已经知道日本人的心思，也就猜到这个叫吉筱美的日本女人是怎么回事。郝连瑞喝了一杯茶，说旁边的房间还有个熟人，过去看看，就出去了。白燕尘知道郝连瑞不会回来了，几次也想起身走，但心里明白，这个叫吉筱美的日本女人看着花枝招展的挺漂亮，但也不能得罪，真招了她，肯定跟招了绪方清一是一样的结果，也就只好耐着性子，跟她喝了一会儿茶。又过了一会儿，吉筱美就凑过来，给他捏肩，捶背。这一下白燕尘有借口了，闭着眼任由吉筱美捶捏了一会儿，就说，真是挺舒服，这一舒服就困了。吉筱美一听立刻说，那就去休息吧。说着帮白燕尘穿上外边的衣裳，就一块儿出来。这时小汽车已等在门口，上了车，沿着宫岛街一直朝西边来。白燕尘的心里明白，这一定是去吉筱美的住处。汽车开到宫岛街和三岛街的交口儿，白燕尘让车停一下，说下去买包烟。这样下了车，往黑胡同里一拐就走了。

如果依白燕尘过去的脾气，第二天见了郝连瑞，肯定得把他骂一顿。但这时的白燕尘已经学乖了，知道这郝连瑞既然能这么干，肯定是日本人让他干的，也就不想得罪他。所以第二天来园子，郝连瑞一见就歪嘴乐着问，昨晚怎么样，今天还能爬起来就不简单。

白燕尘也就只是笑笑，不置可否。

白燕尘以为，头天晚上跟这个叫吉筱美的日本女人这样不辞而别，这女人也就应该明白是怎么回事，不会再来纠缠自己。但他想错了。第二天晚上，园子刚散场，白燕尘一出来，这个吉筱美就迎上来。这时园子的门口都是人，白燕尘又是个名角儿，都认识，这女人穿着一件黑地儿月白牡丹花儿的日本和服，岔开两根白藕似的胳膊朝白燕尘扑过来，在街上也就很扎眼。白燕尘是个好面子的人，不想在这大庭广众之下跟这女人纠缠，又不好发作，只好跟着她上了停在路边的小汽车。但一上车就有点儿急了，越想越气，觉着自己是让这女人绑架了。汽车刚拐了一个弯儿，看看已离开园子，就让汽车停下。吉筱美不发话，汽车也就继续往前开。这下白燕尘真急了，一使劲把车门推开，就要往下跳。

吉筱美这才让车停下来。白燕尘没说话，就从车上下来了。

这以后，连着几天，这个吉筱美天天晚上散场的时候来。白燕尘也不用这女人费事，一出来，就乖乖地钻进等在路边的汽车。然后汽车拐一个弯，白燕尘再下来。几天以后，白燕尘就明白了，这个日本女人这么干是成心的，她跟自己有没有真事并不重要，只想达到一个目的，就是让园子的人都知道，白燕尘现在跟日本人是什么关系。这样想明白了，这天上午就来找郝连瑞。他对郝连瑞说，这个叫吉筱美的女人到底是怎么回事，我不想知道，究竟是谁让她来的，我也不想问，不过你告诉她，她要是再这么没完没了地缠着我，真把我惹急了，咱就扳倒葫芦洒了油，我也不是豁不出去的人，不信咱就试试。

当时郝连瑞听了，眨巴着两眼没说话。

但从这以后，这个叫吉筱美的日本女人果然再没露面。

叶汶这才明白，为什么郝连瑞在另一份揭发材料里只说了宫崎银花，却没提这个叫吉筱美的女人。当年真正跟这个吉筱美有过实质性关系的并不是白燕尘，而是郝连瑞自己。如果他在这份材料里提这个女人，也就等于不打自招。叶汶想了想，又问关团长，这个叫宫崎银花的女人又是怎么回事？关团长说，要说这个宫崎银花，就有点儿来历了，她的中国名字叫宫银花，当年他父亲"老板儿牙"说起白燕尘时，也曾提过这个女人。她就生在天津，也在天津长大，能说一口地道的天津话，如果不说，没人能看出她是日本人。

所以，关团长说，一开始，白燕尘也不知道。

白燕尘认识这个宫银花时，刚又出了一件意外的事。当时那个叫吉筱美的日本女人不露面了，"红帽儿衙门"的人也没再来找麻烦，白燕尘的日子也就消停下来。但就在这时，他师父"老板儿牙"又跟他闹起来。白燕尘的脾气倔，"老板儿牙"的脾气更倔。白燕尘这时唱含灯大鼓已经越来越红，但他越红，"老板儿牙"也就越有气。他早已放出话来，要清理门户，跟白燕尘解除师徒关系。这时看看杂七杂八的事都已消停了，就要办这事了。当时也有行里人劝他，你虽是他梅花大鼓的师父，可这梅花大鼓怎么唱，是含灯还是不含灯，这就不是你能管的事了，俗话说，师父领进门，修行在个人，你总不能管他一辈子，况且徒弟红了，当师父的脸上也有光，何必撕破脸，非得走到这一步？但"老板儿牙"听不进去，一门心思就要跟白燕尘解除师徒关系。

050

他要解除，还不是一般的解除。当初白燕尘拜师是摆了酒席的，这种拜师摆酒席，行里叫"摆知"，也就是把这个师徒关系摆出来，让同道同业的行里人都知道的意思；这次"老板儿牙"跟白燕尘解除师徒关系，也要"摆知"。只不过当初拜师"摆知"，是白燕尘摆，可这回却是"老板儿牙"自己摆。但"老板儿牙"这次自己"摆知"，也有个条件，不光当初"摆知"时来的人有一个算一个，还都得来，白燕尘也必须到场。这就有点儿过分了，解除师徒关系"摆知"，这已经没这个先例，还要让白燕尘自己也到场，这分明是要在同行面前羞臊他。但白燕尘看在这几年师徒的情分上，还是答应了。不过同行同业的人一听还是糊涂了，"摆知"都是拜师，还没听说过倒着摆的。

于是到"摆知"这天，仪式的气氛也就可想而知。

"老板儿牙"当然拿不出太多的钱，这次"摆知"也就没去太像样的饭馆儿。吃饭的时候，虽然大伙儿都使劲说笑，故意把这尴尬气氛冲淡一些，白燕尘也照样到每一桌，挨着个儿地敬酒，但"老板儿牙"还是有点儿搂不住，没一会儿就喝大了。他一喝大，嘴也就没把门儿的了，开始数落白燕尘。白燕尘也不说话，更不还嘴，数落就让他数落。但他这时毕竟已是有名有姓的大角儿，让"老板儿牙"数落了一会儿，脸上就有点儿挂不住了。不过白燕尘到底是旗籍子弟出身，又在行里混了这几年，当然不会跟师父还嘴。可自个儿的心里又憋屈，就使着劲地喝酒，这一喝也就喝得有点儿大了。

就在这时，跑堂儿的伙计来跟他说，外面有人找。白燕尘出来一看，是个小干巴瘦的男人，有点儿脸熟，再细一看就认出来了，是跟在兰雪篁身边的那个手下，上次去小白楼的维格多利西餐馆见兰雪篁，就是他来接的自己，于是问，有什么事？

这男人把一个信兜交给白燕尘。

白燕尘撕开一看，是一个请柬和一封信。这请柬上写的是，兰雪篁要跟一个叫尚云飞的人结婚，举行婚礼这天，请白燕尘出席。白燕尘看了这个请柬愣了愣，一时没反应过来。再看这封信，是兰雪篁写的。白燕尘看了信才知道，这个来送信的小干巴瘦男人就是尚云飞。兰雪篁当初的那个死鬼丈夫，也就是孙殿英手下的黄副官，跟前有几个马弁，这个尚云飞就是其中之一。这尚云飞跟黄副官是河南老乡，这些年一直忠心耿耿地跟着黄副官。黄副官死后，留下的值钱东西太多，兰雪篁一个女人，怕不安全，就让尚云飞又挑了几个当初黄副官身边的近人，留下跟着自己。兰雪篁也看出来，这个尚云飞一直对自己有意，只是不敢表示。但她当初连黄副官都看不上眼，自然也就更看不上这个尚云飞。可是兰雪篁在这封信里说，人跟人都是缘分，她看出来了，也想明白了，怎么都是一辈子，既然是缘分，也就有缘分的道理，只要看透了，随缘就是了。她在信上说，只是还有一个请求，知道白燕尘现在已是天津的名角儿，事儿多，也忙，可事情再多，也请他抽个空儿，来参加她的婚礼。

白燕尘一看心里就来气了。兰雪篁显然是让这个叫尚云飞的小干巴瘦男人特意来天津，给自己送这个请柬和这封信。可她这么干是什么意思？赌气，还是成心向自己示威？白燕尘这会儿也是喝得有点儿大，就把这请柬和这封信又摔给尚云飞，说了句，我没这闲工夫儿。说完转身就往里走。这一下这个叫尚云飞的男人恼了。他一直跟在兰雪篁的身边，当然知道兰雪篁对白燕尘的心思。本来这次让他来天津送这个请柬和这封信，他就有点儿不太情愿，现在一见白燕尘这么说，一下就有点儿要急。俗话说，抬手不打笑脸人，这大老远巴巴儿地来给你送请柬，你不想去说不想去的，可这么说话，就太不地道了。这尚云飞毕竟是行武出身，也有脾气，一看白燕尘把请柬和信摔回来，就瞪起眼说，白先生，你这是啥意思？白燕尘也是正拿酒劲儿顶着，加上刚才一直让师父"老板儿牙"数落，心里窝着火，只横了他一眼，没搭理就径直往里走。尚云飞一看更来气了，追上来拉了白燕尘一把。

白燕尘以为他要动手，回身就给了他一下子。

这个尚云飞虽是行武出身，但背枪筒子行，身手却不行，长得又瘦小枯干，白燕尘虽然也瘦，可身材高大，又练过，他这一下正推在尚云飞的胸口上。尚云飞没防备，往后倒退了几步一屁股就坐在地上的一个水洼儿里。这下尚云飞终于忍不住了，噌地把腰里的手枪拔出来，咔吧掰开机头。白燕尘是见过大世面的，旗籍子弟的爷们儿脾气也上来了，一见尚云飞拔出枪，反倒折身回来了，把自己的脑袋伸到他眼前，用手指着说，你要真有本事就朝这儿打，我这脑袋正痒痒呢！这时里边的人听见外面吵吵，出来一看，白燕尘跟一个举着枪的小个子男人正矫情，眼看要出人命，知道白燕尘这会儿心里正没好气，就赶紧把他劝进去了。这时候，里面的这顿饭也吃得差不多了，还不光是差不多，也是越吃越没劲。张罗这事儿的"唐转轴儿"一看，赶紧见好儿就收，也就招呼着让大伙儿散了。

白燕尘窝着这口气出来，这会儿反倒觉着酒劲儿下去了。见路边有个小馆儿，就走进来。这小馆儿是专做水爆肚的，味道有点儿像北京大栅栏儿门框胡同的"爆肚杨"，白燕尘偶尔从这儿过，就进来吃一碗。这时在一张桌子的跟前坐下，要了一个水爆肚，又要了二两烧酒，就独自闷头喝起来。正喝着，有个人过来，在对面坐下了。白燕尘抬头一看，是个年轻女人，长得不算漂亮，但挺受看，从穿着打扮能看出来，不像是老城里的。这女人冲白燕尘笑笑说，白先生一个人在这儿喝呢。白燕尘见这女人认识自己，想想也不奇怪，自己天天在园子演出，自然是自己不认识别人，但别人净认识自己的。

这女人又说，今天的事儿，不叫个事儿，您别往心里去。

白燕尘明白了，这女人应该是一路跟过来的，刚才的事，她都看见了。但毕竟不是什么露脸的事，就摇头叹了口气。这女人又说，其实师徒也像夫妻，就是个缘分，有缘分在，怎么都行，一旦缘分没了，就是行也不行了，况且拜师不是卖身，总不能一辈子沿着师父给划的指甲印儿走，漫说师父，就是爹妈也有说得不对的时候，该不听，也照样可以不听。

白燕尘一听，觉着这女人说得入情入理，话也顺耳，又抬头看她一眼。

这女人又接着说，我最爱听您的含灯大鼓，经常几个园子追着听，您这嘴里的一盏灯，就像是一块锦，唱的梅花调就如同是一朵花儿，合在一块儿，真是锦上添花。

白燕尘一听笑了，觉着这女人的比喻挺有意思。

这女人说，您别误会，我这可不是恭维您，您来天津这地界儿不是一天两天了，天津人的脾气您应该知道，都是直肠子，肚子里不拐弯儿，你唱得好，活儿地道，就捧，锛瓜掉字儿另说，谁都备不住，可要是真不行，茶壶茶碗儿飞上去的时候也有。

白燕尘这才明白，这女人虽年轻，看来真是自己的老观众，不光熟悉自己的含灯大鼓，连当初是从北京过来的都清楚。这么想着，刚才窝在心里的气也就消了点儿，冲这女人笑笑说，你也过奖了。这女人认真地说，这可不是过奖，您这嘴里叼着东西，还能字正腔圆，听着也单一个味儿，这可不是谁想学就能学的，要我看是胎里带，天生的。

白燕尘忍不住噗地笑了，给自己倒了一盅酒，端起来说，要说我来天津这几年，见的观众也不少，听你这话说的，不光是懂行，还真是一个知己，我敬你一杯吧，不成敬意。

这女人一下有些惶恐，赶紧说，我不会喝酒，这样吧，我以茶代酒，也敬您一杯。

白燕尘跟这个女人就这样认识了。

这女人告诉白燕尘，她叫宫银花，家里是混洋事儿的，父亲在斋藤洋行做高级职员。本来家里是新派，可她从小就喜欢曲艺，尤其是大鼓。后来偶然听了白燕尘的含灯大鼓，一下就爱上了。她说，白燕尘的含灯大鼓，不光梅花调唱得好，台上看着也好，几根蜡烛一点，叼在嘴上真是光彩照人，再配上他这副独特的嗓子，简直就像天上飘下来的声音。接着又摇摇头，有些不好意思地说，可她一直想坐前头，离台近，能看得真绰点儿，却总是没有靠前的茶桌。白燕尘一听就明白了。园子里靠前的茶桌就那几张，都在唐转轴儿的手里管着。唐转轴儿是指着这几张茶桌赚钱，哪个有身份的人物来了，自然都要坐前头，茶桌钱也就由着唐转轴儿随便要，反正多个三块两块的这种人也不在乎，所以头前的茶桌一般人也就坐不上。白燕尘一听，对这个叫宫银花的女人说，这事好办，我回去跟他们说一声就行了。

这以后，这女人再来聚缘茶馆儿，前头的茶桌就给她留出来。

几天以后的一个晚上，白燕尘散了场一出来，宫银花已雇了胶皮等在门口。见白燕尘出来了，就朝这边招手，意思是让他上车。白燕尘看出她有事，犹豫了一下，还是过来上了这辆胶皮。两人又来到南市口那个专做水爆肚的小馆儿。进来一坐下，宫银花就说，我当初是跟师父在这儿认识的，所以今晚还来这儿。

白燕尘没听懂，看看她问，哪个师父？

宫银花笑笑说，当然是您啊。

白燕尘更不懂了，不知她说的这师父从哪儿论的。

这时宫银花已要了一盘"羊散丹"，一盘"羊肚领儿"和一盘"蘑菇尖儿"，又特意要了一壶烧酒，笑着说，今晚师父在台上，嗓子出奇的好，我也陪您喝一盅儿吧。

白燕尘看着宫银花，还是不明白她今晚到底是怎么个意思。

宫银花先陪着白燕尘喝了一盅酒，然后才说，她早就有一个心愿，想学梅花大鼓，可说实话，一直不知道该拜谁为师，听人说，拜师不是个简单的事，不光看艺，也得看人，人不行，艺就是再高也不能拜，真拜了日后也有麻烦。自从听了白燕尘的含灯大鼓，也常听人们议论，心里一直很仰慕，这回也是缘分，总算有机会认识了，这几天想来想去，就想拜白燕尘为师。接着赶紧又说，她倒没想过下海，只是喜好，拜师也就是为了学艺，将来是不是真指这个吃饭，还说不定。白燕尘听了很意外，他还从没想过要开门收徒，况且就是真收，也不会收宫银花这样一个如花似玉的年轻女子。但白燕尘也看出来，宫银花这话不是随便说的，显然已经过深思熟虑。这时，宫银花又说，她知道曲艺行里的规矩，拜师得"摆知"，可她不想这么干，倒不是觉着这"摆知"俗，只是折腾这一场事，花几个钱倒无所谓，可劳心劳神的，又惊动那么多人，实在没有太大意义，所以想来想去，只要白燕尘同意，承认她这个徒弟，她就心满意足了，以后一定跟着师父一心一意认真学艺，这才是最重要的。

白燕尘一听不"摆知"，心里才放下一些。想想说，难得你这么喜欢这一行，这样吧，行里的规矩看来你多少也懂一点儿，咱就算口盟的师徒吧。说着又笑笑，只是我连口盟的徒弟也还从没收过。宫银花显然知道"口盟"是怎么回事，一听赶紧说，行。跟着又说，虽然不"摆知"，可她总得请几个亲朋挚友吃顿饭，也让大家高兴高兴，知道她拜了这样一位名师，再有就是行里，白燕尘平时知近的朋友，也该请几位过来。白燕尘一听，也就同意了。

这个宫银花挺会办事，又跟白燕尘商量，这次请客，虽不想铺排太大，也总不能太寒酸，是不是还让园子里的管事唐转轴儿给操持一下。白燕尘也没太当一回事，一听就点头答应了。平时行里谁有这类事，也都是找唐转轴儿。但这次唐转轴儿一听，想了想，对白燕尘说，你这徒弟收得可有点儿各色，说是不"摆知"，可如果这么请客，说来说去还跟"摆知"是一个意思，这就让我为难了，真"摆知"好说，该请谁请谁，可现在明明"摆知"，又不叫"摆知"，非叫请客，这让我请谁不请谁呢，到时候真有人挑眼，我可落不起这个埋怨。

白燕尘本来对这事没太走心，也没把这当回事，这时听唐转轴儿一说，才突然意识到，看来宫银花说的这个简简单单的请客，也没有这么简单。

但白燕尘这时还不知道，这件事的麻烦才只是开始。到吃饭这天，宫银花果然请了一些人来，说都是她的亲朋好友。唐转轴儿话虽这样说，也知道行里的人平时谁跟白燕尘关系好，也就请了几个跟白燕尘最知近的人。这顿饭一开始倒没事。但吃到快一半时，唐转轴儿过来把白燕尘拉到一边，小声问，你这个徒弟，是怎么认识的？

白燕尘问，怎么了？

唐转轴儿说，你了解她吗？

白燕尘这才觉出有事了，问唐转轴儿，到底怎么回事？

唐转轴儿说，咱是自己人，我就跟你明说吧，你这个徒弟今天请来的这些朋友里，有几个人我看着面熟，刚才想起来了，上回日本人在福岛花园办庆典，这几个人都在，好像还都有头有脸，我如果没记错，他们应该是"红帽儿衙门"的人。

白燕尘一听，眼立刻瞪起来，刚要说话，唐转轴儿赶紧把他按住了，又小声说，我还怕看错了，刚才又问"二窝头"，"二窝头"说，他和"田醋溜儿"一来就认出来了，这里边少说有三四个是"红帽儿衙门"的人，有一个他还知道名字，叫小野。

白燕尘听了，扭头就走。

唐转轴儿连忙拉住他问，你去哪儿？

白燕尘气哼哼地说，我走，这不是拿我打镲吗？

唐转轴儿一听也急了，说，今天这可是你的事儿，甭管摆知还是请客，我们都是冲你面子来的，你这主家走了算怎么回事？总不能把个烂摊子甩给我们啊？

白燕尘想想，唐转轴儿说得也是，倘这宫银花请来的这几个所谓的亲朋好友都是"红帽儿衙门"的人，自己这样不辞而别地一走，得罪人的屎盆子也就都扣在唐转轴儿他们几个的头上。宫银花既然能把"红帽儿衙门"的人请来，就说明跟他们的关系不一般，甚至她自己也是"红帽儿衙门"的人。倘果真如此，自己这样甩手一走，她肯定不会善罢甘休。这一想，也就只好强忍下来。硬着头皮把这顿饭吃完了，连招呼也没打就走了。

白燕尘连着两天没在园子露面。第三天再来时，就发现，他收了个女徒弟的事已在后台哄嚷动了。事情就是这样，最怕传，一传就走样儿。其实说起来也没太走样儿，就说是白燕尘收了一个年轻漂亮的女徒弟，两天前刚"摆知"，且这个女徒弟很有来头儿，"摆知"那天还请了"红帽儿衙门"的人。更有人说，这回白燕尘可没人敢惹了，以后有了撑腰的。

白燕尘一听，气得两眼发黑，但又总不能去挨着个儿地给人家解释。

晚上园子散了，白燕尘刚回到后台，唐转轴儿就过来了，看看身边没人，小声对白燕尘说，我看出来了，你根本就不清楚这个叫宫银花的女人是怎么回事，对吗？

白燕尘丧气地说，说得是啊，要知道，我能招惹这种人吗？

唐转轴儿说，好吧，咱行里有句老话，不知者不为怪，那我就告诉你吧，这两天，我已经打听清楚了，这个宫银花，其实是个日本女人，她本名叫宫崎银花。

白燕尘立刻吓了一跳，想想说，可她一口的天津话，哪像日本人？

唐转轴儿也叹口气，摇头说，是啊，要不怎么就把你骗了呢，她在天津土生土长，也是喝海河水长大的，别说你，连我这地道的老天津人都没看出来。

白燕尘这时已经明白了，这个宫银花来接近自己，又要跟自己拜师学艺，其实跟那个叫吉筱美的日本女人是一个目的，假如自己真收了这宫银花，日本人就有话说了，而自己也就让他们套住，再怎么解释也解释不清了。唐转轴儿又对白燕尘说，你现在是大腕儿，外边都叫你白老板，日本人当然会盯上你，这事到底怎么着，你自己拿主意。说着朝两旁看了看，又往跟前凑凑小声说，不过告诉你，这个宫银花，这会儿正在园子门口等你呢。

白燕尘一听，转身就往后门走。

唐转轴儿又一把拉住他说，你先等等，再听我说句话。

白燕尘只好站住了。

唐转轴儿说，有句俗话，叫跑得了和尚跑不了庙，眼下这庙虽不是你的，可这庙里不光你一个和尚，你走了，别人怎么办？更何况这庙真让人烧了，大伙儿也就都没饭辙了。

白燕尘说，可我总得躲躲。

唐转轴儿说，你躲得过初一，躲得过十五吗？再说这么躲，到哪天是个头儿？

白燕尘让唐转轴儿这一说，一下也没主意了。寻思了一下，没好气地说，好好儿的，怎么就上了这条贼船，现在左右都不行，那你说，我该怎么办？

唐转轴儿说，要我说，发昏当不了死，你该跟她见，还得跟她见，甭管好话歹话，总得当面说清了，只是别往僵里说，现在既然已知道是怎么回事了，这种人，咱千万得罪不得。

白燕尘又想想，只好点头说，好吧。

说完，就从园子里出来了。

白燕尘一出来，宫银花就迎过来，脆脆地叫了声，师父。白燕尘一听她叫师父，心里的气就不打一处来。但忍了忍，没发作，只是瞥她一眼。宫银花又说，师父，今晚有几个朋友，想请您吃个便饭。这时白燕尘已看见了，不远的街边正停着一辆黑色小汽车。于是冷冷地说，已经半夜了，我没有这时候吃饭的习惯。说着转身就要走。

宫银花立刻拉住他说，欸，师父，您先等等。

白燕尘站住了，回身拨开她的手说，你还是叫我白先生吧，这么叫，我听着别扭。

宫银花倒并不介意，只是冲着白燕尘笑笑。

白燕尘又说，从一开始咱就说了，这个拜师不"摆知"，既然不"摆知"，按行里的规矩也就不算真拜师，口盟不口盟也就是这么一说，从我这儿就没当回事。

宫银花听了又一笑。这女人这个晚上化妆挺重，抹了个大白脸，这时在街边的路灯底下龇牙一笑，也就显得没一点血色儿。她说，师父，话不能这样说，口盟也是盟啊，常言说，君子一言，驷马难追，您这样的身份，总不能说了话又不算是不是？

白燕尘一下给噎住了，冲宫银花张张嘴，扭身就走了。

事后"二窝头"说，白燕尘曾跟他说过，他知道，这回自己真要摊上事儿了，既然日本人对他下了这么大心思，还一直没完没了，这回肯定不会轻易放过他。果然，接下来的几天，这个叫宫崎银花的日本女人没再露面。但一天晚上，白燕尘一来到园子，就觉着大伙儿看他的眼神不对。但只是看，谁也不说话。等他演出完了，从台上下来，唐转轴儿才过来说，刚才你上台之前，没敢跟你说，你看今天的《庸报》了吗？

白燕尘意识到又有事，愣了愣问，《庸报》怎么了？

唐转轴儿就拿来一张当天的《庸报》。白燕尘接过一看，只见头版的大字标题写着，《著名艺人白燕尘喜收新徒，东洋新秀宫崎银花拜师学艺》。旁边还有一幅宫崎银花双手捧着酒杯，给白燕尘献酒的大幅照片。白燕尘一下就愣住了，看来这照片是那天吃饭时，有人偷着拍的。唐转轴儿笑笑说，这回你该明白了吧，日本人费这么大劲，绕来绕去最后还是把你套住了，他们在这报上一登，白纸黑字儿，又有照片，这回你不承认都不行了。

白燕尘看了没说话，扔下报纸就走了。

《庸报》虽然是日本人控制的报纸，但这个消息一登出来，天津还是立刻就炸了。天津人平时最爱曲艺，甚至比京戏都爱，当时白燕尘在天津的名气也就很大，街上一提几乎没有不知道的。现在这报上说，白燕尘竟然收了个日本女徒弟，天津人就蒙了，都知道白燕尘从不沾日本人的边儿，就闹不清这是怎么回事。白燕尘自从来天津，在台上还从没听过"倒好儿"。这以后再上台，底下就经常不知从哪个角落冒出一声"咚——！"，跟着那边又接上一声"呹——！"。还有时不知从哪儿，突然就飞上来一个茶壶。有一回飞上来的茶壶还带着半壶热茶，白燕尘没防备，嘴里的灯也掉了，一场大鼓演砸了不说，底下的观众本来还不好意思明着轰，这一下逮着机会了，干脆连茶碗果盘儿瓜子儿碟子都扔上去了。

这以后，白燕尘就不上台了。

但谁都不知道，这时白燕尘正谋划一件事。几天以后，《庸报》上又登出一则消息，位置虽不显眼，标题却很引人注意，《著名艺人"白赶五"昨晚溺水身亡》。大致内容说，天津著名鼓曲艺人"白赶五"，昨晚因酒醉，不慎在金钢桥上跌入海河，溺水身亡。这是白燕尘自己花钱，在《庸报》上的付费专栏登的一个消息。《庸报》的人不知道这"白赶五"是谁，当时花钱登些奇奇怪怪消息的人也经常有，就稀里糊涂地把这消息给登出来。但《庸报》的人不知这"白赶五"是谁，天津老百姓却都知道，一下又炸了，到处都在议论，说白燕尘虽然喝酒，但不嗜酒，怎么会喝醉了掉进海河淹死呢？等日本人明白是怎么回事，白燕尘在海河淹死的事天津人就都已知道了。这时日本人就料到，看来白燕尘想离开天津了。

日本人果然没猜错。白燕尘在《庸报》上登了这条消息，也就等于告诉天津人，这个绰号叫"白赶五"的白燕尘，从此在天津死了，没了。但就在他收拾东西，准备离开天津时，这天一大早，唐转轴儿跌跌撞撞地跑来找他。白燕尘一看就知道有事，忙问，又怎么了？

唐转轴儿说，出事了，园子出事了！

聚缘茶馆儿有个十几岁的孩子，叫年三儿，本来是个街上的小要饭花子，赶上阴天下雨，就在园子门口避雨，有时夜里没处去也在园子门口的房檐儿底下睡。这孩子挺懂事，觉着总在这园子门口给人家添麻烦，没事儿就拿块破布，给园子擦门脸儿，赶上门口有事也跟着搬搬抬抬。后来唐转轴儿发现这孩子挺勤快，一问叫年三儿，干脆就让他来园子里打杂儿，管吃管住，一个月给一块零花钱。这个叫年三儿的孩子也挺热心，平时谁有事都帮忙，人缘儿也挺好。可就在这个早晨，这孩子突然死在园子门口了。脖子上有一根绳子，显然是让人勒死的。再看尸体旁边，还有一封信，说这只是开始，只要白燕尘不露面，往后这园子就会一天死一个人，轮着谁是谁。白燕尘一听就明白了，这肯定又是"红帽儿衙门"的人干的。这也就说明，日本人已经知道了，自己并没死。

唐转轴儿说，是啊，俗话说，人怕出名猪怕壮，你白老板的腕儿大是腕儿大，可这腕儿一大，也是树大招风，日本人这回算是盯上你了。说着又摇头叹了口气，这"红帽儿衙门"的人也真他妈忒狠了，你跟谁就冲谁，一码归一码，年三儿一个孩子，你说招谁惹谁了！

说完看一眼白燕尘，好像还想说什么，又把话咽回去了。

这时白燕尘已经明白了，看来走是不能走了，倘自己真跺脚一走，这园子非遭大难不可。唐转轴儿又看看白燕尘，犹豫了一下说，白老板，咱这园子可是几十条人命啊，倘真像"红帽儿衙门"说的，一天死一个，也死不了几天，你可不能不管不顾地说走就走。

白燕尘点头说，放心，我白燕尘的为人，你唐老板还不清楚吗?!

关团长说到这儿，才忽然想起来，笑着对叶汶说，光顾着说话，已经这个点儿了，剧场的食堂也没饭了，门口有个小铺儿，素烩饼做的味儿挺好，咱去吃碗烩饼吧。

叶汶赶紧说，我请您。

关团长一听就笑了，说，不用你请，你上次说过，叶宝铃是你爷爷，这叶老先生听我爸说过，也是老前辈了，这要论起来，你跟我还差着一辈儿呢。

叶汶也笑了，说是。

关团长站起来，拍着叶汶的肩膀说，看你这岁数也是刚上班，等以后吧，甭管干哪行，挣了大钱，再请我吃好的，今天这碗素烩饼，还是我来吧。

两人说着，就来到剧场门口的小铺儿。

关团长跟小铺儿的人挺熟，要了两碗素烩饼，又让灶上炒了一个葱爆肉，然后问叶汶，喝酒不喝。叶汶笑了，说，喝点儿就喝点儿。关团长又要了两瓶啤酒。两人一边吃着喝着，叶汶忽然想起来，上次来时，曾问过关团长，这白燕尘后来是怎么死的。当时关团长说，白燕尘的死，还一直是一桩悬案。这时就问，后来白燕尘，究竟是怎么死的?

关团长摇头说，这件事，到现在也没人能说清楚。

关团长说，要说这白燕尘，不愧是当年旗籍"健锐营"的后代，是个有血性的爷们儿。那次日本人的"红帽儿衙门"杀了年三儿，又扬言只要白燕尘不出来，就一天杀一个人。白燕尘一听这话，也就没离开天津。但没离天津，也还是没去园子露面儿。

过了几天，"红帽儿衙门"果然又杀了一个人。这回杀的是一个唱西河大鼓的艺人，叫陈傻子。这陈傻子四十来岁，正年轻力壮，是个有名的老实人，平时吃喝嫖赌全不沾，没一点儿不良嗜好，也从不招人惹人，整天除了做艺不知道别的。可一天晚上散场，他从园子一出来，人就没了。家里等到天亮不见人，就来园子找。园子也说不知道。又过了两天，人就在海河里漂上来了。这下园子里的人都炸了，知道又是"红帽儿衙门"的人干的，就都推举唐转轴儿，再来找白燕尘商量，看这事怎么办，总不能眼瞅着园子里的人一个接一个地死。于是唐转轴儿就又来找白燕尘。可这次来了，一见白燕尘就愣住了。这时的白燕尘，几乎已认不出来了。只几天的工夫，他的一口牙全没了。白燕尘本来是个挺帅的人，平时又爱干净，好打扮，从上到下都透着一股精神气儿。可这时牙一没，看着就像个老太太，腮帮子嘬了，下巴也翘了，连鼻子翅儿都扇了。唐转轴儿来时，白燕尘正躺在床上。唐转轴儿赶紧问，这是怎么回事？

白燕尘这时已说不出话，只冲他摆摆手。

这下，唐转轴儿的心里倒踏实了。白燕尘唱的是含灯大鼓，得用嘴叼着灯，嘴叼灯其实是牙的劲，得用后槽牙咬着灯架子。现在一口的牙都没了，别说叼灯，一张嘴都撒气漏风，就是干唱也唱不了了。既然已经成了这样，"红帽儿衙门"的人也就总该死心了。

几天以后，《益世报》上登出一则消息，说天津最近出现了一种怪病，叫"鬼吃牙"，著名鼓曲艺人白燕尘本来有一口好牙，所以当初的艺名才叫"小白牙儿"，可一天早晨，一觉醒来，一口雪白的牙齿竟然都莫名其妙地掉了，一夜之间成了个七八十岁的老人。这消息旁边还配了一张照片，白燕尘躺在床上，瘪着嘴，两眼半睁半闭。显然，这消息又是白燕尘自己花钱登的。这以后，天津也就再没白燕尘的消息了。再后来街上有人传说，白燕尘牙没了，不光不能唱，连饭辙也没了，后来就真跳了海河。当初他自己花钱在《庸报》上登消息，说自己在海河溺水身亡，没想到，竟然一语成谶。

叶汶问，他就——这么死了？

关团长说，是啊，都说他当年就这么死了，可后来，又出了一件事。

关团长说，这事也是听他爸"老板儿牙"说的。大约在1942年前后，南市的聚缘茶馆儿出了一件奇事。也不是天天有，隔三差五，就会有一场奇怪的含灯大鼓。这个含灯大鼓演唱的时候，园子里得先关灯，黑得伸手不见五指，然后台上就出现一张人脸，叼着灯。这脸就像一个巨大的夜明珠，让叼着的灯一映，也会发光。但又看不见身子，就像飘在台上，所以当时的报纸上就叫"浮灯大鼓"。那段时间，聚缘茶馆儿一下就火了，天天晚上一票难求。但这个奇特的"浮灯大鼓"不是天天演，门口的"水牌子"也不写，只能赶，赶上哪天算哪天。后来"红帽儿衙门"的人听说了，暗中来过几次，这"浮灯大鼓"就再也不演了。

叶汶听了，想想说，这事儿要问园子的管事唐转轴儿，不就清楚了？

关团长说，是啊，可唐转轴儿这人看着八面玲珑，其实也胆小怕事，对这事一直守口如瓶，后来再有人问，干脆就说，是园子里请的神。再后来，聚缘茶馆儿着了一把大火。这把火也奇怪，是在夜里着的，园子的后台没人，突然就莫名其妙地烧起来。唐转轴儿那一晚正好睡在园子里，也烧死了。直到几年后，还有人议论这事，说是"红帽儿衙门"的人干的事。唐转轴儿一死，这"浮灯大鼓"的事也就真成了一个谜，再也没人能说清楚了。

叶汶问，白燕尘的死呢，真是跳了海河？

关团长摇头叹了口气，这件事，也成了一桩悬案。

关团长说，但后来也有人说，唱这"浮灯大鼓"的就是白燕尘。据传说，后来那个叫兰雪篁的女人又来到天津，掏钱给白燕尘镶了一口金牙。当年她那个死鬼前夫，也就是孙殿英手下的黄副官，跟着孙殿英去挖慈禧的坟时，曾偷着留下一颗夜明珠。后来他死了，这颗夜明珠也就到了兰雪篁的手里。兰雪篁给白燕尘镶了这一口金牙之后，就让人把这颗夜明珠碾成粉。白燕尘再上台时，抹在脸上。这以后，也就有了在天津轰动一时的"浮灯大鼓"。

叶汶从天和艺术团出来时，已是傍晚，看看表，没回家，就直接奔滨湖医院来。病房里没人，七爷的床上已经重新整理过了，又换了干净平整的白床单。叶汶立刻有了一种不祥的预感，连忙来到护理站。果然，护士说，18床的病人已经去世了。

叶汶从楼上下来，看到刚办完手续的父亲。

叶汶站住了，看着父亲说，七爷走了？

父亲说，走了。

叶汶问，他走时，有话吗？

父亲说，他只是一直问你去哪儿了。

叶汶听了没说话，想了想，眼泪就流下来……

2019年清明改毕于天津木华榭

2021年6月6日修改于曦庐

梨花楼

梨花楼不是楼，是个茶馆儿。天津人把茶馆儿叫茶园。再早，天津有名有姓的茶园至少有七家。清道光年间有个叫崔旭的才子，曾作《津门竹枝词》："茶园七处赛京城，纨绔逢场各有情。若问儿家住何处，家家门外有堂名。"后来只剩了四家，号称"四大茶园"，一个在北门里大街的元升胡同，叫"金声茶园"；一个在侯家后北口路西，叫"协盛茶园"；"袭胜轩茶园"在北大关；离金华桥的南桥膀子不远，还一个叫"庆芳茶园"，在东马路的袜子胡同。茶园也叫"茶楼"。叫楼，是因为真是楼，一般分上下两层。天津的茶楼跟别处不一样，来喝茶的茶座儿不光为喝茶，也为听戏，所以茶水不要钱，听戏要钱。当年"小达子"李桂春，名丑郝永雷，连余书岩、梅兰芳都在这里的茶楼唱过戏。好角儿，好戏，好水，好茶，这才能叫座儿。早先街上没戏园子，听戏就是上茶楼。赶上有好角儿，能把茶楼挤爆了。

　　梨花楼也是茶园，把着锅店街西口，紧挨山西会馆后身儿。当年的天津有城墙，后来"八国联军"打进来，城墙虽让洋人扒了，老天津人说话，说起哪块地界儿，还习惯用当初的四个城门做地标，譬如在东城门的里边，叫"东门里"，南城门的跟前，叫"南门脸儿"，北城门的外面，叫"北门外"。这梨花楼所在的锅店街西口，就在北门外。

梨花楼虽也叫楼，却只有一层。常来的茶座儿都知道，这里从不邀角儿，没戏，也没玩意儿，喝茶就是喝茶。用葫芦马的话说，这才叫茶馆儿，既然来喝茶，就只管喝茶，清静。茶馆儿掌柜的姓吴，叫吴连桂，但也有人说，再早好像叫吴连升。吴掌柜四十来岁，看着不像买卖人，挺闷，用街上的话说有点儿"死相"，平时总戴个水晶片儿的墨镜。他这墨镜也特别，镜片儿大得像两个茶盏，能遮住半个脸，肚子里的事也就都挡在心里，没人能看出来。葫芦马跟这吴掌柜投脾气，来喝茶时，没事闲搭着也聊几句。据葫芦马说，吴掌柜戴墨镜是眼有毛病，且这毛病是胎里带，一只眼的瞳仁儿长反了，是白的，看着吓人，所以才弄个墨镜遮住。有好事的不太信，总想问问吴掌柜是不是真这么回事，但这种话又不好直着说，就问得拐弯抹角儿。吴掌柜听了不说是，也不说不是，只是笑笑。再问，就把话岔到别的事上，葫芦马的勒脖儿葫芦今年又勒出几个像样儿的，比三河刘的本长葫芦还有意思，要么就说陈蝈蝈，年前刚分的这罐蝈蝈挺好，兴许能出几条有成色的虫子；问的人也知趣，明白吴掌柜一会儿葫芦马，一会儿陈蝈蝈，是成心不想接这话茬儿，也就不好再问。

街上玩儿虫玩儿鸟的，有个不成文的习惯，玩儿哪样东西的就称呼这人哪样东西，玩儿蝈蝈的姓陈，就叫陈蝈蝈，玩儿蝴蝶的姓蓝，就叫蓝蝴蝶，唯独葫芦马例外。葫芦马叫葫芦马，自然是因为葫芦。但他这葫芦不是玩儿，是做，勒脖儿葫芦，押花儿葫芦，烫画儿葫芦，因为做的葫芦比人名气大，街上的人就把葫芦放前面，姓放后面，叫他"葫芦马"。

春节也叫阴历年。

一般的茶楼，阴历年是淡季。这日子口儿不好邀角儿，没角儿，自然也就不上座儿，索性歇业，有嘛事儿出了正月再说。梨花楼没有邀角儿的事，过年也就连市，该开还照开。天津人过年，一般是迈两道门槛儿，一是初五，二是正月十五。初五也叫"破五儿"，一破这个"五儿"，年味儿也就淡了，到正月十五再吃了元宵，这一场子年也就算过完了。但街上不行，街上的说法是"没出正月都是年"，出来谁见谁，张爷李爷王爷赵爷，还得接着说拜年话。正月二十这天一早，葫芦马来到梨花楼，直到一壶香片沏上了，还是没见三梆子。三梆子是陈蝈蝈的远房侄子，平时半主半仆地跟在身边。每天一大早，都是三梆子先来，茶馆儿靠南的窗前有一张茶桌，在这儿喝茶，能看见窗外小院里的竹子，赶上下雪更是好景致，一层耀眼的白雪压在竹叶上，跟画儿似的。三梆子早来，就为给陈蝈蝈占这个茶桌。

葫芦马从一"破五儿"就没见陈蝈蝈，等三梆子，是想问问怎么回事。一边喝着茶，一边跟旁边茶桌的人有一句没一句地闲聊，就见蓝蝴蝶来了。蓝蝴蝶一进茶馆儿，旁边有认识的一边蓝爷长蓝爷短地拜年，一边就都跟过来。蓝蝴蝶在估衣街有一爿货栈，他这货栈卖日用杂货，也卖酒，且专卖北京的南路烧酒。平时常去京南的马驹桥，赶上空闲，也进城去隆福寺的茶馆儿喝茶，就学了一手玩儿蝴蝶的绝活儿。每回来梨花楼，先沏上一壶茶，然后就不慌不忙地从怀里掏出暖笼儿。这暖笼儿是个锦盖儿，打开锦盖儿，让蝴蝶爬出来，先在笼口站一下，再用茶水的热气轻轻一嘘，这蝴蝶就会一抖翅膀飞起来。更奇的是，它在茶馆儿里飞一圈，自己还能回来，又在暖笼口扇着翅膀站一下，就钻回去了。所以，蓝蝴蝶每回一来，茶馆儿的人就都围过来，等着看他放蝴蝶。但今天蓝蝴蝶来了，在葫芦马对面坐下，从怀里掏出的不是暖笼，却是一张银票。他把这银票放到茶桌上，往葫芦马的眼前一推。葫芦马拿起看了看，是二十块大洋。蓝蝴蝶说，陈爷给的，说是年前在你这儿拿的那个葫芦。

葫芦马听了，哦一声。

头年的腊月二十八，陈蝈蝈曾拿走一个刚做成的高蒙芯鸡心葫芦，当时说好，随后让三梆子把钱送来，可过后没顾上，也就没再提这事。葫芦马这几天等三梆子，其实也为这鸡心葫芦，虽说都是朋友，拿面子局着，但年前的账一直拖到年后，眼看又要出正月了，总让人心里疙疙瘩瘩的。这时把银票一叠揣起来，说，这几天，一直没见三梆子。

蓝蝴蝶听了没吱声。葫芦马说三梆子，自然是指陈蝈蝈。

葫芦马又瞄一眼蓝蝴蝶。

蓝蝴蝶这才说，陈爷的事，您没听说？

葫芦马一愣，嘛事？

蓝蝴蝶朝身边瞟一眼。正围在跟前等着看蓝蝴蝶放蝴蝶的茶座儿知道人家要说背人的话，就都知趣地走开了。蓝蝴蝶这才压低声音说，正月初八那天，陈爷在清水茶园让人打了。

葫芦马一听清水茶园，又是一愣。

清水茶园在南市口，离日租界很近，不光人杂，也乱，玩儿草虫的一般不去那边。蓝蝴蝶打个嗨声说，是八哥儿李让他去的。葫芦马一听八哥儿李就想起来，头年儿，陈蝈蝈曾在私下里说过，有人想买他的虫儿，是八哥儿李给搭的桥儿，不过他虽没直接回绝，这事还是软拖了，还不光因为这回分的这罐儿虫儿成色好，也不想跟八哥儿李那种人有牵扯。

八哥儿李住芦庄子，专养安南八哥儿，行里人也叫鹩哥儿。但别人养八哥儿是玩儿，他养是卖。街上玩儿虫玩儿鸟的，也有玩儿有卖，这种卖是交情，互通有无，不为赚钱。八哥儿李养八哥儿却只为赚钱。赚钱当然也没褒贬，有拿这玩儿的，就有拿这当饭吃的，三百六十行里虽然没有养八哥儿这行，可指这个养家糊口，也算一门营生。八哥儿李养出的八哥儿口儿也好，学说话，学人声，张嘴就来，养成了，再驯出来，拎到鸟市上出手也容易。但他还有个嗜好。嗜好跟嗜好也不一样，喜欢玩儿什么，叫嗜好，而如果玩儿的不是正经事，就不叫嗜好了，只能叫毛病。这八哥儿李就是毛病，好赌。当然，大赌也赌不起，南门脸儿的"聚源昌"一类大宝局不敢进，只钻太平街的小赌门子。赶上手气好，赢钱的时候也有。但街上有句话，"久赌无胜家"，日子一长就还是赢的时候少，输的时候多，经常费劲巴力几个月养出一窝八哥儿，好容易驯得张了嘴儿，一宿工夫就都输进去了。后来老婆一气之下带孩子回娘家了，听说又找了杨柳青一个卖鱼的，去跟人家卖鱼了。这八哥儿李一个人在家，也就只剩了他跟一堆八哥儿，去过他家的人说，屋里就像个鸟笼子，呛得人能糊嗓子。

再早，这八哥儿李也常来梨花楼，跟吴掌柜也说得上话。他逢人就说，跟吴掌柜有交情。但吴掌柜私下对葫芦马说，倒不是交情，只是磨不开面子，他每回来了都一口一个二叔地叫，总不能让人家剃头挑子一头儿热。葫芦马问，这二叔是打哪儿论的？

吴掌柜苦笑着摇头，也说不上来。

当然，八哥儿李上赶着跟吴掌柜攀交情，明眼人一看就明白，也是有所图。梨花楼不唱戏，也没玩意儿，平时来的茶座儿不是玩儿虫的就是玩儿鸟的，八哥儿李来这儿找买主，总比去鸟市大街蹲马路牙子强。但后来有一次，吴掌柜把葫芦马拉到个没人的地方说，想求他一件事。葫芦马看出他吭哧憋肚的，就说，嘛事，你说吧。吴掌柜又闷了闷，才说，能不能想个办法，以后别让这八哥儿李来了。葫芦马一听就乐了，说，吴掌柜，你可是开茶馆儿的，茶馆儿都是想着法儿地往里叫人，还没听说过，有往外推的。吴掌柜听了没吭气，墨镜遮住半个脸，也看不出心里在想什么。葫芦马又寻思了一下说，话是这么说，大家都是来喝茶的，他是茶座儿，我也是茶座儿，茶座儿轰茶座儿，就更没这道理了，人家要是拿这话问我，我也没法儿答对。吴掌柜听了，还是闷着头不吭声。葫芦马又想了想，噗地一乐说，你如果实在不想让他来，我还真有个主意，不用说话，打这儿以后，保证他不来了。

说着就凑过来，在吴掌柜的耳边嘀咕了几句。

吴掌柜听了抬头问，这，行吗？

葫芦马说，行不行的，你试试。

过了几天，葫芦马抱来一只狸花猫。这是葫芦马在街上抓的一只野猫，弄回来先喂了几天从鸟市买的活家雀儿，等这猫吃惯了，又饿了它两天，才抱来。葫芦马叮嘱吴掌柜，千万看住了，别让它跑了，真跑了这些天的劲就白费了。吴掌柜是个仔细人，就把这猫放在柜台底下了。当天下午，八哥儿李又来了。八哥儿李每回来梨花楼，都拎个八哥儿笼子，来了就挂在柜台跟前的显眼地方。笼子里的八哥儿到了热闹地方兴奋，一张嘴说话，自己就能招人。他这回来了，又把笼子挂在柜台跟前。葫芦马抱来的这只狸花猫正趴在柜台底下，已经饿了几天，两眼都饿蓝了，这时一见笼子里的八哥儿，立刻想起吃过的家雀儿，噌地一下就蹿出来。八哥儿李还没看清是怎么回

076

事，这猫往起一跳就把笼子抓下来。笼子门儿摔开了，里边的八哥儿刚扑棱出来，这猫上去一口就叼跑了。这只八哥儿在猫嘴里还一直哇哇地叫，把茶馆儿里正喝茶的人都吓着了。这以后，八哥儿李又来过几次，虽说每次都加了小心，笼子不敢再离手，可这猫已经吃惯了，还总围着转来转去，把八哥儿吓得也不敢张嘴儿了。

再以后，八哥儿李果然就轻易不来了。

蓝蝴蝶告诉葫芦马，这回八哥儿李让陈蝈蝈去南市口的清水茶园，还是为买他蝈蝈的事。但八哥儿李事先并没说到底是谁想买他的蝈蝈。正月初八那天，陈蝈蝈到了清水茶园才知道，想买蝈蝈的竟然是一个三井洋行的人。这人穿一身米色西服，留着背头，见了陈蝈蝈一说话先鞠躬。他说自己也爱玩儿草虫，听说陈蝈蝈是行家，分的虫儿也好，想求两条，价钱好说。陈蝈蝈本来就没心思卖，一见这人的做派，打扮也土不土洋不洋的，就更不想卖了。玩儿草虫的人不用说话，彼此见面拿眼一搭，就知道对方是不是干这个的。这时陈蝈蝈已看出来，这人是个外行，他买自己的虫儿指不定干什么用。但陈蝈蝈在东马路开着一爿绸缎庄，北大关和单街子还有几个分号，也是场面上的人，说话办事都留余地，不会让人下不了台，就笑笑说，最近确实分了一罐儿虫儿，可天太冷，炕又烧热了，虫儿一出来就都死了，等下回吧，再分出来再说。当时八哥儿李在旁边一听就明白了，陈蝈蝈这是还想软拖，就有点儿要急。这三井洋行的人倒挺客气，笑笑说，也好。又自我介绍说，他姓熊，叫熊一文，在三井洋行混口饭吃，早就听说陈先生的大名，也想交个朋友，以后还请多指教。

话说到这儿，陈蝈蝈也就想告辞脱身了。

　　可就在这时，却出了一件意想不到的事。清水茶园这几天邀了角儿，台上正唱河北梆子《桑园会》。陈蝈蝈平时只玩儿草虫，对皮黄梆子没兴趣，也不懂，不知这台上正唱青衣的是个刚露头角的角儿，叫筱元梅，艺名"脆又红"，在南市一带的几个茶馆儿园子已经有名有姓，也没看出底下坐的几桌茶座儿正吆五喝六，显然都是来捧角儿的。陈蝈蝈和八哥儿李坐的这张茶桌紧靠墙边，本来挺清静，可陈蝈蝈已经习惯了，来了一坐下，就从怀里掏出蝈蝈葫芦放在茶桌上。这时一边说着话，这葫芦里的蝈蝈就一直在叫。蝈蝈的叫声有个特点，声音虽不大，却能打远儿，这一下茶馆儿里也就叫满了音儿，周围的茶桌都能听见。陈蝈蝈本来已经要起身了，但就在这时，旁边茶桌的一个秃头突然蹿过来，抓起茶桌上的蝈蝈葫芦扔在地上，三脚两脚就踩烂了。陈蝈蝈先是一愣，跟着就急了，蝈蝈死了也就死了，关键是这葫芦，这是年前刚从葫芦马手里拿的一个高蒙芯的鸡心葫芦，不光形好，色儿也正，拿给一块儿玩儿的谁看，都夸是好东西，而且说好的二十块大洋还没给人家，要不是这些年的朋友，就算三十块大洋葫芦马也不会出手。陈蝈蝈虽已五十多岁，年轻时也练过几下拳脚，这时往起一蹦，一把就揪住这秃头的脖领子。那个茶桌的另两个人一见也立刻扑过来。这两个人都穿着宽袖长襟的肥大衣裳，脚下趿着木屐，天津人叫"趿拉板儿"，一看打扮就知道是租界里的日本人。陈蝈蝈虽然会几下功夫，可双拳难敌四手，没几下就让人家按在地上。这几个人显然都是打人的行家，表面看不出来，但出手极狠，三拳两脚就把陈蝈蝈打得不能动了。八哥儿李一见这阵势，早已溜得不见人影了。幸好这时三梆子来了。三梆子是去街上给陈蝈蝈买鼻烟，回来一进茶馆儿，见陈蝈蝈趴在地上，浑身满脸都是血，就知道出事了。这时茶馆儿伙计也过来了，帮着三梆子把陈蝈蝈扶起来，去街上叫了一辆人力车，才把他拉回来。

蓝蝴蝶说到这儿叹了口气，好像还有话，但咳了一声又咽了回去。

葫芦马哼一声说，这八哥儿李，我早就看着不地道。

蓝蝴蝶吟吟地说，有的事，恐怕马爷还有所不知啊。

葫芦马放下手里的茶盏，看看蓝蝴蝶，你说。

蓝蝴蝶的嘴动了动，又摇了下头说，咳，算了，不说这人了。

蓝蝴蝶喝了口茶，告诉葫芦马，他也是前天才听说这事的，当晚去陈家看了看，陈蝈蝈的伤已经请西门脸儿的施大夫看了，倒没大碍，只是这口气窝在心里，还出不来。

两人正说着话，就见茶馆儿的伙计端上几个小碟，一碟黑瓜子，一碟白瓜子，还有几样时新的小点心。葫芦马抬头看看伙计。伙计说，是那边的那位爷给上的。

说完，朝旁边不远的一个茶桌挑了下脸。

葫芦马顺着看过去，是一个穿灰色西服的四方脸，正坐在那边抽着烟喝茶。葫芦马的心里立刻动了一下。这两天，他已经注意到了，这四方脸经常来，每回来了就坐在那边的那个茶桌。葫芦马注意这人，是因为这人留着大背头。来梨花楼的茶座儿也有留背头的，但留背头且穿西服的还不多见。这时，这四方脸也正朝这边看，跟葫芦马的眼光一对上，就把烟头在烟碟里按灭，起身走来。葫芦马立刻皱起眉摇了摇头。蓝蝴蝶明白葫芦马的心思。葫芦马平时看着挺随和，来喝茶跟谁都能聊两句，其实也挑人，因为是做葫芦的，也就只跟玩儿虫的人打交道，出了这茶馆儿，街上见了谁都只是点头之交。当初有个玩儿黑虫的疤瘌眼儿，绰号叫"萝卜花儿"，住梁家嘴子后街，听说葫芦马出的葫芦好，想跟他认识，后来烦人托窍地好容易找人给搭上关系了，可一块儿喝了一回茶，葫芦马就再也不想见这人了。据陈蝈蝈说，葫芦马看出这人不厚道，见面没说两句话，就嘚啵别人的不是，这个玩儿虫的家里怎么回事，那个玩儿虫的又有什么毛病，葫芦马说，来说是非事，必是是非人，况且这人是个斜眼儿，老话说，眼斜心不正，肯定不是个省事的。

这时，蓝蝴蝶就知道，葫芦马大概要走了。

果然，葫芦马又喝了口茶，掸了下前襟就准备起身了。但这时，这四方脸已经来到跟前，一边微笑着，一边冲葫芦马和蓝蝴蝶点点头。这下葫芦马不好再走了，只好也朝这人点了下头。这人指指跟前的凳子，意思想坐下，不知是不是方便。蓝蝴蝶伸手让了一下，这人就坐下了。葫芦马本来挺随性，但见了生人话就少了。蓝蝴蝶已看出来，这四方脸显然是冲葫芦马来的，也就没必要多搭话。这下就尴尬了，三个人，有两个不想说话，可不说又不合适，一下就晾在这里。蓝蝴蝶到底是常泡茶馆儿的，端起茶盏喝了一口，就从怀里掏出暖笼。旁边茶桌的人一见蓝蝴蝶把暖笼拿出来了，立刻又围过来。玩儿草虫的都有个心性儿，既是自己玩儿，也是玩儿给别人看，如果只是自己玩儿就没意思了，这也如同唱戏，不能只在家里唱，还得上台，得有人听，而且得有人叫好。玩儿虫也如是，别管叫的还是飞的，得有人听，也得有人看。这时，蓝蝴蝶把暖笼放到桌上，不慌不忙打开锦盖儿，让里面的蝴蝶自己爬出来。蓝蝴蝶玩儿的这种蝴蝶也少见，叫猫头鹰，天津人叫"夜猫子"，不光色彩鲜艳，翅膀一夯开，两边还有两只圆眼，看着真像一只猫头鹰。他先让这蝴蝶在笼口站了一下，然后放到茶盏上，用热气一嘘，这蝴蝶一抖翅膀就飞起来。刚过了年，又下了一场大雪，窗外还天寒地冻，这蝴蝶抖着翅膀在茶馆儿里一飞，立刻引得茶座儿一片惊叹。过了一会儿，它飞回来，蓝蝴蝶打开暖笼，将它轻轻收回去，这才又把锦盖儿盖上了。四方脸看看蓝蝴蝶，又看看葫芦马，点头笑道，梨花楼到底是梨花楼，果然名不虚传啊。

葫芦马笑笑。

这人又说，听说马爷的葫芦，也是一绝啊！

葫芦马一听这人对自己直呼其姓，有些意外，抬眼看看他。

这人说，这城里城外玩儿虫的，有几个不知马爷的大名啊？

这几句话，倒说得葫芦马心里挺舒坦。

正说着，三梆子来了。三梆子一进茶馆儿，先环顾一下，看见这边的茶桌，刚要过来，突然又站住了。蓝蝴蝶看出三梆子有事，冲葫芦马使个眼色，就起身迎过去。葫芦马毕竟是外场人，见这四方脸已叫自己马爷，说话也还中听，就应酬着说，这些年也没别的本事，就会弄个葫芦，也是大伙儿捧。说完又加了一句，只是弄个好葫芦，也不是容易的事。这人立刻随着说，是啊，这装虫的葫芦看着是个玩意儿，其实从行家手里出来，也没这么简单。

葫芦马嗯了一声。

这时，葫芦马一边跟这四方脸应酬着，眼角一直盯着那边。只见三梆子一边朝这边瞟着，跟蓝蝴蝶嘀咕了几句就匆匆走了。接着，蓝蝴蝶又朝柜台那边走过去。吴掌柜正坐在柜台上，手里拿着一个本子，一边喝茶一边翻看。吴掌柜平时没事，经常在柜上这样看书。有好事的茶座儿过来问，看的嘛书？吴掌柜就放下说，不是书，是账本。这时，蓝蝴蝶去柜台跟前说了两句话，就回来了。葫芦马抬头看看他，问了一句，三梆子来，有事？

葫芦马这样问，也是故意说给这四方脸听的，意思让对方知道，他和蓝蝴蝶要说自己的话了，不方便让外人听。蓝蝴蝶立刻明白他的意思，点头说，是，是有点事。

四方脸赶紧知趣地起身说，你们有事，你们说，咱以后再聊。

说完就回那边的茶桌去了。

葫芦马这才问蓝蝴蝶，三梆子怎么没过来？

蓝蝴蝶朝四方脸那边睃一眼说，他刚才是想过来，可认出这个人，就没敢来。

葫芦马哦了一声，也朝那边瞄一眼，这人，是哪条道儿上的？

蓝蝴蝶说，那天在清水茶园，想买陈爷蝈蝈的。就是他。

葫芦马想了想，三井洋行……那个姓熊的？

蓝蝴蝶点头，刚才三梆子说，那天就是这人。

葫芦马又寻思了一下，看这人的意思，不像是玩儿虫的。

蓝蝴蝶嗯一声说，我看也不像。

葫芦马问，三梆子有事？

蓝蝴蝶说，陈爷请咱俩去一趟。

两人说着，起身算了茶钱，就从梨花楼出来了。

葫芦马也住梁家嘴子。

梁家嘴子在天津老城外，从西北角再往西北走一里多地，挨着永丰屯。这里紧靠南运河北岸。南运河到这儿转了一个弯，形成一片小河套。每到秋天，上游的水下来，就把这片河套泡了，等春天水下去，该是河套还是河套。这样一来二去，这一片的地就挺肥，插根筷子也能长叶。葫芦马就住在这片小河套的边上，每年就在自己的家门口种葫芦。种也不多种，就是一畦两畦。种这种玩儿虫的葫芦一般分两种，葫芦刚坐秧时，就用绳子或模子箍上，让它按规定的形状长，这叫"范制葫芦"，用绳子勒出来的也叫"勒脖儿葫芦"。玩儿虫的人喜好不一样，对葫芦的要求也不一样，有喜欢精细大长的，也有喜欢敦实短粗的，有喜欢方方正正的，也有喜欢奇形怪状的，葫芦马种的年头儿多了，熟知这行里的人都是怎么个心气儿，每年种出的勒脖儿葫芦没等下秧，就都已有了买主。还一种葫芦，是让它自己长，想怎么长就怎么长，这叫"本长葫芦"。当然，本长葫芦也不是随便长，得经常转，让它四面都见着太阳，否则就长成了"梆子"。梆子葫芦就不值钱了，白给也没人要。京津一带玩儿虫的，最抢手的是"三河刘"的葫芦。但三河刘的葫芦出名，价儿也出名。葫芦马的葫芦虽比不上三河刘的名气大，品相却一点儿不差，价钱又合适，玩儿虫的也就都喜欢。

蓝蝴蝶再早不玩儿蝴蝶，是玩儿"金钟儿"，也爱用葫芦马的葫芦，两人的交情也就是从那时开始的。葫芦马看着大咧咧，其实交人很挑剔。常来梨花楼的茶座儿，大多是玩儿草虫的，但葫芦马交往，心里分得很清，一般的人也就是面儿上的几句话，想要哪样葫芦，套不套牙口，加不加盖儿，带铜胆还是不带铜胆，哪一种多少钱都明码实价。葫芦马的葫芦从不打价儿，要多少钱就是多少钱，不买可以，买就这价儿，一分不能少；还一种人，葫芦马是当朋友。这样的朋友也不讲价儿，当然，也不用讲价儿，经常要葫芦，哪种葫芦多少钱，彼此心里都有数，过去怎么算还怎么算就是了。不过像蓝蝴蝶和陈蝈蝈这样的朋友，葫芦马没交几个，一是不想多交，二是遇上真投脾气的也不容易。交友也如同讨老婆，不是胡噜胡噜有个脑袋就行，不光投缘，还得投契，这就可遇不可求了。梨花楼的茶座儿都知道，葫芦马跟吴掌柜也是朋友，两人倒不是无话不谈，只是吴掌柜跟别人不说的话，可以跟葫芦马说。但葫芦马的心里也清楚，自己跟吴掌柜再怎么近，也就是茶座儿跟茶馆儿掌柜的关系，吴掌柜不玩儿虫，也不玩儿葫芦，即使聊也没有太多的话，不过是说说茶馆儿的生意，街上的闲事。只是因为吴掌柜平时闷，跟别的茶座儿话少，才显得跟自己话多。

其实真正跟吴掌柜近的，还是陈蝈蝈。

陈蝈蝈跟吴掌柜还有一层关系，但一般人不知道。当年陈蝈蝈在锅店街有个羊肉馆儿，本来生意挺好。可是开饭馆儿也不是简单的事，俗话叫"勤行"，得下辛苦，起早贪黑，还得操心费力。陈蝈蝈当惯了甩手掌柜的，整天心思都在玩儿上，且东马路上还开着一爿绸缎庄，在北大关和单街子又有两个分号，不想再费这神，后来就把这羊肉馆儿歇了。先说有个意大利人看上这铺面了，想盘过去，开个洋杂货店。锅店街上的人一听就都有点儿慌。这一带的买卖铺子都是小本生意，乔一家洋买卖过来，肯定干不过人家。但后来又没动静了，再后来三倒手两倒手，才改成现在的梨花楼。只是最早这羊肉馆儿真正的东家是陈蝈蝈，街上没几个人知道。葫芦马和蓝蝴蝶当然清楚底细。一次陈蝈蝈喝大了，把这事顺嘴吐露出来。但事后酒一醒就后悔了，一再叮嘱他俩，千万别把这事说出去。葫芦马和蓝蝴蝶都不是是非人，嘴严，况且这也不是嘛大不了的事，一过后，也就都烂在肚子里了。

陈蝈蝈的家在东马路的铁狮子胡同。从梨花楼出来，要抄近路得走山西会馆后身儿。葫芦马和蓝蝴蝶正走着，忽听身后有一串"幽幽"的声音。街上人来人往，又有人力车来来回回地过，脚铃踩得叮叮当当地响，挺乱，但这"幽幽"的声音能打远儿，还是听得很真。葫芦马和蓝蝴蝶都是玩儿草虫的，一耳朵就听出来，这是"油葫芦"的叫声。两人一回头，就见"萝卜花儿"从后面跟上来。"萝卜花儿"和葫芦马都住梁家嘴子，虽然一个在城隍庙跟前的河边，一个在后街西头，但两人谁都听说过谁。葫芦马知道这"萝卜花儿"养"油葫芦"，就一直躲着，不想跟他来往。葫芦马是做葫芦的，干这行得有朋友，但朋友也不能太多。做了葫芦总得卖出去，有朋友才有生意，可朋友多了也不行，论着都是朋友，好容易做的葫芦还怎么好意思要价儿？此外还有一层，葫芦马做的葫芦也不是一般的葫芦，既然葫芦不一般，价儿也就不一般，说白了，也不是是个玩儿虫的就能买得起的。葫芦马干这行这些年，这点事都已在心里装着，所以平时交往的也就只有两种人，要么是投脾气的，也就是真朋友，再要么就是能买得起自己葫芦的。这"萝卜花儿"仗着住梁家嘴子后街，总想跟葫芦马攀街坊。人都一样，别管攀街坊还是攀朋友，攀亲戚更如是，既然攀，就有所图。葫芦马自然懂这道理，也就总故意躲着。后来"萝卜花儿"也看出来，葫芦马是成心避着自己，但又不死心，听说他常去梨花楼，就跟过来。但梨花楼的茶座儿有个习惯，都爱扎堆儿。喝茶不光是喝茶，一边喝着茶还得聊，要聊就得找能说到一块儿的，玩儿虫的跟玩儿虫的聊，玩儿鸟的跟玩儿鸟的聊，不玩儿虫也不玩儿鸟的，聊的也是彼此感兴趣的事，所以这梨花楼的茶座儿看着是一桌一桌的，其实也是仨一群俩一伙儿，都有自己的知音。这"萝卜花儿"来了，两眼一抹黑，跟谁都不认识，远远地看着葫芦马和几个朋友在那边喝茶，又不敢轻易凑过去。"萝卜花儿"虽然没跟葫芦马打过交道，但也听说过这人的脾气，用街上的话说叫"楞子"，也叫

"硌楞绷子"，遇上不对心思的人或事，张嘴话就扔出来，也不管对方能不能下台阶。"萝卜花儿"也是三十大几的人了，真让他当着一茶馆儿的人撅了，这脸就没处搁了。

后来"萝卜花儿"发现，八哥儿李跟葫芦马能说上话。"萝卜花儿"跟八哥儿李也是打出来的交情。八哥儿李养八哥儿，"萝卜花儿"养"油葫芦"，按说养的东西不挨边儿。但两人做生意，都去鸟市大街。"油葫芦"也叫黑虫，"萝卜花儿"养黑虫也不是玩儿，是卖。他卖黑虫也跟别人不一样。一般卖黑虫的都是"卖缺儿"，也就是冬天卖。外面天寒地冻，这黑虫在身上的葫芦里一叫，才显得稀缺。到夏秋季节街边的墙缝里到处都是，就不值钱了。但"萝卜花儿"冬天卖，夏秋也卖，挣不了大钱挣小钱，一天卖出几罐儿十几罐儿，好歹也能吃饭。头年秋天，"萝卜花儿"正蹲在鸟市的街边卖"油葫芦"，突然飞来两只八哥儿。养黑虫的自然怕鸟，就如同养鸟的怕猫。"萝卜花儿"一见，净顾着轰这只了，却没注意另一只。那只过来，当当几口，就把他罐儿里的几个"油葫芦"都吃了。更可气的是，这只八哥儿吃完了还不飞走，又瞪着"萝卜花儿"，一歪脑袋说了句话，"八月十五吃月饼！""萝卜花儿"一下就急了，一把把这八哥儿抓住，问是谁的。问了几声见没人答话，就蹦起来说，要是没主儿，我就摔死了，拿回去喝酒！这一说，八哥儿李才赶紧过来。八哥儿李把这两只八哥儿驯得很熟，本来架在手上，先让它们飞出去，然后再飞回来，为的是在街上招人。可没想到这八哥儿飞到旁边一伸嘴，把人家的"油葫芦"吃了。八哥儿李一看就知道惹祸了，但没敢说话，想着这八哥儿喂得熟，等它自己飞回来，赶紧架着走。可没想到这卖"油葫芦"的手快，把这八哥儿抓住了。八哥儿李知道搪不过去了，只好过来赔不是。"萝卜花儿"当然不干，他也不看八哥儿李，只是冲着这八哥儿骂大街，而且越骂越难听，简直对不上牙。骂鸟，自然也就是骂人，八哥儿李也不是省事的，心里直蹿火，就跟"萝卜花儿"矫情起来。可矫情了一阵，也自知理亏，旁边又有人给说和，最后把"萝卜花儿"的几罐儿"油葫芦"都买了，索性拿回去喂八哥儿，这事才算了结了。正所谓不打不相识，这以后，"萝卜花儿"跟八哥儿李也就认识了，再后来还成了酒肉朋友。酒当然没好酒，肉也没嘛正经肉，不过是在鸟市旁边的小摊儿或狗食馆儿，两人喝着"棒子烧"啃两块羊骨头。但后来八哥儿李发现，每回自己花钱，请"萝卜花儿"啃的都是"羊蝎子"，而轮到"萝卜花儿"，也就是吃个油炸"蝲蝲蛄"，当然，让他请别的也请不起。再以后，两人渐渐地也就不往一块儿凑了，朋友归朋友，只是各做各的生意。这回"萝卜花儿"就又来找八哥儿李，想让他给牵个线，跟葫芦马搭上关系。八哥儿李是街上混的，一听就明白了，说，知道你一直想认识葫芦马，帮这忙可以，但你得跟我说实话，费这么大劲想认识他，到底有嘛事？"萝卜花儿"这才说，其实也没嘛大事，他早就发现，葫芦马做葫芦，也不是做一个成一个，有时做着做着就做坏了，还有的做完自己看着不顺眼，就不要了，可这样的葫芦他也不扔，都毁了。"萝卜花儿"说，他想跟葫芦马商量，做坏的葫芦别毁，交给他，在外面也不说是葫芦马的葫芦，就这么卖，这样既不坏葫芦马的名声，还能把这些葫芦变成钱。八哥儿李一听，"萝卜花儿"说的这还真是一条道儿。八哥儿李跟葫芦马经常在梨花楼见面，虽然论不上朋友，但也熟，这点事当然不叫事。于是找了个机会，让"萝卜花儿"跟葫芦马搭上话，就总算认识了。

但这"萝卜花儿"有个毛病，平时最爱打听别人的私事，想跟谁拉关系，以为拿这当谈资，可以讨好对方，一见面也就总是先说这种事。但他就忘了一点，他对这种事感兴趣，可不一定别人都对这种事感兴趣，赶上腻味这种说小话儿，拿着人家隐私当趣闻的人，反而会起负面作用。葫芦马就从心里讨厌这种人。用葫芦马的话说，这种人不光是是非之人，也是小人。"萝卜花儿"头一次来梨花楼见葫芦马，虽说搭上话了，也碰了个不软不硬的钉子。当时葫芦马和陈蝈蝈正欣赏蓝蝴蝶刚从北京带回的一只蝴蝶。八哥儿李带"萝卜花儿"过来，给葫芦马引见了，就去忙自己的事了。这"萝卜花儿"在茶桌跟前一坐下，没说几句话，回头看看，见八哥儿李去旁边的茶桌说话了，就伸过头压低声音说，你们几位听说了吗，八哥儿李头几天出事了。陈蝈蝈本来就不知道这突然冒出来的"萝卜花儿"是怎么回事，这时一听就问，出什么事了？"萝卜花儿"的声音压得更低了，说，头几天，他在单街子走得好好儿的，不知从哪儿飞来一块砖头，这砖头本来是奔他脑袋来的，大概偏了，一下砸在肩膀上，把他砸了个跟头。蓝蝴蝶一听也有些意外，想想说，没听八哥儿李提这事啊？"萝卜花儿"一下更来精神了，连说带比画地眯起眼，他自己当然不会提啊，这又不是嘛露脸的事。蓝蝴蝶问，到底怎么回事？"萝卜花儿"这才说，是他的一只八哥儿惹的祸。说着又扑哧乐了。这时葫芦马的脸就耷拉下来。陈蝈蝈知道葫芦马的脾气，也就不说话了。但"萝卜花儿"不会察言观色，还接着往下说，头几天，八哥儿李在鸟市大街上正卖八哥儿，他的一只八哥儿突然说了一句话，当时声音挺大，又是鸟儿说的，所以周围的人都听见了。这八哥儿说，石榴，你过来呀。说的还不是一声，连着说了好几声。这一下听见的人就都明白了，这八哥儿说的石榴当然不是吃的石榴，而是一个女人。这女人叫白石榴，也在鸟市做生意，是卖鸟食罐儿的，也卖鸟食。鸟市上的人早有传言，说八哥儿李借着买鸟食，总跟这个叫白石榴的女人没话搭话。这时周围的人一听，连八哥儿李的八哥儿都会说"石榴过来"，可见他跟这女人说不定真有一腿，一下就都笑起来。但这一笑就笑出麻烦了。这个叫白石榴的女人有男人，跟她一块儿在鸟市摆摊儿做生意，且还是个醋坛子。这八哥儿说"石榴过来"，他起初还觉着挺好玩儿，等旁边的人一乐才明白了。可这种事，又没抓到把柄，总不能拿着屎盆子往自己脑袋上扣，也就不好发作，只把这口气闷在心里。就这样，过了几天，八哥儿李在单街子上就让人拍了一砖头。"萝卜花儿"刚说到这儿，葫芦马已经站起来，冲陈蝈蝈和蓝蝴蝶说，我还有点事，先走一步。说完也没看"萝卜花儿"，叫过伙计算了茶钱，就扭头走了。

再后来，葫芦马就再也不见这"萝卜花儿"了。

这时，"萝卜花儿"已从后面追上来。葫芦马和蓝蝴蝶只好站住了。"萝卜花儿"的身上鼓鼓囊囊的，显然揣的都是黑虫葫芦，追上来笑着说，二位爷，这是去哪儿？

葫芦马耷拉着脸，没说话。

蓝蝴蝶说，去办点事。

"萝卜花儿"跟过来，凑近了问，二位是刚从梨花楼出来？

蓝蝴蝶说，是。

"萝卜花儿"眯眼一笑，压低声音说，这梨花楼的吴掌柜，可有点儿意思啊！

蓝蝴蝶听出他话里有话，问，怎么个意思？

"萝卜花儿"噗地一乐说，有句话，听说过吗？

蓝蝴蝶看着他。

"萝卜花儿"摇晃了一下脑袋说，落了配的凤凰不如鸡啊。

蓝蝴蝶当然听过这句话，这是街上的一句土话，"落配"，其实是"落魄"，意思是说，人一落魄，本来是只凤凰，也就连一只鸡都不如了。但"萝卜花儿"这话，说得又有点莫名其妙。蓝蝴蝶刚想再问，见葫芦马已经头前走了，也就只好扔下"萝卜花儿"跟着走了。

葫芦马和蓝蝴蝶来到铁狮子胡同，往里一拐，两棵老槐树掩映着一个青砖门楼，就是陈家。两人进来时，陈蝈蝈正坐在桌前喝茶。上次在清水茶园的事已经过去十多天，陈蝈蝈的脸上还有几块明显的淤青，但看得出来，身上已没大碍了。葫芦马一见陈蝈蝈就说，这事儿刚听蓝爷说，要不早就该过来看看。陈蝈蝈摆摆手说，事儿倒没大事儿，只是这个高蒙芯的鸡心葫芦让人心疼，这么好的东西，糟践了。葫芦马一听笑着说，葫芦的事就更不叫事儿了，我那儿还有，等哪天没事了，给您拿几个过来，再挑个对心思的。蓝蝴蝶说，您让三梆子没头没脑地捎来这么句话，刚才跟吴掌柜一说，他也直犯寻思，这到底是怎么个意思？

陈蝈蝈没接这茬儿，先让三梆子沏上新茶，才说，那天的事，我总算弄清了。

陈蝈蝈这些年做生意，在街上也有几个三教九流的朋友。那天在清水茶园挨了打，回来越想越咽不下这口气，就找了个地面儿上的朋友，让带几个人去扫听一下，看到底是怎么回事。几天以后还真扫听来了，这朋友说，这事儿还是打住吧，没法儿再闹了。陈蝈蝈不服气，问到底嘛事。这朋友才说，那天那几个人，果然是租界里的日本人，但那秃子不是，是个安南人。安南人是天津人的叫法儿，也就是越南人。这些人当初来天津是傍着西洋人，后来见日本人的势力越来越大，就又来傍日本人。陈蝈蝈一

090

听更糊涂了，那天在清水茶园，这几个人应该是去捧角儿的，可日本人怎么会带个安南人来茶馆儿园子捧中国人的角儿？

这朋友再一说，陈蝈蝈才明白了。

那天在清水茶园唱《桑园会》的角儿叫筱元梅，艺名"脆又红"。梨园行有个不成文的说法，凡是艺名里带"红"字的，一般都是唱老生的。这"脆又红"就唱女老生，但也唱青衣。这一阵，她在南市一带已唱得小有名气。可一般人并不知道，其实她是日本人，日本名字叫筱原美，只是从小在天津的日租界里长大，能说一口流利的中国话，而且还能说地道的天津话，又唱河北梆子，也就没人知道她的真实身份。但唱戏也不是随便唱的，真想成角儿，得下海，还得先有师父，否则没根没叶儿，成不了正经的"蔓儿"，就是唱得再好也没人跟你搭班儿。这"脆又红"从小喜欢皮黄梆子，大了自从唱了河北梆子，越唱越有心气儿，就一直想正式拜师，而且心性还高，要拜就得拜名师，一般二三路的角色还看不上。但要拜名师就更不容易，这名师的名气越大，台面儿也就越大，等闲之辈别说拜，想见上一面都难。这一来也就只有一条路，要想拜到正经的大角儿门下，得自己先唱出来，等有了点儿名气，也就有了身价，再拜名师才好说话。这时天津过去的"四大茶园"已改成"五大天仙"，按不同的方位，分别是"上天仙""下天仙""东天仙""西天仙"和"中天仙"。这"五大天仙"不同于一般的茶馆儿园子，搭班的都是名角儿，"脆又红"自然进不去，于是也就只能在南市跟前的小园子唱。这边紧靠日租界，来喝茶的常有日本人，真遇上闹砸的或喊邪好的也有个照应。陈蝈蝈那天去清水茶园，就是碰上一个安南人陪着两个日本人来捧"脆又红"。天津的茶馆儿园子跟正经戏园子不一样，台上你唱你的，底下的茶座儿想听就听，不想听了，也可以喝着茶聊别的。但这清水茶园不行，另有规矩，尤其是"脆又红"在台上，底下鸦雀无声。据说曾有几个不长眼的茶座儿，拿这小茶园子不当回事，"脆又红"在台上唱，坐在底下旁若无人，该聊还聊，结果让旁边茶桌的几个人连踢带打地给扔到街上去了。陈蝈蝈没来过这边，自然不知这清水茶园的规矩。当时他跟这三井洋行叫熊一文的人说话，声音虽不大，但放在茶桌上的蝈蝈一直在叫。茶馆儿挺静，茶座正都立着耳朵听戏，这蝈蝈的叫声也就越来显得越大。就这样，陈蝈蝈才让旁边茶桌的这几个日本人给打了。

葫芦马听了问，那个姓熊的呢，当时他就这么看着，也不给劝劝？

陈蝈蝈摇头笑笑说，我当时已经给打蒙了，也不知这人去哪儿了。

蓝蝴蝶说，是这八哥儿李，太不地道了。

葫芦马说，是啊，出了事，他倒先溜了。

陈蝈蝈又沉了一下，说，我今天请二位来，也为这事。

葫芦马听了看一眼蓝蝴蝶。蓝蝴蝶哦了一声。

陈蝈蝈说，这事本来也没嘛大不了的，可我怎么觉着，越来越让人摸不透。

陈蝈蝈这一说，葫芦马才想起来，这个姓熊的这几天又总去梨花楼。

陈蝈蝈点头说，我已听三梆子说了。

说着吩咐三梆子，去把外面的院门插上。三梆子应了一声出去了。陈蝈蝈接着说，有个事，我想问你二位，当然，你们想说就说，要是不想说，也无所谓。

葫芦马笑了，陈爷这话是打哪儿说的，有嘛事，您只管问。

蓝蝴蝶也说，是啊，咱爷们儿这交情，没嘛不能说的。

陈蝈蝈说，你二位觉着，八哥儿李这人，怎么样？

蓝蝴蝶哼一声，我刚才已经说了，这人，不地道。

葫芦马看看陈蝈蝈问，陈爷的意思，是？

陈蝈蝈又沉了一下，才说起几天前的事。八哥儿李前些天又来找三梆子，让给传话，说是要请陈蝈蝈吃饭。三梆子知道，就算没有这回清水茶园这事，这样的应酬陈蝈蝈也不会去，况且这次的事，八哥儿李又做得这么不地道，就直接给回了，说陈爷的伤还没好利落，不方便出来。但前天上午，八哥儿李又找三梆子，这回干脆说，其实要请客的不是他，是清水茶园的王掌柜，一来给陈爷压惊，二来也想赔个礼。王掌柜说，陈爷在街上也是个有头有脸儿的人物，头一回赏脸去他的茶园，就出了这种事，总觉着心里过意不去。三梆子回来一说，陈蝈蝈果然不想去。清水茶园紧挨着日租界，平时去的人哪条道儿上的都有，陈蝈蝈摸不清这王掌柜到底是怎么回事。可再想，这回是人家要赔礼，又有些犹豫，虽然此前并不熟，总不能连这点面子都不给，况且都是在街上混的，这么硬撅人家也不合适。想来想去，就还是应了。但昨天晚上去了才知道，请客的并不是王掌柜，竟然又是那个三井洋行叫熊一文的人。陈蝈蝈一见就不太高兴，但既然已经去了，也就只好坐下来。这姓熊的解释说，王掌柜本来是要来的，可临时有事绊住了。这时陈蝈蝈已经明白了，这顿饭根本不是王掌柜请，心里也就警醒起来。自己跟这姓熊的不过一面之交，他只是想买自己两条虫儿，就算那天在清水茶园出了那样的事，跟他也没任何关系，他现在如此大费周章地请自己吃饭，到底想干什么？接着就想到了八哥儿李。这次这顿饭，又是八哥儿李给牵的线，可他牵完了线自己却不露面。陈蝈蝈到底在街上这些年，心里就有数了，这姓熊的通过八哥儿李三番两次找自己，肯定不会只为两条虫儿。这一想，心反倒放下来，索性看一看，他这葫芦里到底想卖什么药。

蓝蝴蝶问，结果呢，这姓熊的说出嘛事了吗？

陈蝈蝈喝了口茶说，没说正经事，一顿饭，扯的都是闲白儿。说完又笑了，可说闲白儿，也并不全是闲白儿，他后来又说起那天在清水茶园唱戏的"脆又红"。

葫芦马问，这姓熊的，也是个戏迷？

陈蝈蝈摇头，我看不像。

陈蝈蝈平时说话虽沉稳，但也爽快，只要是自己朋友，有话从不藏着掖着，一张嘴也就全说出来。这回却似乎有些锛嘴。他又看一眼葫芦马和蓝蝴蝶，才说，直到现在，他还是想不明白，这个姓熊的吃饭时扯来扯去，后来怎么又扯到唱戏上了。这人的酒量很大，跟陈蝈蝈说着话，一直在左一杯右一杯地敬酒。陈蝈蝈本来也能喝点儿，可对这人不摸底，加上身上的伤还没好利落，也没这心思，就只是勉强应酬。这姓熊的先是聊玩儿虫的事，说他过去一直玩儿黑虫，但后来发现，蝈蝈的叫声比"油葫芦"好听，这才又玩儿蝈蝈，不过也是刚入手，以后还请陈爷多指点。陈蝈蝈本来这顿饭吃得没滋没味儿，这时一聊起蝈蝈的事，才有了点精神。可蝈蝈的事没说几句，这姓熊的话题一转，又说起唱戏。他说自己虽在三井洋行做事，其实也是个票友，可说票友又不全是，还干点儿别的。都说这天津卫是个大码头，吃开口饭的，别管唱皮黄梆子还是唱玩意儿的，只要在天津红了，往南过长江，往北出山海关，也就都有饭辙了，其实也不尽然。天津不光是大码头，也是个卧虎藏龙的地方，水深得没底，真想在这儿唱红了，也不是容易的事。陈蝈蝈听这姓熊的说来说去，越听越摸不清他到底想说什么。又听了一会儿，才渐渐明白了，他干的事也如同做买卖。骡马市上有一种行当，叫"牲口牙子"，生意场上叫"跑合儿"的，到关外叫"拼缝儿"。这姓熊的干的事，说白了，也就是有好唱戏或唱玩意儿的，谁想下海，叩门儿拜师，他给牵线搭桥。陈蝈蝈虽不懂梨园行里的事，但没吃过猪肉，也见过猪走，这几年耳闻目睹，知道这里的事并没有这姓熊的说得这么简单，况且梨园有自己的规矩，这姓熊的再怎么说也是行外人，这种拜师的事毕竟不同于买牲口，怎么可能随便想当"牙子"就当"牙子"？这姓熊的似乎看出陈蝈蝈的心思，就笑笑说，这一行当然不是说干就能干的，有个说法，叫好汉子不愿干，赖汉子还干不了，也许一年不揭锅，揭锅就吃一年，说到底不指这行吃饭，也就是个玩儿。然后又斟上一盅酒，端起来敬了陈蝈蝈一下，才又说，最近就有一档子事。陈蝈蝈听到这儿，就知道对方要入正题了，于是不动声色地问了一句，嘛事儿？这姓熊的说，就是那天在清水茶园唱《桑园会》的那个"脆又红"，她眼下在南市一带虽说也算是有点儿名气了，可心气儿高，势头越旺，就越想还往大里走，总寻思着想拜个有名有姓的大角儿，行话说，叩个"响腕儿"。陈蝈蝈这才明白了，看来这姓熊的说来说去，其实真正想说的是这个"脆又红"。可再想，还是不明白，自己跟梨园行根本不挨边，要说玩儿草虫，哪怕是蛐蛐儿金钟儿"油葫芦"，这里的事自己还能说出个一二三，但要说唱戏的事，这就有些不挨着了。

心里这么想，就等他继续往下说。

但这姓熊的说到这儿，却不往下说了，话题一转又聊起了别的。直到吃完这顿饭，也没再提这事。这下陈蝈蝈的心里就更没底了，怎么想，都觉着这顿饭吃得云山雾罩。最后临走，这姓熊的又送了陈蝈蝈一只八哥儿。陈蝈蝈这时才知道，这人是带着这只八哥儿来的，怕它吵人，一来就先让伙计把笼子挂在了外面。这时，他让伙计把笼子拎进来，对陈蝈蝈说，这只八哥儿是一个朋友送的，本来挺能说，还会唱两口儿河北梆子，可就是太闹，所以不想养了，陈爷是玩儿主，要是喜欢，就当帮个忙，拎走算了。陈蝈蝈本来只养草虫，从不养鸟，况且玩儿虫跟玩儿鸟也不是一码事，可这姓熊的已经这么说了，推不是，不推也不是，也想赶紧脱身，就只好硬着头皮把这八哥儿拎回来了。

陈蝈蝈说着，让三梆子去把这八哥儿拎来。三梆子应一声出去了。一会儿，拎进个八哥儿笼子。八哥儿笼子跟画眉笼子差不多，但个儿大，一般也是南竹的，很精致。但这笼子不一样，看着挺糙，笼子条儿显然没太打磨，还带着毛刺儿。陈蝈蝈让三梆子把这笼子挂在架子上，里面的八哥儿蹦了几下，突然张嘴说了一句："四顾若是有人，与你个大大的无趣！"

葫芦马一听噗地乐了，说，它这是从哪儿学的这么一句？

蓝蝴蝶盯住这笼子看着，没吭声。

陈蝈蝈看看葫芦马，又看看蓝蝴蝶。

葫芦马又说，这东西不像草虫儿，摆弄可费劲的。

陈蝈蝈点头叹口气，说的是啊，一弄回来就后悔了，这哪是玩儿，简直是请个爷回来。

这时蓝蝴蝶站起来，看一眼葫芦马，对陈蝈蝈说，陈爷身子刚好，先歇着吧，过几天等利落了再说话。葫芦马一听也跟着站起身。

两人就告辞，从陈家出来了。

已经是中午。葫芦马一边走着，看一眼蓝蝴蝶说，你好像有话。蓝蝴蝶又闷头走了几步，才说，你觉出来了吗，陈爷今天说话，有点儿怪。

葫芦马哦了一声，点头说，你这一说，还真是，确实有点儿怪。

蓝蝴蝶回头看他一眼。

葫芦马又说，可哪儿怪，又说不出来。

蓝蝴蝶站住了，转过身说，今天，是他让三梆子捎话儿，叫咱来的。

葫芦马说，对啊。

蓝蝴蝶又说，可叫咱来，到底有嘛事儿？

葫芦马想了想，是啊，我刚才也寻思，他让咱来，到底想说嘛事儿？

蓝蝴蝶说，刚才陈爷的话，你信吗？

葫芦马眨了下眼，你指的，哪句话？

蓝蝴蝶说，就是这八哥儿的事。

葫芦马又寻思了一下。

这时已来到官银号后身儿。蓝蝴蝶忽然站住了，朝街边看看，冲一家羊肉馆儿指了指，就头前进去了。葫芦马也随后跟进来。两个人在一张桌的跟前坐下，要了个"羊蝎子"，又要了一盘"羊卡巴儿"，叫了六两老白干儿。伙计把酒烫热了，连菜一块儿端上来，两人一边吃着喝着，还在想刚才的事。蓝蝴蝶说，街上有句话，马爷肯定听说过。

葫芦马喝了口酒，嘛话，你说。

蓝蝴蝶说，好骑马的不骑驴，好玩儿虫的不养鸡。

葫芦马一听噗地乐了，你这话，是打哪儿说起的？

蓝蝴蝶说，陈爷弄这么一只八哥儿回来，你不觉得有点儿奇怪吗？

葫芦马不说话了，盯着蓝蝴蝶。

蓝蝴蝶接着说，我也是玩儿虫的，我知道，玩儿虫的有两样东西不养，一是鸡，二是鸟儿，倒不是怕把虫儿吃了，是这两样东西，天生跟草虫犯相。

葫芦马点头说，这倒是。

蓝蝴蝶又说，还有，刚才陈爷先问咱俩，八哥儿李这人怎么样，记得吗？

葫芦马点头说，是。

蓝蝴蝶说，可后来，他就没再提这事。

葫芦马想了想，蓝爷的意思是？

蓝蝴蝶说，我觉着，陈爷今天还有话，只是没说出来。

葫芦马问，怎么见得？

蓝蝴蝶端起酒盅喝了一口，把头伸过来说，这只八哥儿，你没看出点儿意思吗？

葫芦马没明白，想了想摇头说，没看出来。

蓝蝴蝶笑了，我说的是这八哥儿笼子。

葫芦马又想想，还是没明白。

蓝蝴蝶说，这么说吧，这笼子，是不是有点儿眼熟？

葫芦马嗯了一声，点头说，要这么说，还真是，好像在哪儿见过，再说一般玩儿鸟的，也没有用这种笼子的，简直就像个带盖儿的筐，摸着都扎手。

葫芦马说到这儿，突然不说了，看着蓝蝴蝶。

蓝蝴蝶笑了笑，我觉着，应该在梨花楼见过。

葫芦马说，你的意思，是八哥儿李？

蓝蝴蝶说，这八哥儿李先搁一边儿，我是说陈爷，他平时的习惯不这样，肚子里不存话，都是拿过嘴来就说，可今天，话已到嘴边了，一直在舌头上打转儿，就是不说出来。

说着又斟上酒，来吧马爷，喝酒。

葫芦马没动跟前的酒盅，眨了两下眼，又想了想说，蓝爷这一说，我倒想起来，刚才这只八哥儿说的一句话挺有意思，你还记得它这句话吗？

蓝蝴蝶说，听着像句戏词儿，不过，我不懂戏。

葫芦马说，我也不懂戏，可听着，这句话可上口了。

葫芦马说的上口，意思是戏曲演员在台上说话时的韵白。蓝蝴蝶虽然不懂戏，也明白葫芦马说的意思。这时愣了一下，点头说，我明白马爷的意思了。

蓝蝴蝶在估衣街的这个货栈本来只卖日用杂货，不卖酒。后来卖南路烧酒，是因为自己爱喝。南路烧酒是马驹桥出的。马驹桥离京城近，只有几十里，所以习惯喝南路烧酒的一般不是天津人，而是京城的人。再早京城的东南一带不好走，从马驹桥往城里拉酒要过凉水河，贴着大兴和通州的边儿过来，再进哈德门。因为这酒是从南边来的，所以京城的人就叫"南路烧酒"。到清光绪年间，京城的街上已没有别的酒，路边招幌上都写的是南路烧酒，意思是已经上过税了，也表明自己这酒正宗。蓝蝴蝶有一次去京城谈生意，在街上吃饭时，偶然发现这酒的味儿挺好，就带回一坛。请朋友一喝，大家也都说好，这个让蓝蝴蝶再去时给带一坛，那个也说要带一坛。这样三带两带，蓝蝴蝶觉着既然如此，这酒在天津应该也好卖，于是索性就在自己的货栈也卖南路烧酒。这一卖，街上的人果然都说好。先是仨月俩月去马驹桥拉一趟酒，后来渐渐地一个月必去一趟，赶上临近年节，一个月就得去几趟。蓝蝴蝶本来是东家，货栈有掌柜的，也有伙计，去马驹桥拉酒不必亲力亲为，但每回，还是宁愿自己去。去马驹桥不光为拉酒，在城里的隆福寺大街上还有几个玩儿蝴蝶的朋友。当然，说是朋友，其实也是师傅。玩儿蝴蝶跟玩儿别的草虫不一样，更讲究，得先跟内行学。蓝蝴蝶每回去马驹桥办完了事，让拉酒的车先回去，自己就来城里会朋友。赶上哪个朋友分出好虫儿，还能带回几只。蝴蝶不像别的草虫，寿命短，也就几天十几天，养好了，最多也就一个来月，且分蝴蝶看着比黑虫容易，其实更难，经常忙活多少天，十个蛹也分不出一只蝶。蓝蝴蝶虽已不算新手，但也只是玩儿，自己分蝶也分过，可都没活，所以还是离不开京城的这伙朋友。每次借着去拉酒，得进城到隆福寺街上的茶馆儿从这些朋友的手里拿蝶。

这天下午，蓝蝴蝶从京城一回来，就直奔梨花楼。已是出了"七九"要进"八九"的天气，俗话说"七九河开，八九雁来"，该暖和了。但回来的路上走到河西务，赶上一场雪，虽不算大，还是有些倒春寒。蓝蝴蝶来到梨花楼，一坐下，就叫过伙计问，马爷今天来过没有。伙计说，连着几天了，您几位爷都没照面儿。蓝蝴蝶一听松了口气。如果葫芦马今天来过了，也就不会再来了，没来，兴许一会儿还会来。但跟着再想，又觉着不对，他既然几天没来了，说不定有什么事，今天也许还不来。伙计看出蓝蝴蝶的心思，说，马爷一会儿准来。

蓝蝴蝶听了，看看这伙计。

伙计说，马爷跟人约了事，那边的两位也在等他。

蓝蝴蝶顺着伙计指的看去，那边坐的也是两个玩儿草虫的，就明白了，看来葫芦马今天是约了生意。于是让伙计沏了一壶茶，又端来一碟包子，一边吃着喝着，一边等葫芦马。

一会儿，葫芦马果然来了。一见蓝蝴蝶，先打了个招呼。蓝蝴蝶冲他做个手势，意思是让他先去忙，一会儿再说话。葫芦马就朝那两个玩儿草虫的走过去。在那边说了一会儿话，看意思生意谈成了，才起身朝这边过来，在蓝蝴蝶跟前坐下问，刚回来？

蓝蝴蝶点头说，是。

葫芦马看看他。

蓝蝴蝶让伙计把包子碟儿撤下去，从怀里掏出暖笼，小心地打开锦盖儿，让里边的蝴蝶爬出来。这蝴蝶太漂亮了，翅膀是蓝的，但蓝里还透着黄，花纹儿像水滴一样洒在翅膀的边上。葫芦马摇头赞叹道，还真没见过这么好看的虫儿，这要飞起来，肯定漂亮。

蓝蝴蝶一笑说，刚分的，还不能飞，一飞两天就完了。

说着，让这蝴蝶爬回暖笼，把锦盖儿盖上了。

葫芦马又看看蓝蝴蝶，问，你不是光为让我看这虫儿吧？

蓝蝴蝶说，你怎么知道？

葫芦马嗯一声，你一回来就来见我，肯定还有别的事。

蓝蝴蝶点头说，还真有点儿事。

说着又笑笑，这回在京城，听说了一件事。

葫芦马回头朝身边扫了一眼，问，嘛事？

蓝蝴蝶噗地一笑，其实也是闲白儿，是关于那个"脆又红"的事。

葫芦马一听蓝蝴蝶说到"脆又红"，立刻说，先等等，你一说"脆又红"我才想起来，你走的这几天，我也听说一个事，也是关于这"脆又红"的，正想跟你说。

蓝蝴蝶哦了一声说，那你先说。

葫芦马告诉蓝蝴蝶，头几天，住东门脸儿的白爷蝈蝈葫芦坏了，请他去给看看，在水阁大街西口，碰见三梆子。当时三梆子是来街上买东西，一见葫芦马，就拉住说，马爷，这些天总想跟您说几句话，一直没得机会，今天正好碰上了。葫芦马一听就和他来到路边，说，有嘛话，你说吧。三梆子好像又有些犹豫，吭哧了吭哧才说，马爷，我告诉您的，您可别跟我二叔露出来，是听我说的。葫芦马点头说，这你放心，你应该知道，我不是那种是非人，咱爷们儿的话哪儿说哪儿了，我烂在肚子里就是了。三梆子一听，这才说，其实那天葫芦马和蓝蝴蝶去家里看陈蝈蝈，他当时没说实话，也不是没说实话，是没把话都说出来。那只八哥儿，确实是那个三井洋行姓熊的人请陈蝈蝈吃饭时送的。葫芦马和蓝蝴蝶也没猜错，这只八哥儿，就是八哥儿李的。当时这姓熊的就明着告诉陈蝈蝈了，说这只八哥儿是他从八哥儿李的手里买的，买这八哥儿，就为送给陈蝈蝈。陈蝈蝈一听不明白，自己是玩儿草虫的，这姓熊的却没头没脑地要送自己一只八哥儿，这是从哪儿说起。但这时陈蝈蝈已感觉到了，这个姓熊的看着挺和气，说话也随和，可好像有一股逼人的阴气，跟他说话，身上的汗毛总是一竖一竖的。这时虽然觉着弄这只八哥儿回去没任何道理，可又不好推辞，当然也是不敢推辞。所以，吃完这顿饭，就还是硬着头皮把这只八哥儿拎回来了。葫芦马听三梆子说完，想了想，也越想越想不明白，这个姓熊的莫名其妙地从八哥儿李的手里买了这么一只八哥儿，又非要送给陈蝈蝈，他到底想干什么？这时，三梆子就又说了一件事。三梆子说，陈蝈蝈那天晚上吃了饭回来，心里还一直搁着一件想不明白的事，但起初没说，直到几天以后，才对三梆子说出来。那天晚上吃饭，这个姓熊的跟陈蝈蝈闲聊时，告诉他，最近，他正遇上一件棘手的事。陈蝈蝈问是嘛事。这姓熊的说，本来自己喜欢皮黄梆子，也爱玩儿票，干这种为叩门儿拜师"说合"的事也是出于兴趣，可现在越

102

干才越发现，这种事还真没这么简单，有的事，简直就没法儿干。接着，他就说到了那个唱河北梆子的"脆又红"。他说，这"脆又红"不知听谁说的，他是干这行的，最近就找上门儿来，说她一直想正式叩门儿，让给引见一个大角儿。这姓熊的一听，起初也没当回事，既然想叩门儿，自然都是奔"大角儿"，搁谁也一样。但这"脆又红"再一说，这姓熊的才意识到，这事恐怕不好办。她不光想叩大角儿，还指名点姓，要叩"千千红"。这姓熊的当然听说过"千千红"。这"千千红"是唱男老生的，也唱青衣，当初不仅在天津，即使去江南也是唱到哪儿红到哪儿，上海的报纸曾称他为"秦腔泰斗"。这里所说的秦腔，指的当然不是陕西秦腔，就是河北梆子。可后来不知为什么，这"千千红"突然就销声匿迹了，没人知道他去了哪儿。这姓熊的想，这几年，多少有名的戏班和茶馆儿园子想请他，四处找都找不到，自己再怎么说也只是个行外人，上哪儿找去？但让他骑虎难下的是，一开始，这"脆又红"刚说这事时，他并没当个多难办的事，给了一笔钱也就接了，现在才明白，敢情这是一块烫手的山芋，可已经接的钱，又没法儿再退回去。三梆子说，现在让陈蝈蝈想不明白的是，自己不过是个玩儿草虫的，这姓熊的让八哥儿李给引见了，先说要买两个蝈蝈，接着又请吃饭，现在又莫名其妙地说起这个"脆又红"要叩门儿的事，这天上一脚地下一脚的，这个姓熊的到底想干什么？葫芦马听了想想，也越想越想不明白。三梆子说完这事，还急着要去买东西，打了个招呼就赶紧走了。

这时，葫芦马对蓝蝴蝶说，这陈爷跟咱的交情也不是一天两天了，一直觉着他是个敞亮人，可这回不知怎么回事，总觉着他深得摸不着底，不知肚子里还闷着多少话。

蓝蝴蝶点头说，是，我也这么觉着，这回这里边，是不是还有别的事。

葫芦马忽然想起来，你刚才说，这回去京城，也听说这"脆又红"的事了？

蓝蝴蝶这才哦了一声，告诉葫芦马，这"脆又红"元宵节一过就去京城了。京城的园子虽跟天津这边的茶馆儿园子不一样，但也分台面大小。台面大的别说一般角色，就是有点名气的角儿也不一定能进去。外地来的，一般都奔珠市口。这珠市口的地盘分街南和街北。街南也就是"天桥"一带，是"撂地儿"的地方，有几个小园子也不是正经唱戏的。街北从"开明戏院"，再往北才都是像模像样的园子。但这些园子都让一些大戏班占着，外地来京城的，就是白玉霜和芙蓉花这样的评剧大角儿，也只能在珠市口大街两边的"开明"和"华北"两个园子唱，再往北就进不去了。"脆又红"这回去，是在珠市口大街上一个叫"六合"的园子唱。这园子虽不太大，但还算像样。头两天还行，虽没满座儿，也没出什么岔子。可到第三天就出事了。不知这"脆又红"是夜里没睡好，还是吃咸了，在台上有一句没唱上去，底下就有人叫了倒好。这倒好一叫，就不会是一个人，一般都是这边先有人喊一声"咚——！"那边再有人接过去，喊一声"吒——！"然后邪好就会一片声地哄起来。但这次，这边的一声"咚"，那边的一声"吒"刚喊完，底下的邪好还没起来，观众席里突然就跳起几个人，几个在这边，几个在那边，一下就把这边喊"咚"和那边喊"吒"的两个人都按在地上了。可这两个人显然也都不省事，不知是身上的劲大，还是有些武功，立刻跟这几个人撕巴起来。这下园子里就乱了，有的观众趁乱，把一些乱七八糟的东西都扔到台上去了。戏砸了，也就只

104

好停演了。但这事到这里还不算完。以往园子里有人闹砸，这种事也常有，如果事情闹得小，第二天还照演，闹大了，这戏班也就赶紧卷铺盖走人了。可这回，第二天，"脆又红"不光还在这六合戏园接着演，且还来了一伙警察，在这园子里为"脆又红"坐镇。常去六合园子看戏的人都说，这阵仗，以往还从来没有过。

葫芦马听了，用两眼瞅着蓝蝴蝶。

蓝蝴蝶笑笑，就不再往下说了。

葫芦马每天的习惯，早晨起来不吃饭，得先喝一壶茉莉花茶。壶还不是一般的壶，得是大号茶壶。身上已干了一宿，尿出的尿都又短又黄，得先用一壶茶把肚子里的五脏六腑沏开，这样浑身上下才能跟着脑袋一块儿醒。喝完了茶，就去门口的河套看葫芦架。葫芦马还是喜欢"范制葫芦"，别管勒的还是扣的，想让它怎么长，它就得怎么长，这样出的葫芦才有意思。"本长葫芦"当然也有味道，但长得再周正，也就是个葫芦样儿，不管它就永远不会出奇；从河套回来，吃了早饭，也就可以来梨花楼了。葫芦马来梨花楼只为两样，首先当然是生意。街上有句话，河里没鱼市上看。玩儿草虫的都爱泡茶馆儿，一边喝着茶聊养虫的事，当然也为显摆自己的虫子。葫芦马的葫芦，只有在梨花楼这种地方才能找到买主儿；再一样，葫芦马也喜欢这里的气氛。一进梨花楼，茶水的味道，开水的热气，搅着鸟儿和草虫儿的叫声，茶座儿们聊天的说话声，一股热咕嘟的气息扑面而来。在这儿泡着，好像人也成了茶叶，连时间都静止了，一天的工夫好像能这样没完没了地一直延伸下去。

所以，用老茶座儿的话说，泡茶馆儿也如同抽大烟。

但这几天，葫芦马没去梨花楼。一是因为蓝蝴蝶又去马驹桥拉酒了，每回一去，来回至少得八天，二来也是因为那个三井洋行叫熊一文的人。这人还是三天两头来梨花楼，来了也不跟别的茶座儿聊天，就坐在那边的茶桌一边抽着烟喝茶，只要一有机会，就凑过来搭话。如果有蓝蝴蝶在，葫芦马还能跟蓝蝴蝶说话，就算这人过来，他俩一说别的事，他也就只好知趣地走开了。但蓝蝴蝶不在就不行了，这人过来一屁股就坐这儿了，葫芦马又好面子，不好说别的，只能有一句没一句地跟他聊，一边聊着心想，这哪是来茶馆儿喝茶，简直是受罪。所以，只要蓝蝴蝶不在，葫芦马宁可这茶不喝也不来梨花楼。

这个上午，葫芦马从河套回来，吃了早饭，就从家里出来，想着蓝蝴蝶该回来了，上午先在梨花楼一块儿喝茶，下午拉着他去鸟市转转。东门脸儿的白爷一直想给自己的"棒子葫芦"配个底座儿，可腿脚儿不方便，轻易不出来。白爷跟葫芦马也算有交情，曾帮着卖出几个押花儿葫芦，且价钱都挺合适。葫芦马就想去鸟市给白爷的葫芦配个底座儿，也算把这人情还上。一路溜达着从河边过来，再往前就是锅店街西口了，就见"萝卜花儿"迎面过来。葫芦马本想装没看见，拐进旁边的胡同绕开，但"萝卜花儿"已迎过来，这就没办法躲了。葫芦马只好站住了。"萝卜花儿"一过来，老远就伸着脖子说，马爷，您听说了吗？

葫芦马问，嘛事？

"萝卜花儿"来到跟前说，八哥儿李出事了！

葫芦马一愣，出嘛事了？

"萝卜花儿"说，跑了！

葫芦马又一惊，跑了？

"萝卜花儿"知道葫芦马不待见自己，这时一见他惊着了，心里挺高兴，摇着头说是啊，昨儿晚上才听说的，连家也不要了，不过也有人说，他到底是跑了还是死了，也说不定。

葫芦马问，到底怎么回事？

"萝卜花儿"这才告诉葫芦马，事情还是从鸟市那个叫白石榴的女人起的。头些日子，八哥儿李在单街子让人砸了一砖头，事后就在鸟市的街上说，他知道这一砖头是从哪儿来的，别忙，冤有头，债有主，这笔账先搁着，早晚得算明白了。他在街上说这话，当然是给白石榴的男人听的。这话也就很快传到白石榴男人的耳朵里。其实八哥儿李这样说，也是吹气冒泡儿，真要动真格的未必敢把白石榴的男人怎么样。但事有凑巧，没过几天，白石榴的男人还真出事了。一天晚上，白石榴和男人收了摊儿，从鸟市大街出来。白石榴两口子是住在针市街，一路往西过来，走到北门脸儿，迎面碰上两个人。这两人都摇摇晃晃，显然刚喝了酒。白石榴的男人从旁边走过时，这两人中的一个突然一把揪住他的胳膊，硬说碰着他了。白石榴的男人也是街上的人，看出这两个人是借着酒劲儿成心找茬儿，不想惹事，就拉上白石榴想赶紧走。可这人还不依不饶，一挥手就在他脸上给了一下子。这下白石榴的男人急了，立刻还了手，接着就跟这人撕巴起来。这一撕巴，旁边的那人也过来上手了。白石榴的男人是一个人，人家是两个人，且都喝了酒，一喝酒身上都是邪劲。这一下就吃了亏，让人家按在地上一顿连踢带打。打了一阵，才让过路的人给拉开了。

白石榴的男人无缘无故挨了一顿打，回来越想这事儿越不对。最后就认定，毛病是在八哥儿李这儿，这两人肯定是八哥儿李找的。白石榴的男人这些年在鸟市做小买卖，也见过世面，吃了这个亏，当然不能就这么完了，于是让人给八哥儿李捎话，三天以后的晚上，在南运河小码头见，要么带十块大洋，这事儿算一笔勾销，要么俩人单挑儿，使刀使棍，还是赤手空拳，由八哥儿李点，他随着，最后谁弄死谁，这事儿才算完。不过白石榴的男人也说了，如果八哥儿李尿了，不敢来，也没关系，反正他在芦庄子的家他认识，跑得了和尚跑不了庙，大不了去掏窝儿也是一样。白石榴的男人把这话捎过去，捎话儿的人回来说，八哥儿李听了没说去，也没说不去，只哼了一声就转身走了。但三天以后的晚上，八哥儿李果然没来。白石榴的男人讲诚信，真是一个人去的，可在河边的小码头一直等到半夜，还不见八哥儿李的人影，后来越等越撮火，就干脆直奔芦庄子来。但是到八哥儿李的家一看，房门四敞大开，屋里的破烂东西扔了一地，显然，人已经走了，而且看意思已经走几天了。这时再一问旁边的街坊，才知道，他这房子是租的，这一走，还欠着人家房东几个月的房钱。

葫芦马听了想想，问，就为这点事儿，他就跑了？

"萝卜花儿"又噗地一乐说，这您就问到根儿上了，这事儿，还真没这么简单。

"萝卜花儿"又往前凑凑，接着说，鸟市的人一听这事儿，也都不太信，就为这点事儿，八哥儿李连家也不要了，就这么跑了，好像不太可能。果然，后来才有知道内情的人说，其实不是这么回事，八哥儿李跑是真跑了，可跟白石榴的男人没关系，或者也有点关系，但主要的还不是为这个。他这回跑，真正的原因是借了人家的钱，为躲账才跑的。

葫芦马问，他借印子钱了？

"萝卜花儿"说，要是印子钱倒好了，比印子钱还厉害。

"萝卜花儿"朝身边看看，又往前凑了凑说，有个在三井洋

108

行混事儿的人，叫熊一文，您该听说过吧，他就是借了这熊一文的钱，据说借的数虽然不算大，可也不小，有二百块大洋，可就这二百块大洋，就要了他的命，如果指着卖八哥儿，他就是卖到死也卖不出这二百块大洋。更要命的是，他借的还是赌债，借完不到一宿就又都输光了。

说着又摇头叹口气，赌债啊，这是欠着玩儿的吗？

葫芦马嗯一声，就转身朝锅店街那边去了。

葫芦马来到梨花楼时，蓝蝴蝶已经先到了，正坐在一个茶桌跟前，跟旁边的人闲聊。抬头一见葫芦马，就说，我这儿等你半天了，要再不来，就得去找你了。

葫芦马坐下问，有事？

蓝蝴蝶说，陈爷刚才让三梆子来送信，说中午，要请咱俩吃饭。

葫芦马笑笑说，陈爷这是怎么了，不年不节的，怎么总请客？

蓝蝴蝶也笑了，大概在家待着闷，想找人去说说话。

葫芦马问，哪儿吃？

蓝蝴蝶说，听三梆子说，不去外面。

葫芦马想了想，陈爷大概是有嘛事儿，想跟咱俩说吧？

蓝蝴蝶说，我刚才也这么想，看意思，兴许是。

两人说着就站起身。一边往外走着，葫芦马看见吴掌柜正站在柜台里，脸冲着这边。由于戴着墨镜，不知是不是正朝这边看。想了想，就还是走过来，问吴掌柜，有事？

吴掌柜嗯了一声。

吴掌柜平时说话，总习惯声音很低。但他的声音低跟别人不一样。别人说话声音低，耳音不好的也就听不太清。吴掌柜不是，他的声音低，吐字却很清楚，每句话都能送到对方的耳朵里。这时，他说，刚才听伙计说，有人给您留话了。

葫芦马问，谁？

吴掌柜朝那边的茶桌挑了下脸。葫芦马回头一看就明白了，吴掌柜指的是那个叫熊一文的人每次来、坐的那张茶桌。此时那张桌空着，显然，这姓熊的还没来。

葫芦马问，留嘛话了？

吴掌柜说，今天中午，要请您吃饭。

葫芦马听了寻思一下，对吴掌柜说，我还有事，跟蓝爷先走了。走了几步又站住，回头说，让伙计告诉他，就说我说的，这顿饭心领了，就不扰了。

吴掌柜点点头。葫芦马就和蓝蝴蝶从茶馆儿出来。

蓝蝴蝶是个心细的人。这个上午一听三梆子说，陈蝈蝈要请他和葫芦马吃饭，就找人去估衣街，给自己的货栈送信儿，让伙计把一坛刚进的南路烧酒给铁狮子胡同的陈家送去，说是中午要用。这时，他和葫芦马来到陈家，这坛酒已经先送过来了。陈蝈蝈一见蓝蝴蝶就说，蓝爷你可真是的，我既然请二位吃饭，就备得起酒，哪有让你自带酒水的道理。蓝蝴蝶笑笑说，倒不是这意思，我一直说这南路烧酒好喝，可也就是说说，今天正好是个机会，让陈爷咂摸咂摸滋味儿，一人一个口味，您要是也觉着好，以后就多给您送点儿过来。

陈蝈蝈点头说，这倒可以，那今天就尝尝。

葫芦马说，这些天，陈爷一直没去茶馆儿？

陈蝈蝈轻轻嘘出一口气，说，手头有事，没闲下来。

蓝蝴蝶打量了一下陈蝈蝈。陈蝈蝈看着有些疲倦，人也明显瘦了，本来就是个大脑门儿，这一下显得两个眼窝都陷进去了。

本想问问怎么回事，再想，也许还是为上回清水茶园那一档事，陈爷在街上再怎么说也是有头有脸儿的人，哪受过这个。

话到嘴边，就又咽了回去。

这时，外面饭庄订的菜已经送来了。在前厅摆好，几个人坐过来。酒过三巡，蓝蝴蝶说，我俩刚才来的路上，马爷还开玩笑，说不年不节的，陈爷怎么总请客。

陈蝈蝈放下酒盅说，今天请二位来，也是有点事儿。

葫芦马和蓝蝴蝶对视了一下。

陈蝈蝈咳了一声，好像要接着说，可嗯嗯了两声，又伸手拿过酒壶，先给蓝蝴蝶和葫芦马斟满，也给自己斟上。葫芦马和蓝蝴蝶一直拿眼看着他。陈蝈蝈放下酒壶，又让三梆子去把水烟袋拿过来。点上水烟，抽了几口，才说，其实也没嘛大事。

葫芦马笑了，陈爷，这可不像您的脾气啊。

陈蝈蝈也笑笑。

蓝蝴蝶说，我问一句吧，还是那姓熊的事？

陈蝈蝈把手里的火捻儿放下，问，还记得那个"千千红"吗？

蓝蝴蝶和葫芦马一听都想起来，陈蝈蝈曾说过，那个"脆又红"来找这姓熊的，想拜传说中的"千千红"为师，可这姓熊的为难了，不知上哪儿给她找去。

陈蝈蝈说，这"千千红"，我打听来了。

蓝蝴蝶和葫芦马一听，把酒盅慢慢放下了。

陈蝈蝈又抽了几口水烟，才说，这事儿也是无意中听说的，几天前跟几个生意上的朋友一块儿吃饭，没想到这几个朋友都是戏迷，说着说着就提起了"千千红"。其中一个朋友说，他还真知道这"千千红"当年是怎么回事。陈蝈蝈本来对梨园行的事不感兴趣，也不想掺和这姓熊的说的"脆又红"想拜师的事。但这时既然这朋友说起来，又是吃饭闲聊，也就让他说说。这朋友是做干货生意的，没想到一说起戏班里的事竟然头头是道。他说，这"千千红"是河北永清人，从小学的是胡生，嗓子不光脆，也甜，当时在天津可以说是独一份儿。据说当年坐科时，也是下了死功夫的。每天要倒立席筒几个时辰，这还不说，男童最难熬的是"倒仓"，也就是变声这一段，只要变不好人就废了。晚上睡觉，要在铺上泼水，行里人说，这样变声之后才能保住嗓子。一般的男童很难熬过来，有身上长疥长癞烂死的，也有实在受不了这罪逃跑的。唯独这"千千红"，咬着牙硬熬过来了。真熬过来，也就成了角儿。坐科出来先在天津搭班儿，一唱就红了，后来又应邀去上海，在天蟾大舞台唱。这时就已红得摸不得了，到哪儿一提皮黄梆子，先说的就是"千千红"，内行的评价是"不酸不侉"。但唱戏就是这样，没红的时候有没红的愁事，真红了，也有红了的愁事，别管男角儿女角儿都如此。当时上海有个叫海音花的女人，是个名妓，上海滩多少高官巨贾排着队想见她都见不到，却偏偏看上了"千千红"，还不光看上，简直就是迷上了。但"千千红"头一次来上海，人生地不熟，又知道这不是个省事的地界儿，也就不敢轻易招惹这种事。后来这海音花急了，竟然找了几个地面儿上的人，趁他夜里散戏硬给绑了回来。当时上海的小报上说，海音花为"千千红"倒贴万元，以身嫁之。这一下不光轰动了上海，消息传回来，也轰动了天津。等"千千红"从上海回来，也就更红了，过去是只在茶馆儿园子红，这时在女人堆儿里比在茶馆儿园子还红，连大宅门里的女人都想亲眼见见，这个在上海让头牌名妓倒贴万元的"千千红"到底长什么模样。当时有一个"千千红"的同门师兄，提醒他说，唱戏的都想红，已经红了的还想更红，可你现在的这红法儿可不是好事，再这么下去恐怕要有麻烦，最好还是先出去避一避。但"千千红"这时正在风头上，自然不甘心走。这样又过了些日子，果然就出事了。东门外有个姓陶的大盐商，家里有三房姨太太，大姨太虽还年轻，但已经失宠，整天在家里闲待着没事，自从知道了这个"千千红"，就天天去茶馆儿园子追着看戏。其实看戏也就是看戏，当时大户人家的太太小姐都爱看"千千红"。但街上有句话，不怕没好事，就怕没好人。没过多少日子，就有闲话传出来，说这大姨太看上"千千红"了，而且也想学上海的海音花，每回去看戏，别的女人往台上扔戒指，她扔金条。这个姓陶的大盐商不宠这大姨太是不宠了，可也不能认头她跑到外面去给自己戴绿帽子，一听就急了，当晚派了几个人，就去把园子砸了。这以后，"千千红"唱到哪儿，这姓陶的人就跟着砸到哪儿，再后来天津的茶馆儿园子就没人敢邀"千千红"了。这时这陶家的大姨太也知道了这事，也是在陶家积怨太深，成心赌这口气，一咬牙就跳了海河，幸好让人救上来，才没死成。这一下这姓陶的更急了，仗着财大气粗，干脆放出狠话，以后这"千千红"甭打算再唱了，就是到天边儿，他也跟他没完。这时"千千红"的眼也出了毛病，一只眼几乎看不见了，一上台总走偏，有几回还差点儿掉到台下。这以后，也就真不唱了。有人说是去了外地，也有人说没走，只是不干这行了。据说后来，东马路袜子胡同的庆芳茶园曾在《益世报》上登启事，想出重金邀"千千红"再度出山，也没找到他。就这样，这个"千千红"像一股烟，从那以后就没了。

陈蝈蝈说到这儿，又给葫芦马和蓝蝴蝶斟上酒说，来，喝酒吧。

葫芦马和蓝蝴蝶都没动酒盅，只是看着陈蝈蝈。

陈蝈蝈又说，咱是朋友，要算起来，一块儿玩儿也有几年了。

说完，又长长地舒出一口气。

蓝蝴蝶忽然笑了，说，陈爷的酒量我知道，这点酒，不至于啊。

陈蝈蝈看看他，蓝爷的意思，我喝高了？

蓝蝴蝶说，这倒不是，就是觉着，您今天有点儿怪。

陈蝈蝈听了，又朝葫芦马看了一眼。

这时，葫芦马也正看着陈蝈蝈。

蓝蝴蝶这次去马驹桥拉酒，没去隆福寺，连来带去五天就回来了。

刚回来就听到一个消息，陈蝈蝈在东马路的绸缎庄已经倒给别人了，还不光这绸缎庄，连北大关和单街子的两个分号也都倒出去了。蓝蝴蝶是在北门里听白爷说的。蓝蝴蝶跟白爷不太熟，是通过葫芦马认识的，不过都是玩儿虫的，一认识也就能说到一块儿。白爷腿不利索，平时不大出门儿，这个下午是让家里人陪着出来遛遛。这时一见蓝蝴蝶，知道他跟陈蝈蝈近，就把这事说了。又说，他也是听人说的，好像这铺子要改药材行了。蓝蝴蝶听了还不太信，跟白爷打了招呼就直奔东马路来。到这边一看，果然，几天的工夫，铺子已经腾空了，里边有几个人正收拾东西。蓝蝴蝶想了想，叫了一辆人力车，就奔梁家嘴子来。

蓝蝴蝶自从那天和葫芦马去陈蝈蝈的家里吃饭，回来一直想这事。其实那天陈蝈蝈除了说那个"千千红"的事，也没说别的，但蓝蝴蝶总觉着不太对劲。这次去马驹桥拉酒，本想走之前再跟葫芦马见一下，说说这事，也没见着。葫芦马每年一到开春就忙起来，晾了一冬的葫芦已经干透了，烫画的押花儿的都可以动手了。葫芦马一做葫芦，也就闭关了，别说来茶馆儿喝茶，就是拉屎撒尿也不出来。这个下午，蓝蝴蝶来到梁家嘴子，一见葫芦马就把陈蝈蝈的事说了。葫芦马听了，只是哦一声。蓝蝴蝶看看他，你知道这事了？

葫芦马摇摇头，我这些日子没出门。

蓝蝴蝶说，可看着，你好像不意外。

葫芦马说，昨天晚上，"萝卜花儿"来了。

蓝蝴蝶哦一声问，你听"萝卜花儿"说了？

葫芦马说，这倒不是，他来，是说别的事。

蓝蝴蝶问，嘛事？

葫芦马把手里研了一半的葫芦放下，说，他这回，把所有的事都跟我说了。

葫芦马说，前一天晚上，"萝卜花儿"突然跑来敲门。门一开就一头钻进来，一把拉住葫芦马说，马爷，我现在没别人了，你得帮帮我。葫芦马见他像是刚在哪儿摔了一跤，浑身是土，就问，到底怎么回事。"萝卜花儿"先是吭吭哧哧，好像想说，又不想说。葫芦马说，你不说怎么回事，叫我怎么帮你。"萝卜花儿"又吭哧了一下，这才说，他从一开始，就没把所有的实话都对葫芦马说出来。他说，他倒霉就倒在这八哥儿李身上了。八哥儿李这次跑路之前，曾来梁家嘴子找过他。十几天前，他曾把一只死八哥儿放在"萝卜花儿"这儿了。当时"萝卜花儿"一看是只死鸟儿，嫌恶心，让他拿走。八哥儿李说，别看这是个死的，身上已经干了，不会臭，摆在屋里就像活的，这叫标本，有钱的大户人家都喜欢这东西。他说，先在"萝卜花儿"这儿存一下，过几天就拿走。他跑路的那天晚上，就是来拿这只死八哥儿的。这时"萝卜花儿"已看出来，这八哥儿李肯定有事背着自己，就说，这死鸟儿已经扔了。八哥儿李一听就急了，问扔哪儿了。"萝卜花儿"说，你跟我说实话，到底出嘛事了，我就告诉你这死鸟在哪儿。八哥儿李没办法，这才把所有的事都对"萝卜花儿"说了。他说，他欠了一笔赌债，有二百块大洋，后来的所有麻烦，也就是从这笔赌债引出来的。一次他去太平街赌钱，手气不好，到半夜身上的钱就都输光了。可这时还想翻本儿，正着急，站在旁边的一个人说，他可以借他钱，不过借是借，借一块得还两块。八哥儿李是久泡赌局的，一听就明白了，这样的地方经常有这种人，这也是一门生意，但比放印子钱还狠，借出来的都是要命的钱。可他这时已经输急眼了，想也没想就答应了。这个人先借了他五块大洋，没一会儿工夫就又输了。于是又借了十块，跟着又输了。就这样三借两借，到天亮时，这人就不借他了。八哥儿李到这会儿已经红了眼，说再借二十块，再输就不借了。这人问，你知道这一宿借我多少钱了吗？八哥儿李净顾着赌了，心里没数，就问，多少？这人把他按了手印的借据拿出来，让他自己数。八哥儿李这一数，登时惊出一身冷汗，前前后后已借了一百大洋，借一百，也就得还二百。这下也才意识到，现在已不是还借不借的事了，而是这二百块大洋怎么还。八哥儿李知道，就是把自己卖了也不值这二百大洋。这个人把八哥儿李拉到街上，这时才说，他知道他姓李，会养八哥儿，街上的人都叫八哥儿李，也知道他住芦庄子的徐家胡同。八哥儿李对街上的事都明白，这才知道，自己大概是掉进人家事先挖的坑里了。不过既然如此，事情反倒简单了，有事说事，真把事儿给对方办了，也许这笔债就能抹平了。

于是说，你怎么个意思，有嘛事，就直说吧。

这人说，你玩儿一宿了，这会儿说话你也听不进去，先回去歇歇吧，下午在南市口的清水茶园，见面再说。说完又补了一句，别让我去芦庄子的家里掏你。

八哥儿李回家睡了一觉，下午来到清水茶园，这人果然已等在这里。八哥儿李这时才知道，这人姓熊，叫熊一文，在三井洋行做事，看着是个中国人，也说一口地道的中国话，其实是日本人，日本名字叫熊本一文。接着也才知道，这个熊本一文找到自己，也是自己的那只安南鹩哥儿惹的祸。有一回，他把这鹩哥儿笼子挂在梨花楼的柜台跟前，下午去太平街的赌局，就忘了，一直到几天以后才想起来。来梨花楼拿笼子时，有两个茶座儿正站在这笼子跟前，一边看一边笑。他一过来，这笼子里的鹩哥儿就又说了一句话，"四顾若是有人，与你个大大的无趣！"八哥儿李一听也吓了一跳，不知它从哪儿学了这么一句，且还字正腔圆，一听就是戏词儿。后来吴掌柜在柜台里养了一只狸花猫，八哥儿李也就不敢再拎着鹩哥儿来梨花楼了。但他毕竟养了这些年的八哥儿，寻思了几天就明白了，这只鹩哥儿的这两句话，肯定是在梨花楼学的。八哥儿跟人学说话，单是一个学法儿，跟谁学，不光学话，连声音也学，尤其是安南鹩哥儿，比八哥儿还灵，一句话在它跟前说几遍立刻就能学会。八哥儿李仔细一听，就从这鹩哥儿这句话的尾音儿里听出吴掌柜的味道。吴掌柜说话跟一般人不一样，声音小时，是"云遮月"的嗓子，可一放出来又脆又亮。这时八哥儿李已听说，这个叫熊本一文的日本人正在到处找"千千红"。他找"千千红"，是因为"脆又红"想拜师的事。八哥儿李当然不傻，前后一想也就都明白了。于是这个下午在清水茶园，干脆就直截了当问这熊本一文，打算让他干什么事。这熊本一文果然说的是梨花楼的事。他先说，知道八哥儿李跟梨花楼吴掌柜的关系。接着就问，谁跟吴掌柜的关系最近。八哥儿李想想说，要说关系近，也就是葫芦马和陈蝈蝈，不过真正关系近的还是陈蝈蝈。当初葫芦马和蓝蝴蝶喝茶闲聊时，说起陈蝈蝈和吴掌柜的关系，八哥儿李曾在旁边听了一耳朵，所以这里边的事多少也知道一点儿。于是这个熊本一文就让八哥儿李给引见，想以买蝈蝈为由，认识这个陈蝈蝈。但八哥儿李跟陈蝈蝈虽不算朋友，也知道他的为人，已经想到他不会跟这个熊本一文轻易走近，更不会管他的事。果然，头一次在清水茶园见面，就发生了那档事。那次虽然是个意外，但陈蝈蝈打这以后，也就再不肯见这个熊本一文了。后来熊本一文突然向八哥儿李提出来，想要那只学会吴掌柜说话的安南鹩哥儿，又让他想办法，再把陈蝈蝈约出来，说要请他吃饭。这时八哥儿李已经听说，这个熊本一文也经常去梨花楼。他去那儿的目的，显然是想认识葫芦马。八哥儿李这一下就明白了，这个叫熊本一文的日本人为了找这"千千红"绕来绕去费这么大劲，肯定不会是只为"脆又红"拜师这点事。八哥儿李整天在街面儿上混，三教九流的人都认识，也接触过租界里的日本人。租界的日本人分两种，一种是说日本话，穿日本人的衣裳，不用张嘴，一看就知道是日本人。还一种则是西服革履，或干脆穿的就是中国人的衣裳，也说一口地道的中国话。如果他不说，根本就看不出是日本人，所以租界的这潭水也就深不见底，连锅伙的混混儿都轻易不跟这边的人打交道。于是，八哥儿李索性对这熊本一文说，鹩哥儿跟八哥儿不一样，尤其是驯得张了嘴儿的鹩哥儿，价钱更高，既然他想要，送他也可以，不过得说明白，费这么大劲要找这个"千千红"，是不是不光为那个戏子拜师的事，如果还有别的就告诉他，否则这事，他就没法儿管了。这时，这个熊本一文也就跟他挑明了，告诉他，他要找这个"千千红"确实还有别的事。再过几个月，就是他们日本人的"天长节"了，"天长节"也就是大日本天皇的寿诞。到那天，天皇的表妹要来天津的租界参加庆典，她当初来过天津，最爱听天津的皮黄梆子，她还记得，当时在茶馆儿园子里有一个叫"千千红"的艺人，唱得最好，这次就提出来，"天长节"她来时，把这个"千千红"叫到租界，她还要听他唱。八哥儿李一听，这才明白了，接着也就意识到，这么大的事，要真办不成可就不是那二百大洋还得上还不上的事了，而是恐怕得掉脑袋。几天以后，三梆子又突然来找他，说陈蝈蝈让给传话，关于这姓熊的事，到此为止，他以后不想再见这个人。三梆子说完，又加了一句，你可给陈爷找大麻烦了。

"萝卜花儿"说到这儿，叹了口气。

葫芦马问，后来呢？

"萝卜花儿"说，八哥儿李一听就明白了，陈爷跟吴掌柜的关系最近，如果他不管这事，就算这熊本一文找到你马爷，先别说你管不管，就算管，也就更办不成了。

葫芦马说，八哥儿李就为这个跑的？

"萝卜花儿"苦着脸说，是啊。

"萝卜花儿"说，那天晚上，八哥儿李跟他把这事的前前后后都说了，最后说，他想赶紧离开这个是非之地。"萝卜花儿"问他去哪儿。他说，还没想好，先走了再说吧。这时，"萝卜花儿"才把那只死八哥儿给他拿出来。八哥儿李拿过这八哥儿，把两腿一劈撕开，从肚子里掉出几块大洋。"萝卜花儿"这才知道，敢情他把大洋藏在这八哥儿肚子里了。

这时，葫芦马问，你又是怎么回事？

"萝卜花儿"丧气地说，别提了，八哥儿李这王八蛋跑了，倒把鬼引到我这儿来了。

"萝卜花儿"说，这个下午，他从鸟市收摊儿回来，刚走到北门脸儿，让一个人拦住了。这人问，你是不是叫"萝卜花儿"。"萝卜花儿"一看这人的穿戴就猜到了，大概是那个熊本一文。果然，这人说，他姓熊。又问，八哥儿李去哪儿了。这时"萝卜花儿"想耍浑的，也许一抹脸儿就闯过去了，于是横着眼说，八哥儿李是长腿的，他去哪儿我怎么知道。不料这熊本一文说，八哥儿李曾对他说过，如果有事，找不着他，就来找"萝卜花儿"，他肯定知道他在哪儿。"萝卜花儿"一听，这才明白了，看来八哥儿李早就想好了，拿他当挡箭牌。这熊本一文又说，现在有急事，让"萝卜花儿"立刻带他去找八哥儿李。"萝卜花儿"一听急中生智，说行，不过他得先回去一趟，背着这些东西不方便，得先放回去。这熊本一文看他身上背个篓子，还挎着个兜子，这才答应了，说一会儿，还在这北门脸儿见。

就这样，"萝卜花儿"才脱身跑回来了。

这时，"萝卜花儿"说，马爷让您说，八哥儿李这王八蛋有这么干的吗？他跑就跑了，还把这姓熊的引到我这儿来，他的脑袋是脑袋，我的脑袋就不是脑袋吗？

葫芦马这时已经都听明白了，问他，你现在，打算怎么办？

"萝卜花儿"说，还能怎么办，他跑，我也跑吧！

葫芦马一听，拿出一块大洋，把他打发走了。

蓝蝴蝶听完，沉了一下说，这吴掌柜，我早就想到了。

葫芦马说，是啊，只是这层纸，咱哥儿俩一直没捅破。

两人说完相视一下，都笑了。

蓝蝴蝶和葫芦马从梁家嘴子出来时，已是傍晚。

沿着南运河走了一段，到永丰屯儿，才叫了两辆人力车，奔

120

北门外来。正是吃晚饭的时候，街上挺清静。来到锅店街西口，两人下了人力车，一抬头，都愣住了。

梨花楼里黑着灯。隐约看见，门上挂着一把大铜锁……

2021年2月19日（农历正月初八）改毕于木华榭

2021年6月2日修改于曦庐

人中黄

梅家在梅家胡同，到梅先生这一辈已是第三代。但梅家胡同并不是因为有梅家才叫梅家胡同。锦衣卫桥大街上还有几条胡同，如马家胡同，李家胡同，张家胡同，虽然也有马姓李姓和张姓的人家儿住着，也不是因为这几户人家才叫这个胡同。再早，锦衣卫桥大街的头儿上有个锦衣卫桥村，据街上老人说，胡同怎么叫，应该跟这个村有点儿关系。

　　这锦衣卫桥村有些来历。明永乐十五年，明成祖朱棣从南京迁都北京，先派锦衣卫来天津，在原来"三卫"的指挥衙门跟前又增设了一个锦衣卫指挥衙门府。这衙门府就在后来的锦衣卫桥大街附近。锦衣卫是当时亲军"二十二卫"之一，主巡查、缉捕和理诏狱等，在这里设指挥衙门，为的是暗地监察京津一带军民的动向。后来为方便，在这指挥衙门府跟前的金钟河上修了一座木桥，叫"锦衣卫桥"。当年锦衣卫的人退役，有的不想回老家了，就在这里安家落户。后来渐渐地人越聚越多，成了个有烟火气的村落，就叫锦衣卫桥村。

虽然梅家胡同叫梅家胡同并不是因为有梅家，但这条胡同出名，却是因为这个梅家。从锦衣卫桥大街到小关儿一带，还有几个医家，但说起来，就数这梅家的医术最有名。

梅先生叫梅苡仙，字逸园，不仅善治各种沉疴痼疾，最拿手的是医骨伤。梅家医骨伤是家传。据韦驮庙杠房的谭四爷说，当年梅先生的祖父老梅先生起初并不行医，是个私塾先生。后来改行行医，是因为一件偶然的事。那时老梅先生在贾家大桥的霍家教专馆，虽尊西席，却并不住，这样每天回家也就很晚。一天傍晚回来，走到锦衣卫桥跟前，见一个年轻人躺在路边，就走过来，问这人怎么了。这人还清醒，一听老梅先生问，只是摆手摇头。当时刚开春，天还冷，老梅先生看看他，不像是喝醉的，就说，你这么躺着可不行，时候一长非冻坏了。说着就要扶这人起来。这时，这年轻人才说，您别管我了，管也管不了，我浑身的骨头都让人打碎了，已经不能动了。老梅先生一听，吃了一惊，立刻说，这我就更不能不管了。然后不由分说，就把这年轻人捞起来，背在身上。当时老梅先生也就四十来岁，还有膀子力气，就这样把这年轻人背回家来。老梅先生的家里也不宽绰，但房后有个小院，院里有个堆杂物的棚子。这年轻人对老梅先生说，我看出来了，您是个好人，既然救了我，我也不想拖累您，这么着吧，您就让我在这后院的棚子里躺几天，给口吃的就行，最多三五日，我一好了立刻就走。当时老梅先生听了奇怪，也不相信，这人浑身的骨头都让人打碎了，别说三五日，俗话说，伤筋动骨一百天，恐怕三五个月也走不了路。但既然这年轻人这么说了，老梅先生每天也就该去教专馆仍去教专馆，只叮嘱家里人，到吃饭时给这年轻人送点吃食，晚上从霍家回来，再来后面的棚子看看。就这样到第五天头儿上，老梅先生晚上回来，到后面的棚子

126

一看，立刻吃了一惊，只见这年轻人果然已经下地了，而且行走如常。这年轻人一见老梅先生就跪下了。老梅先生赶紧把他扶起来，问，难道你是个神人不成，前几天还伤成那样，怎么说好就好了？这年轻人这时才说，先生救了我，我也就都说了吧，实不相瞒，我是个飞贼，这些年一直干的是飞檐走壁的营生，这次是失了手，让人家本家儿逮着了，当时问我，认打还是认罚。我问，认打怎么说，认罚怎么讲。这本家儿说，如果认打，就把你浑身的骨头都打碎了，废了你的功夫，这辈子也别想再吃这碗饭，认罚，就送你去见官。我一听就明白了，论我这罪过，真送官一过堂也得给打残了，想了想一咬牙说，那就认打吧。就这样，让这本家儿把我浑身的骨头都打碎了。老梅先生问，可现在又是怎么回事，既然你浑身的骨头都已让人打碎了，怎么这么快就好了。这年轻人说，跟先生说句透底的吧，干我们这行的都是刀尖儿上舔血，早晨穿上鞋和袜，不知晚上脱不脱，别说失脚从房上掉下来，真让人家逮着，打个半死也是常有的事，所以身上都揣着骨伤药，为的是预防万一，这是一种神药，据行里上辈儿的人说，这方子还是当年的梁山好汉鼓上蚤时迁儿留下的，只要吃了这药，三天骨头就能长上，五天可以行走如常。这年轻人说着，从身上掏出一张纸，递给老梅先生说，先生这次救了我，眼下身上没别的，也就是这个方子，权当谢礼，就留给先生吧，也许您日后能用得上。说完，又给老梅先生深施一礼，就告辞走了。

　　韦驮庙杠房的谭四爷说的这事显然有点离谱儿，街上的人听了都将信将疑。于大疙瘩干脆就不信。但于大疙瘩虽是街上的"混星子"，平时没怕的人，知道谭四爷不光在杠房抬杠，平时也带着一伙人在金钟河边摔跤，心里还是有点怵。当着谭四爷也就

127

不敢说别的，只在背后撇着嘴摇头，说天底下哪有这么神的药，明显是谭老四得了梅家好处，成心捧臭脚。

但谭四爷接着说的事就更神了。

据说当年，老梅先生自从得了这个方子，心里也就有了想法。自己这些年教私塾，就算教专馆，一家人也只能勉强混个温饱，想想以后，实在没什么像样的前程，这次偶然得了这样一个方子，应该也是天意，倒不如就此改换门庭，习岐黄之术。当时在三元庵后身儿的马家胡同有个叫马杏春的大夫，字梅林，治骨伤最有名。老梅先生就想，古人云，取法乎上，得乎其中，取法乎中，得乎其下，要想入这行，自然得投名师，倘能拜到这马大夫门下自然是最理想的，可提着两只空手去，又怕碰钉子，现在有了这方子就好说话了，正好当个见面礼。这一想，也就打定主意。于是一天早晨，换了身干净衣裳，就来到三元庵后身儿的马家。马大夫刚起，一见有人来拜师，是个四十来岁的人，心里就有点儿烦。平时来登门拜师的人也常有，即使是年轻人，马大夫也一概不收。马大夫认为学医，尤其骨科这行，也得是童子功，人一长成脑子就僵了，各种病理和药理再想倒腾清楚不光费劲，也记不住了。这时一见这来人已经四十来岁，蓄着半尺多长的胡子，就想说几句敷衍的应酬话，好歹打发走也就算了。老梅先生毕竟是读书人，虽有些迂腐木讷，但人情世故这点事都在心里装着，一眼就看出马大夫的心思，于是赶紧深施一礼说，我虽是个读书人，也一直景仰救死扶伤的大夫，古人说，不为良相，便为良医，可要我看，就悬壶扶困抚恤苍生而言，这良医比良相更当紧，也更让人敬重。老梅先生一边说着一边已经看出来，自己这番话虽然真诚，也发自肺腑，却并没打动马大夫，于是就把这药方拿出来，又说，我是诚心来拜马先生为师的，也没别的见面礼，只有这一剂药方，不过据说，这是个奇方，就权当一点心意吧。马大夫这半天一边心不在焉地听老梅先生说话，一边一直在随手翻着一本医书，这时一听，立刻抬头朝这边瞥了一眼。老梅先生赶紧过来，把这方子放到马大夫面前的桌上。马大夫虽已六十多岁，眼还不花，只朝这方子瞟一眼就看出来了，这果然是个奇方，用的几味药虽然常见，但一般没有这么配伍的，其中有两味，甚至还犯了"十八反"，如果不是医术高超的人绝不敢这么下药，而且还有几味药，马大夫只是听说，还从没亲手用过。马大夫毕竟已行医几十年，经的见的多了，这时沉吟了一下，就眯起一只眼说，常用的药材我这儿都有，可我毕竟不是开药铺的，没这么全，小关儿南口那边有个"回春堂"，你先去按这方子把药抓来，咱再说话。

老梅先生一听就转身出来了。

到小关儿南口的回春堂药铺抓了药，赶紧又拎回来。马大夫见老梅先生回来了，又说，我今天倒要看看，你这方子奇在哪儿。说完叫过身边的人，把药拿过去。

工夫不大，药煎得了。

马大夫起身来到院里。院里养了几只鸡，马大夫随手抓过一只芦花公鸡，抱在怀里嘎巴嘎巴两声，把鸡的两条腿掰断了。然后递给身边的人，让给这只鸡把煎好的药喂了，又撅了一根筷子，把这鸡的两条断腿重新接上，绑好，回头对老梅先生说，你不是说三五天吗，就五天吧，五天以后，说着，看一眼这只鸡。这时，这只鸡的断腿还在滴滴答答地淌血。马大夫说，它的腿要是长好了，我让人去叫你，如果没去叫，你也就不用来了。

老梅先生一听就明白了，点点头，告辞出来。

129

第五天头儿上，老梅先生一大早刚起，马大夫的人就来了。来人说，马大夫让你这就过去。老梅先生一听，赶紧跟着来到马家。马大夫正坐在自己诊室里，盯着地上的这只芦花鸡。这时，这只鸡的两条断腿果然已经长上了，虽还有点儿瘸，但已经可以正常走路了。马大夫抬头见老梅先生来了，点头说，我知道你，你是梅家胡同的教塾先生。

　　老梅先生点头说，是。

　　马大夫问，你教书教得好好儿的，怎么想起要入这行？

　　老梅先生说，读书人入岐黄门，也是古已有之的。

　　马大夫听了嗯一声，点头说，这倒是。

　　想想又问，你这方子，是从哪儿得来的？

　　老梅先生犹豫了一下，当然不能说出这方子的真实来路，寻思了寻思，只好说，是一个朋友给的。马大夫这才说，我行医这些年，按说各种秘方奇方也见过不少，可你这方子，说实话，还真没见过。说着又看看老梅先生，你既然有了这样的方子，干吗还来投我门下？

　　老梅先生这时已看出马大夫的心思，就老老实实地说，方子再神也是死的，大夫治病却是活的，况且别管多神的方子，也是人开的，行医说到底，行的不是方子，还是人。

　　马大夫听了又嗯一声说，到底是读书人，这个理说到裉节儿上了。然后点点头，沉了一下，我知道，你是在贾家大桥的霍家教专馆，你要是愿意，就把那边的事儿辞了吧。

　　老梅先生赶紧应一声说，是，明儿就辞了。

　　从此，老梅先生辞了专馆，就来马家一门心思学医。

　　梅先生也承认，梅家今天的医术，至少有一半是当年从三元

130

庵后身儿的马家学来的。

马家的后人也一直还干这行，只是已经一辈儿不如一辈儿，到马杏春的曾孙马金匮这一代，虽还治骨伤，名气却早已不及从前。行医的人都懂养生，又经常四处出诊，整天风里来雨里去地奔波，用这一行的行话说，吃肥了也得跑瘦了，所以都是精细身量儿，看着斯文瘦弱。这马金匮却是个胖子，不光胖，脑袋也大，夏天剃了光头，从后脑勺儿到后脖梗子堆的都是肉褶儿，看着像个文玩核桃。胖人一般都有脾气，这马金匮又是个绵性子，说话也慢声细气。这时马家还在三元庵后身儿的马家胡同，只是当初的一进半院子已经卖了后面的一进，前面的半进，也只剩了两间倒坐的南房。马金匮本想一咬牙把这两间南房也卖了。当年祖上在这三元庵一带行医也是有名有姓，好容易挣下这样一份家业，到自己手里就这么仨瓜俩枣地拆着卖了，剩下这两间南房看着也腻心，不如索性都倒出去，从此离开这锦衣卫桥大街。

但于大疙瘩拦着，劝他别卖。

于大疙瘩叫马金匮二舅，不过不是实在亲戚。马金匮曾拜过一盟把兄弟，大哥叫陈一亭，在玉皇庙跟前开羊肉馆儿，是于大疙瘩的亲娘舅。这么论着，于大疙瘩就叫马金匮二舅。

于大疙瘩再早不叫马金匮二舅，也没来往，叫二舅是后来的事。

于大疙瘩当初只是街上的一个混星子。混星子严格地说，还够不上"混混儿"。天津的"混混儿"，其实也叫"混会儿"。关于这"混会儿"有两种说法，一种是，老天津卫的土话，把出来工作叫"混"，在哪儿工作叫"混事由儿"。当年天津有一种公益性的民间组织，叫"水会"，是专门救火的，有些类似今天的消防，也叫"火会"，这些人整天在街上拉着水机子到处救火，也就带了一些地面儿上的痞气，所以这种"火会"里的人，就叫"混会儿"。另外还有一种说法，叫"混会儿"，意思是这一行不能一辈子当饭吃，只是趁年轻，在街上混一会儿是一会儿。混混儿跟地痞流氓还不是一回事，讲规矩，也讲身份。要想成为有身份的混混儿，行话叫"开逛"，得先"卖"一回，用混混儿的话说叫"叠"一回。"叠"是赌命的事，一般的混星子除非走投无路，或让人把刀架在脖子上了，轻易没人敢"叠"。

于大疙瘩当初就"叠"过一回。

那回是在北门外侯家后的鑫友宝局输了钱，最后不光输了房子，连老婆也押进去了，还欠了一屁股两胯骨的债。于大疙瘩整天泡在宝局里，心里当然明白，这世上什么债都能欠，唯独不能欠赌债，欠别的债也就是还钱，赌债不行，弄不好就得还命。这时已到了山穷水尽的地步，想来想去，也就只有"叠"这一条路了。这回豁出命去"卖"一次，真挺过来了，从这以后也就算"开逛"了，在混混儿里成了有头有脸儿的人物，这笔赌债的事也就不叫事儿了，倘让人打趴了没挺过来，也无所谓，反正横竖都是死，找个尿盆儿一扎也一样。

这一想，把心一横，就打定了主意。

于大疙瘩在街上混了这些年，当然对"叠"的规矩一清二楚。这天下午，先在家里吃饱喝足，脱光了衣裳，只用一块布条遮羞，然后就光着两只脚，拎上个鸟笼子从家里出来。街上懂行的人一看就明白了，这是混星子要"开逛"，立刻都跟过来看热闹。于大疙瘩来到鑫友宝局门前，先从笼子里掏出黄雀儿，啪地在地上摔死，又几脚把笼子蹁烂，就开始破口大破。于大疙瘩骂街跟别人还不一样，要多难听有多难听，简直对不上牙，听得人

132

都喘不过气来。这样骂了一会儿，宝局里管事儿的就出来了，一见是于大疙瘩，立刻满脸堆笑地说，哟，是二爷啊，进来喝杯茶吧。于大疙瘩当然明白，这会儿绝不能进去，用混混儿的话说，没这规矩，自己这趟来不是喝茶的，是找揍的，真要进去了非让人打死不可。于是不理不睬，还接茬儿蹦着脚地骂。这时里面的几个人就出来了，个个儿五大三粗，手里都拎着家伙，有拿白蜡杆子的，有提铁链子的，还有拎着长条板凳的。于大疙瘩一看，往地上侧身儿一躺。这一躺也有规矩，讲的是东西街道南北躺，南北街道东西横，头南脚北面冲西，或头东脚西面冲南，四面观瞧八面观看，两手抱头蜷腿护裆。于大疙瘩这样当街一躺，嘴里还接着骂。这几个人过来二话不说，抡起家伙就是一顿猛揍，白蜡杆子铁链子长条板凳都跟不要钱似的，没脑袋没屁股地狠砸下来。于大疙瘩咬着牙，眼看着让人把身上的骨头都打碎了，嘴里还使着劲地骂。这时看热闹的人群里就开始有喊好儿的，二爷有种——！

二爷！是条好汉——！

就这样噼里啪啦地打了一阵，宝局管事儿的就走过来，笑嘻嘻地说，二爷，您受累，自己翻个身儿，让咱的宝贝儿们再伺候伺候您另一边儿。

于大疙瘩这时已经口吐鲜血，让人打得不能动了。但还是咬着牙，使劲把腰一挺，硬让身子翻过来。这几个大汉又拎着家伙过来，接着打他的这一边儿。

按混混儿"开逛"的规矩，这"卖"的人挨打时别说喊疼，连吭也不能吭一声，一边挨着打得从头骂到尾。管事儿的自然不能看着出人命，到差不多的时候就会过来喊停。然后先给这人灌一碗童子尿，把窝在心里的血气和毒火泻下去，再用清水擦净身上的血污，抬来个大笸箩，在里面垫上三层红锦缎子软被，把这人放进去，再给拿上一笔钱，送回家去找大夫接骨疗伤。等伤养好了，这人也就算"开逛"了，只要这宝局开一天，就按月在这里拿一份钱，行话说叫"拿一份儿"。但是，只要挨打时哼一声，这顿打就算白挨了，不光"叠"不成，用行里的话说也就"栽"了，以后别说混混儿，连街上的混星子"狗烂儿"也瞧不起，在这行也就没法儿混了。这个下午，于大疙瘩既然是奔死来的，也就已经豁出去了，本来十成打已挨了九成九，只要再咬牙挺一下，这回也就算"开逛"了。可就在这时，却出事了。这于大疙瘩有个毛病，肠胃不好，爱放屁，放的屁还驹儿臭。但平时放屁行，放了也就放了，这回正在挨打的裉节儿上，本来牙关咬得挺紧，就在这时又放了个屁。这一放屁，憋着的气就泄了，正这时又一板凳砸下来，正砸在胯骨轴儿上，他立刻不由自主地哎哟了一声。这一出声，他就知道完了，这回这顿打算是白挨了。果然，宝局管事儿的立刻让这几个人停住手，走过来嗤地一笑说，二爷，我是心疼这只黄雀儿，死得有点儿冤哪！说完，在街上喊过一辆拉脏土的破排子车，让人把于大疙瘩扔上去，又扔给拉车的几个零钱，就转身回宝局去了。

这个傍晚，于大疙瘩让排子车拉回来，往屋里抬时，浑身上下已经软得像根面条。这时陈一亭已得着消息，去三元庵后身儿把马金匮请来。马金匮先把于大疙瘩的全身从头到脚摸了一遍，没说话，只是轻轻地吸了一口气。陈一亭在旁边问，怎么样？

马金匮摇头说，你见过条案上的掸瓶，掉在地上摔成嘛样儿吗？

134

陈一亭听了看看躺在床上的于大疙瘩，又看看马金匮。

马金匮说，他这全身的骨头，已经成这样了。

陈一亭问，还能接上吗？

马金匮说，接是能接上，可接上以后怎么样，就难说了。

马金匮虽然这么说，治骨伤毕竟是家传，又已经干了这些年，心里多少也有点数。他先给于大疙瘩把浑身的碎骨头从头到脚一点一点收拾着捋顺，重新对上，拼好，又拿来祖传的骨伤药，外敷加内服。几个月以后，于大疙瘩浑身的骨头也就都长上了。直到这时，于大疙瘩才知道，敢情这马金匮跟自己的娘舅陈一亭是拜把子兄弟。

这以后，也就把马金匮叫二舅。

但于大疙瘩还是把这事想简单了。本以为这次把伤养好，也就没事了，可几个月以后从床上下来，一走路才发现，还是不行，两条腿虽然迈得开步，却不能打弯儿。人走路都是用大腿带小腿，不能打弯儿，这两条腿也就成了两根棍子，一走路浑身挺着，远远一看像"诈尸"的出来了。于大疙瘩试了几天，觉着这样不行，就来三元庵后身儿找马金匮。马金匮这时才说，实话跟你说吧，你这回浑身的骨头都已让人打成"核桃酥"了，能给你接成这样，已经不易，要想恢复成原样就是神仙也做不到，你得认头，这辈子也就这意思了。

于大疙瘩本来脾气挺大，这些年在街上别管什么事，从没吃过亏。可这次在鑫友宝局"开逛"没成，知道以后注定不能再吃混混儿这碗饭了，也就没了过去的脾气，况且这马金匮是自己亲娘舅的拜把子兄弟，又已经叫人家二舅，也不好再说别的。这一想，也就只能忍着气这么直挺挺地回来了。可回是回来了，也不能整天这样像"诈尸"似的上街，况且他这时刚三十来岁，总得

135

想个办法，不能一辈子真这样了。

就在这时，他想起梅家胡同的梅苡仙。

于大疙瘩当然知道，在锦衣卫桥大街上，梅苡仙的医术不在马金匮以下，甚至比马金匮还要高。但这以前，曾跟梅苡仙有过一点过节儿，所以这回去找他，就还是有点儿犹豫。

于大疙瘩再早并不知道梅苡仙的脾气，后来才听说，这人有洁癖，且还不是一般的洁癖。据说梅苡仙每次出诊，回来进门的第一件事是先换衣裳，诊所里让病人坐过的板凳，每晚也要用碱水刷洗一遍。有一次于大疙瘩喝大了，勾起胃口疼的老毛病，在家里挨了几天实在不行了，就来梅家胡同找梅苡仙。当时梅苡仙的诊所里都是人，于大疙瘩进不去，只好在外面等着。正是秋天，又刚下了一场雨，小风儿挺凉。这样在外面站了一会儿，就觉着肚子里叽里咕噜直响。好容易等人都走了，于大疙瘩才进来。但刚往梅苡仙的跟前一坐，噗地就放了一个屁。都说臭屁不响，响屁不臭，可于大疙瘩的这个屁却是又响又臭，而且要多臭有多臭。当时杠房的谭四爷正在旁边，扑哧乐了，用手捂着鼻子说，你这哪是屁啊，勾点儿芡就是屎！糊嗓子塞牙这么臭！于大疙瘩这时虽是混星子，但知道谭老四也是街上混的，且还是韦驮庙杠房的头杠，不好惹，也就装作没听见。但看完了病出来，一回头，看见梅苡仙的徒弟正用一根棍子挑着自己刚坐过的板凳出来，扔在门口的地上。这徒弟叫李布衣，虽还不到三十岁，却已得了梅苡仙的真传，平时有人来看病，赶上梅苡仙不在，也能应诊。这时谭四爷也跟出来，在他身后笑着说，梅先生说得对，这凳子是得用碱水好好刷刷，要不就没法儿要了！于大疙瘩一听这话，就要急，这谭老

136

四平时嘴就损，说了也就说了，不跟他一般见识，关键是梅苡仙，自己刚才不过是坐这凳子放了个屁，就算熏臭了又能臭到哪儿去，也值当的这样，这不是成心寒碜人吗？有心想回去跟梅苡仙理论，但知道谭老四跟梅家关系好，才把这口气硬咽下去。可咽是咽了，这件事却记在了心上。这以后，再有个小病小灾儿或跌打损伤，宁愿多走几步道儿去水梯子大街的苗家胡同找苏大夫，也不再找这梅苡仙。

　　但这回不一样了。于大疙瘩听人说过，梅苡仙治骨伤最拿手。金钟河对岸有个开绒线铺的徐拐子，瘸了二十几年，后来娶个小媳妇儿，总觉着夜里蹬不住床板，就来找梅苡仙。梅苡仙只给他用了几个月的外敷药，这条瘸腿就跟好腿一样了。于大疙瘩想，现在自己这两条腿，只能去找梅苡仙，如果他再治不了，大概也就没人能治了。

　　这一想，就硬着头皮打定主意。

　　于大疙瘩毕竟是混星子出身，真到事儿上懂得进退，也能屈能伸。这天来找梅苡仙，心里虽还记着当初那个臭屁的事，但还是先去"知味斋"装了两蒲包点心，一包"小八件儿"，一包"槽子糕"。来到梅苡仙的诊所，只有李布衣在。李布衣跟着梅苡仙这些年，已阅人无数，也能看出眉眼高低，一见于大疙瘩来了，知道不是善茬儿，就说，等一会儿吧，先生一早去出诊，估摸也该回来了。于大疙瘩倒也客气，把两个蒲包放在诊桌上，就在旁边坐了。

　　等了一会儿，就见梅苡仙回来了。

　　梅苡仙先进去换了衣裳，再出来已是一身干净打扮，让于大疙瘩在自己跟前坐了，一听是腿的事，让他把一条腿搭在个凳子上，在膝盖上摸了摸，接着换另一条腿，又摸了摸，然后拿过一块巾子一边擦着手说，你这两条腿，最近刚伤过，骨头不是断了，应该是碎了。

于大疙瘩点头说，是。

嘴上说着心里暗想，果然是高手，已经长好的骨头也能摸出来。

梅苡仙又问，你这腿骨，是在哪儿接的？

于大疙瘩犹豫了一下，还是照实说，三元庵后身儿，找马大夫接的。

梅苡仙回头叫过李布衣，说，你来摸一下。

李布衣过来，也在于大疙瘩的膝盖上摸了摸。

梅苡仙问，摸出来了？

李布衣点头说，这俩膝盖是一个毛病，有一块骨头接反了。

梅苡仙笑了笑，这块骨头要是再歪一点儿，磕膝盖就得朝后了。

于大疙瘩的这两条腿还没完全长好，这时让梅苡仙和李布衣来回一捏，就觉着挺疼，本来正竖着耳朵听他俩说话，想知道自己这腿到底是怎么回事，这时一听梅苡仙说磕膝盖朝后，登时又要急。混混儿互相之间骂人，才说磕膝盖朝后，朝前是人，朝后是狗。但这时，既然是来登门求医，别管好赖话，爱听不爱听的也就都得听。这一想，只好咬着牙把这口气又忍了。这时，梅苡仙把他的腿放下，才问，你今天来，是看腿，还是治腿？

于大疙瘩哼了一声问，看腿怎么说，治腿怎么讲？

梅苡仙说，要是看腿，刚才已经看了，也都已告诉你了，治，就得从头来。

于大疙瘩说，要能治，当然治。

梅苋仙说，治是能治，不过，你得豁出疼去。

于大疙瘩问，有多疼？

梅苋仙说，这么说吧，你这两个磕膝盖的骨头都得砸下来，重接。

于大疙瘩听了一愣，想想问，砸了重接，这腿就能打弯儿？

梅苋仙摇头说，也不敢保，只能试试。

于大疙瘩到底是混混儿里出来的，一咬牙说，那就砸吧。

梅苋仙先让李布衣去拿了一个东西来，递给于大疙瘩。于大疙瘩接过看了看，这东西像个馒头，捏着挺软，还有弹性。梅苋仙说，这是用鸡皮做的，不脏，一会儿咬在嘴里，可得咬住了，没这东西，怕你一会儿一疼，把自己舌头咬了。

说着又看看他，我再问一句，咬得住咬不住？

于大疙瘩把这鸡皮往嘴里一塞说，来吧。

梅苋仙点点头，就把于大疙瘩的一条腿放在跟前的凳子上。这时，旁边的李布衣递过一个木槌。这木槌是榆木的，把儿短，头儿大，看着挺应手。梅苋仙先用手在于大疙瘩的膝盖上捏了捏，突然一槌砸下来，啪的一下，于大疙瘩立刻疼得一激灵。跟着身上的汗就下来了。幸好这时嘴里咬着东西，要没这东西，真就把舌头咬了。梅苋仙抬头看他一眼说，这才刚开始，一会儿实在忍不住了，就说话。说罢，就开始用这木槌一下一下地颠着砸，一边砸，一边用手来回捏。于大疙瘩感觉到了，膝盖里渐渐地像是有了沙子，梅苋仙一捏，里面稀里哗啦的。就这样又砸着捏了一阵，最后，用几根木条把这膝盖固定住，又换另一条腿。

在这个下午，梅苋仙给于大疙瘩把这两条腿的骨头重新接好，就让李布衣去门口的街上雇了一辆人力车，把他送回家来。

李布衣临走，又留下一罐已经熬好的汤药，先让他喝了几口，又叮嘱说，梅先生说了，每天早晚各一次，一次三口，喝完为止。

于大疙瘩这时已疼得半死，只含糊地应了一声。

傍晚，马金匮来了。马金匮是听着消息，于大疙瘩又去梅家胡同找梅苡仙了，所以才特意过来，想看看是怎么回事。一进来见于大疙瘩躺在床上，两条腿又打了夹板，心里就明白了。于大疙瘩这时已经缓过气来，见马金匮来了，知道是为自己去找梅苡仙的事。刚要开口，马金匮立刻摆摆手，大度地笑笑说，有病乱投医，这也是人之常情，只要腿治好了就行。说着瞥见桌上的药罐，拿起看了看，又举到鼻子底下闻了闻，问，这是梅先生给开的？

于大疙瘩说是。然后看看马金匮，又问，这是嘛药？

马金匮没直接回答，问了一句，你喝了吗？

于大疙瘩说，喝了。

马金匮问，嘛味儿？

于大疙瘩说，挺咸。

马金匮听了没说话，只是笑笑。

于大疙瘩又问，这到底是嘛药？

马金匮慢声细气地说，如果我没看错，这应该是一味很少有人用的药，叫人中白。

于大疙瘩想了想，好像真没听说过，又问，这人中白是嘛药？

马金匮噗地笑了，看他一眼说，我说了，你可不许急。

于大疙瘩说，不就是个药吗，有嘛可急的，你说吧，我不急。

马金匮说，尿碱。

于大疙瘩一愣，你说，是人的尿碱？

马金匮点点头，对，就是人的尿碱。

说完又笑了，放下这药罐说，不过，这可是好东西，还不好淘换呢。

接着又摇摇头，嗯嗯了两声说，就是气味不太好，别说吃，闻着都臊气。

说完又一笑，就转身走了。

于大疙瘩在床上躺了几天，越想心里越有气。当初韦驮庙杠房的谭老四在街上说得有鼻子有眼儿，梅家祖上传下一个奇方，吃了这药，就是浑身的骨头让人砸碎了几天也能长上。后来说得多了，于大疙瘩还真有点儿信了。这回去找梅苡仙，本以为他会给自己用这奇方，可没想到，用是用了，却不是这种药，竟然是人的尿碱。尿碱于大疙瘩当然见过，街上的犄角旮旯总有人撒尿，日子一长，墙上就会泛出一层白霜，看着跟盐差不多，不光白，也臊气。现在梅苡仙把这东西当药熬了让自己喝，这不跟喝尿一样吗？当然，街上的混混儿"开逛"，受了伤也喝尿，可那是童子尿，能败心火，跟这种用尿碱熬的不是一回事，这不是成心拿人找乐儿吗？于大疙瘩想到这儿，就觉着一打嗝儿，冒出的都是尿臊味儿。

其实真正让于大疙瘩生气的，还不只是这个。这锦衣卫桥大街上的人都知道，梅苡仙有洁癖，平时去趟茅房，回来就得打着胰子洗三遍手，上回自己坐他的凳子放了个屁，他都要让人用碱水刷，现在就为给自己治病，竟然认头鼓捣尿碱，他这回怎么就不嫌脏了呢？于大疙瘩再想，也就明白了，俗话说，同行是冤家，自己这回是先去找的马金匮，而马家跟梅家当年虽是师徒关系，可现在梅家的名气已经反过来远远盖过马家，这一下，不光马家不舒服，其实梅家自己也未必自在。于大疙瘩曾听人说过，梅家和马家毕竟是父一辈子一辈的交情，再早还局着面子，逢年

141

过节偶尔有来往，但后来因为金钟河对岸开绒线铺的徐拐子，马金匮跟梅苪仙两家的关系就彻底掰了，虽没掰到脸上，也就再不来往了。

那回的事，起因是徐拐子成亲。

这徐拐子已经五十来岁，老婆死了七八年还一直没续弦，倒不是不想续，是一直没找到合适的。徐拐子有个癖好，喜欢模样俊的女人。模样俊的女人男人都喜欢，但一般的男人是喜欢归喜欢，遇上不太俊的也凑合了。徐拐子却不凑合。这徐拐子虽已五十来岁，又是续弦，但还开着一个绒线铺。绒线铺是街上人的说法，其实就是杂货铺子，生意也不错。所以，这徐拐子的眼就挺高，找不到满意的女人，这个弦宁肯不续，这七八年也就一直这么高不成低不就地晃荡下来。这回是旁边锦衣卫桥村的一个小寡妇，常来绒线铺买线，一来二去，徐拐子就看上了。但徐拐子一打听，人家这小寡妇只有二十多岁，跟自己的年纪几乎差着一半儿，自己又瘸着一条腿，怕人家瞧不上，寻思来寻思去就又来韦驮庙杠房找谭四爷，想请他当媒人，去跟这小寡妇说说。谭四爷本来就爱管闲事，一听乐了，说好啊，当媒人要管成了，将来死了都没罪。当即满口答应。去跟这小寡妇一说，还真就成了。徐拐子一高兴，还谢了谭四爷一个十多斤的大猪头。但这小寡妇过门没几天，徐拐子就觉着自己不行了，还不光自己觉着不行，这小寡妇也觉着不行。人家这小寡妇正是青春年少的岁数，又已经守寡这几年，现在好容易又有了男人，一到晚上也就如同干柴烈火。徐拐子虽已是这把年纪，但娶了这样一个如花似玉的小媳妇，到了夜里心气儿也很高。可心气儿越高，跟小媳妇干这事时，越觉着一只脚蹬不住床板。后来才意识到，还不是这只脚的

142

事，是这条瘸腿的事。小媳妇一回一回总不尽兴，完了事就难免抱怨几句，说岁数大点儿倒不是事儿，当初就没想到，这条腿这么耽误事。小媳妇一回两回这么说还行，总这么说，徐拐子就有点吃不住劲儿了，于是一咬牙，狠下心想，这条瘸腿得赶紧治一治。打定主意，就又来找谭四爷商量。谭四爷一听乐得鼻涕泡儿都出来了，用掌心揩着说，早就想到了，知道你这毛病出在哪儿吗？

徐拐子没好气地说，我要是知道，干吗还来找你？

谭四爷说，你既然打算娶个这么小的媳妇儿，就该先把这腿治好了，没治好就急急忙忙地把人家娶过来，你也不想想，人家正是这如狼似虎的年纪，你伺候得了吗？

徐拐子一听忙问，我这腿已经瘸了二十几年，你的意思，还能治？

谭四爷说，能不能治不敢说，我意思是说，你心里早该有个数儿。

接着，谭四爷就又告诉徐拐子一件事。谭四爷说，他也是听韦驮庙杠房的管账先生说的。当年这杠房的老掌柜，再早也是抬杠的。有一回小关儿北口有一户人家办白事，请了杠房的一个"四人杠"去。那时老掌柜正年轻，也是头杠，可出殡时抬着棺材一出北口，没留神一脚蹬空，人往前趔趄了几步。这一下要是摔倒了，后面抬着的棺材肯定也得摔在地上。问题是棺材里还装着人，倘真把棺材摔开，人也得摔出来。杠房这一行自古有个规矩，摔棺见尸是大忌，丧主不光认为这是凶兆，且是大凶，真出了这种事，你就是赔房子赔地人家本家儿也未必答应。当时老掌柜眼看着已经要摔倒了，急中生智，也是仗着年轻豁出去了，在倒地的一瞬一个鲤鱼打挺把身子翻过来。这是一口金丝楠木的棺

143

材，光棺材盖就有半尺多厚，还挂阴沉里，再加上里面装的人就足有大几百斤。老掌柜在倒地的一瞬翻过身来，这一下，这口棺材也就整个儿都落在他的一条腿上。棺材有腿垫着，泄了劲，也就没硬摔，只是颠了一下就落在地上了。但与此同时，老掌柜的这条腿也嘎巴一声给砸断了。那时老掌柜还只是个抬杠的，手里没几个钱，于是在街上随便找个扛招幌儿的游医就把这腿给接上了。可没想到，骨头是接上了，却接错了茬儿，等长好了才发现，一条腿长一条腿短，走路一颠一颠的。老掌柜一看就急了，自己是指着腿吃饭的，年轻轻的成了这样，后半辈子还怎么过。后来有人告诉他，找个正经接骨大夫，兴许还能治。于是老掌柜就打听着来找三元庵后身儿的马大夫。当时的马大夫已是马杏春的儿子，也就是今天马金匮的爷爷，叫马静轩。这马静轩大夫看了老掌柜的这条腿，先把接错茬儿的骨头砸开，才重新又接上了。

其实谭四爷跟徐拐子说的这话也有毛病。他说韦驮庙杠房的老掌柜当年腿瘸了，后来又让三元庵后身儿的马大夫给治好了，这确有其事，但问题是哪个马大夫，马家当年的马静轩马大夫跟今天的马金匮马大夫根本不是一个人，也就不是一回事。所以，谭四爷说的这只是半句话，后半句倒不是故意不说，而是觉着就是不说，徐拐子也应该明白。但徐拐子住在金钟河对岸，平时不常过来，对桥这边的事也就并不清楚，听谭四爷一说，也就认定现在这三元庵后身儿的马大夫跟当年的马大夫是一回事。这时已经等不及，当天下午就来马家胡同找马金匮。马金匮毕竟已行医多年，又是家传，虽然医术早已不及上辈儿，但也知道这一行的深浅。正经的医家诊病都有一个不成文的规矩，能治就说能治，不能治就说不能治，再神的神医也不可能包治百病，有的病不能治不丢人，但如果不能治，还硬说能治，这就是江湖庸医了。所以，这时一看徐拐子的这条腿，也就明说，这腿治不了。但马金匮好面子，说完治不了还又加了一句，他说，不光他治不了，就是到别处去也没人能治。徐拐子听了谭四爷说韦驮庙杠房老掌柜当年的事，本来满心欢喜，是抱着热火罐儿来的，这时一听马金匮说治不了，立刻凉了，可再听他说，不光他治不了，就是到别处也没人能治，还不死心，就问，为嘛不能治？马金匮说，你这腿已经瘸了这些年，早长死了，你看那街上的老槐树没有，长歪了就是长歪了，再想正过来还能正吗？况且你已经这岁数，就是把骨头重接也未必能长上。

徐拐子一听，就彻底泄气了。

马金匮又说，这样吧，我先给你开个方子，你回去吃几天药，吃完了再来，咱再说。

徐拐子倒听话，拿了马金匮的方子就去抓药。但回去吃了几天药，越吃心里越不踏实，怎么想，怎么觉着不对，现在自己是腿瘸，就是再神的药，也没有能把腿吃过来的。于是没等这药吃完，就又来找谭四爷。这时谭四爷才对徐拐子说，我上回说的话，你没听明白，我说的当年杠房老掌柜的事，意思是说，他的腿瘸了，还能治，可并没说，当年三元庵后身儿的马大夫能治，现在的马大夫就还能治，这是两档子事儿，你怎么给当成一档子事儿了？

徐拐子丧气地说，是啊，我头几天去，就是这么问的马大夫。

谭四爷问，马大夫怎么说？

徐拐子说，他说，我这腿已经歪得像棵老槐树，别说他不能治，到哪儿也治不了了。

谭四爷一听乐了，摇头说，那可不一定。

徐拐子立刻瞪起眼问，你的意思，还有人能治？

谭四爷说，能不能治我不敢说，不过，你没听出来吗，马大夫这话有毛病。

徐拐子问，有嘛毛病？

谭四爷说，话没有这么说的，他不能治说他不能治的，别人也不能治，他凭嘛这么说？

徐拐子这时已听出谭四爷的话里有话，就说，你也甭说绕脖子话了，干脆就照直说吧。

谭四爷这才说，你每回过河来这边，一下桥，干货店的旁边有个梅家胡同，知道吗？

徐拐子说，当然知道。

谭四爷又问，这梅家胡同里有个梅大夫，你听说过吗？

徐拐子想想，点头说，好像听过一耳朵。

谭四爷说，你去让他看看吧。

徐拐子一听就明白了，扭头又来梅家胡同找梅苡仙。

徐拐子来找梅苡仙，这趟果然没白来。梅苡仙不像马金匮，先看了看他的腿，然后却不说腿的事，只是问，当初这腿是怎么伤的。徐拐子想想说，年头儿多了，也记不太清了，好像是一天晚上喝了酒，回家的路上没留神掉沟里了，当时摔得还挺疼，但仗着年轻，也没当回事，可当天夜里腿就肿起来，这一肿也就没再下去，磕膝盖上一直鼓着个大疙瘩。

梅苡仙点头说，你这疙瘩不是磕膝盖上的，是骨头上的，这叫骨包肉。

徐拐子一听忙问，骨包肉是怎么回事？

梅苡仙说，咱们人一般都是肉在外面，骨头长在里边，可你当初这一摔，把骨头摔成了两层，老太太做鞋，用糨子和破布打的布夹子见过没有，你这腿上的骨头就成了这样，慢慢地两层骨头中间还长出了肉，就像是街上"马记酱肉店"卖的"蛤蟆叼泥儿"。

徐拐子一听，惊出一身冷汗，赶紧问，这还能治吗？

梅苣仙说，我既然看出这毛病，当然就能治。

徐拐子立刻说，能治就治，我不怕花钱，多少钱都行。

梅苣仙说，治病治的是病，不是治钱，这跟钱没关系。

徐拐子觉出自己这话有毛病，连连点头说，是是，梅先生说得是。

徐拐子一听梅苣仙说，自己这腿的毛病这么严重，本以为得开刀。但梅苣仙并没动刀动锯，只给开了几贴特制的膏药，叮嘱他，回去把这膏药的膏油子烤化了，趁热贴在膝盖上，每贴贴十天，中间停一天，都贴完了再回来。徐拐子过去见过膏药，可没见过这么大块儿的，光膏油子就像一张发面饼。回来烤化了，贴在腿上，几乎能把膝盖包起来。等把这几贴膏药贴完了，就又来梅家胡同找梅苣仙。这回，梅苣仙又给了几贴小膏药，都只有茶盏这么大，另外又开了个方子，叮嘱他，这几贴小膏药也是每贴十天，中间不用停，贴完了，再去按这方子抓药，这是洗药，把膝盖洗十天，都完事了，换上一双轻巧鞋，从这锦衣卫桥大街一直往南走，过了海河，再往南，一直到南市牌坊，再走回来。

说完看看徐拐子，你回来以后，再来找我。

徐拐子回到家，就按梅苣仙说的一步一步做了。两个月以后，膏药贴完了，洗药也洗完了，这天一大早，换上一双轻巧麻鞋，就从家里出来。一开始还没觉出什么，等来到南市牌坊底下，再往回走，才突然觉出轻快了，走起来两脚生风。低头一看，这条瘸了二十几年的腿竟然已跟好腿一样了。徐拐子兴冲冲地回到锦衣卫桥大街已是将近中午，径直来梅家胡同见梅苡仙。梅苡仙出诊了，只有徒弟李布衣在。徐拐子让转告梅先生，改天再来道谢。

几天以后，徐拐子备了一份厚礼，来梅家胡同谢梅苡仙。但梅苡仙一见徐拐子，脸色很难看。徐拐子不知怎么回事，这时诊所里正有几个人看病，只好在一旁等着。见这几个人走了，才过来。梅苡仙抬头问他，你这次来我这儿治腿之前，还去找过谁？

徐拐子一愣，想了想，只好如实说，找过三元庵后身儿的马大夫。

梅苡仙喘了口气，你去找过马大夫，来时应该告诉我。

徐拐子一听这话，心里就有点儿不乐意了。俗话说，有病乱投医，谁得了不好治的病都是东撞一头西撞一头，没有一棵树上吊死的，不可能每找一个大夫，都得先把前面找过谁一个一个说一遍，也没这规矩。可梅苡仙毕竟把自己的腿治好了，现在是来谢忱人家，为这点事，也没必要掉脸子。这一想，就赔着笑说，我当时，没多想。

梅苡仙又问，你既然去找了马大夫，干吗又来找我？

徐拐子到了这时，也就只好把话都说出来。

他说，马大夫说，他治不了。

梅苡仙听了，抬眼看看徐拐子。

徐拐子又说，他还说，不光他治不了，别人也治不了。

梅苡仙问，他是这么说的？

徐拐子说，是啊，我是听了他这话不死心，又听韦驮庙杠房的谭四爷说，你梅大夫的医术如何好，才来找你。说着，就把手里的两瓶酒和一包上好的绸缎放到梅苢仙跟前的诊桌上。又感叹一声说，这回听谭四爷的，来找您还真对了，难怪街上人都说，谭四爷是个好人。

梅苢仙瞥一眼徐拐子拿来的东西，摇了摇头。

李布衣过来说，先生从不收病人的谢礼，你的心意领了，东西还是拿回去吧。

说着，就把桌上的东西拿起来，又递给徐拐子。

徐拐子曾听谭四爷说过，梅苢仙给街上的人看病分两种，一种是没钱的人，病该怎么看怎么看，但分文不取，还一种是有钱人，看病也只收脉礼，额外谢礼一概不收。据谭四爷说，梅苢仙曾去金钟河对岸的一户人家出诊，这病人是个瘫子，儿子也有残疾，是个半瞎，家里只有爷儿俩过日子。梅苢仙给看完了病，这病人过意不去，非要给脉礼。梅苢仙再三推辞，就告辞走了。可出门没走多远，这半瞎的儿子追出来，不高兴地问，你不是在街上说，给没钱的人看病不收脉礼吗，我爹的钱干吗还收？梅苢仙听了笑笑，就把身上的钱掏出来，又给了这半瞎的儿子。但过了几天，这半瞎儿子又来梅家胡同找梅苢仙，一见面就连连作揖赔礼。徒弟李布衣一问才知道，这半瞎儿子的爹，现在病已经好了，可这时才发现，当时给梅苢仙的脉礼，他并没拿，塞在病人的枕头底下了。这半瞎儿子非要把后来梅苢仙给他的钱还给他，又问，当时为嘛不说明白。梅苢仙笑笑说，病人的心眼儿都小，大夫对他们察言观色，他们对大夫也察言观色，我当时要说明白了，你爹心里不踏实，这病还能好这么快吗？

这时，徐拐子也就明白了，自己带来的这份谢礼梅苢仙肯定不会收。

149

徐拐子后来听谭四爷说，才知道梅苡仙这天不高兴是怎么回事。起因还是徐拐子自己。徐拐子把这条瘸腿治好了，夜里不光蹬得住床板，走路也有模有样了，心里一高兴，就请几个相好不错的朋友在饭馆儿喝了一顿酒。当时谭四爷也来了。酒桌上，众人问徐拐子，他这腿到底是怎么治好的。徐拐子一听，先给谭四爷敬了三杯酒，然后才从头说起。先说当初谭四爷怎么给自己当媒人，娶了这么个称心如意的小媳妇，又说这条腿怎么不跟劲，当然不好意思说是夜里蹬不住床板，只说有了这小媳妇家里的事也就多了，走路不方便，忙不过来。谭四爷又怎么让自己去梅家胡同找梅苡仙梅大夫。这梅大夫果然是高手，一眼就看出自己这腿的毛病在哪儿，说这叫骨包肉，但不用开刀，先给了几贴大膏药，后来又给了几贴小膏药，最后开了一个方子，用汤药洗了十天，又叮嘱自己，从这锦衣卫桥大街一直走到南市牌坊。再回来时，这条腿果然就跟好腿一样了。众人一听连连称奇，都说，早就听说这梅大夫的医术高明，可没想到竟然这么神。这时谭四爷才把梅家当年祖上的事，又给众人说了一遍。这顿饭吃完，本来这件事也就过去了，可这几个来吃饭的朋友回去又当新鲜事跟别人说了。街上的人一听，金钟河对岸绒线铺的徐拐子瘸了这些年，让梅苡仙梅先生几贴膏药就治好了，这事一下就传开了。后来越传越神，竟然有人说，徐拐子的瘸腿让梅大夫一摸就摸出来了，是磕膝盖上又长出一只脚，不过并没动刀动锯，梅家有一种特制的膏药，只贴了几贴，这只脚自己就掉了，这条瘸腿也就这么好了。锦衣卫桥大街上有个"茗园茶楼"，离三元庵不远。前几天马金匮来茶楼喝茶，正听见有人议论这事，先听了一耳朵，没在意。后来这几个人越说越热闹，有人不信，说徐拐子早就认识，已经瘸了这些年，要说他腿上长个东西还有可能，长出一只脚，这就是瞎掰了。说长脚的人不服气，说这事儿有人亲眼看见了，这脚上还长着挺长的指甲，怎么是瞎掰！这样来回一说，就矫情起来。正在旁边喝茶的人一听也都凑过来，在旁边看热闹。这时马金匮才注意了。这一注意，也就听明白了，原来说的是徐拐子的事。接着再一细听，登时心里的气就大了，敢情徐拐子那次从自己这里一走，扭头又去梅家胡同找梅苡仙了。去找梅苡仙倒无所谓，问题是自己已跟他说了，他这腿不光自己治不了，就是到别处也没人能治。既然已经给他说了没人能治，他还去找梅苡仙，这就说明他根本没拿自己的话当一回事。当大夫的都要脸面，最忌讳病人拿自己的话不当话，这时越想心里越气，就忍不住哼了一声。这几个议论的人一回头，才发现马金匮正站在旁边。有人认出来，是三元庵后身儿的马大夫，立刻说，正好，马大夫也在这儿，您是内行，您给说说，这人的磕膝盖上好好儿的又长出一只脚，脚上还有挺长的指甲，这事可能吗？

马金匮笑笑说，这年月，万事皆有可能。

问的人没听懂，把眼眨巴了眨巴，又问，这话怎么讲？

马金匮说，俗话说，林子大了嘛鸟儿都有。我行医这些年，各种稀奇古怪的病见多了。

他这一说，刚才说长脚的人就逮着理了，连声说，看看，看看，马大夫这才叫内行话。

马金匮沉了一下，又说，不过，这话也分怎么说。

众人一听，立刻都收住声儿，看着他。

马金匮慢声细气地问，这街上的陈傻子，都知道吧？

街上的人当然都知道陈傻子。这陈傻子是倒脏土的，整天拉着一辆破排子车在各买卖家的门口转。马金匮说，陈傻子有一回

151

有钱了，去馒头铺买了五个馒头，一口气都吃了，等吃完最后一个，想想说，娘的亏大了，早知道吃这个馒头能饱，那四个就不用吃了。

众人一听都乐了。

但也有人咂出马金匮这话的滋味儿，问，您的意思是？

马金匮不慌不忙地说，这徐拐子去梅家胡同之前，先来我这儿了。

有人立刻醒悟了，说，是您，先给他治的？

马金匮没直接回答，笑笑说，我马家有个祖传的方子，叫消骨汤。

有人哦了一声。

马金匮又说，这徐拐子看着是个精明人，可照这样，他哪天也得倒脏土去。说完扑哧一笑，就转身走了。走出几步又站住，回头对众人说，这事儿也不能全怪他，是有的人，太不实在，都在一条街上住着，砖墙都没有不透风的，况且就这几步道儿，能瞒得住吗？

说着又摇头叹了口气，这一行凭的是真本事，连蒙带唬，也就是一时。

说罢又摇着头啧啧了两声，就扭身走了。

显然，马金匮最后这几句话，指的是梅家胡同的梅苡仙。不过也正像他说的，没有不透风的墙，这话没几天就传到谭四爷的耳朵里。三元庵后身儿的马家胡同有个张老太太死了。这张老太太的儿子是做干货生意的，在锦衣卫桥的桥头有个干货店，这回就想给老娘把这堂白事办得体面一点，不光请了僧尼两棚经，还设了"开吊"的流水席，在"鹤年号"定了一口上好的杉木寿枋。出殡这天，又特意从韦驮庙杠房请了一个"四人杠"。谭四爷这天一早带人来抬灵，在胡同口等着时，听见几个人在闲聊，正说徐拐子这事。谭四爷一听就明白了，当时没说话。谭四爷是抬杠的，街上的人都认识，跟马金匮当然也熟。当初马金匮卖后面的一进院子，就是谭四爷给牵线找的买主儿。但谭四爷有个脾气，不爱跟没本事的人来往，如果这人没本事，还不承认自己没本事，用街上的话说死要面子活受罪，这种人谭四爷就更不爱搭理了。所以，平时跟这马金匮也就很少来往。这天把张老太太的灵柩抬到坟地，回来时越想这事越有气。谭四爷没进过学堂，但平时最爱听书看戏，俗话说书文戏理，讲的也是人情世故。徐拐子治腿这事，谭四爷从头到尾都清楚，不管怎么说，马金匮在街上也不该这么说话，吹嘘自己可以，戏词里有句话，人不为己天诛地灭，但不能用贬低别人来抬高自己，这就不光是不厚道，也是人品问题了。谭四爷本想去找马金匮，当面跟他理论一下，但转念又想，这马金匮也不容易，眼瞅着把祖上留下的这点儿家业跟切西瓜似的一块一块卖了，自己的医术又不行，眼看已经快吃不上饭了，在街上说几句便宜话也就让他说算了。

可想是这么想，这口气窝在心里还是出不来。

谭四爷知道，梅先生不仅是厚道人，也很有心。都说同行是冤家，但梅先生不是，尤其对马金匮，一直还念着梅家跟马家当年的这点旧情，平时只要有机会，也就总是不动声色地帮这边一下。有一回，东门外铁狮子胡同的佟老板托着一条胳膊来找梅大夫，说这个中午办事回来，一下人力车，不知怎么扭了一下，肩膀就不能动了，让梅大夫给看看。梅大夫用手一摸就明白了，没大毛病，是肩膀脱臼，俗话说就是"掉环儿"了，只要稍懂点骨伤的大夫用手一托也就上去了。梅大夫知道，这佟老板是个盐商，不在乎钱，这一下如果给他治好了，礼金肯定不会少。于是说，俗话说术业有专攻，当大夫也如是，最讲专科，自己虽然也懂骨伤，可毕竟不擅长，三元庵后身儿马家胡同的马大夫是专治骨伤的，不如去让他给看看。这佟老板一听连连道谢。于是，梅大夫就让徒弟李布衣把他引到马家胡同去了。事后听说，马金匮一看这佟老板的肩膀只是掉了环儿，果然没费事，稍稍一托也就给安上去了。佟老板当然不懂，就觉着这马大夫的医术果然高明，已经不是妙手，简直就是神手，一高兴给马金匮备了一份厚厚的谢礼。但事后，马金匮却像没这么回事，对梅大夫这边连个谢字也没有。

这回谭四爷想，这马金匮到底是个嘛人，估计梅大夫不会不知道，只是不想跟他一般见识，可这次徐拐子这事，马金匮在茗园茶楼说的这番话，就得让梅大夫知道了。俗话说，可怜之人必有可恨之处，梅大夫虽然厚道，但这厚道如果用错地方，就是傻了。

果然，梅苡仙听了这事虽没说话，但脸上气得蜡黄。

徐拐子这事，于大疙瘩是听舅舅陈一亭说的。有一回谭四爷跟几个朋友来陈一亭的羊肉馆儿吃饭，一边喝着酒，一边在饭桌上说起这事，陈一亭就在旁边听见了。后来陈一亭把这事告诉了于大疙瘩，也不是当新鲜事说的，只想让他明白，他整天在街上舞刀弄棍的，哪天自己或朋友受了伤，这马金匮和梅苡仙的医道怎么回事，心里得有个数。不过于大疙瘩当时听了心想，自己真受伤还指不定是哪辈子的事，也就左耳朵进，右耳朵出，没往心里去。

但现在想起来，也就认定，梅苡仙肯定是因为自己先去找了马金匮，所以来他这儿治腿，才故意让自己喝尿碱。于大疙瘩到底是街上混的，也知道治病这种事的深浅，别管梅苃仙的心里怎么想，他毕竟是这街上有名有姓的大夫，让自己喝这尿碱也就不会是随便喝的，怎么说也得有点儿道理。这一想，就还是咬着牙捏着鼻子把这罐儿叫"人中白"的尿碱都喝了。这以后，虽然这两条腿真能打弯儿了，可一打嗝儿，总还觉着有股尿臊味儿。

马金匮要卖最后半进院子的两间倒坐南房，已是一年以后的事。在这之前，锦衣卫桥大街上刚出了一件事，陈一亭让人打了，不光打了，连他的羊肉馆儿也让人给砸了。

陈一亭的羊肉馆儿在玉皇庙跟前。但说是跟前，其实还隔着十几丈，本来生意挺好，跟周围的买卖铺子也相安无事。但几个月前，街对面又开了一家饭馆儿。这是个素斋馆儿，据街上知道底细的人说，是跟玉皇庙里的人合伙儿开的。不过后来又有人说，这饭馆儿只是打着素斋旗号，跟庙里没一点儿关系。素斋馆的掌柜姓田，叫田寿，过去是个拉胶皮的。所谓"胶皮"也就是人力车，到北京叫洋车。这田寿长得膀大腰圆，又能吃苦，当初拉胶皮时肯卖力气，总是起早贪黑，这样拉了几年车攒下几个钱，后来就不拉车了，光养车，租给别人拉。再后来慢慢地有了点儿底子，就把车卖了，改做"勤行儿"，也就是开饭馆儿。先在南门外开了一个炸酱面馆儿，生意一般。后来发现，这玉皇庙的香火挺旺。田寿是个有脑子的人，知道这开饭馆儿不像拉胶皮，只做大路菜不行，得有点儿各路的东西。玉皇庙每逢初一十五香客最多，如果在这跟前开个素斋馆儿，赚香客的钱，应该能行。于是就在这庙门附近找了一间临街的门脸儿房，开了一个"发心素斋馆"。田寿为了让这素斋馆儿显得正宗，还故意在街上

155

放出话，说这饭馆儿跟庙里也有点儿关系。香客一听信以为真，每逢初一十五在庙里烧了香，出来就到这里吃饭。一来二去，饭馆儿的买卖果然挺火。

按说陈一亭的羊肉馆儿跟这素斋馆儿一荤一素，应该没多大关系，当初就是没有这素斋馆儿，来玉皇庙烧香的香客也不会进这膻气哄哄的羊肉馆儿吃饭，所以别管那边的生意多火，也就并没抢这边的买卖。陈一亭当然也明白这个道理，素斋馆儿开张时，还特意让人送去一副对联作为开张志禧。可这素斋馆儿开了些日子，街上就有传言，说玉皇庙里的人说了，跟这素斋馆儿没半点儿干系。这话传到素斋馆儿掌柜田寿的耳朵里，田寿一听就急了，眼下饭馆儿生意好，仗的就是玉皇庙的旗号，没有玉皇庙，自己这素斋馆儿也就成了冒牌的，就说是素锅素油素菜，香客也不会信。接着再一想，就明白了，这毛病肯定是出在对面的羊肉馆儿那里，谁都知道同行是冤家，自己这边火了，自然抢了那边的生意，肯定是这羊肉馆儿的掌柜陈一亭在街上放出的话。这田寿虽不是街上的混混儿，但有三个儿子，老大叫田龙，老二叫田虎，老三叫田豹，这仨儿子都随田寿，个个生得五大三粗。田寿跟这几个儿子一说，几个儿子也火了。老大田龙当时就要去对面的羊肉馆儿找陈一亭。但老三田豹有心路，立刻拦住说，这事儿先别急，古人说，出师有名，咱得等个合适的机会。

果然，第二天中午，就让这老三田豹逮着了机会。

陈一亭的羊肉馆儿每天得用大量的羊肉，厨房伙计图省事，每回端着洗肉汤子或刷锅水出来，懒得多走几步，就往门口的当街一泼。这个中午，一个小伙计又端着一盆血汤子出来，刚泼在街上，素斋馆儿这边的老三田豹噌地就蹿出来，一把薅住这小伙计问，谁让你往这儿倒的？小伙计登时吓得脸上变了颜色，结结巴巴地说，没有谁，天天都是这么倒。

老三田豹一巴掌掴在这小伙计脸上。小伙计刚十几岁，一下给掴得摔在地上。老三田豹还不依不饶，跟上去又踹了几脚。小伙计一下给打蒙了，趴在地上连哭带叫地号起来。陈一亭在里边听见动静，出来一看，见对面素斋馆儿的老三田豹正打自己的伙计，登时也来气了。但陈一亭在街上开饭馆儿这些年，也是外场人，心里有气，脸上却不气，只是走过来皮松肉紧地笑着说，这是为嘛啊，有事儿说事儿，小孩子这么打，还不打坏了！

老三田豹就等着陈一亭出来，这时一见他过来了，成心又给了这小伙计一脚。这一下陈一亭真火儿了，把脸撂下说，三掌柜，你这就不对了，打狗还得看主人，我已经出来了，你还打，这是成心打我的脸还是怎么着，我姓陈的好像没招着你吧？

老三田豹瞪着眼说，没招我，你是成心装王八蛋吧？

陈一亭见对方出口不逊，立刻也还了一句，冲着王八蛋，我还用装吗？

老三田豹一听，扑过来冲着陈一亭的面门就是一拳。但这老三田豹并不知道，陈一亭年轻时曾在金钟河边练过摔跤，身上有几下功夫，这时虽然已经四十多岁，还比一般人利索，见老三田豹的拳头打过来，并没躲闪，只往旁边一侧身，一只手接住他这拳头往怀里一带，又往外一扔，说了声，去你的！老三田豹没料到他这一手儿，一下给扔出去，趔趄了趔趄一个前趴虎儿就摔在地上。这时素斋馆儿里的老大田龙和老二田虎也都闻声出来了，一见兄弟让陈一亭打倒了，一块儿跳过来把陈一亭围在当中。陈一亭毕竟已上了点年岁，又这些年不练了，人也比田家的这几个兄弟瘦小，况且好汉难敌四手。这时田豹也已从地上爬起来，三个兄弟一拥而上，就把陈一亭按在地上。这一下陈一亭就吃了大亏，田家三兄弟一顿拳打脚踢，眨眼工夫就把他打得趴在地上不能动弹了。打完了还不罢休，这三兄弟又闯进陈一亭的羊肉馆儿。这时羊肉馆儿里已经有人吃饭。这三兄弟已红了眼，进来二话不说，见一个桌子掀一个，登时碗碟菜盘子稀里哗啦地摔了一地。正吃饭的食客一见不知怎么回事，都吓得一哄而散，伙计们也都躲进后面的厨房不敢出来。转眼间，这羊肉馆儿就给砸成了破烂摊儿。

田家三兄弟看看砸得差不多了，这才吐着唾沫回对面的素斋馆儿去了。

这一场事闹得很大，不光把陈一亭的羊肉馆儿砸了，也让街上的人都知道了，田家的这个"发心素斋馆"果然是正宗的素斋馆儿，容不得半点荤腥儿。

在这个中午，这田家三兄弟直到回了素斋馆儿，坐在窗前喝着茶朝外看，见陈一亭还趴在当街一动不动。好一会儿，才见羊肉馆儿的几个伙计出来，把他搀回去了。打架就是这样，不在乎打人还是挨打，关键是这口气，只要这口气出来心里就痛快了。田寿见几个儿子给自己出了这口恶气，心里一痛快，觉着喘气也顺溜多了，接下来也就只管做自己饭馆儿的生意。可他就忘了一点，不光他忘了，他这几个儿子也忘了，其实还不是忘了，而是根本就不知道，这陈一亭也不是省油的灯，他还有一个叫于大疙瘩的外甥，而且这于大疙瘩曾是混星子，当初在这锦衣卫桥大街上也是个有名有姓的人物。真正的老天津人都知道，"混混儿"虽不一定是地痞流氓，但比一般的地痞流氓还不好惹，你如果讲规矩，拿面子局着，怎么都好说，可真要动浑的就麻烦了，再浑的人也浑不过混混儿，更别说是

"混星子"。

这时于大疙瘩虽不在混混儿里混了，但总得吃饭，就又找了个事由儿，用街上的话说也就是又找了个打八岔的饭辙。这饭辙是来找谭四爷时无意中发现的。上一次于大疙瘩去北门外的鑫友宝局"开逛"，让人家把浑身的骨头都打碎了，回来后让三元庵后身儿的马金匮把骨头接上了，但把两个膝盖的骨头接反了。后来又去梅家胡同找梅苡仙，把这两块骨头砸下来，又重新接上。可接是接上了，梅苡仙又给了一罐奇怪的汤药，说叫"人中白"。再后来听马金匮一说才知道，敢情是尿碱。这一下于大疙瘩就火儿了，咬着牙把那罐"人中白"喝完了，就来找谭四爷。当初找梅苡仙，是谭四爷让找的，可没想到这梅苡仙这么不地道，他得跟谭四爷说道说道。当时谭四爷正带着杠房的几个人在一堂白事上，于大疙瘩气哼哼地来了，把谭四爷拉到一边。谭四爷一见他这架势，就知道有事。

于大疙瘩说，不错，是有事，这回这事儿还不小。

然后，就把梅苡仙让他喝尿碱的事，怎么来怎么去都说了。于大疙瘩说，他梅苡仙就算是个名医，也没有这么干的！是啊，我是先去找的马大夫，你不乐意说不乐意的，实在心里过不去，不给我治也无所谓，可既然已经治了，还让我喝尿碱，这不是成心拿我开涮嘛。谭四爷一听就乐了，说，咱先别说别的，我问你，你这腿，好没好？

于大疙瘩说，好是好了。

谭四爷说，这不就结了，你去找梅大夫，为的不就是治腿嘛，甭管人家心里乐意不乐意，那是人家自己的事，既然已经给你治好了腿，你还有嘛说的。

于大疙瘩说，我现在说的不是腿的事，是尿碱的事儿！

谭四爷说，这尿碱怎么了，如果不管用，你的腿能好吗？

谭四爷这一问，于大疙瘩就没话说了。

谭四爷又说，跟你说句到家的吧，你别不爱听，你是嘛人，人家梅先生是嘛人，能跟你是一样的心眼儿吗？用句戏词的话说，别以小人之心度君子之腹，就因为你先去找的马大夫，就成心让你喝尿碱？他梅苃仙要真像你说的这么小肚鸡肠，也到不了今天。说着瞥了于大疙瘩一眼，又乐了，我知道，你这些年在街上混，也是茅房拉屎脸儿朝外的人，我说的这话你要是不信，就自己去找梅先生，横竖也不远，就这几步道儿。

于大疙瘩眨巴眨巴眼，找他，干吗？

谭四爷哼一声，去听听他怎么说啊。

于大疙瘩翻一眼谭四爷，没再吱声。

就在这时，这丧事的本家儿过来一个管事的，要拉于大疙瘩去吃饭。于大疙瘩起初不知怎么回事，可这时自己正有一顿没一顿，既然让去吃，也就乐得跟着过来吃。

等在桌前坐下，才明白了。

按街上规矩，谁家有丧事，亲戚邻居或死者生前的朋友都要来吊唁，无非是行个礼烧烧纸，关系真近的再哭几声，俗话叫"吊纸"。丧事的本家儿为表示感谢，要把来"吊纸"的亲友留下吃饭，叫"开吊"。这"开吊"是流水席，随来随吃，随吃随走。于大疙瘩一边吃着饭，一边朝旁边溜一眼，心想，这本家儿管事的一定是把自己也当成来"吊纸"的亲友了。

这个中午的这顿饭吃得挺饱，既然是"开吊"席，酒菜也好。于大疙瘩直到吃完了，打着饱嗝儿出来，才突然意识到，这应该是个现成的饭辙，以前怎么没想到？

这以后，街上谁家再有丧事，甭管认识不认识，于大疙瘩就

160

去"吊纸"。一开始还带点香烛锞子做做样子，后来干脆就空手去，到丧事上，管事的也闹不清他跟本家儿是什么关系，又不好多问，看着他行完礼，又烧了纸，就赶紧招呼着让人领去"开吊"。吃"开吊"席的客人自然有认识的也有不认识的，这样抹下脸，使劲吃一顿，回来就能饱一天。

于大疙瘩起初也心虚，怕被人识破了，挺大的人为蹭一顿"开吊"席，真让人家本家儿给轰出来，这脸就没处搁了。可后来渐渐发现，这种担心是多余的，丧事上本家儿只顾着哭，来"吊纸"的人也是各种关系都有，且越是大户人家，人来人往的越乱，一乱也就更没人注意，只要行完了礼，再胡乱烧几张纸，自然有人领着去"开吊"，吃饱喝足一抹嘴，抬屁股走人就是了，没人管也没人问。但日子一长，也难免有细心的本家儿看出来。不过看出来也无所谓，街上有句老话，"有钱难买门前吊"，谁家办丧事都是越闹越好，来吊纸的人越多，才越显得这丧主儿平时的人缘儿好。于大疙瘩也就越干越熟，每次去谁家"吊纸"，都穿得干干净净，各种行礼的规矩也早都烂熟于心。丧主儿的本家儿即使看出于大疙瘩是来蹭"开吊"席的，也就并不点破，大不了在桌上添双筷子也就是了。

陈一亭的羊肉馆儿让对面素斋馆儿的田家三兄弟砸了，人也给打了，这事于大疙瘩当天下午就知道了，还不是听说的，是陈一亭让伙计把他叫来的。于大疙瘩这个中午刚去小关南口"吊纸"回来，正在家里喝茶。这茶叶也是从丧事上顺的，出来时见一张桌上放个茶叶罐儿，挺好看，就随手揣在袖子里了。回来一沏，竟然是"小叶儿双熏"，味儿挺地道。正喝着，就见羊肉馆儿的伙计来了，说那边出事了，让他赶紧去。于大疙瘩一听顾不上多问，就跟着来到羊肉馆儿。陈一亭的家在羊肉馆儿后面，是连着的，于大疙瘩从前面一进来，见满地碎碗碴子，桌椅板凳也东倒西歪，就知道是有人来闹事了。到后面，一见躺在床上的陈一亭，立刻吓了一跳。陈一亭的脸已经让人打得走了形，两个眼窝儿漆黑，都跟金鱼似的鼓着，看意思门牙也掉了。于大疙瘩倒沉得住气，来到跟前问，怎么回事？陈一亭这时已经有气无力，用手指了一下旁边的伙计。这伙计就过来，把中午的事前前后后都说了。

于大疙瘩听完想了想，点头说，行，我知道了。

说完，就扭头朝外走。

陈一亭费劲地叫住他问，要去哪儿？

于大疙瘩说，你别管了。

在这个下午，于大疙瘩从羊肉馆儿出来，先回自己家转了一圈儿，然后就直奔素斋馆儿来。这会儿还没到上人的时候，素斋馆儿里挺清静。于大疙瘩进来，先朝四周看了看，拎起一个凳子啪地一扔，扣在地上，用一只脚踩着凳子腿儿，冲里面的伙计说，去把掌柜的叫出来，有一个算一个，都给我叫出来。伙计一见这来人不是善茬儿，赶紧一溜烟儿地进去了。一会儿，田寿捧着水烟袋出来了，身后跟着三个儿子。于大疙瘩随他娘舅，身量儿不高，看着也挺瘦。但田寿一见于大疙瘩这架势，还是愣了一下。田寿过去是拉胶皮的，街上这点事儿都明白，一看这来人把自己的板凳扣在地上，就知道是个混混儿，应该是来"闹砸儿"的，说白了也就是成心找事儿的。接着就意识到，八成是为对面羊肉馆儿的事。这时他身后的几个儿子已经不干了，见这来人细胳膊细腿儿的像个瘦猴儿，根本没放在眼里。老大田龙走过来，用手冲他一指说，哪儿来的你是，怎么着，活腻歪啦，想找死啊？

说着，就撸胳膊挽袖子要动手。

田寿伸手拦住他，回过头来笑笑说，这位小兄弟，有嘛事儿，说。

于大疙瘩扭头朝窗外挑了一下下巴说，这羊肉馆儿，是我的。

田龙说，甭管谁的，我就砸了，人也打了，你怎么地？

田寿眯起眼说，我这饭馆儿就在这儿，你要想砸，你也砸。

于大疙瘩说，现在人打坏了，还躺着，饭馆儿也成这样了。

田寿点头哦一声，说，是嘛，行啊，我挺忙，你怎么个心气儿，就照直说吧。

于大疙瘩没说话，突然从腰里拎出两把明晃晃的攮子。所谓攮子，也就是匕首，但比匕首的刀锋短，把儿也长，用的时候尖儿朝后，一般是倒拿着。田家父子一见他把攮子掏出来，都一愣。于大疙瘩把这两把攮子在手里一转，把儿朝上，当当两下插在跟前的桌上。田家父子还没回过神来，他又从腰里拽出两把，也插在桌上。这四把刀刃飞薄的攮子立在桌面上，登时插得满满当当。田家的父子几个这才明白，看来这于大疙瘩今天是来玩儿命的。田寿毕竟见多识广，这些年街面儿上三教九流的事都见过。这于大疙瘩刚进来时，他并没太当回事，看这人瘦小枯干，长得也其貌不扬，以为是个生瓜蛋子，想着拿大话一拍，再让几个儿子三拳两脚扔到街上去也就算了。但这时才意识到，看意思这不是街上一般的狗食狗烂儿，应该有点来头儿。这时，于大疙瘩朝这田家父子扫一眼，伸出两手，把跟前的两把攮子在桌上晃了晃，一使劲拔下来，又一转，刀尖儿朝后握在手里。田寿一见不由得倒退了一步。田家三兄弟也立刻都拉开架势。于大疙瘩没抬头，突然一使劲，咔哧一下，就把一把攮子扎在自己的大腿上。接着又一下，把另一把攮子扎在另一条腿上。于大疙瘩穿的是一条月白色的灯笼裤，两条裤腿立刻就让流出的血染红了。田家父子一看，脸上登时都变了颜色。这时再看于大疙瘩，眉头皱也没皱一下，伸手把另两把攮子拔下来，往左一使劲，插在自己左胳膊上，又往右一使劲，插在右胳膊上。这田家的兄弟几个平时仗着膀大腰圆，又人多势众，在街上没有怕的人，但还从没跟混混儿打过交道，也没见过这种阵势。这时一看，立刻都傻了。于大疙瘩本来是站在桌子跟前，一只脚踩着凳子腿儿，这时两条腿上都插了攮子，就有点站立不稳，两个胳膊上的血，也顺着手滴滴答答地流下来。他又朝这田家父子几个看了看，一伸手，先把腿上的攮子拔下来，又把胳膊上的也拔下来，咕咚一声都扔在桌上，把手上的血甩了甩，对田寿说，咱先说这一道吧，后面的道儿你们划，我随着。

田寿明白了，于大疙瘩这回真是来玩儿命的，他这几刀当然不是白扎的，按街上规矩，自己这边也得有一个人，他怎么扎也怎么扎，如果怕疼，不敢，那就是尿了，只要一尿，那边陈一亭治伤的钱连羊肉馆儿的一切损失，当然也包括这于大疙瘩在自己身上扎的这几刀，就都得包赔。但他知道，自己这几个儿子平时看着在街上咋咋呼呼，吆五喝六，其实真到根节儿上都没多大脓水儿，别说让他们往自己身上扎四把攮子，手上拉个口儿都嫌疼。

田寿做梦也没想到，自己这回竟然捅了这么大的马蜂窝。

这时已经没别的办法，再这么耗下去，只会更丢人现眼。于是，他朝身边的几个儿子看一眼，就转身回里边去了。这三兄弟一看，也赶紧都跟着进去了。

田寿明白街上这潭水有多深。事后一打听才知道，敢情这于大疙瘩是陈一亭的外甥，当初果然是街上的混星子，还曾在北门外的鑫友宝局"开逛"，只是没开成。田寿清楚混混儿里的事，真要是"开逛"了，也就有了身份，一有身份反倒更讲规矩，最怕的就是这种"开逛"不成的混星子，从此也就破罐子破摔，不光不讲规矩，干脆就没了王法，索性浑不论了。

田寿打听清楚这于大疙瘩的底细，也就明白，幸好这回没硬碰硬。俗话说横的怕愣的，愣的怕不要命的，光棍儿不吃眼前亏。再跟几个儿子一商量，这几个儿子到这时也都已没了底气。田寿听街上人说，韦驮庙杠房的谭四爷跟这于大疙瘩还能说得上话，就请谭四爷出面，在小关南口儿的"天合居"摆了一桌，把于大疙瘩请来。田寿倒也能屈能伸，在酒桌上，带着三个儿子规规矩矩地给于大疙瘩敬了三杯酒，又拿出几十块大洋，算是赔偿陈一亭和于大疙瘩的损失。这顿饭之后，就把这素斋馆儿兑出去，从此离开了锦衣卫桥大街。

但素斋馆儿的事完了，陈一亭这边的事还没完。不光陈一亭，于大疙瘩的事也还没完。于大疙瘩那天去素斋馆儿，在田家父子面前往自己身上扎了几刀，这种刀伤看着吓人，其实只要豁出疼去，倒也没太大的事，抹点儿刀伤药，有几天也就好了。但于大疙瘩这回却遇上了麻烦。麻烦就出在这几把攮子上。于大疙瘩的这几把攮子当初总带在身上，倒不一定真有用，就是在街上壮一壮门面。但自从不在混混儿里混了，门面没了，这攮子用不上了，平时也就都扔在个破箱子里。可于大疙瘩就忘了一点，还不光是忘了，也是不懂，攮子过去经常带在身上，磨来磨去已磨得锃亮，问题还不大，但后来不用了，放的时间一长，这刀刃上也就生了一层锈。这种锈跟一般的锈还不一样，表面看不出来，但毒性很大，一旦扎在身上，进了

165

伤口，这伤口就很难再封口儿。这回于大疙瘩在田家父子面前威风凛凛地扎了自己几刀，当也就是个疼，还没觉出怎么样，但过后就感到不对劲了。当初于大疙瘩在街上混时，虽没抽过"死签儿"，打架时也挨过刀。刀伤有个特点，只是当时疼，但疼劲儿一过也就没事了。这回却不一样，感觉越来越疼，后来不光疼，还火烧火燎的。于大疙瘩本来是用几根布条把伤口都勒起来，这时打开一看，立刻吓了一跳，这几个伤口都已烂成了血窟窿，用手轻轻一按，还往外流黄水。于大疙瘩慌了，赶紧来找陈一亭商量。陈一亭这时也还躺在床上，脸上的淤青虽然下去了，但还不能动，一动就疼得浑身冒汗。陈一亭一看于大疙瘩的伤口，也摇头说，这么下去不行，得赶紧想办法，再耽误，咱爷儿俩的命就都得交待了。

于大疙瘩知道，如果让舅舅请大夫，自然又得请马金匮。可经过这几次的事已经看出来，马金匮的医术确实不行。但这时，又不想去找梅家胡同的梅苃仙，心里转了转就没说话。

果然，陈一亭说，你去马家胡同，把你二舅请来吧。

陈一亭说的二舅，自然是指马金匮。

陈一亭的心里也清楚，马金匮的医术确实不如梅苃仙，可自己毕竟跟马金匮是拜把子兄弟，放着自己的兄弟不找，却去找外人，马金匮又好面子，这就如同打他的脸。陈一亭就是想到这一层，这几天寻思来寻思去拿不定主意，才一直没请大夫。这时于大疙瘩来了，事情已到这一步，眼看不光自己，爷儿俩都不能再拖了，索性就让于大疙瘩先去请马金匮。马金匮来了，如果能治更好，不能治，也给个痛快话，这样再请别人，他也就没话说了。

于大疙瘩也已看出陈一亭的这层意思，就来三元庵后身儿请马金匮。

这个下午，于大疙瘩来时，马金匮正把两个人送出来。送完了回来，问于大疙瘩，是不是有事？于大疙瘩说，我舅的羊肉馆儿头几天出事，你听说了？

马金匮说，听了几耳朵，这两天事儿多，还没顾上过去。

于大疙瘩说，我大舅让你去一趟。

马金匮想想说，你先进来。

于大疙瘩就跟着进来了。马金匮的屋里挺乱，看意思像要搬家。于大疙瘩朝屋里看看，又看看马金匮。马金匮说，实话说吧，这房子，我要出手了。

于大疙瘩听了一愣，问，怎么回事？

马金匮叹口气说，要说我马家，祖传是干这行的，这些年在这街上虽不算名医，提起来也有名有姓，有句老话，叫富不过三代，其实行医也一样，到我这儿，也就算到头儿了。说着又摇摇头，我也看出来，没嘛意思了，俗话说，树挪死，人挪活，不如干点儿别的吧。

于大疙瘩一听就明白了，想想说，要我说，这房子还是别卖。

马金匮说，不卖，看着也腌心，再说也没嘛用了。说着又苦笑了一下，不光是你，街上别的朋友也劝我，还是别把这南房卖了，不卖，有这两间房立在这儿，当初的行医马家也就还在，房子一卖，人一走，再过几年，这马家胡同的行医马家也就没人知道了。

于大疙瘩嗯一声，没接茬儿。

其实于大疙瘩劝马金匮别卖这两间南房，心里另有盘算。当初谭四爷说的，关于梅苡仙的爷爷当年如何带着一个药方来拜马金匮的老太爷为师的事，于大疙瘩虽然起初不信，但后来经了几件事，慢慢也就信了。于大疙瘩倒不是信别的，是相信真有这药方。于大疙瘩那回去北门外的鑫友宝局"开逛"，让人家把浑身的骨头都打碎了，懂行的人曾断言，已经伤成这样，换第二个人这辈子也残了。可是经马金匮的手一治，不光把浑身的骨头都接上了，吃了他的药，也就真的很快长好了，虽然膝盖不能打弯儿，但据梅苃仙说，是因为把一块骨头接反了，并不是药的事。事后于大疙瘩想来想去，还是不敢确定这药的方子是不是就是谭四爷说的当初的那个方子。但有一点，于大疙瘩这回确信，这方子应该确实存在。于大疙瘩的这个判断，后来在梅苃仙的徒弟李布衣这里也得到证实。李布衣一次说话时露出来，梅先生确实有一个祖上传下来的秘方，治骨伤有奇效，不过梅先生曾说，这方子虽然是个奇方，但越是奇方，往往剑走偏锋，也就有一定风险，所以一般情况下，如果不是大的伤筋动骨不可轻易用。于大疙瘩自从听了这话，心里一直寻思，李布衣说的这个方子，是不是就是梅苃仙这回给自己用的呢？如果是，这方子可就值钱了。也就从这以后，于大疙瘩就开始寻思这个方子。显然，听李布衣这话的意思，他说的这方子跟谭四爷说的那个方子应该就是同一个方子。但于大疙瘩知道，凭梅苃仙的为人，要想从他手里把这方子要出来，根本不可能。他倒不是舍不得给，而是知道，于大疙瘩这种人真把这方子要过去不会是去治病，说不定又有什么歪门邪道的用处。这一想，就来找陈一亭商量。于大疙瘩想的是，这方子如果真是当年的那个方子，梅苃仙手里有，马金匮的手里就应该也有。但既然梅苃仙不会给自己，马金匮也就不会轻易给自己。陈一亭跟马金匮是磕头兄弟，如果让陈一亭跟马金匮要，没准儿能要出来。可是来跟陈一亭一说，陈一亭立刻摇头，对他说，你以为这治病跟打八岔一样啊，哪那么简单，别再想斜的歪的了，以后干点正经事。于大疙瘩正色说，现在想要这方子，就是想干正经事，要这方子不是为了给人治病，说白了，是想卖钱，如果真能卖个好价钱，手里有了本钱，再想干别的也就能干了。陈一亭听了仍拨楞脑袋，说不行，这马金匮虽说是我的异姓兄弟，可他的脾气我知道，就算真去张这嘴，他也未必肯给，我可不想白饶这一面儿。

于大疙瘩在陈一亭这里碰了钉子，还不死心。这时听马金匮一说，想把这两间倒坐的南房卖了，心里立刻又忽悠一下。看意思马金匮这回是真打算金盆洗手，彻底不干这行了，如果把这两间南房一卖，一拍屁股远走高飞，以后再想找他都难，这药方也就更别想弄到手了。这时再想，也就明白了，刚才马金匮送走的那两个人，大概就是买主儿。既然马金匮去意已定，自己在他这儿又人微言轻，真劝他，肯定也是耳旁风。倒不如先把他拉到羊肉馆儿去，也许让陈一亭跟他说说，还能管用。这一想就说，先跟我去吧，我大舅那边还等着呢。

马金匮想想说，去一趟就去一趟，正好，这事儿也想跟他念叨念叨。

马金匮和于大疙瘩来到羊肉馆儿，一见陈一亭脸色蜡黄地躺在床上，就知道伤得不轻。坐到跟前先给他摸了一下脉相，脉也是乱的。马金匮毕竟祖传是骨伤，内科不行，知道这脉相不好，可具体怎么不好，又说不太明白，把三根手指搭在陈一亭的腕上，就只是微闭着两眼不语。陈一亭也看出来，知道他确实说不出所以然，想给他个台阶，就说，你是骨伤大夫，我这回的事，你大概也听说了，今天叫你来，也难为你了。

马金匮借着这茬儿嗯嗯了两声。

169

这时，于大疙瘩已在旁边打开自己的伤口。马金匮一看，立刻吓了一跳。马金匮毕竟已行医这些年，知道外伤不同于内伤，虽是看得见的病，可一旦治不好真能把人烂死。于是也不硬撑了，说，一亭啊，你的话对，我说到底是治骨伤的，对内科外科，还真不在行。

陈一亭一听，心里也就有数了。

马金匮又说，我今天来，也是想跟你说一声，行医这行，以后不想再干了。

陈一亭已经有耳闻，马金匮一直想把马家胡同的那两间南房出手。这时一听他这样说，也就明白了，嗯一声说，你既然这么说，就肯定已经想好了，可以后，打算干哪行呢？

马金匮说，南门外有个朋友，经常跑外，是做药材生意的，想跟他一块儿试试。

陈一亭说，也好，总算没离开这一行。

于大疙瘩觉着这事儿办砸了，越想越堵心。

本来盘算得挺好。这回请马金匮来羊肉馆儿，陈一亭是想让他给治伤，但于大疙瘩另有目的，知道那药方从他手里要不出来，本想让舅舅陈一亭劝劝他，那两间南房别卖，先把他稳住，药方的事后面慢慢再说。可没想到，他来了这一说，反倒把这事儿坐实了。这以后，他如果真一拍屁股改行去卖药材，这药方的事也就更没指望了。

但这时，于大疙瘩已经顾不上想这个了。

马金匮来羊肉馆儿的当天晚上，于大疙瘩就发起烧来，先是一个劲儿地冒虚汗，接着又打冷战，浑身抖成一团。陈一亭一见不放心，这个晚上，就让于大疙瘩先住在羊肉馆儿这边了。到后半夜，眼看于大疙瘩越烧越厉害，再这么挺下去不是办法，陈一亭只好打发伙计去梅家胡同请梅苡仙。羊肉馆儿离梅家胡同不算太远，一会儿，伙计回来了，但请来的不是梅苡仙，是梅苡仙的徒弟李布衣。李布衣这时在街上也已经有些名气，来之前先听伙计说了，也就已估摸出大概是怎么回事，先带了药。这时一看，果然跟自己估计得差不多，就把带来的药先让于大疙瘩吃了，又拿出一小罐洗药，把于大疙瘩胳膊和腿上的伤口挤出脓水，清洗干净。忙完这边，又过来给陈一亭诊脉。摸了两手的脉相，才说，陈一亭这回受的外伤并不重，好了也就好了，但真正严重的是内伤，现在腹内还有淤血，得想办法尽快排出来，否则再耽误，恐怕会有生命危险。陈一亭一听自己的内伤这么重，对李布衣的话不太信，还是想请梅苡仙来看看。李布衣也看出陈一亭的心思，就说，梅先生眼下出不来，但凡能出来，他也就来了。这时于大疙瘩在旁边哼一声说，他来，也不见得怎么样。

陈一亭看了于大疙瘩一眼。于大疙瘩就不吱声了。

李布衣回头冲他笑笑说，我知道，上回梅先生给你治伤，最后开了一罐"人中白"，你为这事心里一直不痛快，还在街上跟人说，是梅先生成心拿你开涮。

说着摇了摇头，其实，不是这么回事。

于大疙瘩一听李布衣把这事儿说破了，再想，自己那回的伤也明明是让梅苡仙给治好了，也就不好再说什么。李布衣又说，今天既然话说到这儿了，我就跟你说明白，这"人中白"虽然是人尿里的东西，可跟尿碱还不是一回事，这是尿里的沉淀，听着脏，其实并不脏，不光不脏，还是好东西，自古人尿就能入药，在《黄帝内经》里叫"轮回酒"，李时珍在《本草纲目》里叫

171

"溺白逛"，也叫"还元汤"，这是大凉泻火的上好药材。

说完，又给陈一亭开了方子，就卷起医包夹着走了。

陈一亭到底比于大疙瘩心细，听李布衣说，梅苡仙出不来了，当时没好多问。这时看着李布衣走了，才问于大疙瘩，在街上听没听说，梅苡仙怎么回事，是不是病了？于大疙瘩听了哼一声说，他是当大夫的，就算真病了，给自己开两服药也就没事了。

陈一亭摇头说，那可不一定，常言说，医不治己。

过了些天，于大疙瘩果然就听说梅苡仙的事了。于大疙瘩吃了李布衣给开的药，身上的烧很快就退下来。后来李布衣又来过两次，都是给清洗伤口，又把前面开的方子做了加减，眼看着伤口封了口儿，又结了痂，也就没大碍了。一天水梯子大街这边的一户人家办丧事，于大疙瘩又来蹭"开吊"席，在丧事上遇见谭四爷。谭四爷一见于大疙瘩就乐了，说，看来你的伤是没事了，又有心思出来吊纸了。于大疙瘩知道谭四爷跟自己没好话，只是装着听不出来。这时忽然想起梅苡仙的事，就问，这一阵梅家胡同的梅大夫是怎么回事，一直没见露面儿，回回应诊，都是打发徒弟李布衣出来，是不是有嘛事？

谭四爷说，梅大夫头些日子出的事，你没听说？

于大疙瘩说，我这一阵子一直闹病，连自己的命都顾不过来了，哪还有心思打听闲事？

谭四爷这才告诉于大疙瘩，梅大夫让人打了，打得倒不厉害，但窝了口气，吐不出来，又咽不下去，就卡在嗓子眼儿了。于大疙瘩一听，问怎么回事。谭四爷看看他说，你是真关心梅大夫，还是当新鲜事听，要是当新鲜事听，你就问别人去。

于大疙瘩支吾了一下说，是我大舅陈一亭，他想知道。

谭四爷这才说，这回，又是东门外铁狮子胡同佟老板的事。

谭四爷说，他也是听街上人说的。这佟老板前一阵刚又娶了一房姨太太，是个唱戏的，大概当年坐科练功坐下了病，总腰疼，自从进了佟家的门，这腰疼病就一天比一天厉害。佟老板看着心疼，想起当初自己的肩膀掉了环儿，是让锦衣卫桥大街上的马金匮马大夫治好的，就派人去请马大夫。去的人回来说，马大夫已经不干这行了，听街上的人说，其实真正医术好的不是马大夫，是梅家胡同的梅苡仙梅大夫。佟老板一听就想起来，这个梅大夫自己见过，当初去锦衣卫桥大街，就是先找的这个梅大夫，但这梅大夫没给治，又让人领着去找了马大夫。这时一听回来的人说，敢情这梅大夫的医术比马大夫还好，心里就有点儿不高兴，既然你医术好，又已经投到你门上，干吗还成心支到别处去，怕我给不起脉礼是怎么着？但心里这么想，嘴上没说出来，也是给这姨太太看病心切，就还是让底下人去把梅大夫请来。梅大夫一听又是这佟老板的事，也就跟着来了。到佟府一看，这姨太太的腰并没太大的毛病，就给开了个方子，说先投石问路，喝几天看看再说。但这姨太太喝完了这药不见效，说还疼，而且好像比过去疼得更厉害了。佟老板就又让人把梅大夫请来。这时梅大夫的心里已经有数，这佟家姨太太并无大碍，于是这回来了只看了一下，说，骨头没事，脉相也挺好，应该没嘛大毛病。这姨太太一听就不干了，说骨头没事，脉相也没事，那就是我自己没事找事了？佟老板的心里本来就憋着这梅大夫的火儿，这时一见姨太太急了，立刻也急了，说街上的人都说你梅大夫是个名医，敢情也徒有虚名，自己没本事不说自己没本事，反说病人没病，说来说去也不过就是个庸医。梅大夫一听佟老板这么说，也有点儿要急，说自己行医大半辈子了，什么样的疑难杂症都见过，还就是没见过这种无病呻吟的。佟老板这姨太太是唱戏的出身，当然懂无病呻吟是什么意思，这一阵闹腰疼，本来也有点跟佟老板撒娇的意思，这时一听梅大夫这么说，索性就哇地哭起来。她这一哭，佟老板也拍了桌子，说梅大夫自己医术不行，还出口不逊，要不是看他是个大夫，这事儿肯定不会就这么过去。说完就让底下的人把梅大夫轰出去。佟家底下的人都是看着佟老板的眼色行事，这时一听，立刻过来两个人，连推带搡地就往外撵梅大夫。梅大夫这时已是六十多岁的人，在街上也一直受人敬重，哪里受过这个，被佟府的下人往外一推就真急了，立刻跟这两个人撕巴起来。但梅大夫毕竟瘦弱，又已经这把年纪，哪里是这两个下人的对手。幸好这时徒弟李布衣及时赶来，但梅大夫的身上也已经挨了几下子。梅大夫从佟府出来，站在外面的街上，脸色惨白，浑身已经抖成一团。李布衣赶紧叫了一辆胶皮，才把梅大夫拉回来。梅大夫进了家，一头扎在床上就起不来了。

于大疙瘩一听是这么回事，当天下午就去羊肉馆儿，把这事跟陈一亭说了。陈一亭这时也已经痊愈，又把羊肉馆儿收拾出来，重新开业了。听于大疙瘩一说，想了想叹口气说，不管怎么说，这梅大夫也算是对咱有恩，要不是人家梅家，咱爷儿俩这回受的这伤还指不定怎么着呢。于大疙瘩听出陈一亭的意思，是想去梅家胡同看看梅苡仙。

但嘴上不说，心里还是不太情愿。

陈一亭说，你过去虽是在街上混的，有的事还是不太明白，谁都有个仁亲俩厚，说话办事，有让你痛快的，也有让你不痛快的，可跟谁结怨也别跟大夫结怨，还不光是因为人吃五谷杂粮，没有不得病的，主要是当大夫的不容易，况且就是再不济的大夫，在街上也有个人缘儿，你跟他结怨，别人在旁边看不过去，也就等于跟别人也结了怨，这又何必呢！

于大疙瘩听了哼一声，没再说话。

这个晚上，陈一亭就和于大疙瘩来梅家胡同看梅苡仙，这时梅苡仙脸色蜡黄地躺在床上，闭着眼，不吃不喝已经几天了。陈一亭本来给带了点儿"核桃酥"，李布衣说，先生已经吃不下了，头两天还能喝点水，现在已经汤水不进了。陈一亭来到床边，叫了声梅大夫。梅苡仙的眼球在眼皮底下动了动，看意思是听见了，只是说不出来。陈一亭和李布衣来到外面说，怎么一下就成了这样，按说你也是当大夫的，得给梅大夫想想办法啊！

李布衣叹口气说，办法是有，可又不行。

陈一亭问，怎么不行？

李布衣说，有一种药能治，可一是不好趆，二是不能用。

陈一亭说，我是外行，不明白你说的这是嘛药，不好趆可以趆，不能用是怎么回事？

李布衣说，这种药叫"人中黄"，眼下，先生用这药最合适。

陈一亭说，既然合适，又不是龙肝凤髓，再难趆也得趆啊！

李布衣摇摇头，叹口气，还不光是难趆的事儿。

李布衣告诉陈一亭，这"人中黄"说白了，就是甘草，但又不是一般的甘草，须先研成末，装进竹筒封严，再放到粪坑里浸泡七七四十九天，捞出来洗净，再倒出来晒干。

于大疙瘩在旁边一听就哧地乐了，说，让他吃这个，还不如杀了他！

陈一亭也听说过，梅苡仙有洁癖，这时也就明白了。但想了想，还是说，不管怎么说，救命要紧，再说梅大夫现在这样，真找来这药不跟他说，只管让他吃，他也未必能吃出来。

李布衣点头说，这两天，我也这么想，实在不行就只能这样了。

陈一亭说，药的事，我想想办法吧。

李布衣看一眼陈一亭，嘴动了动，没说话。

陈一亭叹口气说，梅大夫在街上行医这些年，现在他自己病成这样，咱大伙儿帮他想想办法也是应该的，我虽是外行，但还有几个朋友，问问他们能不能淘换吧。

于大疙瘩在旁边一听就明白了，陈一亭说想办法，应该是去找马金匮。马金匮自从卖了三元庵后身儿的那两间南房，就去跟朋友做药材生意了，这以后再没回过锦衣卫桥大街，但听人说，生意倒做得挺顺手，又是行医出身，干这行也就比别人多长了一只眼。

果然，陈一亭一回来，就让人给马金匮捎口信，说有点急事，让他尽快来一趟。如果脱不开身，就定个时间，自己去找他也行。第二天，马金匮的回信就来了，说生意上的事正忙，没时间见面，陈一亭如果有事，说一声就行。陈一亭这才让人告诉他，要用点上好的人中黄。但这口信捎过去，却没了回音。又过了几天，马金匮才让人捎来一个纸包。陈一亭打开一看，是几根又粗又黄像棒槌一样的东西。捎这东西的人说，马金匮刚去外地进药材回来，听说陈一亭要用人中黄，特意带回来的。于大疙瘩伸头一看就乐了，说，这东西，还真像。

陈一亭横他一眼，正色说，这事儿，你烂在肚子里。

于大疙瘩没再吭声。

当天下午，陈一亭就把这人中黄给梅家胡同送去了。

几天后的一个中午，谭四爷和几个朋友来羊肉馆儿吃饭。陈一亭知道谭四爷跟梅大夫的关系好，平时有走动，就过来问，最近去没去梅家胡同，梅大夫的病怎么样了？

谭四爷一听，看看陈一亭，你没听说？

陈一亭愣一下问，怎么？

谭四爷叹口气，人已经没了。

陈一亭听了一惊。

谭四爷说，他也是事后才听说的，李布衣找来一种药，可没说是嘛药就给梅大夫吃了，本来病已大见好，眼看有了转机，可一天晚上，马金匮去了一趟。

谭四爷说，马金匮一走，当天夜里，梅大夫就咽气了。

2020年12月4日写于木华榭

2021年5月8日修改于曦庐

王三奶奶考

吴珂第一眼看到黄乙清，差点儿没认出来。黄乙清本来是个胖子，吴珂还记得，大约八年前最后一次参加中学同学的聚会，吃饭时跟黄乙清挨着坐，当时黄乙清说，他的体重，净重是一百七十斤。一百七十斤按说还不算太重，但对于一个身高只有一米五几的人来说就有点夸张了。他那天又穿了一件绛色的横纹T恤，看着就像个酱菜坛子；这时，吴珂看看他。现在的黄乙清面皮白皙，清瘦，嘴角还留了两撇墨黑的细须，大约两寸多长，垂到下颌。吴珂差点儿乐出来。这种胡须如果用说评书的话说，叫"狗油胡儿"，过去只有两种人才留这种胡子，一是师爷，还不是正经师爷，是那种酸文假醋的"油皮师爷"，再一种就是道士。不过今天，已经没人留这种胡子了。这么想着，就还是笑了，说，乙清啊，你怎么留了这么两撇胡子？看着像个……他本来想说，像个老道，但话到嘴边又改口说，像个道士。

　　黄乙清正色说，请叫我清一，我现在，叫清一。

　　吴珂又看看他，清一道长？

181

黄乙清立刻低了下头，谦说，不敢。又嗯嗯了两声，是清一居士。

说着，掏出一张淡黄色的小纸片，双手递给吴珂。

这是一张名片，设计很简洁，醒目位置印着三个魏碑大字，"清一堂"，底下是四个小字，"清一堂主"。把名片翻过来，背面还印着几行小字，"健康及保健咨询、导引，生命科学研究，超自然现象解析"。吴珂大概明白黄乙清的这个"清一堂"是干什么的了。这几样，时下在社会上很时髦。接着又想，他大概也在电台自称"黄老师"，经常搞讲座吧。

黄乙清笑笑说，也不是你猜的那样。

吴珂也笑了，说，我想也是。

想了想，又说，不过你才四十来岁，咱这年龄，皈依是不是早了点儿？

黄乙清摇头，吟吟地说，虽然当年孔夫子说，朝闻道夕死不晚，但既要闻道，还是越早越好。说着给吴珂筛了一盏茶，自己也筛了一盏，放下公道杯，又说，知道你是忙人，不会有闲暇出来应酬。吴珂说，这倒是，说实话，别说出来喝茶，我平时没事，都很少下楼。

黄乙清喝了口茶，所以啊，这次我一请，你就来了，我知道，是给了很大面子。

吴珂摆了下手说，话倒不是这么说。你说吧，是不是有事要我帮忙？

黄乙清嗯了一声说，就算是吧，不过这个忙，我想，也只有你能帮。

说着又一笑，如果你不行，咱们同学里，恐怕也就没人能行了。

182

吴珂听出来，这话里透着恭维。

黄乙清说，我说的，是实在话。

吴珂问，就是你在电话里说的，关于"王三奶奶"的事？

黄乙清点头，是。

吴珂发现，黄乙清的性格确实变了，他过去说话快，嗓门儿也大，那时同学开玩笑，说他是"矬老婆高声儿"，现在说话慢条斯理了。他说，我听家父说过，家里上辈的先人曾跟这个"王三奶奶"有过交往，当然也说不上交往，应该是参加过"王三奶奶"当年的"香会"，但具体是哪一辈的先人，家父没具体说，现在想想，真是后悔。

说着摇摇头，叹了口气。

吴珂看看他。

他说，现在老人已经过世，再想问，也没处去问了。

吴珂这才明白，黄乙清这次突然来找自己，是想弄清楚他祖上哪一辈的先人跟"王三奶奶"有过交往，或者说，是想弄清究竟哪一辈的先人跟"王三奶奶"有过接触。但再想，还是不明白，他现在这"清一堂"开得好好儿的，怎么突然又对"王三奶奶"有了兴趣？

黄乙清似乎看出吴珂的心思，放下茶盏说，人到了一定年龄，就会饮水思源，这大概就是老了，其实细想，也是寻根啊。说着又看一眼吴珂，这事儿说难，确实挺难，不难我也不会来找你，可对你来说，也许并不复杂，说白了，我只想知道"王三奶奶"的生卒年。

吴珂说，我手里倒有些资料，试试吧，不过，也不敢保证。

黄乙清站起来，郑重地说，那就拜托老兄了。

又笑了笑，茶单我已买过了。

说完，冲吴珂打个揖手，就告辞走了。

吴珂明白，黄乙清之所以来找自己，是因为自己在文化系统工作，所以他说的话虽有恭维成分，其实也是实情，这件事，在同学里，如果自己帮不上他，恐怕就没人能帮上了。

吴珂当然知道"王三奶奶"。在天津，还不光是天津，应该说在京津乃至河北一带，几乎没有不知道"王三奶奶"的。天津的"天后宫"，天津人也叫"娘娘宫"，至今还供奉着"王三奶奶"的塑像。而再早，据说天津供有"王三奶奶"塑像的大小庙宇不下二十几座。这"王三奶奶"很特别，是个民间的俗神，金身也就不像一般佛教或道教的塑像那样"妙相庄严"，也没有仙风道骨，看着就是个满脸皱纹的老太太，端坐在一把泥塑的椅子上，脚下是缠足小靴子，头上是喜鹊窠的发髻，青布衫裤，有的是大领掩襟儿短衫或大襟疙瘩襻儿短衫，发髻上插着簪子，也有的是髽髻，手腕上戴着镯子，还有的罩一件黄绸子的"观音斗"。京津一带的民间曾流行两句话，"摸摸王三奶奶的手，百病全没有；摸摸王三奶奶的脚，百病全都消"。可见，这"王三奶奶"还能治病消灾。香客来庙里也就不全为进香，有的也为求医问药。正因如此，据说哪个庙里的王三奶奶塑像都一样，手和脚已被香客摸得溜光锃亮。

吴珂一直对这个充满传奇色彩的"王三奶奶"感兴趣，也看过一些资料，只是手头事多，没时间深究。传奇来源于传说，无论人或事，只要口耳相传就会越传越神，也越传越奇。传奇也就是这么来的。所以从传说到传奇都有个明显特点，就是具有一定的杜撰性。这吴珂当然明白。但有一点可以肯定，这个"王三奶奶"不会是凭空捏造的，当年应该确有其人。

吴珂这个下午回来，把黄乙清的话又梳理了一下。

如果细想，他这次应该不是一时的心血来潮，否则也不会跑来求助一个已经八年没联系的中学同学。其实当初上学时，吴珂跟黄乙清的关系并不近，不光不近，还有点儿远。主要是吴珂不喜欢他当时的这身肉。人一有肉就显得憨，但黄乙清的憨里又透出几分狡猾，也就是街上人常说的"贼人傻相"，这也就让他这身肉成了"贼肉"，看着就不招人待见。但"老同学"这种关系还有个特点，无论当初上学时关系远近，过若干年，见了面都很亲热。况且这次黄乙清求助的也不是什么大事，吴珂由于工作关系，手头一直存有一些天津的民俗资料，这资料中就有关于"王三奶奶"的，帮他这忙也就不用花费太大精力，只是顺手的事。

黄乙清想知道的，其实就是"王三奶奶"的生卒年。据黄乙清说，曾听他父亲说，他家上辈的哪一代先人曾跟"王三奶奶"有过交往，当然也不能算交往，或许只是参加过"王三奶奶"的"香会"。所谓"香会"，吴珂曾在资料上看过，当年京西妙峰山顶的"碧霞元君祠"香火很旺，每到农历的四月初一至十五是山上的庙会，这段时间，金顶就会打开山门接待香客。北京天津和张家口一带的善男信女都会在这个日子口儿来山上朝顶进香。香客为进香方便，自发结会的民间组织就叫"香会"。如果按黄乙清说的，这个"王三奶奶"当年也应该结过这种"香会"，而且很可能是会首。其实细想，黄乙清的问题应该很简单，他只是想知道，他父亲说的他家曾参加过"王三奶奶"香会的先人，究竟是哪一辈的先人。

如果这样说，这件事也就明白了。显然，黄乙清已认真想过了，要想知道究竟是他家哪一辈的先人参加过"王三奶奶"的香会，只要弄清"王三奶奶"的生卒年就行了。有了生卒年的范围，再往回推算，也就可以大致确定是他家哪一辈的先人了。

吴珂想，要确定"王三奶奶"的生卒年，就得先弄清她的原籍。

"王三奶奶"虽是个俗神，但毕竟是民间传说的人物，应该确有其人。既然确有其人，自然也就应该有原籍。吴珂想，只要确定了原籍，也就可以寻到她当年的生活轨迹，沿着这个轨迹也就能追溯到她圆寂的地点，这样再确定她大概的圆寂时间应该就比较容易了。

吴珂此前虽然也看过一些关于"王三奶奶"的资料，但并没留意她的原籍。这时把手头资料翻出来，才发现，事情并没这么简单。关于"王三奶奶"的原籍有很多种说法，有的说她是天津人，还有的则更具体，说她是天津南乡人。所谓"南乡"，是天津旧时的说法，当年从天津老城的南门出来，往南走八里，有一个叫"八里台"的地方。从八里台再往南，就统称为"南乡"。据此看，如果"王三奶奶"是天津人，也就应该是天津南郊的人。但还有一种说法，说她是京西妙峰山人，当年是骑着毛驴来天津的。至于为什么来天津，从妙峰山到天津有三百多里，她又是如何骑着毛驴来的，并没具体说。此外还有一种说法，说她是京东香河人，为谋生计才来到天津。显然，这几种说法有一个共同点，无论"王三奶奶"的祖籍是哪儿，最后落脚的地方都在天津。据此可以断定，"王三奶奶"生前应该就生活在天津。

接下来，也就是圆寂的时间了。

从一些民间传说中可以知道，比较一致的说法，"王三奶奶"是在七十八岁圆寂的。吴珂想，如果这样说，只要搞清楚她圆寂的年代，再往回推算，也就可以大致算出究竟是黄乙清哪一辈的先人有可能参加过她当年的香会。但再一查才发现，几乎所有的传说，对"王三奶奶"圆寂过程的说法都如出一辙，就是在某一天，"王三奶奶"骑着一头毛驴进了天津的"娘娘宫"，从此就再也没出来。可这件事究竟发生在哪一年，却都没具体说。

就在这时，一本记载天津旧事的小册子引起吴珂的注意。这个小册子上说，"王三奶奶"是在京西妙峰山圆寂的。吴珂曾去过妙峰山，从山下到山上的"碧霞元君祠"至少有二十几里山路，且崎岖陡峭，当年这条路也就更可想而知。一个已经七十八岁的老人，去爬这样的山路，似乎不太可能。所以，如果这个"妙峰山圆寂说"确实成立，就应该还有别的原因。

这时，吴珂才意识到，自己似乎走进了一条死胡同。而走进死胡同的原因，应该从一开始就选错了路径。关于"王三奶奶"的传说虽然很多，而且至今在天后宫还供奉着塑像，但她毕竟只是一个传说中的人物，既然是传说人物，也就难免以讹传讹。从这个角度想，黄乙清说，他家哪一辈的先人曾参加过"王三奶奶"的香会，这个说法本身是不是可靠呢？

吴珂给黄乙清打了个电话。他先告诉黄乙清，关于"王三奶奶"的身世已经查到一些线索，但说法不一，还不能最后确定。现在的问题是，关于"王三奶奶"圆寂的地点和时间还没找到确切的详细记载。黄乙清在电话里一直很认真地听，最后，他说，我也听到一种说法，不过，是不是有根据也不能确定，这个"王三奶奶"，好像是在京西妙峰山圆寂的。

吴珂听了心里一动，立刻问，你是从哪儿听说的？

黄乙清说，听一个老人说的。

显然，黄乙清提供的这个说法，与吴珂在那本小册子上看到的"妙峰山圆寂说"相吻合。但这一来就又有了一个更具体的问题，如果"王三奶奶"确实是在京西妙峰山圆寂的，又是如何圆寂的？是在那里修行时坐化，还是去那里进香时升天？或者还有别的什么原因？

不过，吴珂想，这个"妙峰山圆寂说"跟"娘娘宫圆寂说"比起来，应该更靠谱一些。

吴珂这些年有个习惯，没事的时候喜欢去逛旧书摊。这种旧书摊上的书大都是从废品收购站里挑回来的，没什么太大的价值。但如果仔细找，用今天的话说叫"淘"，有时也能淘到一两本有用的书。吴珂想起来，几年前曾在旧书摊上淘到过一本《灵感慈善引乐圣母历史真经》的小册子。所谓"慈善圣母"，指的就是"王三奶奶"。但在书柜里找了找，没找到。这时才想起来，大约一年前，好像让童见庠借去了，他当时说要查什么东西。

童见庠是吴珂的大学同学，当年同在"数学科学学院"，只是专业不同，吴珂学的是"数学与应用数学"，童见庠学的是"信息与计算科学"。吴珂曾开玩笑说，他和童见庠是他们这届仅有的两个学了数学，而出了校门又没搞数学的人。吴珂进了社科单位，在一个杂志社当编辑；童见庠则去了一所职业培训学院，教的是应用写作，跟数学也不沾边儿。也许因为两个人都是学数学又改行搞了社会科学，平时也就偶有来往。来往也只是关于书的事。童见庠四十来岁了，还没结婚，倒不是有病，也不是对女人没兴趣，就是不想结婚。平时不用去学校坐班，在家里只爱好三件事：一是吃饭，二是喝茶，三是看书。每天一睁眼，先琢磨三顿饭吃什么，怎么吃。吃饱了，泡一壶龙井，再有本书看，也就心满意足了。

吴珂立刻给童见庠打了个电话，问他，那本《灵感慈善引乐圣母历史真经》是不是在他那里。童见庠显然正看书，在电话里说，是啊，在我这儿呢，你要用？

吴珂说，我想查一下"王三奶奶"的事。

童见庠问，查哪方面？

吴珂说，都想查。

童见庠沉思了一下，问，这本小册子是怎么回事，你知道吗？

吴珂想了想，还真不知道。于是问，怎么回事？

童见庠说，这是当年"王三奶奶"圆寂以后，她的信众里有人用扶乩的方式编的，你说，这可信吗？吴珂一听就笑了，说，既然不可信，你拿去干吗？

童见庠说，我要看的，是别的东西。

想想又说，不过，这上面有几段话，也许对你有用，我给你念念？

吴珂说，好。

看样子这本书就在童见庠手边，他翻了两页，念道，王三奶奶，京东人氏，幼失怙恃。然后嗯嗯了两声，又说，还有这里，后稍有积蓄，即出以济助病贫，每逢朔望，入庙焚香，必早至洗扫庙堂。说着又翻了两页，自言自语，还有这里，然后，接着又念道，且以针灸治病，靡不效者，至是合村遐迩，视之若神仙，称之曰王奶奶，从此日夜无余暇，往来各处，乡人乃买驴以赠，用代步也，七十八岁，春三月，梦玉帝谕封为慈善老母命，乃坐化。

童见庠读到这里，问，听明白了？

吴珂当然听明白了。

从童见庠刚才念的这几段话里可以知道几个信息：第一，王三奶奶是京东人氏；第二，是个乐善好施的人，尤其爱帮助穷

189

人，且善针灸；第三，很虔诚，每逢初一、十五必去庙里进香，且打扫庙堂；第四，确是在七十八岁圆寂的，且是坐化。但两个最关键的问题，这里还是没有答案：一、她究竟是如何坐化的？二、坐化具体是在哪一年？

童见庠又在电话里说，这本小册子上还有一篇《慈善圣母王奶奶亲说在世之历史》，应该是当年的一些巫婆神汉扶乩时，与她通灵，借她口说的，这就应该更不可信了。

这时吴珂已明白，童见庠说得有道理，看来这本小册子的真实度确实可疑。

童见庠又笑笑说，你如果真想知道"王三奶奶"的身世和圆寂时间，这么查不行，传说毕竟是传说，肯定有以讹传讹的成分。说着就噗地笑了，这虽不是做学问，也没这么干的。

吴珂听出来，童见庠这样说，后面应该还有话，就问，你的意思呢？

童见庠说，给你推荐一本书吧，是个学者写的，他研究天津历史和各种民间掌故有些年了，这本书不是论文集，更像调查报告，但是都比较翔实，也应该可靠。

吴珂立刻问，这本书里，有关于"王三奶奶"的内容？

童见庠在电话里笑了，如果没有，我干吗跟你说呢？

吴珂说，这就太好了。

又问，你怎么给我？

童见庠想想说，你忙我也忙，快递吧。

吴珂说，也好，快递省事。

童见庠说，你等着吧，明天能到。

说完，就把电话挂了。

第二天上午，童见庠寄的书果然到了。这是一本文集，但又不是纯粹的论文集，确实像一本调查报告的汇编。吴珂在目录里果然找到一篇题为"慈善圣母考"的文章。童见庠没说错，这篇文章和此前看到的所有关于"王三奶奶"的资料都不一样，它的记述直接来自调查，几乎说到的每一件事都有考证，有的还具体写出详细的调查过程，显然很可信。

根据这篇文章里说的，"王三奶奶"圆寂的地点和时间，就都可以确定了。

据这篇文章说，"王三奶奶"圆寂的地点，确实是在京西妙峰山，时间是清咸丰末年的四月初。如果按公历推算，也就应该是在1861年的5月前后。看来文章作者经过了详细的实地考察，也查阅了一些一般人接触不到的资料。显然，如果"王三奶奶"圆寂的时间是在农历四月初几，也就正好是妙峰山金顶"碧霞元君祠"庙会的时间。

在这里，文章还记述了庙会的一些细节。

那时，每年一进三月，北京、天津和张家口以及直隶各县的香客们就都活跃起来，准备"朝顶进香"了。特别是有组织的"香会"，大都在三月下旬就来到妙峰山。来山里不是闲待着，要搭茶棚，修山路，设摆佛殿，还要搭床铺，垒灶具，准备柴水桌凳餐具，等等。这当中最活跃的，就是天津香客。天津的香会组织也多，其中有一个"万缘公议代香圣会"，从农历三月二十五就来到妙峰山脚下的大觉寺。按每年惯例，"万缘香会"要在大觉寺西边关帝庙的东南角搭茶棚。这篇文章说，这个"万缘公议代香圣会"的会首，就是"王三奶奶"。

吴珂看到这里就明白了，看来黄乙清没说错，这个"王三奶奶"当年确实结过香会，也确实是香会的会首。倘这样说，她应该每年都率"万缘香会"的信众来妙峰山进香。

这篇文章说，"王三奶奶"每年到京西妙峰山朝顶进香，都是骑着毛驴去，中间还要换乘船走一段水路，从天津出发，路上要走五六天时间。可见，她每一次的进香并不容易。这年的农历三月二十五，"王三奶奶"来到妙峰山下的大觉寺时，并没觉出有什么异常，像往年一样，忙着指挥众人搭席棚，挂神像，准备下处和在外面挂路灯等一应琐事。真正感到异常，是在金顶的碧霞元君祠开山门接纳香客的几天以后。

　　这天一大早，"王三奶奶"开始朝金顶攀登。

　　从山下去山顶有两条路，一条是"中道"，另一条是"中北道"。"中道"走大觉寺，"中北道"则是走安河桥。这里就出现一个问题，从山脚的大觉寺到金顶的碧霞元君祠有二十几里山路，而据这篇文章说，当时"王三奶奶"背着一个绣有"万缘公议代香圣会"的黄布袋，里面装满香烛纸锞和为人代香的檀木"香牌"、准备"灿茶"的茶叶，还有一些干粮，这样算起来就应该有二十几斤，如果按传说中说的，这时"王三奶奶"已经七十八岁，不要说背着这二十几斤重物，就是空身走这么远的山路也难以想象。但吴珂发现，在这篇文章里说了一个很关键的细节，当时的"王三奶奶"还比较年轻，只有五十多岁。

　　只这一句话，就把前面所有的传说都颠覆了。

　　显然，这篇文章的作者也向"王三奶奶"香会信众的后人了解过一些情况。据当时信众的后人说，"王三奶奶"在那个早晨往山顶上走时，有看到她的人，事后说，她当时走路确实显得很吃力，到后来甚至已有些踉跄了。她的人缘很好，认识她的人也多，有从山上下来的，也有从后面赶上来的，人们看她脸色不好，都劝她，是不是歇一会儿再走。可"王三奶奶"是个极认真的人，也很虔诚，不仅不肯停下来，每到一个路边的茶棚，还都要进去一下，进去不是喝茶歇脚，而是到神像跟前认认真真地参个驾，然后出来再继续往山上走。

这时，她就已经一瘸一拐了。

越过"十八盘"，前面就是人们常说的"三瞪眼"。一到"三瞪眼"，山路更加陡峭，就是年轻力壮的人走到这里也要气喘吁吁了。来到"三瞪眼"的瓜打石，"王三奶奶"就实在走不动了。这时有人劝她，前面到"三瞪眼"的庙儿洼就几乎是直上直下了，不行就先在瓜打石歇了，第二天再上金顶。但"王三奶奶"执意要走。这时，太阳已经落山，成团的雾气把山路笼罩起来。"王三奶奶"跟身边的人打了招呼，就朝"三瞪眼"的庙儿洼走去。

事后据当时在附近的人说，没有人知道"王三奶奶"是怎么出事的。也许是因为山路太陡，脚下不稳，也许是体力不支，总之，她应该是摔倒了，于是就从山坡上滚下去。先是在"三瞪眼"庙儿洼上的人看到下面有人坠坡了，大声喊叫，接着瓜打石这边的人也看到了。人们从坡上的林子摸索着下去，找到"王三奶奶"时，就已经断气了。

这篇文章说，这就是"王三奶奶"圆寂的过程。

吴珂不习惯用微信。微信确实方便，但也有一个问题，如果有事，你给对方发了信息，对方回不回复，什么时候回复，就不是你能说了算的了。吴珂不喜欢这种等的感觉，如果有事，还是电话好，有话则长无话则短，干脆利落地说清楚，电话一挂也就完事了。

吴珂给黄乙清打了个电话。电话响了一阵，对方没接。过了一会儿，电话回过来了。黄乙清一上来先道歉，说刚才正忙，没听见电话响。吴珂从电话里的背景声音听出来，黄乙清确实正忙什么事，旁边一直有人说话。于是说，不急，你先忙吧，等闲下来再电话我。

黄乙清赶紧说，没关系，我正接诊，现在从诊室出来了。

吴珂一听就笑了，说，接诊，你什么时候也当大夫了？

黄乙清说，大夫倒不是，清一堂有保健咨询，也就一直这么说。

吴珂说，打电话是要告诉你，"王三奶奶"的事，基本搞清楚了。

黄乙清立刻问，圆寂时间？

吴珂说，对，根据可靠的资料记载，应该是清咸丰末年的四月初。说完想了想，估计黄乙清不会从农历换算出来，就又说，这么说吧，如果按公历算，应该是1861年5月前后。

黄乙清在电话里哦了一声。

吴珂本以为，黄乙清的反应会很强烈，至少应该兴奋，这时听他只哦了一声，有点失落。于是说，好了，这个忙，我也只能给你帮到这儿了。

说完，就准备挂电话了。

黄乙清立刻说，欸，等等。

吴珂问，还有什么事？

黄乙清说，这个"王三奶奶"的原籍，你查了吗？

吴珂想说，你没说过让我查原籍啊。但又想了一下，才意识到，其实查原籍也不难。黄乙清显然感觉到了，吴珂有些不悦，赶紧说，这事儿怨我，事先没跟你说。

这时，吴珂就不太明白了，黄乙清让自己帮他查"王三奶奶"的生卒年，是因为想知道究竟他上辈的哪一代先人跟这个

"王三奶奶"有过交往，这应该还合情合理。可他现在越问越多，又想知道"王三奶奶"的原籍，这跟他又有什么关系呢？

黄乙清似乎猜到吴珂在想什么，连忙说，好奇，只是好奇。

吴珂笑笑说，好吧，帮人帮到底，我再帮你查一下吧。

说完，就把电话挂了。

如果"王三奶奶"的生卒年和圆寂过程都已查到，查原籍也就应该很简单了。童见岸推荐的这本文集确实很有用，关键在于它不是传说，更不是野史，所有的记述都是言之有据的调查报告，虽然有的细节看似模棱两可，甚至有些模糊，但越这样也才越真实可信。

吴珂又把这本文集翻了一下，果然查到另一篇文章。在这篇文章里，对"王三奶奶"的身世做了比较详细的记述。"王三奶奶"究竟是当年的娘家姓王，还是后来嫁的夫家姓王，这里没具体说，不过根据京津一带的风俗，女人出嫁以后，在称谓上一般随夫姓，据此推断，所谓"王三奶奶"的"王"，应该是夫姓。此外还有一点也可以确定，"王三奶奶"这个称谓是后人给她的，至于"三奶奶"的这个"三"是从哪儿论过来的，文中没具体说。

接着，吴珂很容易就查到了"王三奶奶"的原籍，果然是京东香河人。

据这篇文章说，当年，"王三奶奶"的母亲是乡下一个跳大神为人治病的"姑娘婆"，在当地名气很大，还收了很多年轻姑娘当徒弟，平时让她们穿上红裤红袄，传授盘腿打坐，念咒语和跪香一类的功夫。此外还有一种功夫，据说可以不教自会，只要"王三奶奶"的母亲一掐诀念咒，这些徒弟就会打起各种拳术，有的还在地上翻跟头打滚，又哭又笑。"王三奶奶"从小在旁边看，不知不觉也就学会了这些功夫。后来大一点，也开始犯"撞客"。所谓"撞客"，也是一种通灵，或能与神灵对话，或干脆就是神灵附体，后者也叫"顶仙儿"。"王三奶奶"犯"撞客"，每次顶下的都是"黄三姑"，也就是民间传说中的修炼成仙的黄鼠狼。至于后人称她为"王三奶奶"，这个"三"与她当年顶"黄三姑"是否有关，文中没有提到。当时"王三奶奶"的母亲一看她犯"撞客"犯得有模有样，很高兴，说她有"仙根"。但"王三奶奶"的父亲不想让她再弄这一套，到十四岁那年，就给她找了个婆家嫁出去了。

吴珂看到这里，也开始对这个"王三奶奶"有了兴趣。但同时也发现了一个问题，这篇文章说，"王三奶奶"嫁到夫家曾生过五个孩子，夭折两个，如果这样说，也就应该还有三个。"王三奶奶"虽是传说中的人物，也算是民间的"名人"，但后来，并没有人声称自己是"王三奶奶"的后人。在今天，就是跟这"王三奶奶"不一定有关系的人都会想尽办法扯上一点儿关系，比如黄乙清，而她真正的后人却就这样消失在茫茫人海里，这似乎不太合情理。

这篇文章说，"王三奶奶"是二十六岁来天津的，当时因为家里突然发生了变故。那一年，香河县赶上贱年，先是灾荒，又闹瘟疫，"王三奶奶"的男人连饿带病吐血死了。眼看在家里已活不下去，就狠下心给几个月的小儿子掐了奶，来天津当奶妈。当时是到一个当过"四门千总"的丁二老爷家里。因为年轻，个子也不高，丁家人都叫她"小王妈儿"。她怕主家嫌自己年轻，办事不牢靠，谎称已三十岁。因为勤快，做事也利落，丁家人都挺喜欢她。唯独丁二老爷眼毒，看出她不像三十岁的，知道是瞒了岁数。这丁二老爷还有个本事，会看相，觉着这"小王妈儿"

眼睛太大，而且还不是双眼皮，倘细看是"双双眼皮"，有好几层，总像睁不开，这种眼在面相里有讲儿，主"八败"。丁二老爷也就总觉着这"小王妈儿"不合自己心意。越不合心意，也就越看着不顺眼，平时有事没事总找茬儿，拿她的"邪错儿"。

吴珂看到这里，终于明白了，这个"王三奶奶"不仅是天后宫里供奉的一个俗神，也不仅是传说中的人物，从这篇记述详尽，甚至连细节都有记载的文章看，当年果然是确有其人，而且应该就是一个从香河来的普通农村妇女，只不过后人口耳相传，把她神化了。

吴珂这时已被这篇关于"王三奶奶"的调查吸引住了。他没想到，这个"王三奶奶"当年的经历不仅传奇，竟然还这样坎坷。此时，他意识到，现在探究这个"王三奶奶"的身世已不仅是为黄乙清帮忙，这件事的本身也很有意思，而且很可能对自己还有别的意义。

吴珂这次没打电话，只给黄乙清发了一个微信。微信很简单，只几句话："王三奶奶的原籍是河北香河县，二十六岁来津，如果从圆寂时间往回推算，大约在1830年。"

吴珂想，这条微信，应该算是对黄乙清的问题圆满的答复了。

黄乙清的电话立刻打过来了。先道谢，又问，这个，可靠吗？

吴珂说，这是正式资料上的记载，不是野史。

黄乙清说，太好了。

沉了一下，又问，她当年，为什么来天津呢？

吴珂一听差点儿笑了。

人都会变，尤其是中学同学，当年上学时只有十几岁，经过二十多年，现在已经四十来岁了，各种经历、坎坷，变是正常的。但不管怎么变，万变不离其宗，本来是个茄子，怎么变也变不成一根黄瓜。吴珂发现，这个黄乙清现在已变得有些不认识了。印象里的黄乙清不是现在这样，当初上学时虽也有些小狡猾，但说话从不藏着掖着。可现在，你不知他心里究竟在想什么。于是耐下性子，带一点调侃地说，清一居士，你真有点儿把我搞糊涂了。

黄乙清似乎不解，不紧不慢地问，怎么？

吴珂说，你想知道这个王三奶奶是在什么时候圆寂的，让我帮你查一下，对吗？

黄乙清说，对。

吴珂又说，后来，你又想知道王三奶奶的原籍，是不是？

黄乙清说，是。

吴珂说，可现在，你又想知道，她当初是为什么来的天津。

黄乙清没说话。

吴珂说，这就让我不明白了。

黄乙清在电话里笑笑，嗯了一声。

吴珂说，你这样越问越多，我不知道，你究竟还想了解这个"王三奶奶"的多少事。

黄乙清在电话里沉默了一下，又嗯嗯了两声，说，我骗你了。

吴珂拿着手机，没说话。

黄乙清又说，其实，也不是骗，我只是没把所有的事都对你说出来。

吴珂说，如果你想说，现在说也可以。

黄乙清又沉了沉，晚上，我请你吃饭吧，有时间吗？

吴珂说，我没时间，你什么时候想说，再电话我吧。

说完，就把电话挂断了。

吴珂明白了，自己确实想对了。其实从一开始，这件事就陷入了一个误区。在今天，几乎所有的人都认为，在各种错综复杂的人际关系里，似乎只有同学最可信，无论小学中学还是大学，只要是同学，好像这个关系的本身就能说明一切。

但如果细想，也未必。

人都一样，当初在学校时，说的想的是一回事，而真出了校门，又在社会上经过这些年的摸爬滚打，早已不是当年那么回事了。大学同学尚且如此，中学和小学同学就更不用说了。吴珂已经感觉到了，黄乙清在跟自己说话时，总是先吭吭地咳几声。根据这些年与人交往的经验，说话有这种习惯的人，一般心里都有事儿，至少这样吭吭时，是在心里打腹稿。当然，黄乙清跟自己说话就是真打腹稿也无所谓，自己跟他在任何方面都没有交集，也就不会有任何利害冲突。这种同学关系，说到底是和则聚，不和则散，他说话打不打腹稿是他的事，自己并不用在意。但他既然让自己帮忙，还这样动心眼儿，这就让人不太舒服了。

吴珂本来正在写一篇关于天津民俗方面的文章，是一个杂志社约的，这两天一直在微信催稿，只是因为忽然插进黄乙清这事，才先撂下了。现在，这件事就算答对完了，至于黄乙清吞吞吐吐说的，还有什么事没说出来，吴珂已经不感兴趣。这天中午，刚把写了一半的文章从电脑里翻出来，打算梳理一下接着写，电话响了。吴珂拿过手机看了看，又是黄乙清。

黄乙清在电话里的声音还是不紧不慢，说，中午一块儿吃个饭吧。

吴珂不想太生硬，但还是说，我手头有事。

黄乙清说，有事，也总得吃饭。

吴珂说，我正在赶写一篇文章。

黄乙清在电话里沉了一下，说，我现在，就在你小区门口。

吴珂有些意外，想了想，好像没跟黄乙清说过自己住哪儿。黄乙清在电话里笑笑，似乎猜到吴珂的心里在想什么，吭吭了两声说，奇怪是吧，别忘了，我是研究易经的。

吴珂说，你总不会是根据易经，算出我住哪儿吧？

黄乙清说，你说对了。

这下吴珂没话说了。

吴珂是个不太好意思拒绝别人的人，用一句俗话说，也就是面子矮。既然黄乙清已经在自己小区的门口，再不去就说不过去了。于是只好说，好吧。

黄乙清已选好地方。小区门口有一家叫"老地方"的小饭馆儿，窝在一片绿地的角落里，挺清静。吴珂从小区一出来，黄乙清就拉他来到这个小馆儿。两人坐下，黄乙清笑着说，你刚才说对了，我就是用易经算出来的。说完，看出吴珂不太相信，就又说，如果我说，我是算出你住这个小区，别说你不信，连我自个儿也不信，我是算出你大致的方位。

吴珂摇头说，不懂。

黄乙清说，这么说吧，我知道你的生日，对不对？

吴珂很意外，看看他问，你怎么会知道？

黄乙清叹口气说，你们文化人，记性应该挺好啊，咱俩的生日是同一天，你忘了？

吴珂这才想起来，当年上学时，确实说过这事，自己和黄乙清是同年同月同日生。

黄乙清说，我可以根据你的生日，算出你住的大概的位置。

吴珂更意外了，看着他问，根据生日，就能算出我住哪儿？

黄乙清点头说，对，而这一带，只有这一个居民小区。

吴珂笑了，看来也是蒙的。

黄乙清说，也可以这么说。

吴珂说，你费这么大劲，今天跑到我门口来请我吃饭，还是为"王三奶奶"的事？

黄乙清说，干脆说吧，的确是。

吴珂摇摇头，我真不明白，你对这个"王三奶奶"，怎么这么感兴趣？

黄乙清说，还是先听你说吧，你不用明白，最后，我肯定会告诉你。

吴珂说，好吧，我先回答你上次的问题，你想知道"王三奶奶"当年为什么来天津？

黄乙清点头，对。

吴珂就把在书上查到的，对黄乙清说了。

黄乙清听完，想了一下说，你好像，还知道一些事？

吴珂反问，你到底还想知道这个"王三奶奶"的什么事？

黄乙清很认真地看看吴珂，你知道多少，就都告诉我吧。

吴珂说，行啊，既然你这么感兴趣，我索性就都给你说了吧。

吴珂对黄乙清说的，是"王三奶奶"在丁家后来发生的一件离奇的事。这件事也是在那本文集的文章里看到的，记述很详尽，但在各种传说中都没提到过，几个版本的野史小册子也没有记载。显然，这件事是"王三奶奶"后来在天津的一个转折。

据这篇文章说，这个丁家在当时是一个旺族，人口很多，老三门的十几个房头儿一直没分家，这丁家宅院在天津城里也就是数得着的大宅子，前后有五道院儿，旁边还有个厨房跨院儿。丁二老爷是家长，亲自管家。事情的起因是厨房。丁二老爷是个讲究人，总嫌厨房不干净，夏天一进去苍蝇嗡嗡地碰脸，菜里汤里也经常发现死苍蝇。丁二老爷就总跟厨房发脾气，厨子换了一拨又一拨。后来丁二老爷去板桥胡同的梅家吃满月酒，学来一个办法，在厨房门口又接出一个小方厦子，厦子的窗格儿糊上冷布，门上再挂个竹帘子，这一来厨房也就成了两道门。在厦子的顶子上又贴了一些"黏子条儿"。这"黏子条儿"是先用桐油熬成黏子，再涂在高丽纸裁成的纸条上，苍蝇一碰就粘住了。这以后，厨房的苍蝇果然就少了。

小厦子有了效果，丁二老爷自然高兴。但没过多久就出了一件事。丁府八少奶奶的三姑娘出天花，病很快就好了，按老例儿要"谢奶奶"，也就是感谢"斑疹娘娘"和"痘哥哥"。仪式很隆重，要设摆一应娘娘的神位，再去扎彩铺扎纸花，还要上很多供品。仪式这天，这些东西在八少奶奶的外间屋都摆齐了，就去请家长丁二老爷来亲自上香。全家人也都跟着过来礼拜。正在热闹的时候，"王三奶奶"，也就是当时丁府的小王妈儿，从里间屋出来，突然被人一挤，一个趔趄把供桌上的一盘点心碰到地上。盘子碎了，点心也撒了一地。丁二老爷一见勃然大怒，顺手给了小王妈儿一拐杖。拐杖打在头上，小王妈儿眼一翻就昏死过去。当时旁边的人一看都吓坏了。可没一会儿，小王妈儿的眼睁开了，跟着就犯起了"撞客"。先是在地上抽搐，人们都以为她是抽"羊角风"，一会儿又坐起来，两眼瞪得溜儿圆，一边说一边唱地自称是"黄三姑"，又说是丁家的"镇宅大仙"。说着说着就哭起来，两手掐着自己脖子，说丁二老爷要卡住她的嗓子眼儿，不让她喘气。又说，丁二老爷得把厨房的小厦子拆了，如果不拆，她就要搬出丁家，把丁家的风水拔走，还说丁家的小孩子也不会有好结果。丁二老爷这时已气得脸色铁青，哪里能容她这样放肆，立刻叫来账房先生给她算了当月的月钱。小王妈儿的"撞客"当晚就醒了，哭了一夜，第二天一早就被丁家赶出来了。

但事情到这里，才只是开始。

丁二老爷虽然不信"撞客"这种事，丁府上上下下的几十口人却都信。小王妈儿得"撞客"，顶下"黄三姑"时说的话，让丁家的人听了都觉得心里发瘆。但又知道丁二老爷的脾气，知道这事已无法挽回，就都提心吊胆。果然，几天以后的一个早晨，账房先生说，他半夜起来去茅房，在月亮地儿里看见一个大黄鼠狼带着两只小黄鼠狼从跨院厨房出来，钻出院墙的地沟走了。丁府的人一听，都更嘀咕了，不知接下来还会出什么事。但丁二老爷不信这个邪，告诉家里人，都不准再提这件事。可就在这年秋天，十一少奶奶屋里的小儿子突然得了"白喉"，嗓子周围起了厚厚的一层白皮。请了一个"天地门"的师父来，硬拿一把生了锈的铁夹子把白皮撕下来，又用药鼓子喷上些灰色的药面儿。事后十一少奶奶才知道，其实这药面儿就是香灰。孩子疼得学鬼叫，几天汤水不进，就这样活活饿死了。十一少奶奶疼儿子，认定这场祸事是由丁二老爷引起的，当初打了小王妈儿，还不信她得"撞客"时说的话，愣是不肯拆跨院厨房的小厦子，这才得罪了"黄三姑"。但十一少奶奶不敢直接冲丁二老爷发难，就借着哭儿子，坐在自己房里高一声低一声地数落，听着是哭儿子，其实句句话都是冲着丁二老爷来的，说这丁府如何不信神，不敬仙，得罪了小王妈儿，才摊上这场祸事。

丁府当时在天津城里毕竟是有名的大户人家，出了这种离奇的事，十一少奶奶再这样一哭一闹，城里城外立刻就都传开了。这个小王妈儿的名气也就一下大起来，而且越传越神。

小王妈儿离开丁家以后，经人介绍，又去了一户姚姓人家，是做布匹生意的，也是个大户，还当老妈子。后来丁家的事在街上越传越大，这姚家的老太太也听说了。姚家的这个老太太最信仙家，平时就吃斋念佛，一听说自己家里请来的这小王妈儿敢情是这样的人物儿，立刻不让她干活儿了，不仅待为上宾，还专门派了个小丫鬟跟在身边伺候。

这以后，先是姚家自己的人有病或遇到什么事，就请这小王妈儿顶下"黄三姑"来问一问，后来渐渐地外面亲友也有来请的。再后来街上的人知道这小王妈儿在姚家，也都来请，眼看着一天接一天已经应接不暇。小王妈儿本来就是个仁义的人，不想再打扰姚家，尽管这姚家老太太一再挽留，还是在南门外租了一间小房，从姚家搬了出来。

吴珂平时不喝酒。其实喝酒的人也不一样，一种是有瘾，得天天喝，不喝就难受。还一种是喝也行不喝也行，平时没事想不起喝酒，但真到了应酬的场合也能应付，一个人的时候只有遇上什么事，或有心情时，才会想起喝酒。吴珂就属于这后一种人。

这个中午，他和黄乙清说着话，不知不觉已喝了半瓶二锅头。

黄乙清听着，忽然笑了，说，看来我想对了。

吴珂问，什么想对了？

黄乙清说，这个"王三奶奶"，果然很神。

吴珂说，也许是后人把她神化了。

黄乙清摇摇头，我不这么看。说着把手里的酒杯放下，拿起桌上的手机，拨了一个电话，然后对电话里说，把车开过来吧，在门口等我。

说完挂断电话，抬头问吴珂，手擀面可以吗？

吴珂说，可以。

黄乙清说，提个建议，吃完了饭，去我的清一堂看看，怎么样？接着又补了一句，知道你手头的事忙，不耽误你太多时间，其实也不远，去坐一下，再让车送你回来。

吴珂想了一下，已经喝了酒，就是回去也写不了东西了，于是说，好吧。

两人各吃了一碗手擀面，从饭馆儿出来时，一辆黑色的"本田"已经等在门口。吴珂看看这辆车，又回头看一眼黄乙清。黄乙清笑笑说，对我来说，本田已经挺好了，也省油。

吴珂没想到，黄乙清的"清一堂"果然不远，过一座立交桥，又绕过一个公园，在一片树林的后面有一个中式小院。这里闹中取静，后面是一片湖水，看着很有味道。但吴珂一走进这院子，立刻就明白了，看来自己从一开始就猜对了，这种"保健"加"通灵"的机构，现在并不少见，而且把有着"国医"包装的"保健咨询"和"通灵服务"放在一起，也是一个很聪明的做法。如果有人提出这种"通灵"是迷信，"保健"就是最好的挡箭牌，而如果被追究"保健"的专业资质，易经又是一个很好的说辞。

这是一个两进的院子。走进二门，是一明两暗三间正房。中间一间稍大，是个正厅，迎面的墙上悬挂着一块略显粗糙的原木匾额，上面有三个大字，"清一堂"。匾额下面正中的位置是一个大得有些夸张的"灿"字，在黄墙的衬托下很醒目。吴珂冲这个"灿"字端详了一下，想了想，还是想不出这个字有什么深意。这正厅里的陈设很简单，不像道观，倒像个茶室，只摆着两张八仙桌，几把硬木椅。提鼻子闻闻，屋里还飘着一丝淡淡的茶香。吴珂又环顾了一下。东屋的门口挂着一个木牌，上面写着"诊室"。西屋的门口也挂着一块木牌，写着"心室"。于是就朝"心室"这边走过来。黄乙清在他身后说，里面就没什么好看了。

吴珂停住脚。

黄乙清又说，喝杯茶吧。

吴珂走回来，在八仙桌的跟前坐下了。有人端过茶具。黄乙清在吴珂的对面坐下，不慌不忙地沏茶。吴珂一鼻子就闻出来，黄乙清沏的是花茶，而且不是一般的花茶，应该是一种叫飞燕草的花熏的。这种飞燕草有一种独特的香味，可以入药，有壮阳补肾的功效。天津人习惯喝花茶，但一般喝茉莉花茶，这种用飞燕草熏的花茶还很少见。

吴珂端起茶盏呷了一口，说，这种飞燕草花茶，确实味道很好。

黄乙清笑笑说，你对茶，也很内行。

吴珂说，只是喝过。

黄乙清说，一般人，不会知道这是什么茶。

吴珂这时已有些明白了，看来这就是"清一堂"的经营方式，来这里的人无论是咨询保健，或要通灵，显然都是以喝茶的方式与黄乙清交流。吴珂在心里暗暗佩服黄乙清，这确实是一种很有创意的经营模式，如果这样喝茶，这飞燕草花茶的价格自然也就不会是原来的价格了。心里这么想着，就笑了。这种赚钱方式，显然比一般的装神弄鬼要高明多了。接着就想起来，上次黄乙清曾说，他想知道"王三奶奶"的事，但并没把真正的原因说出来。

于是说，现在，你可以把所有事都告诉我了吧？

黄乙清沉了沉，说，其实我祖上，就是开茶庄的。

吴珂笑了，这么说，你这"清一堂"也是继承祖业？

黄乙清没直接回答，又问，当年的香会，有一种"灿茶"，你知道吗？

吴珂稍稍愣了一下。黄乙清说的"灿茶"，他还真知道。当年天津民间的"香会"，每年四月初去京西妙峰山的"碧霞元君祠"进香，其实还要做一件事，有由于各种原因不能亲自去进香的善男信女，会让"香会"带香。一般是用檀木做一块"香牌"，请香会上山进香的人挂在身上，上香时放到神像跟前。这个挂香牌也有讲究，每给一个人带香，就会有一块香牌，但无论给多少人带香，这些香牌都要挂在身上。所以当年每到妙峰山开山门的日子，在山路上经常会看到身上挂满香牌的香客。但这种"带香"后来又多了一项内容，也就是"灿茶"。所谓"灿茶"，是"王三奶奶"圆寂后又在碧霞元君祠的配殿为她安了塑像以后的事。这时的香客再来山上进香，会把专门带来的茶叶放到"王三奶奶"塑像跟前的供桌上供一会儿，这就叫"灿茶"。据说这种经过"灿茶"的茶叶有很神奇的功效，可以医治百病。

　　吴珂朝墙上看一眼，明白这个"灿"字的含义了。

　　黄乙清呷了一口茶说，据我父亲说，当年我祖上的茶庄，生意很好。

　　吴珂笑了，卖的也是"灿茶"？

　　黄乙清摇头，很认真地说，"灿茶"是不卖的，只施舍。

　　这时，吴珂已渐渐明白了。黄乙清祖上的哪一辈先人曾在"王三奶奶"的香会，因为与"王三奶奶"有过近距离的接触，所以后来他家开的茶庄，"灿茶"也就格外灵验。而现在，黄乙清之所以对"王三奶奶"如此感兴趣，应该也是因为这个"灿茶"，说白了还是为一个钱字。吴珂想到这里，心里就隐隐地有些不快，感觉自己是被黄乙清利用了。但转念又想，毕竟是同学，这次如果能给他帮上忙，让他多赚些钱，应该也是好事。

　　于是说，关于这个"王三奶奶"，你还想知道什么？

黄乙清说，我想知道她圆寂以后的事。

吴珂点头说，好吧，明白了。

吴珂回来，在童见庠的这本文集里又查了一下。关于"王三奶奶"的文章只有这两篇，至于圆寂以后，就没有记载了。吴珂已经意识到，自己这时想知道"王三奶奶"圆寂以后的事，已不仅是为黄乙清帮忙。虽然这"王三奶奶"只是个俗神，但从一个普通的农村妇女，到一个会"顶仙儿"的巫婆，直到圆寂以后走上神坛，而且在庙堂拥有一席之地，这个过程本身就应该很有意思，倘把这些搞清楚，对自己正在写的这篇关于民俗的文章应该也有帮助。

吴珂又给童见庠打了个电话。童见庠大概正在家里喝茶，电话里的背景声有淡淡的音乐。吴珂听出来，是古筝曲《梅花三弄》。童见庠的声音也很淡，问，又有事啊？

吴珂笑笑说，是啊，没事不电话你。

童见庠嗯了一声，说吧。

吴珂说，你是书虫子，所以才想请教你。

童见庠嗯了一声打断，别捧，直接说。

吴珂说，好吧，你上次寄来的这本文集，关于"王三奶奶"的文章只有两篇。

童见庠问，你还想知道什么？

吴珂说，后来的事，她圆寂以后的事。

童见庠想了一下，这个"王三奶奶"圆寂以后，事情就更多了，你想知道哪方面？接着又说，这样吧，我再借你一本书，不过包括上次那本，你看完了都得还我。

吴珂赶紧说，当然，这是肯定的。

童见庠说，明天吧，还快递给你。

说完，就把电话挂了。

吴珂心里有数，童见庠这次寄来的书，肯定有价值。今天流行一种说法，好像纸质书要被电子阅读取代了。其实不然。纸质书是纸质书，电子书是电子书，根本不是一回事。中国人有一种根深蒂固的传统观念，似乎只有白纸黑字才可信，因此对纸质书会本能地信赖，在阅读心理上也有一种不同于电子阅读的稳定感。不过看纸质书的人也分几种，有人是看畅销书，什么流行看什么，就如同看电视剧的"追剧"。也有人是只看有用的，跟自己专业有关的，没用的不看。还一种人则是看杂书，而且越生僻越犄角旮旯的越看。童见庠就是这种人，也正因为他看的书杂，所以多稀奇古怪，多刁钻的事，他都能给你找到相应的参考书。

第二天，童见庠的书又寄到了。

这是一本带有回忆录性质的小册子，作者显然是一位对民俗文化也很了解的老先生，写的都是当年见到或听到的一些关于老天津的旧事。吴珂发现，这本小册子有几页都窝了角儿，应该是童见庠寄来之前特意窝的。翻到这几页看了看，果然，记述的都是关于"王三奶奶"的事。其中有一段，就详细写了"王三奶奶"圆寂之后的一些事。

据这本小册子上说，当年到京西妙峰山进香的有几种人，首先当然是来祈福的善男信女。其次是一些有钱有闲的人，借着上山进香，也为游玩山里的春景。此外还有两种人，一是北京天津和张家口一带的妓女，大都把妙峰山上的娘娘当成保护神。她们也结香会，每年必来山里进香。还一种人则是巫婆神汉。这些人平时做的事就是"顶仙儿"，彼此之间联系的唯一纽带也就是每年的三四月份筹办进山烧香这件事，这妙峰山也就成了他们的圣地，无论顶"狐、黄、白、柳、灰"，还是别的哪路神仙，这个日子都不能缺席。"王三奶奶"在通往妙峰山金顶的"三瞪眼"庙儿洼出事的第二天，山上又出了一件奇事。这个上午，在金顶的碧霞元君祠大殿正中的拜坛上，一个从天津来的巫婆正磕头礼拜，突然身子一歪倒在地上，随后又慢慢爬起来，坐在垫子上，宣称自己是"王三奶奶"降临。香客们有懂这一套的，立刻都跪下磕头。大殿里登时黑压压地跪了一片。"王三奶奶"一看高兴了，开始大声宣讲，说自己本来是泰山东岳大帝的第七个女儿，碧霞元君是她大姐，因为东岳大帝派她来人间广结善缘，所以才转生为"王三奶奶"。现在她在人间功德已满，大帝召她回宫。从今往后，她还会经常显灵，人间的事也会有求必应，为生民救苦救难。她让大家出点钱埋葬她，在山下大觉寺旁边的茶棚后面修建墓地，再为她立一通石碑。又说，这金顶的碧霞元君祠里也不能没有她的位置，她已看好，就在这大殿旁边的西配殿，给她修一尊塑像。

这件事一下就传开了。

"王三奶奶"在山上出事，庙会上的人们本来就已议论纷纷，这次她又显灵，还提出这几样具体要求，各香会和前来进香的善男信女立刻纷纷解囊捐资。"王三奶奶"的尸首被运到山下大觉寺旁边的茶棚，人们买了一口上好棺木，就把她安葬在茶棚后面。当时只堆起一个不大的坟头。这以后，每年妙峰山上的碧霞元君祠开山门，"王三奶奶"也跟着受些香火。到同治十二年，由天津的"敬善"和"长春"两个香会再次发起，又募集一些善款，为"王三奶奶"重修坟茔，把圆坟头改为长方形，白灰抹光罩面，还用红漆把四角八棱都打上红牙儿。墓前按"王三奶奶"的吩咐，立起一通石碑，刻着"王三奶奶之墓"，两边还有两行题字，上款题"创化施主建立茶棚"，下款题"同治十二年孟夏敬善、长春众等重修"。

山上西配殿的塑像是几年后才修起来的。因为这要用更多的资金，需要慢慢宣传。"王三奶奶"在天津很有影响，信众也多，尤其圆寂以后，还经常在一些场合通过巫婆显灵显圣，与人相见，名声也就越来越大。为进一步提高她的声望，一些人还通过扶乩编了一本《灵感慈善引乐圣母历史真经》。吴珂看到这里就明白了，这里说的这本《历史真经》，应该就是自己的那本仍在童见庠手里的小册子。后来天津一位叫"李善人"的财主捐了一大笔钱，就在妙峰山金顶，碧霞元君祠的西耳房把"王三奶奶"的塑像修起来。殿额题写四个大字，"万仙之首"，相传是西太后所赐。但后来，这碧霞元君祠在"文革"中被毁了。据一个叫洪天廷的神汉说，"王三奶奶"曾给他托梦，说是搬到山下黑龙潭的一个山洞里住下了。

吴珂在这本小册子的另一处，找到了关于这个洪天廷的记述。

据这本小册子上说，这个洪天廷是北京人。在北京，"王三奶奶"的信徒也很多。但北京信徒不像天津的巫婆神汉这样松散，都有组织，无论顶的是哪一路仙家，都尊"王三奶奶"为祖师，而且辈分严明，师父带徒弟，徒弟再带徒弟。这个洪天廷是当时在世的信徒中辈分最高，也最有声望的，他下一辈还有个代表人物，也很有影响，是一个叫田文馨的女人。据记载，这个洪天廷口才很好，平时说话也很有煽动性。相传，他是狐狸投胎，虽是个男人，却长得有几分妩媚，五官也确实像一只狐狸。"顶仙儿"时，附体也快，只要上一炷香磕几个头，往地上一坐就附下来。说的话也都是文词儿，能出口成章。"文革"后，这个洪

211

天廷曾率领众信徒，试图在妙峰山上把"王三奶奶"的塑像重修起来。但几经努力，始终没能如愿。后来洪天廷对众人宣称，"王三奶奶"给他托梦了，说是各位弟子不必再费心，她已不愿回妙峰山了，而且玉皇大帝已另委她神职，任命她为北京城的新城隍。几天以后，洪天廷的弟子田文馨又说，"王三奶奶"托梦告诉她，新城隍庙就暂时设在她家，待日后再选新址。

吴珂看到这里就明白了。曾有一种说法，"王三奶奶"的墓是在京西妙峰山下。现在看来，这个说法应该不是空穴来风。但吴珂曾去过妙峰山，而且就是从大觉寺这边的"中道"上山的，可是并没听说在大觉寺的附近有"王三奶奶"的墓地。不过再想，这倒无所谓。现在，"王三奶奶"圆寂以后的事已经基本搞清楚，对黄乙清也可以有个交代了，如果他对"王三奶奶"的墓地感兴趣，只要去妙峰山下的大觉寺实地看一看就是了。

吴珂给黄乙清打了几次电话，都没打通。没打通倒不是没人接，提示音说，"对方不在服务区内"。黄乙清不在手机信号的服务区，这让吴珂有些摸不着头脑。现在手机信号的发射基站到处都是，几乎全覆盖，他这是钻到什么地方去了才会没信号呢？不过没信号，倒也是好事，不是不想找你，而是找不到你，这就怪不得别人了。

吴珂索性先把这事放下了，一门心思写自己的东西。

几天后的一个下午，黄乙清的电话打过来了，一上来就问，你怎么没消息了？

吴珂差点儿让他给气乐了，反问说，是我没消息，还是你没消息？

吴珂这一问，黄乙清在电话里愣了一下，然后才说，你，电话我了？

吴珂说，是啊，不止一次，都说你不在服务区，你这是跑哪儿去了？

黄乙清沉了沉，才说，一块儿喝个茶吧，怎么样？去外面，来我这儿，都行。

吴珂想了想，黄乙清这点事，早晚也得跟他全说清楚，否则他肯定还得这样没完没了，天津人有句俗话，既然九十九拜都拜了，不在乎最后这一哆嗦。

于是说，好吧，我去你那儿。

黄乙清立刻说，我让车去接你。

吴珂说，不用，我自己开车过去。

说完就把电话挂了。

吴珂开车来到"清一堂"时，一个身穿琵琶襟儿上衣的年轻女人已经等在小院门口。吴珂在车里朝这女人看看，现在虽然时兴穿中式衣服，但这种琵琶襟儿的式样还很少见，吴珂知道，老天津人把这种女人的上衣叫"疙瘩祥儿"。这女人打了个手势，吴珂才发现，树林旁边有一片空地。把车开过去停好，这女人过来说，是吴老师吧？

吴珂从车上下来，点点头。

这女人说，黄先生在后面等您呢，跟我来吧。

说罢就转身头前走了。

吴珂跟着这女人走进院子。穿过第一道门，这女人朝东面的墙角走过去。吴珂这才发现，第二道院迎面的这三间正房两边还各有一个夹道儿。跟着这女人从东边的夹道儿绕过来，后山墙有一个后门。后门是开着的，吴珂跟着走出这个小门，院子的后面又是一片树林，不远就是湖边。树林里摆了一张茶桌，茶已经沏

213

上了。吴珂这才发现，这里真是个好地方。如果从院子的范围看，这个树林已属于外面，但由于隐在院子后面，没有外人过来，又是在湖边，这片树林也就成了院子的延伸。黄乙清正站在湖边，一看吴珂来了，就走过来，自己在桌边坐下了，又朝对面指了一下。吴珂也坐下来，笑笑说，你这地方，真像个仙境啊。

黄乙清说，听我父亲说，他的祖辈再往上，住在梁家嘴，这地方，你听说过吗？

吴珂想了想，梁家嘴这地名，还真听说过，当年应该在天津老城附近。

黄乙清说，据说那地方风景很好，我想，应该也像这里吧。

又问，你刚才在电话里说，给我打了几次电话？

吴珂说，是啊。

黄乙清问，有事？

吴珂看他一眼，笑笑说，你这话问的。

黄乙清哦了一声说，明白了。

接着又说，有你这么个老同学，真幸运。

吴珂摆摆手，别说恭维话，我只是尽力而为，野史好办，要查正史还真不是容易的事。

黄乙清说，这我当然知道，如果你都这么说，搁别人，就更难了。

吴珂点点头，这倒是实话。

接着，就把这几天在童见庠用快递寄来的那本小册子上查到的，从"王三奶奶"圆寂后"显灵"，到后来天津的"敬善"和"长春"两个香会为她重修坟茔，又到后来天津的"李善人"捐资为她在妙峰山上的碧霞元君祠西配殿塑像，直到再后来"文革"中西配殿和碧霞元君祠一起被毁，北京一个叫洪天廷的神汉

214

和他的弟子，一个叫田文馨的巫婆宣称，"王三奶奶"给他们托梦，已不想再回妙峰山，玉皇大帝另委她为北京的新城隍，都对黄乙清说了。

黄乙清一直很认真地听着，等吴珂说完，问，这几天，你知道我去哪儿了吗？

吴珂看看他。

黄乙清说，我去妙峰山了。

吴珂这才明白了，难怪打他的手机，总不在服务区。但再想，也不对，现在妙峰山的香火很旺，而且已是一个旅游的热门地方，就算在山里，也不可能没有手机信号。

黄乙清说，在碧霞元君祠的西配殿，现在还供奉着"王三奶奶"的塑像。

吴珂说，我刚才说的，只是"文革"以后的事。

黄乙清看着他，嗯了一声。

吴珂说，再后来，还发生了一些事。

黄乙清端起茶盏喝了一口，说，是啊，我想听的，也就是后来的这些事。

吴珂来之前，已把这本小册子童见庠窝角儿的地方都看了。显然，这本小册子的作者不仅对当年的事很了解，而且后来的一些事，应该还亲自参与了。

吴珂对黄乙清说，"王三奶奶"的塑像又在妙峰山上的碧霞元君祠修起来，是1990年以后的事。妙峰山金顶的修复工程，1990年底基本完工，大体恢复了解放前的原貌，有的地方重新设计，还有了扩展。正殿供奉的仍是"碧霞元君"，其他各殿的"送子娘娘""催生娘娘""斑疹娘娘"和"眼光娘娘"也都基本归位。但有的配殿仍还空着。这时就有"王三奶奶"的信徒动了心思。有人号召大家捐钱，把"王三奶奶"的塑像也重新恢复起来。果然，信徒们一听热情很高，当即有钱的多出，没钱的少出，很快就集了一万八千多元。但这时又有人提出来，当初"王三奶奶"已说过，不想再回妙峰山，玉皇大帝已另委她新的神职，当了北京城的新城隍，现在硬把她请回妙峰山，她会不会不高兴，不光不高兴，也不一定同意。这一下又把众人难住了。但巫婆神汉自有他们的办法，可以把"王三奶奶"请下来，当面跟她商量一下。于是一个巫婆"顶仙儿"，就把"王三奶奶"请下来了。让众人没想到的是，"王三奶奶"对玉皇大帝另委她神职的事竟矢口否认，说这是别有用心的妖孽造谣，没有的事，她为什么不愿回妙峰山呢，当然愿意回去。众人一听高兴了，连忙又问，如果在您原来的殿里重修塑像，这个像让谁来塑呢？"王三奶奶"开口道，"我住天津北大关，泥人张是老人缘，他的手艺没挑拣，找他塑像没遮拦"。众人一听，"王三奶奶"已把塑像的人"指定"下来，就又问，这个塑像怎么塑呢，还是过去的老样子吗？"王三奶奶"又开口吟道，"奶奶坐在太师椅，左戴鲜花右戴簪，塑个黑驴奶奶骑，塑个驴倌举着鞭"。

这一来，所有的事就都定了下来。

黄乙清听到这里就笑了，看着吴珂说，你脑子真好，把"王三奶奶"当时的话都记下来了。吴珂也笑了，说，这不过是些顺口溜的大白话，不用记，随口就能说出来。

吴珂又说，真正稀奇的事，还在后面。

黄乙清哦了一声，显然更来了兴趣。

吴珂说，这事是在1992年。这一年的农历三月十五，离妙峰山开庙门还有半个月。天津"泥人张"的技师已把"王三奶奶"、驴倌儿和一头黑驴的塑像做好，准备送往京西妙峰山，另外又特

216

意给殿门的柱子做了一对"抱柱"，词句和书法都是请天津名家撰写的，准备一起送上山。对联的上联是，"居人世广结善缘扶危扶贫千门施惠"；下联是，"列仙班有求必应显灵显圣八方来朝"。这天早晨，准备跟着去妙峰山的人都来到仓库门前，雇好的卡车也到了。因为要长途运输，塑像都必须包裹起来。按规矩，为尊重，也为讨吉利，最外面还要裹一层红绸子。但因为时间紧，来不及准备，就从仓库里临时找了一匹"十斤白"的大白布把塑像包了起来。这时一个跟着去送塑像的年轻人看了不高兴，对仓库的人说，怎么用白布裹，这是去庙里送神像，又不是往火葬场送死尸，看着多丧气。技师赶紧解释说，这些天一直赶工期，时间太紧了，主要是怕误了开庙门的日子，所以才措手不及。这样说话时，一直有人在旁边提醒这个年轻人，别说话没轻没重的，去庙里送神像就是送神像，又是火葬场又是送死尸的，提这个干吗，小心"王三奶奶"不高兴，道儿上再出点别的事。

果然，这次在路上就出事了。

这个早晨，大家把塑像和抱柱的对子板都抬上车，用绳子固定好，送神像的人也都上了车，就动身了。车从天津城里出来，上了"京津塘高速公路"，起初很顺利。但过了杨村，眼看要进廊坊地界了，后面的一辆卡车突然加速追上来。司机探出头，冲这边使劲喊，但喊的什么听不清。这边的人赶紧摇下玻璃，才听那边比画着说，后面的车厢着火了！司机连忙把车停在应急车道上，下来一看，果然，车厢已冒起浓烟。爬上来再看，"王三奶奶"的塑像已经蹿起半人高的火苗子。人们赶紧七手八脚地解开绳子，把"王三奶奶"的塑像从车上推下来，接着又把已经引着了的对子板也推下来。也就几分钟的时间，"王三奶奶"的塑像就已化成一堆灰烬。关于这件意外的事，有两点无法解释，首先是起火原因，这个"王三奶奶"的塑像是玻璃钢的，而玻璃钢并不是易燃品，甚至都不是可燃品，而且当时是在车上，又没有任何火种，它是怎么烧起来的呢？其次，当时因为担心把车也引着了，人们急着把神像弄下车，慌乱之中，一个年轻人受了伤，把脚踝扭断了。而这个年轻人，也正是出发前，说"往火葬场送死尸"的那个年轻人。这是偶然，还是有什么别的原因，人们就不得而知了。

这一次的神像没送成，车又开回天津。给妙峰山那边打电话，说了路上出的事，要求延期，赶紧再重新制作，争取不误开庙门。妙峰山这边一听，事已至此，也没别的办法，只能这样了。这一次为争取时间，几个技师集体创作。神像如期塑出来，总算没误开庙门。

吴珂说到这里就笑了。

黄乙清看看他。

吴珂说，这应该就回答你了，为什么现在妙峰山上还有"王三奶奶"的塑像。

吴珂想起一段相声。这段相声是天津著名的相声表演艺术家田立禾老先生的拿手节目，说的也是关于"王三奶奶"的事。这相声说，当年的某一天，有一个打扮很普通的农村老太太从天津老城南门外的海光寺雇了一辆"胶皮"，来到天后宫的庙门口。今天的海光寺只剩了一个地名，而且已是市中心，但在当年，这里还是一片荒郊野地。从海光寺到天后宫这一路不算近，事先讲好，拉胶皮的要十六个大子儿。来到天后宫，这老太太在门口下了车，对拉胶皮的说，她先进去一下，等办完了事再出来算车钱。说完，又在庙门口跟一个卖花儿的要了两朵芍药花，对这女

218

人说，也让她等一下，一会儿出来一块儿算钱。然后就进去了。但拉胶皮的和卖花儿的在门口等了半天，左等这老太太不出来，右等还不见出来。拉胶皮的是个年轻人，就有点儿急了，嫌耽误自己生意，就冲庙里喊，让这老太太赶紧出来给车钱。喊了几嗓子这老太太没出来，却把庙里的道士喊出来了。这道士问，吵吵嚷嚷的是怎么回事；拉胶皮的说，有个老太太坐我的胶皮来到这儿，没给车钱就进去了，说让等一会儿，可这半天了还不见出来。卖花儿的女人也说，还拿了我两朵芍药花，也没给钱。道士听了说，我这庙里没人啊。又说，你们不信，可以进来看看。拉胶皮的和卖花儿的当然不信，这时旁边也已围了一群看热闹的人，就一块儿来到庙里。果然，几道院子都找遍了，也没看见这老太太的踪影。这时卖花儿的女人忽然喊起来，说找着了找着了，在这儿呢！众人连忙都过来，就见正殿的几尊神像，最边上的一尊是"王三奶奶"，正是刚才的那个老太太，不光长相一样，身上的穿戴也一模一样，头上还插着刚才在门口买的两朵芍药花。再看她跟前的供桌上，整整齐齐地放着几摞铜子儿，数了数，正好十六枚，显然是刚才的车钱。旁边还有一小摞，是四枚，应该是买那两朵芍药花的钱。这一下，这事儿就在天津的街上传开了，天后宫的香火从此也就更旺了。

当然，既然是相声作品，就得有一个"底包袱"，否则就不叫相声了。这段相声的"底包袱"是，其实这事儿，是这个道士和拉胶皮的年轻人连同那个卖花儿的女人事先商量好做的一个局。这拉胶皮的是道士的外甥，那卖花儿的是拉胶皮的老姨。

吴珂想起这段相声，是因为在童见庠的这本小册子上看到了同一件事。但发生的地点不一样，不在天津，而是在北京。在北京的永定门外有一座小庙，叫观音台，在这个观音台的西配殿也供奉着"王三奶奶"的塑像，用信徒的话说，这也是"王三奶奶"的一个"行宫"。事情的内容大致相同，说是当年四月初的某一天，一个老太太从观音台里出来，去京西妙峰山朝顶。回来时走到西直门累了，雇了一辆洋车，回永定门外的观音台。接下来的事就和田立禾老先生的相声基本一致了。据说此事当年在北京轰动一时，有小报记者来庙里采访，还写成花边新闻上了当时的报纸。这件事以后，永定门外的观音台也的确香火更旺了。

吴珂想，或许田老先生的这段相声作品，就是从这个传说改编过来的。不过这都不重要，关键是，吴珂不打算把这件事告诉黄乙清。显然，无论这事在当时的北京如何轰动，都不会是真的，应该只是一个传说，但吴珂可以肯定，如果对黄乙清说了，他立刻会信以为真，这就与初衷不符了。当初吴珂之所以答应黄乙清帮这个忙，前提是只查正史，如果查野史就容易了，各种传说随处都可以找到，吴珂也就没必要费这么大劲了。但吴珂已经感觉到了，黄乙清似乎更愿意相信这些似是而非的传说。那天在湖边，他送吴珂出来时说，有一件奇怪的事，他也解释不清楚。当时吴珂看他吞吞吐吐，就站住了，问他究竟什么事。黄乙清说，吴珂那几天给他打电话，一直打不通，说是不在服务区内，他也不知是怎么回事，这几天在妙峰山上，明明别人的手机都很正常，一直看到身边的人在打电话，可他的手机一进山就没信号了，不光没信号，无论拨谁的电话号码，听筒里都会响起一种奇怪的声音，像音乐，又像钟声，好像被风吹着忽远忽近。后来从山里一出来，手机立刻就正常了。

当时吴珂听了笑笑说，是幻觉吧？你别走火入魔了！

黄乙清很认真地说，不是幻觉，我试了几次，都这样。

吴珂想说，你这清一道长，可别像当年的"王三奶奶"，也要去"顶仙儿"了。

但话到嘴边，没说出来。

吴珂在书房里闷了几天，这篇关于天津民俗的文章终于写完了。这天上午，正打算再最后改一遍，童见庠打过电话来。一上来就问，你那个"王三奶奶"搞得怎么样了？吴珂明白童见庠的心思，他关心的不是"王三奶奶"，而是他寄来的那两本书。他这种"书虫子"，把书借给别人，只要一天没还回来，心就一天放不下。于是故意说，还在搞。

童见庠在电话里沉了一下，说，不就这点事嘛，这么麻烦？

吴珂说，是啊，是挺麻烦。

童见庠哼一声，不明白。

吴珂说，你是想要回那两本书吧？

童见庠支吾了一下，倒不是要，我也得用啊。

吴珂一见玩笑开得差不多了，才说，明天就还你，还用快递。

童见庠显然松了口气，又说，其实，我要不是急着用，也不会这么催你。

吴珂说，不用解释，知道你的脾气，书在外边，就跟把你的心掏出去了似的。

童见庠在电话里笑了，到底是老同学，心思瞒不住，那就感谢你的理解了。

吴珂说，应该感谢的是你，你这两本书，真帮我大忙了。

童见庠说，我还一直没问，你怎么忽然对这个"王三奶奶"这么感兴趣？

吴珂这才把黄乙清怎么找到自己，要查他自己的上辈先人跟"王三奶奶"的关系，前前后后的事都说了。童见庠听了想想问，你这个中学同学，现在是干哪一行的？

吴珂就又把黄乙清的"清一堂"对童见庠说了。

童见庠一边听着就笑了，你这同学够神的，这么说，他的上辈是老天津人。

吴珂说，是，他说过，当年住在梁家嘴。

童见庠一听，哦了一声。

吴珂问，你知道梁家嘴？

吴珂这样问完才意识到，童见庠整天看杂书，尤其老天津卫的事，几乎没他不知道的。果然，童见庠说，这梁家嘴可是个老地方，要说起来得有一千多年的历史了。

吴珂一听又来了兴趣，立刻说，你说说？

童见庠在电话里说，当初这梁家嘴俗称梁嘴子，在天津老城西北角再往西北大约一公里的地方，是个小村子。它的地理环境有点特殊，是由南运河决定的。南运河到杨柳青一带河道就改了，由西往东，直奔三岔河口，在这一带形成了一个小河套，河套里的这块地方就是梁家嘴。当年的天津是个军事重地，明永乐初年修城建卫，后来在崇祯年间又围城修了七座炮台，其中一座就在梁家嘴后洼的河沿上。与梁家嘴西河道隔河相望的是清康熙年间著名的游赏之地佟家楼，这是因名士佟宏为爱妾赵艳雪营造的园林艳雪楼而得名的。再往西，又与雍乾年间的著名游赏地芥园，也就是查氏水西庄毗连，这水西庄再往西就是明代教军场了。童见庠在电话里说到这里顿了一下，可见，这个梁家嘴称得上是一个形胜之地。

吴珂一听就笑了，这梁家嘴，你怎么这么熟？说起来如数家珍。

童见庠说，我跟你说这个，是因为这梁家嘴也曾发生过一件与"王三奶奶"有关的事。

吴珂一听连忙说，你具体说说？

童见庠说，先说明白，我说的可都是有案可稽的实事，不是野史传说。

吴珂说，这我当然知道。

童见庠说，当年这梁家嘴的村里有一座土地庙。这土地庙比一般的土地庙要大，北房是三间正殿，塑着土地爷和土地奶奶的坐像，看庙的是一个七十多岁的道士，姓明，村里人都叫他明老道。当时"王三奶奶"在天津城里已经很盛行，很多庙里都为"王三奶奶"修了塑像，也就是修了"行宫"，香火很旺。但唯独梁家嘴这边，不知为什么信的人很少。这明老道见庙里的西侧还有一片空地，就想再盖三间房，作为"天仙圣母王三奶奶行宫"，这样也可以把"王三奶奶"的香火引到这边来。明老道先把这想法跟村里的一位黄老先生说了。这黄老先生懂些中医。明老道之所以先跟这黄老先生说，是因为黄老先生在梁家嘴的村里是为数不多相信"王三奶奶"的人。黄老先生一听明老道说了这想法，果然很赞同，当即表示，可以由他在村里向绅董和村民提倡议。黄老先生平时经常为大家治病，在村里有些威望，大家一听，果然都支持，绅董纷纷捐资，村民们也没多有少，都捐钱捐物，就这样凑了四百多现洋。这时明老道的心里就有底了，于是鸠工庀材，选了一个黄道吉日就破土动工了。

但房子快要竣工时，又出问题了。这明老道一算，房屋盖起来，村人捐的钱也就用得差不多了，再为"天仙圣母"、各位娘娘和"王三奶奶"塑像的钱已经没有了。这一下明老道又犯愁了，前次村里的几个大户都已出了不少钱，自然不好再去冲人家要，可现在的这个缺口，又找谁呢？于是明老道就又来找黄老先生商量。黄老先生听了思忖一下，想出一个主意，村里的财主陆

223

二爷应该是最有钱的，可上次分文没出，这回这缺口让他补上，应该合情合理。但黄老先生又说，这陆二爷一向不好说话，只怕跟他说了，他也不会答应。

明老道说，既然决定找他，我自有办法。

第二天一早，明老道先吃饱了早饭，就在庙门口盘膝打坐，高声念起《高上玉皇经》。村里人都知道，明老道这样坐在庙门口念经，一定是又有什么特别的事，很快就都围过来。明老道把《高上玉皇经》念了一会儿，睁眼一看，来的人差不多了，就拿出一根大铁钉子，又拿了把锤子，走到庙门跟前，把脸贴在一边的门扇上，张大嘴，把铁钉子扎在腮帮子的里侧，用锤子把自己钉在庙门上，然后两眼一闭，就一动不动了。奇怪的是，这大铁钉子穿透明老道的腮帮子，钉在门上，竟然一滴血也没流。众人一看就明白了，这是明老道在化缘，看来庙里修殿的钱不够了。按规矩，如果谁过去把这铁钉子拔下来，后面的钱谁就得包下来。这时站在旁边的黄老先生心里已经有数，明老道这是冲着陆二爷来的，于是转身就奔陆家来。村里人一见黄老先生去陆家，立刻都明白了，这次庙里的事，陆家还一文钱没出。立刻也都跟过来。陆二爷这个早晨刚吃了早饭，正喝茶，听见门外乱哄哄的有人嚷嚷，开门出来一看，是黄老先生，身后还跟着村里的人。陆二爷的心里立刻明白了，黄老先生应该是为土地庙的事来的，这回庙里盖房，自己还一点儿表示没有。但心里想着，嘴上却装糊涂，问黄老先生，一大清早这是有嘛要紧的事？黄老先生不紧不慢地说，土地庙的明老道，把自己钉在庙门上了。陆二爷一听，脸上就变了颜色，没想到明老道会来这一手，这下可就不是仨瓜俩枣能打发的了。但事已至此，总不能坏了规矩，只好自认倒霉。这时黄老先生又说，二爷你看怎么着，明老道那儿还钉着呢。陆二爷哈哈一笑说，有话就说，有事儿咱办，何必弄成这样，不光自己受罪，大家的面子上也不好看。说完，就头前朝土地庙这边走过来。

这个上午，陆二爷来到土地庙的跟前时，明老道还像把破笤帚似的挂在庙门上，两眼闭得很紧，像是睡着了。陆二爷走过来，一伸手就把这铁钉子拔下来了。拔了铁钉子，也就说明庙里修塑像的钱不成问题了。明老道捂着腮帮子向陆二爷施礼。陆二爷倒没说别的，只吩咐了一声，庙里差多少，说个数儿，回头去我那儿拿就是了。

说完，就转身回去了。

这一回这事，虽然明老道受了罪，但土地庙里"王三奶奶"的行宫总算修起来了。不过村里人真正感谢的还不是明老道，而是黄老先生。谁心里都明白，要不是黄老先生出面，就算明老道把自己在庙门上钉一年，陆二爷也不会拿这个钱。不过从这以后，"王三奶奶"的香火在梁家嘴这一带也就真的旺了起来，据说后来这土地庙还又翻修了几次。

童见庠在电话里说到这儿，又笑笑问，这件事，你听出什么了吗？

吴珂当然已听出来了，说，你的意思，是村里的这个黄老先生？

童见庠说，是啊，我想，这事不会这么巧吧？

吴珂说，如果这黄老先生真是黄乙清的先人，这事儿就有意思了。

童见庠听了，在电话里噗地笑了。

吴珂有个习惯，每次去外地开会或办事，到机场之后都会找

225

个安静的地方坐一会儿。过去有一种老式的拨号盘电话机，吴珂觉得，机场就像电话的拨号盘，站在这拨盘上，随时可以把自己发送到任何一个地方。也正因如此，每次来到机场，似乎就从现实的时空里跳出来，感觉自己超然物外了。这时再回过头去看自己所处的这个现实空间，就像在俯瞰，原本身在其中，如同一条蚕似的被自己吐出的丝缠头裹脑，这时也就都能看清看透了。

这个上午，吴珂拖着行李箱来到机场，看看表，离去重庆的航班登机时间还有四十多分钟，于是在候机大厅的一个角落坐下来。掏出手机看了看，才发现有个未接电话。号码不认识，但再看，又好像见过，想了想才想起来，是"清一堂"那个穿琵琶襟儿的年轻女人的手机号码。那次黄乙清曾说过，这女人姓江，叫江小虹，是他的助理，以后如果吴珂有事，找他不方便，也可以找这个江小虹。吴珂想到这里就笑了，现在无论干哪行的，用助理似乎是一种时尚。助理换个说法，其实也就是秘书。当然，一个人有没有身份，是不是成功人士，或工作性质重要不重要，用助理和不用助理给人的感觉确实不一样。

吴珂想起英国的一句谚语，送人玫瑰，手留余香。如果细想，也真是这么回事。这次黄乙清突然冒出来，让自己给他帮这个忙，其实这是个挺不靠谱儿的事。谁都明白，现在两个行业最赚钱，一是吃，干餐饮，再一个就是保健。过去有句老话：富抱药罐儿，穷跑卦摊儿。如今的人不管怎么说，也比过去有钱了，一有钱，就想多活几年，保健这一行也就越来越热。打开电视机收音机，整天播放的都是这方面的内容，也不知从哪儿，突然冒出这么多的医疗保健专家，有的拐弯抹角地从国学的角度谈传统医学，让人听得云里雾里，还有的干脆敲明叫响就是卖药。黄乙清的这个"清一堂"，吴珂一看就明白了，"保健咨询"也好，

"生命科学研究"也罢，说到底倒不是卖药，而是经营这个"灿茶"。既然经营"灿茶"，自然最好能跟"王三奶奶"扯上关系。说到底，这也就是他来找自己帮忙的真正目的。但话又说回来，这一次，就因为给黄乙清帮这个忙，为考据"王三奶奶"的身世查阅资料，在民俗方面，也确实了解了一些天津的老事儿，这是意外收获。而童见庠这一次在电话里说的，关于梁家嘴当年土地庙的这段往事，吴珂也很感兴趣。黄乙清曾说，他祖上当年就住梁家嘴，那里有他家的老宅，而且他哪一辈的先人曾与"王三奶奶"有过交往，如果这样说，童见庠说的这个帮土地庙明老道在村里募捐的黄老先生，会不会就是黄乙清上辈的先人呢？

无论是还是不是，吴珂觉得，这件事都挺有意思。

这时手机又响了。吴珂接通电话，又是江小虹。

她说，您好，我给您打过电话。

江小虹在电话里的声音好像和她本人说话不太一样，有些沉，也慢，很像黄乙清，是那种不急不缓的语气。吴珂向她道歉，说自己有事，没注意手机，刚看到有个未接电话，正准备打过去。江小虹在电话里笑笑说，没关系。接着又问，您现在说话方便吗？

吴珂说，方便，你说吧，不过抱歉，我的时间有限。

江小虹问，您在哪儿？

吴珂只好说，在机场，马上就要登机了。

江小虹哦了一声。

吴珂问，你有事？

江小虹说，是。

吴珂又问，急吗？

江小虹说，不太急，不过……

吴珂朝登机口那边看一眼，已经有人在排队，等着登机了。

于是说，你说吧。

江小虹说，黄先生出事了。

吴珂一听吓了一跳，连忙问，出什么事了？

江小虹说，他从山上摔下来了。

吴珂问，哪儿的山？

江小虹说，妙峰山。

吴珂明白了，黄乙清这是又去京西妙峰山了。

江小虹说，是啊，他又去了。

吴珂问，他现在人在哪儿？

江小虹说，在医院，倒没大碍，不过，也挺严重，大夫说，好像脊椎摔出了问题。

吴珂听了心里又是一紧。如果脊椎出问题，就不是一般的严重了，搞不好就有可能高位截瘫。江小虹又在电话里说，您该登机了吧，这次出去，大概要几天？

吴珂说，是，得马上登机了，我这次是去重庆开会，大概五天吧。

江小虹哦了一声。

吴珂说，我到了那边看情况，如果能早回来，尽量早回来。

江小虹说，是黄先生让我电话您的，他说想见您，不过，我告诉他吧，等您回来再说。

吴珂说，好吧。

说罢匆匆挂了电话，就朝登机口去了。

吴珂去重庆，是参加一个研讨会。本来会期只有一天，但主办方又安排了采风。吴珂心里惦记着黄乙清，就提前一天赶回来了。在重庆的江北机场上飞机之前，先给江小虹打了个电话，询问黄乙清现在怎么样了，人在哪儿。江小虹说，已经出院了，在"清一堂"静养。吴珂一听出院了，心才稍稍放下了。于是说，我下午到天津，大概三点落地，一下飞机就去看他。江小虹一听立刻说，那好，我开车去机场接您吧，这样您也少辛苦。

吴珂说，不用，地铁很方便。

江小虹说，我开车也很方便。

说完就把电话挂了。

吴珂下午飞回天津，一出机场，江小虹果然已等在那里。吴珂心想，这样也好，可以节省些时间。于是上了江小虹的车，就直奔"清一堂"来。

"清一堂"很安静。第二道院里除了三间正房，还有东西厢房。黄乙清就住在西厢房。这是一明一暗两间，屋里的陈设很简单，一张木床，一张方桌，一个多用柜。黄乙清躺在床上，气色看上去还行，只是有些憔悴。见吴珂来了，笑笑说，我知道，你肯定会提前回来。

吴珂说，你想见我，有事？

黄乙清说，也没什么大事。

说着伸手示意，让吴珂坐，又说，我腰上打着石膏，不能动。

吴珂摆摆手，在床边的一个木凳上坐下了，又问，你在妙峰山，怎么出的事？

吴珂在来的路上，已听江小虹说了一些关于"清一堂"的事。这些事，黄乙清都没对吴珂说过。当然，吴珂想，他倒不会是故意不说，只是还没顾上。据江小虹说，平时来"清一堂"的人大致分为两种，一种是经人介绍的，或在外面听人口耳相传议论，自己找上门来的。还一种则是这里的"老客"。所谓"老客"，也就是来过几次，或已来过一段时间的人。这种"老客"也分两种，一种是来了只为咨询，也就是有事才来。还一种则是"清一堂"的会员。吴珂直到听江小虹说完才明白，黄乙清的"清一堂"也是会员制。要成为"清一堂"的会员虽不收费，但也有门槛。可是这个门槛和普通的门槛又不一样，要求也很特别，一般是必须患有慢性病，名额严格限制，有恶性病的患者可以优先。平时"清一堂"经常有活动，医疗保健讲座，或联谊，大家来了一边喝茶，一边听讲座或聊天，喝的当然是"灿茶"。每年的农历四月初四和九月初九，有两次出行的活动，也就是去京西妙峰山。吴珂一听就明白了，农历四月初四，是妙峰山传统庙会的日子，这时的山上香火最旺，正好去朝顶，而九月初九则是重阳节，北京人的习俗这天是登"煤山"，也就是紫禁城后面的景山，天津这边的人则是去登京西妙峰山。据江小虹说，这样的活动，"清一堂"已经搞了将近十年。

吴珂这才意识到，黄乙清这次去妙峰山，正好是农历的九月初九，也就是"重阳登高"的日子。这时，黄乙清歪过头看着吴珂，忽然说，我想问你一句话。

吴珂说，说吧。

黄乙清说，你真的相信有"王三奶奶"这个人吗？

吴珂噗地笑了，反问，你说呢？

黄乙清说，我是问你。

吴珂说，说实话，过去我还真不太信，觉着这就是个传说的人物。

黄乙清看着他，现在呢？

吴珂说，现在，我信了。

接着又说，不过，我的信，也许和你的信，还不是一回事。

黄乙清笑笑，把打着石膏的身体在床上稍稍挪动了一下，说，你只说对了一半。

吴珂没说话，只是嗯了一声。

黄乙清又说，我再问你，你怎么知道我信呢？

吴珂反问，这么说，你不信？

黄乙清又笑了，你怎么知道，我不信？

吴珂想说，看来你摔得还不重，都这会儿了还有心思说这种刮钢绕脖子的话。

但话到嘴边，还是没说出来。

黄乙清说，话是这么说，如果说我不信，我的"清一堂"一年两次，带着这些会员去京西妙峰山干什么去呢？就是去"溜百病"吗？说着轻轻舒出一口气，摇了摇头，可要说信，如果我告诉你，连我自己都说服不了自己，你觉得意外吗？

吴珂实在忍不住了，问，你这次在山上，脑袋没摔坏吧？

黄乙清说，我知道，你听我这样说话，好像有点儿乱。

吴珂嗯了一声，不是好像，确实够乱的。

黄乙清说，其实一点儿不乱，我告诉你一件事，也许听完就明白了，你知道我这次是在哪儿摔的吗？是通往金顶的"三瞪眼"，也就是庙儿洼，这地方，还是你告诉我的。

吴珂的眼睛慢慢睁大了。

黄乙清说，当时我一听山上的人说，这就是庙儿洼，我也不敢信。说着，又看一眼吴珂，我再告诉你，当时，我对一块儿去的会员一说，当年，"王三奶奶"就是在这个地方圆寂的，这些人，都哭了。他说完，又叹了口气，就因为他们的这个哭，我这一摔，也值了。

231

吴珂没说话，看着黄乙清。

黄乙清又淡淡地说，其实你信不信，我信不信，都无所谓，只要他们信了，就行了。

吴珂沉了一下，说，你养一养吧，过几天，我再来看你。

说完，再看黄乙清时，他已经把眼睛闭上，像是睡着了。

吴珂从"清一堂"出来时，天已大黑了。江小虹的车还等在外面。一见吴珂出来了，她从车上下来，过来要接吴珂的行李箱。吴珂说，不用了，我想在街上走走。

说完，就拖着行李箱，沿着街边的林荫道走了。

2020年9月2日写毕于天津木华榭

2021年6月14日修改于曦庐

春景

燕鸣茶馆儿出事，是在正月十五的晚上。

　　出的也不是大事，就是让底下的茶座儿喊了倒好儿。来茶馆儿园子听玩意儿的都是老茶座儿，眼毒，耳朵也毒，一丝一毫都瞒不过。好就捧，还是真捧，出了岔子喊倒好儿还是好的，再急了就往下轰，甭管多大的角儿，一点儿面子不留。据说当年马连良马老板来天津，在中国大戏院演出，还是义演，出了一点儿岔子，当时连茶壶茶碗都扔上去了。

　　让观众喊了倒好儿的是朱胖子。朱胖子说相声跟师父罗鼓点儿一场，用行话说，朱胖子逗，师父罗鼓点儿给捧。这个晚上是元宵节，老话儿说，没出正月都是年，也为喜庆，师徒二人就说了一段《对春联》。这是一块老活儿，行里也叫《对春》，是两个人用对春联的方式找"包袱"的一段相声。说到中间时，朱胖子的眼睛朝台下溜了一下，一分神就出岔子了。当时罗鼓点儿说了一个上联："小老鼠偷吃热凉粉。"按规矩，朱胖子应该对："短长虫盘绕矮高粱。"这个对联看似简单，其实暗藏玄机。老鼠甭管多大，刚落草儿的也得叫它"老"鼠，不能叫小鼠；凉粉即使刚出锅，冒着热气儿也得叫"凉"粉，没有叫热粉的。同样，七尺长的长虫叫"长"虫，几寸长的也得叫长虫，不能叫短虫；高粱甭管一丈高，还是一寸高，都得叫"高"粱，不能叫矮粱。所以这个对子也就堪称"绝对儿"，是这段相声的"眼"，内行的老茶座儿等着听的，也就是这个对子。可当时朱胖子走神了，眼神刚从台底下收回来，师父罗鼓点儿的上联"小老鼠偷吃热凉粉"也说出来了，他一张嘴，却说成了"矮长虫盘绕短高粱"。这一下就驴唇不对马嘴了。底下的茶座儿一耳朵就听出来了，先是有人嗷儿地一嗓子喊了一声邪好，跟着就乱了，开始起哄，再后来干脆这边跺脚那边就拍着桌子敲起了茶壶盖儿。其实罗鼓点儿当时就听出来了，正想给朱胖子"缝"一下，打个马虎眼混过去，不料底下的茶座儿不饶，已经闹起来。这时倘再硬着头皮说下去，底下的茶壶茶碗就得飞上来了，只好赶紧作个揖，拉着朱胖子下来了。一到后台，罗鼓点儿抡圆了给了朱胖子一个嘴巴。朱胖子年轻，刚二十来岁，可让师父的这一下也打得一激灵。罗鼓点儿打完没再说话，抓起桌上的泥壶喝了口茶，想了想，又叭地把泥壶摔在地上，扭头走了。

后台管事的叫徐福。徐福也没遇上过这种事。燕鸣茶馆儿在南市一带虽然算不上大园子，可向来角儿硬，活儿地道，街上是都知道的。这大年刚过，刚开箱就让人喊了倒好儿，不光丧气，真传到街上去也好说不好听。于是就走过来，叹口气对朱胖子说，今天这是怎么了，出这种娄子。朱胖子刚挨了师父一个嘴巴，心里正没好气，没说话，摆摆手就出来了。

朱胖子叫胖子，其实并不胖。胖子也分几种，有人胖是胖在

236

脸上，也有人胖在身上。胖在身上的用老话说，叫"贼肉"。朱胖子长的就是"贼肉"，身材又匀称，看着还挺精神。

这个晚上，朱胖子一出来，"三条"也跟了出来。

三条跟朱胖子是师兄弟，两人说相声都拜的罗鼓点儿，行里叫"叩门儿"。罗鼓点儿口儿甜，语速快，包袱也脆，一张嘴就像京戏里的锣鼓点儿，艺名也就是这么来的。朱胖子和三条是同一天拜的师。一开始罗鼓点儿看好的不是朱胖子，是三条。说相声要长相。长相不一定好，但是得带人缘，行话叫脸上身上得有"买卖儿"，正所谓"不要一帅，就要一怪"。朱胖子的长相就没"买卖儿"，说不上帅，可也不怪，不帅又不怪，就叫貌不惊人。倒是这三条，罗鼓点儿觉着有点儿意思。三条长得宽肩膀，两根胳膊细长，脑袋也长，看上去就像麻将牌里的"三条"。于是罗鼓点儿就给他取了这么个艺名。但三条长得怪，脑子不行，教一段《八扇屏》的"贯口"，朱胖子几天就背下来了，三条一个月也下不来。不光下不来，嘴还像个喷壶，一张嘴唾沫星子乱飞，气得罗鼓点儿说，坐台下听你的相声，得打雨伞。后来罗鼓点儿就不想再跟他着这个急了。可既然已经拜了自己，总得给他口饭吃。于是跟后台管事的徐福说了说，平时只让他捡场。赶上后台谁有事，才临时让他垫个场。

三条平时跟朱胖子最好，还不光因为俩人是师兄弟，朱胖子在后台，也总替三条说话。三条虽说偶尔救场也上台，但平时就是个捡场的，后台的人也就都拿他不当回事。偶尔谁饿了，就让他出去给买块烤山芋，也有的支使他去买烟。再后来越来越过分，还有人让他给沏茶倒水。有一回马大手让三条把泥壶给他拿过来。马大手是弹三弦儿的，十根指头又细又长，两只手伸出来，一张开像两个大蜘蛛。马大手刚从台上下来，把三弦儿立在旁边，往凳子上一坐，大模大样地冲三条喊了一嗓子，茶壶，给我拿过来。三条刚要去拿，朱胖子一把把他按住了，回头冲马大手说，你自己没手？马大手一愣，在后台还没人敢跟他这么说话。眨巴眨巴眼睛才回过神来，说，我这手是弹弦儿的。朱胖子说，听你这意思，是不是撒尿也得让别人给扶着？这话就难听了。马大手的师父是唱西河大鼓的，西河跟相声不是一个门儿，可论着跟罗鼓点儿一辈儿，所以马大手虽已五十来岁，却跟朱胖子是平辈儿。但毕竟比朱胖子大三十来岁，也就倚老卖老，瞪着朱胖子说，小猴儿崽子，要不是看你师父的面子，我今天非得修理修理你！朱胖子当然不吃这套，瞄他一眼说，我师父你得叫师大爷，看他面子，你还真不配，倒是你自己，以后小心点儿，别再让人家修理了。朱胖子这一说，马大手的脸登时紫了。马大手前几天刚让人给打了。他勾引一个唱铁片儿大鼓的女人，让人家男人知道了，一天晚上带几个人来到后台，把他没脑袋没屁股地暴打了一顿。打完临走时说，今天不打你的手，是给你留着这碗饭，下回就没这么便宜了，先把你这十根指头都掰了！朱胖子一见马大手的脸臊红了，也就没再往下说，扭脸冲着后台所有的人说，都是出来混饭吃的，干这行，谁比谁也高不到哪儿去，伺候长辈可以，不过以后，谁再拿三条不当人，别怪我不客气！说着把三条叫过来，从今儿起，除了师父师叔师大爷，别人谁再叫你干这干那，啐他！

这以后，后台也就没人敢再支使三条了。

朱胖子这个晚上从园子里出来，没走几步三条就跟上来。三条说，我知道你今天就得走神儿。朱胖子没说话，继续往前走。三条又说，你是看见台下的唐先生了，对吗？

朱胖子站住了，回头看一眼三条，又接着往前走。

238

三条说，我也看见了，我知道你心里是怎么想的。

三条说的唐先生，是南门外"杏林堂"的坐诊大夫。当初唐先生刚来燕鸣茶馆儿时，并没人注意。茶馆儿是个人杂的地方，尤其这种唱玩意儿的茶馆儿，其实就是杂耍园子，来的人也就三教九流，干哪行的都有。最先注意唐先生的是三条。三条脑子慢，可眼里有事儿。他发现这个四十来岁的男人看着不像做生意的，面皮白净，举止斯文，可要说是教书先生，也不像。他每回来了都是坐在东边靠墙的那张茶桌，不捧角儿，也不起哄，任凭台上说得平地起雷，唱得晴天霹雳，他只是安安静静地坐在那儿喝茶。其实说相声的最怕遇上这种茶座儿。来茶馆儿园子听玩意儿，图的就是一个乐儿，你在台上费劲巴力地把包袱使得满地滚，他那张大板儿脸还一直像个门帘子似的耷拉着，既然这样，您把这门帘子挂家去好不好，何必花钱跑到这儿来受罪。不过三条注意到这个人，却一直没跟朱胖子提。

后来朱胖子跟唐先生认识，是因为后台的小桃红。

小桃红是唱京韵大鼓的。当初拜的师父是桃又红。这桃又红是个角儿，且是个大角儿，唱了一辈子京韵大鼓，一辈子没嫁人，也一直没开门收徒。直到晚年七十来岁了，才收了小桃红这唯一一个徒弟，算开门，也算关门。后来小桃红唱红了，师父桃又红的身子骨儿越来越差，也就不常出来了。去年端午节，桃又红忽然有了心气儿，想来后台看看小桃红的演出，又说，要是底气还够，也顶得上来，也许再上台唱一段儿，遛遛嗓子。管事的徐福一听当然高兴，特意让人把门口的水牌子也写上了，说今晚是桃又红的底，唱的是名段儿《忆真妃》。常来燕鸣茶馆儿的老茶座儿都有日子没听桃又红了，水牌子在门口一立，晚上的茶座儿也就满坑满谷，座无虚席。但桃又红这个晚上来了，也许是路上累了，再加上有日子不来园子了，有些兴奋，刚到后台突然就不行了，浑身大汗淋漓，手脚冰凉，接着就不停地干呕。燕鸣茶馆儿毕竟不是大园子，后台这边一忙，前面底下的茶座儿就听见了。这个晚上正好唐先生也来了。这时一听，就来到后台的台口，问三条，里边是不是有嘛事。

三条就把桃又红的事说了。

唐先生听了想想说，你带我去看看。

三条带着唐先生来到后台。这时桃又红已经让人扶着躺下了，脸色白得像粉连纸。唐先生过来，先给桃又红摸了摸脉相，又问，最近可吃过药，吃的是什么药。旁边的小桃红赶紧说，曾让街上的解先生看过，解先生给开了一服"桂枝汤"，应该是对症的。一边说着一边就想起来，又说，今天刚又去抓了药，方子还在这儿。说着，就从身上掏出个药方。

唐先生接过看了看，又问，你师父一直吃的是这药？

小桃红说，是，一直吃这药。

唐先生摇头说，这桂枝汤是对的，只是解先生把其中的一味药弄错了。

小桃红一听睁大眼，忙问，错在哪儿？

唐先生指着方子说，芍药、生姜、大枣、炙甘草，这几味都没毛病，但既然是桂枝汤，关键也就是这个桂枝，桂枝虽然也对，可解先生却用了肉桂树皮。说着又摇摇头，这肉桂树皮的功效是往下的，这就错了，错是错在用反了，桂枝的功效主生发，所以才把它用在表虚症，可一往下走，就没用了。说着又笑笑，当然，倒不至于有大碍，只是吃了也白吃。

也就是这一次，朱胖子才知道，这个穿蟹青色长衫的男人姓唐，官称唐先生。后来三条告诉他，已经打听清楚，这唐先生是在南门外的"杏林堂"坐诊，不仅医道精深，用药也堪称一绝。他的奇绝之处就在于从不用复方，无论什么病，都只用一味药出奇制胜，所以街上的人都叫他"一味唐"。据说曾有个住在宫北大街的女人，连续数月腹泻，求遍天津全城的名医，用了无数的方剂一直不见效果。后来这女人来到"杏林堂"唐先生这里。唐先生看了，只给她开了一味生山药，叮嘱碾碎，用粳米熬粥。这个女人先还不太敢信，这几个月用的各种药剂已经不计其数，腹泻一直不见好转，只用一味生山药就能治好，这怎么可能？不料回去试着按唐先生说的方法将生山药碾碎，用粳米熬了粥，只吃了几次竟真就好了。这女人不解，去问别的大夫。别的大夫听了也都摇头，说只知道这生山药可以止咳平喘，能补肺气，却不曾听说还有止泻的功效。三条说，还有一件事就更奇了。据说鼓楼西有个三岁的孩子，突然出疹子，请了几个大夫给看，都摆手摇头，说这疹子已经无药可治。最后来到唐先生这里。当时唐先生看了也很意外。原来这孩子已经遍身出满疹子，且颜色发紫。中医讲，疹子应该是向外发散的，如此称为顺症。可眼前这孩子的紫疹却是向里，中医称毒邪内陷，难怪别的大夫都已不敢收治。但唐先生只开了一味羚羊角。不过旬日，这孩子身上的紫疹竟就透净了。据说唐先生如此用羚羊角，街上的大夫听了无不叹服，都说，真可谓仙方。

三条又说，这唐先生看病还有一个奇处。

朱胖子这时已听得出神，问，怎么奇？

三条说，他每天接诊，只限十个人。

朱胖子越发奇怪，问，为什么？

三条说，闹不清，只是听说。

241

正月十五的这个晚上，朱胖子已经预感到自己要出岔子。刚出台口，一眼就看见了坐在东面靠墙那张茶桌的唐先生。师父罗鼓点儿早就说过，干这行的在台上，眼不能"馋"，拨台帘儿出来还没张嘴，就朝下面乱踅摸，最容易分神，神一走，嘴就不是自己的了。果然，这块《对春联》的活儿本来挺瓷实，词儿也拱嘴儿，可说着说着，一走神就没人话了。

朱胖子走神，是因为小桃红。

小桃红这时虽已唱红了，却越来越厌倦这种日子。去年端午节的那一场事之后，师父桃又红也就一直病病恹恹，进了夏天，眼看着病得越来越沉。挨到立秋，人就走了。

桃又红走的那天，事先没任何征兆，一大早还显得挺有精神。小桃红跟了师父这几年，也养成师父的习惯，早晨起来先遛嗓子。这天一大早，师父说，她底气已经顶不上来，要不，还真想唱两口儿。早晨喝了一碗莲子粥，中午又吃了个白菜馅儿的包子。按习惯，师父中午要小睡一会儿。可这个中午，说要化妆。小桃红以为师父晚上又想去园子，就说，要想去，就再过过，这个时候去了，倘再出点事，也给后台找麻烦。桃又红听了只是笑笑，又让小桃红把她那件玫红的旗袍拿出来。这时小桃红才觉出不对了。师父平素是轻易不穿这件旗袍的，除非有重大的事。她想问师父，但话在嘴里转了转还是没问出来。到傍晚，桃又红就已经化好妆，也穿戴齐整了。这时才对小桃红说，为师，要走了。

小桃红一直坐在旁边，看着师父。

桃又红招了下手，让小桃红过来，然后拉着她的手说，以后作不作艺，另说，可有一样，得好好儿做人。这样说完，就让小桃红再给她唱一段《忆真妃》。小桃红这时已经说不出话了，嗓

242

子眼儿像堵了一团棉花，硬撑着唱了两句，再看时，师父就已经走了。小桃红看着像睡熟了一样的师父，就这么强忍着，把一段《忆真妃》一句一句地唱完了。

这以后，小桃红也就更不爱说话了。

小桃红在后台候场时，对朱胖子说，她直到送走师父，才知道人这辈子的无常。

朱胖子不懂，问，无常是怎么回事。

小桃红说，师父曾给她讲过，人这辈子，不知道哪会儿会发生什么事，这就是无常。说着又叹息一声，看着这巴掌大的台子是个饭锅，也能捧人，可每回一上去，听着底下的人们闲聊说笑，一片沙沙啦啦嗑瓜子的声音，先就没了张嘴的兴致。说着又苦笑笑，可没兴致，这个嘴也得张，就像师父说的，吃开口饭的总得开口，不开口就没饭吃。

朱胖子和小桃红不是一个门儿，但行里的事无非就是这点事。虽说是吃开口饭，但开口和开口也不一样，心境不同，唱的段子也就不同。从今年开春，小桃红在台上就经常唱《忆真妃》。这《忆真妃》当初是小桃红的师父桃又红的看家段子，只要她在，没人敢唱。小桃红唱，也是得了师父的真传。用后台管事徐福的话说，当初是让师父桃又红一口儿一口儿"喂"出来的。外行听，只能听出个好儿，内行听就不光是好了，还能听出一个"神"。正如台下的老茶座儿说，如果闭着眼听，活脱儿又是一个桃又红。

但是，朱胖子听，却还能听出另一番滋味。

朱胖子对三条说，当初桃又红唱《忆真妃》，是句句入情，现在小桃红唱，却是句句动情。朱胖子说，入情和动情自然不是一回事，入情是入到《忆真妃》这段子的情里。而动情，却是动的自己的情。朱胖子本来最爱听小桃红唱《忆真妃》，可现在不爱听了，倒不是不喜欢听，而是觉着，小桃红把这段子唱得变味儿了。还不光是变味儿，也太悲了。每当听她在台上唱到"……雨打窗棂点点敲人心欲碎，风摇落木声声撼我梦难成，当啷啷惊魂响自檐前起，冰凉凉彻底寒从被底生……"朱胖子就有一种不祥的预感。干这一行的人，都说不迷信，可真遇上不可知的事，个个儿心里还是打鼓。当初就有人劝过桃又红，别总唱《忆真妃》这种段子，不光伤气，也压运。果然，桃又红这辈子虽说唱成了角儿，可说来说去只有自己知道，也没过几天舒心日子。现在小桃红又这么唱，朱胖子就觉着不是好事。

小桃红的长相不算漂亮。唱鼓曲的女演员不要漂亮，但要有味儿。有味儿和漂亮虽不是一回事，其实也是一个劲儿，关键是看扮相。真上了妆，往台上一站得是那么回事，还没张嘴，就得先看出好儿来。小桃红长得就有味儿，虽说总是淡妆，也没有首饰一类的珠光宝气，可这种清新淡雅在南市的大小园子也是独树一帜。当年桃又红看中小桃红的，也就是这一点。这些年，想"叩门儿"的一直都是别人来求桃又红，有自己来的，也有烦人托壳拐着弯儿来的，但桃又红都客客气气地拒之门外。可这一回，却是桃又红主动提出来，想收小桃红。曲艺行里无论哪个门儿，拜师都要请客，行话叫"摆知"，也就是把行里有头有脸的都请来，吃顿饭，向大家知会一下的意思。小桃红"摆知"是朱胖子帮着操持的。也是师父罗鼓点儿发了话。罗鼓点儿早年死了老婆，这些年一直暗暗喜欢桃又红。可桃又红虽没明说，意思也已让所有的人知道了，这辈子不想再走这一步。罗鼓点儿虽已没了这门心思，但只要遇上跟桃又红有关的事，能帮的还是尽量帮一下。其实就是没有师父的话，朱胖子也想帮小桃红。朱胖子知道小桃红要"摆知"摆不起，可桃又红说了，收小桃红是开门儿，也是关门儿，意思是这辈子也就只收这一个徒弟了。这一来，这个"摆知"就不是一般的"摆知"了。朱胖子为这事儿去了一趟当铺，把自己的一个银锁当了。这银锁还是当年自己过周岁生日时，爹妈给打的。三条一再劝朱胖子，这事儿可得想好了。朱胖子倒没犹豫，觉着这没什么可想的，为了小桃红的这场"摆知"，也值了。"摆知"之前，罗鼓点儿也塞给朱胖子两块大洋，并一再叮嘱他，这事儿别往外说。朱胖子不傻，心里当然有数。这顿饭是在"鸿宾楼"吃的。行里人该请的都请了，该到的也都到了。本来挺顺，可快结束时，却出事了。

出事是出在马大手这一桌。当时酒已喝得差不多了，该上饭了。一个小伙计来到桌子跟前。这小伙计是刚来的，不懂规矩，他想看看这桌上坐了几个人，好给端几碗饭。倘是有经验的伙计，在旁边拿眼一溜也就有数了。但这小伙计不懂局，伸着指头一个一个地数，这就不太礼貌了。其实桌上的人都看见了，只当没看见。马大手却横了这小伙计一眼，放下手里的筷子问，你数嘛？他这一问，又坏了。小伙计听拧了，以为马大手问他数嘛，是问他的属相。于是随口答了一句，我属狗。他这一说更坏了，错上加错，也就成了他数这桌上的人，是在数狗。这一下马大手更不干了，抄起跟前的酒杯冲这小伙计扔过去，跟着就骂起来。他这一骂，别的桌上的人也就都听见了，知道这边出了事。按说这样的日子口儿，又正在"摆知"仪式上，就算真有什么事也得压住，这么闹，是不给桃又红面子。但了解内情的人都知道，马大手这样闹，也是成心。他是故意想给桃又红难堪。马大手有个女徒弟，这女徒弟有个表弟，一直想拜到桃又红的门下学京韵大鼓。可托过几个人，都在桃又红这里碰了钉子。后来这女徒弟就跟马大手说了这事。马大手觉着自己是弹弦儿的，只要是唱鼓曲的都得给点儿面子，也想在这女徒弟面前露露脸儿，当即大包大揽。可他去跟桃又红一说，也碰了个不软不硬的橡皮钉子。桃又红只说，自己这辈子人不想嫁，徒弟也不想收，除了在台上，一回家就自己一个人，不能再有第二个喘气儿的，别耽误了人家孩子，还是另叩门儿吧。马大手碰了钉子，回来生了几天闷气，慢慢也就想开了。桃又红这人的脾气各色，用行里的话说，是个"硌楞绷子"，这是谁都知道的。人家不想收徒，你总不能强逼着人家收。可这回，马大手一听说小桃红要在鸿宾楼"摆知"，且叩的是桃又红，心里的火儿一下就上来了。如果这样说，她上回驳了自己就不是决计这辈子不收徒了，只是不想收自己介绍的这个徒弟。也就是说，她是成心不给自己面子。所以这次来，马大手是带着一脑门子官司来的。

马大手把酒盅冲这小伙计扔过去，小伙计一下子吓坏了，知道自己闯了祸，赶紧过来连连作揖央告，求马大手大人不计小人过。其实在这"摆知"的宴席上，本来也不宜把事闹大，马大手借这台阶儿训这小伙计两句，也就过去了。可马大手本来就憋着找茬儿，这下可逮着机会了，哪里肯放过，越嚷声音越大，说着说着还摔筷子砸碗。旁边有人提醒他，差不多就行了，见好儿就收。马大手却像没听见。这时坐在另一桌的罗鼓点儿实在看不下去了，回身冲马大手嚷了一嗓子，让他别再闹了。罗鼓点儿虽然只比马大手大几岁，但跟马大手的师父是一辈儿，在马大手的面前论着也就是个长辈。可他这一嚷，马大手借着酒劲儿也回了一句，说罗鼓点儿别在这儿鼻子眼儿插葱，充"象"，要管去管自己徒弟，他马大手不尿这一壶。这下罗鼓点儿真火儿了，起身过来，抡圆了扇了马大手一个大嘴巴子。马大手哪吃过这样的亏，一下让罗鼓点儿给扇愣了。可这一下，也就把酒给扇醒了，捂着脸瞪着罗鼓点儿，一时不知说什么好了。但这时，马大手的一个徒弟不干了。这徒弟叫"二冬瓜"，一见师父挨了打，立刻过来替师父说话。可他忘了，他是马大手的徒弟，在罗鼓点儿的跟前只是孙子辈儿，这里哪有他说话的份儿。他这样过来一说话，罗鼓点儿连看也没看他，朱胖子和三条就过来了。不等朱胖子动手，三条把这"二冬瓜"一揪，就扔到外面的街上去了。

也就从这次事后，三条看出来了，师哥朱胖子喜欢小桃红。

朱胖子真正注意这个唐先生，还不是因为去年八月十五在后台的事。那次事后，三条听说这唐先生住家在南门外，一回去那边办事，就顺便打听了一下。回来跟朱胖子说，这唐先生果然是个中医大夫，还挺有名气，在南门外大街的"杏林堂"坐诊。当时朱胖子听了也就一过耳朵，并没往心里去。后来又想起这唐先生，是因为一个叫黄三的人。

这黄三是北门外侯家后的人，在锅店街开着一个饭馆儿，专做河螃蟹。据说这黄三有一手绝活儿，把螃蟹放在地上，只要一看爬，就知道是公是母。螃蟹肥瘦也不用手掂，打一眼螃蟹盖儿的颜色就知道，所以他饭馆儿的字号就叫"螃蟹黄"。这黄三不光开饭馆儿，还有别的买卖，认识的朋友也多，三教九流哪行都有。白天忙完了手头的事，晚上跟几个相好不错的一块儿喝了酒，再去澡堂子泡透了，就来茶馆儿听玩意儿。黄三本来有个老婆，是河北霸州人，家里做绒线生意的，长得还算有模有样，但说话太侉，脾气也不正，没事儿总犯肝气，冒邪火儿，黄三就不想要了。可他不想要，有人想要。后来这女人认识了一个福建的茶叶贩子，就跟着这茶叶贩子跑了。黄三跑了老婆，本来正中下

247

怀，可再想找一个，却找不着合适的了。按说手里有几个买卖，在街上又是个有名有姓的人物，找女人不是太难的事。但找容易，真遇上可心的就不容易了。有一回，和几个朋友来燕鸣茶馆儿，一眼就看上了小桃红。这黄三虽是个买卖人，却不喜欢街上的俗流。小桃红扮相清雅，举止脱俗，黄三觉着挺对心思。从这以后，就天天来捧小桃红。但黄三毕竟是做买卖的，不是街上的混星子，捧角儿也还规矩，只是今天送个花篮，明天送个银盾，再大不了也就是往台上扔个戒指耳坠之类的首饰。但小桃红自从拜了师父桃又红，师父先教的不是作艺，而是做人。用师父的话说，艺人学做人，得先从台上做起。小桃红每次上台，底下就一直往上扔东西。但无论扔了多值钱的东西，小桃红只顾唱，眼角都不扫一下。唱完了鞠躬扭头下台，三条再上来捡场。每回捡了，按小桃红的吩咐，把东西分成类，稍微值点钱的都放在一个笸箩里，等散了场，就放在台口，谁的东西还请谁拿回去。扔了值钱东西的主儿，也怕被别人冒领了，一见人家退回来，也就赶紧来拿回去了。黄三往台上扔了几回戒指，见小桃红不要，也就只好作罢。但他带来的朋友里有粗人，一见东西退回来，就觉着这小桃红是给脸不要脸。这以后再上台，就故意起哄，喊"邪好"。黄三的心里本来也不痛快，身边的人起哄，也就由着他们哄。

但这样哄了几回，后台管事的徐福就吃不住劲了。好好儿的园子，角儿硬，活儿也好，可天天晚上让一伙人这么喊邪好，这算怎么回事，真传出去坏了园子的名声不说，角儿也都不敢来了。于是就问小桃红，究竟怎么回事，是不是在外面得罪了人？这时罗鼓点儿才把这层纸给捅破了。罗鼓点儿对徐福说，这事儿不怨孩子，她一点错儿没有，毛病都在这个黄三身上。罗鼓点儿说，这黄三曾托了园子旁边"德厚酒坊"的于老板来找过他，说是"螃蟹黄"的黄老板看上小桃红了，想请他给做个媒。罗鼓点儿当时就觉着这事不靠谱儿，就算小桃红是个唱大鼓的，也不可能看上黄三这种人。罗鼓点儿说，大概是于老板把这话给黄三带过去了，黄三这才恼了。徐福一听更发愁了，这燕鸣茶馆儿就是个杂耍园子，人家要来，总不能不让来，可来了总这么闹，跟砸场子也差不多，照这样下去，这园子就没法儿干了。当时朱胖子在旁边，没说话就拉三条出来了。三条看出朱胖子有事，出来问，师哥嘛事儿？

朱胖子说，下午，你跟我去一趟南门外的杏林堂。

三条不明白，问，去杏林堂干吗？

朱胖子问，这地方你认识吗？

三条说，认倒认识。

朱胖子说，那就行。

当天下午，朱胖子和三条来到南门外大街，没费劲就找到了这个杏林堂。唐先生正应诊，一见朱胖子和三条来了，知道是燕鸣茶馆儿的人，先给跟前的几个病人看完了，这才让他俩过来，先看看朱胖子，然后问三条，是看病，还是有事。

朱胖子说，是我，身上不太舒服，想请唐先生给看看。

唐先生听了笑笑说，你这五大三粗的，也有病？

朱胖子说，这些日子，总觉着拉屎不痛快。

唐先生让他往跟前坐坐，摸了摸脉，摇头说，看你这脉相，不像不畅啊。

朱胖子闷声说，就是拉不出来。

唐先生说，你年轻力壮，一时脾胃不和也有可能，不过，不用吃药调理。

朱胖子说，还是吃吧，拉不出来，憋得难受。

又问，吃点大黄？

唐先生一听笑了，说，就算吃，也用不着这种猛药，弄点番泻叶或芦荟就行了。

朱胖子还不放心，又问，快吗？

唐先生嗯一声说，说快也快。

朱胖子在回来的路上找个药铺，买了一包番泻叶。回到茶馆儿交给三条。这时三条已明白了。茶馆儿在前面沏茶的伙计叫小六子，跟三条是朋友。三条就跟小六子交代了。这个晚上，黄三几个人又来了。在离台最近的一个茶桌坐了，要了一碟黑白瓜子儿，一盘青萝卜，又让沏了一壶香片。这时小六子已把三条给的番泻叶事先掺在茶叶里，沏了一壶端过来。黄三喝了皱皱眉，觉着不太对，叫过小六子问，今天这茶怎么有股邪味儿。小六子就按三条事先教的，说不是邪味儿，是这香片自带的味儿，这是刚进的罗汉果茶，许是您喝不惯。黄三听了也就没在意。但过了一会儿，这几个人就开始像走马灯似的挨着个儿地跑厕所。后来实在不行了，已经坐不住，干脆就起身走了。后台管事的徐福一见黄三几个人又来了，本来心提到了嗓子眼儿，担心这晚又闹事，后来见他们先是跑茅房，再后来就都走了，心里纳闷，不知怎么回事。罗鼓点儿在江湖这些年，这时心里已猜到几分，就把三条叫过来。三条不敢瞒师父，这才把实话说了。罗鼓点儿一听，倒给气乐了，哼一声说，你俩小猴儿崽子，还真能想出这种蔫坏损的主意。寻思了一下又说，不过，这也不是长久之计，总得想个彻底的办法。

罗鼓点儿想了两天，终于想出一个办法。

北马路上有一家有名的大商场，叫"北海楼"，专卖一些洋杂货，也有服装鞋帽、金银首饰和古玩玉器之类。在三楼的顶层有一家"北海茶社"，也是个杂耍园子。这茶社老板姓林，叫林宝禄，跟罗鼓点儿是朋友。当年罗鼓点儿曾在这北海茶社演过，后来离开那儿，是为别的事，所以跟这林老板散了买卖也就没散交情。这北海茶社离锅店街不远，林老板也就经常和朋友一块儿去"螃蟹黄"吃饭。林老板是开茶馆儿的，平时好交，日子一长跟"螃蟹黄"的老板黄三也就成了朋友。罗鼓点儿知道黄三的事，也就是从北海茶社的林老板这儿听说的。一天下午，罗鼓点儿就特意到北海茶社来了一趟，跟林老板把这事说了。林老板是明白人，一听小桃红，知道是当初桃又红的徒弟，立刻说，桃又红可是个角儿啊，当年我一直想请她过来，只可惜没这缘分，一直没得机会，这事儿咱得管，我跟黄老板还说得上话，摆在桌面儿上说开了，应该不叫个事儿。于是当天晚上，林老板做东，把黄三请过来，和罗鼓点儿坐在一块儿，也就把这事儿说开了。黄三也是场面上的人，用街上的话说，是茅房拉屎脸儿朝外的人，按说看上了哪个女人，也不为过，可你看上了人家，还有个人家愿不愿意，倘硬来，就有欺男霸女之嫌了。林老板一说，大家一笑，这事才算过去了。

但小桃红这事过去了，朱胖子和三条的事却没过去。从朱胖子和三条去南门外的杏林堂，到回来之后，当晚黄三几个人来茶馆儿只坐了一会儿，就一直跑茅房，这一连串的事本来不显山也不露水。可事后朱胖子说，这就应了街上的那句老话，不怕没好事，就怕没好人。旁边有一个人，却一直在不动声色地盯着这件事。这人就是马大手。

马大手早看出来了，朱胖子喜欢小桃红，后来发现，"螃蟹黄"的老板黄三也看上了小桃红，就知道，这回要有好戏看了。

从这以后，每晚黄三带着人来了，他也就坐在后台，一边抽着烟，喝着茶，等着看热闹。后来的那个晚上，见黄三几个人来了，只坐了一会儿就不停地跑茅房，又过了一会儿就都走了，起初摸不清是怎么回事。想了想，就把前面的伙计小六子叫过来。小六子胆儿小，又知道这马大手不是个善茬儿，一吓唬就把实话都说了，朱胖子和三条怎么在外面弄了一包番泻叶，怎么交给他，让他等黄三这几个人来了，把这东西掺在茶叶里给他们沏了，就说是新进的罗汉果茶。

马大手一听，没说话就扭头走了。

马大手这时已听说了，罗鼓点儿通过北海茶社的林老板已跟黄三坐在一块儿，把这事儿说开了，也就知道，这事不能再找黄三。但和黄三一块儿来的这几个人里，有一个马大手认识，叫"瓶子塞儿"，是个街上的混星子。于是就去找这个"瓶子塞儿"，把这事一五一十都说了。马大手当然不敢惹朱胖子，只说是三条干的事。这"瓶子塞儿"平时在街上都是涮人的主儿，这回却让别人给涮了，哪吃过这样的亏，一听就急了。

几天以后的一个晚上，茶馆儿的园子散了场，后台管事的徐福前后找了一圈儿，没看见三条。来问朱胖子，朱胖子这才发现，一晚上都没见着三条的人。于是赶紧带人出去，在园子附近四处找。直到半夜，才在房后的一个胡同里找到了。这时的三条被人扔在一个黑乎乎的旮旯里，脑袋塞进裤裆，整个人打了一个对头弯儿，两手还被反剪着捆在身后。等把人松开，才发现，早已经没了气息。这时徐福也闻声赶来，一见就慌了，连忙让人把三条弄回茶馆儿，让他躺平，给他抹前胸拍后背地一通折腾，三条这才慢慢缓过气来，但翻着两眼，身子还是一挺一挺地抽搐。茶馆儿里的人一下都没了主意。这时，朱胖子又想起唐先生。跟师父罗鼓点儿一说，罗鼓点儿叹口气说，已经到这时候，也只能是死马当活马治了。

朱胖子赶紧雇了辆人力车，去南门外的杏林堂把唐先生接来。

唐先生来了，一见三条的样子也吃了一惊。先开了一味三七粉。把三七粉给三条灌下去，没一会儿，三条就开始吐血沫子。吐了一会儿，才渐渐平缓下来。唐先生说，他这是让气血憋住了，瘀在胸里，浑身的经络都堵住了，幸好用三七粉及时化开，这才吐出来。

这个晚上，朱胖子一直在旁边看着，越想越觉着这事不对。三条让人整成这样，这应该不是一般人干的事。可三条平时老实厚道，轻易不会得罪人，谁又会跟他结了这么大的仇呢？朱胖子想来想去，应该只有一件事，就是黄三这几个人。但朱胖子已经听说了，师父罗鼓点儿通过北海茶社的林老板已跟这黄三坐到一块儿，把事情说开了。黄三也是外面混的人，已经说开的事，总不会拉出的屎再坐回去，这样出尔反尔。

朱胖子这样想来想去，也就越想越糊涂。第二天下午，朱胖子早早来到茶馆儿。小六子正在前面扫地，朱胖子过来，把他拉到一边说，昨儿晚上的事，你都看见了？

小六子点点头。他这一夜都守着三条，心里当然明白是怎么回事。

朱胖子问，当初三条把那包番泻叶交给你，这事你跟谁说了？

小六子吭哧了吭哧，看出不敢说。

朱胖子说，你说吧，别怕，你告诉我，就没你的事了。

小六子还是不敢说。

朱胖子就有点儿要急，瞪着他说，你没看见吗，三条还这么躺着，现在我跟你说，这事我不可能就这么算完，非得捯出根儿来，从一开始，除了我和三条，这包番泻叶的事就你一个人知道，现在三条成了这样，肯定跟这事有关，你要是不说，我就冲你说话。

小六子这才说，是马大手，曾问过他这事。

朱胖子一听，就全明白了。

朱胖子虽不是好脾气，但做事也有分寸。他心里明白，马大手毕竟比自己大二十几岁，不光见多识广，在江湖上的根儿也深。况且马大手的师父跟自己的师父虽不是一个门儿，也还有些交情，再怎么说，总不能干扳倒葫芦洒了油的事。但朱胖子寻思来寻思去，又实在咽不下这口气。在心里盘算了几天，就想起一个人。这人叫连三宽，是茶馆儿门口儿卖"糖墩儿"的。"糖墩儿"在北京叫"糖葫芦"，这连三宽当初就是北京人，所以他的"糖墩儿"就是北京人糖葫芦的做法，不光山楂没核儿，糖稀也熬得地道。这连三宽当年在北京时，就是在天桥的小园子门口卖糖葫芦。本来生意挺好，可他有个毛病，虽是个五十来岁的大老爷们儿，却爱传老婆舌头，整天扛着糖葫芦的垛子在小园子的门口转悠，当然是该看见的，不该看见的，各种事也就都逃不过他的眼睛。其实看见也就看见了，可他看见之后在心里搁不住，还爱往外说。这一说就坏了，经常是他说得无心，人家却听得有意，他这儿说完一扭头没事了，那边却打起来。后来人们捯来捯去，才把根儿都捯到他这儿来。有两回赶上脾气不好的，就把这连三宽给打了。连三宽一见在天桥这地界儿待不下去了，正好有个女儿，婆家在天津，就来投奔女儿了。这连三宽也是吃惯了茶馆儿园子门口儿的这碗饭，来到天津，还干老本行，接着卖糖墩儿，也就还在南市一带的茶馆儿园子门口儿转悠。但他还是改不了老脾气，整天传老婆舌头，经常串着串着这个茶馆儿的人就跟

254

那个茶馆儿的人打起来。

这时朱胖子一想到这连三宽，心里就有了主意。连三宽有个习惯，爱泡澡堂子，北京人叫"堂腻子"。他每天上午一进澡堂子，就不出来了，午饭也在澡堂子里吃。直到下午，才回去熬一锅糖稀，蘸了糖墩儿扛出来卖。这个下午，连三宽扛着糖墩儿垛子刚到燕鸣茶馆儿门口，朱胖子就走了出来，一张嘴就要三串。连三宽一见刚出来买卖就挺顺，心里高兴，跟朱胖子又是半熟脸儿，就想跟他聊几句。朱胖子说，我先把糖墩儿送进去，再出来跟你说话，说着又挤挤眼就进去了。连三宽一见朱胖子说得挺神秘，也是好奇，就站在门口等着。一会儿，朱胖子果然出来了，又给自己买了一串糖墩儿，一边吃着一边说，你这糖墩儿确实不错，糖厚实，红果也大，要不这儿的人都爱吃呢。连三宽还一直等着朱胖子说话，这时一见他东拉西扯，就忍不住问，你刚才那糖墩儿，是给谁买的？

朱胖子这才凑近了说，是给马大手买的。

连三宽知道马大手，但又奇怪，给马大手买几串糖墩儿，也不至于这么神秘。但连三宽也有个习惯，他这人好事，却从不刨根问底。他知道，你一刨着问，也许人家反倒不说了。所以这时，就只是拿眼看着朱胖子。朱胖子这才说，其实，说是给马大手买的，可也不是。

连三宽这才问了一句，这话怎么讲？

朱胖子说，买糖墩儿的钱是马大手出的，吃可不是他吃。

连三宽又问，谁吃？

朱胖子噗地乐了，说，他那女徒弟吃。

连三宽一听，登时两眼亮起来。师父给个女徒弟买糖墩儿吃，这事要细想就有意思了，怎么想怎么是。朱胖子好像发觉自己说走嘴了，赶紧连连摆着手说，哪儿说哪儿了，哪儿说哪儿了，这可是出人命的事，不敢乱说啊。说着又朝南市牌坊那边瞥一眼，喃喃地说，他这女徒弟的爷们儿就是那边开涮肉房的，这要知道了，还不得人脑袋打出狗脑袋啊！

说完又瞄了连三宽一眼，就转身进去了。

连三宽一听朱胖子说，这马大手的女徒弟，爷们儿是南市牌坊底下涮肉房的老板，就知道是谁了。这老板姓吴，绰号叫吴大头，早先是个卖肉的，后来赚了点儿钱，就不卖肉了，开了这个涮肉房。本来他老婆不是行里人，只是常来茶馆儿听玩意儿，后来越听越喜欢，就想拜师学艺。当然学也不是正经真学，就是玩儿票。这吴老板跟燕鸣茶馆儿后台管事的徐福认识。跟徐福一说，徐福就介绍这吴老板的老婆拜了马大手。连三宽一听说这事儿，还没到晚上，南市牌坊一带的人就都知道了。街上的人知道了，涮肉房的吴老板也就知道了。这吴老板是卖肉的出身，一听说这事儿，当天晚上，拎着两把菜刀就来到燕鸣茶馆儿的后台。

朱胖子把这事儿告诉了连三宽，也就回到茶馆儿后台，踏踏实实地等着看好戏。果然，到了晚上，园子还没散场，后台这边突然就热闹了。当时谁也没注意吴大头进来。等他直奔马大手去了，旁边的人才发现他手里还拎着两把菜刀。吴大头的这两把菜刀有个名称，叫"七分背儿"，意思是刀背儿足有七分厚，刃儿飞薄，是专门用来剁猪头的，掂在手里就如同两把板斧。马大手这时刚从台上下来，正坐在桌前喝茶，一回头，吴大头已经拎着菜刀来到跟前。吴大头黑着脸过来并不说话，抡起菜刀呼地就砍下来。马大手没看清是怎么回事，只觉着一股劲风已经到了眼前，赶紧把身子朝旁边一闪。吴大头的菜刀砍空了，一下剁在桌子上，咔嚓一声，就把一个桌子角儿砍掉了。马大手大惊失色，这才知道，看来吴大头是来跟自己玩儿命的。于是三弦儿也不要了，噌地一下蹦起来，就像兔子一样地蹿出去了。

这件事以后，燕鸣茶馆儿的后台就乱了。马大手一连几天不敢露面。本来说好的角儿，一听园子闹成这样，也都不来了。这天下午，罗鼓点儿来到了后台，罗鼓点儿一般是晚上来，下午不来。这时进来，见朱胖子正跟三条说话。三条毕竟年轻，这几天已经恢复了，只是还有些虚，徐福不敢让他干太重的活儿。罗鼓点儿一边往里走，一边叫朱胖子过来。朱胖子正跟三条说连三宽的事，叮嘱三条，门口儿再见了连三宽躲着点儿，也别再买他的糖墩儿。正说着一抬头，见师父这会儿来了，就知道有事，赶紧跟着来到后面的一间小屋。这是化妆室，平时也当更衣室用。罗鼓点儿进来，把门关上，先让朱胖子坐下。朱胖子就小心地坐下了。抬头看一眼师父的脸色，沉得跟水似的，心里就有点儿打鼓，沉了沉才试探着问，您，有话？

罗鼓点儿说，咱爷儿俩，今天别再藏着掖着，实打实地说，行不行？

朱胖子说，行。

罗鼓点儿又说，我再说一遍，你得说实话。

朱胖子点头，您问吧。

罗鼓点儿没立刻问，先叹了口气说，这一阵子，茶馆儿闹成这样，一档子接着一档子，南市的茶馆儿园子不止咱这一家，可谁也没有这么干的，虽说这园子不是咱爷们儿自己的，可也是咱的一口饭锅，再这么闹下去，我看真离关张不远了。

说着盯住朱胖子，突然问，你是不是喜欢上小桃红了？

朱胖子已经猜到师父要问这事，脸一红，低下头。

罗鼓点儿说，这个事儿，咱爷儿俩今天必须说清楚。

朱胖子说，是。

罗鼓点儿拿出烟，点上一根抽了几口，又问，涮肉房的吴大头来闹事，是你叫来的？

朱胖子说，不是我叫的。

罗鼓点儿问，你放的风？

朱胖子不说话了。

罗鼓点儿看着他，又问，你去南门外的杏林堂，找过唐先生？

朱胖子低头吭哧着，嗯了一声。

罗鼓点儿长长地喘出一口气，摇头说，记得吗，我早跟你说过，干咱这行，最忌讳的，就是一个情字，这是一把两刃刀，往里杀自己，弄不好，也得把别人杀了。

沉了片刻，忽然又说，我昨天下午去东马路，碰见解先生了。

朱胖子听了抬起头，瞟一眼罗鼓点儿，不明白师父为什么把话扯开了。

罗鼓点儿昨天下午确实见着解先生了，但不是碰见的，是去了解先生的诊所。解先生的诊所在东马路的铁狮子胡同。罗鼓点儿跟解先生不算朋友，但打过几次交道，这个下午来诊所，说是到东马路办点事，从这儿路过，顺便进来看看。解先生的诊所在胡同深处，地方有些偏，平时来看病的也就都是熟人。这个下午没事，正翻看一本闲书，一见罗鼓点儿来了，就知道应该不是路过，是有事。罗鼓点儿喝了几口茶，就说起唐先生。解先生是个敞亮人，一提起唐先生，也就不藏着掖着，说，他虽然跟唐先生是同行，都说同行是冤家，可是对唐先生的为人从心里佩服。解先生说，当初自己给桃又红开了一剂"桂枝汤"，后来让唐先生看出了毛病，这事儿再后来他也听说了。说着又笑笑，按说唐先

258

生那次是犯了忌讳，同行开的方子，如果看出毛病，按行里规矩是不能随便说的，再另开个方子就是了，当着外人说这方子错了，还指出毛病在哪儿，这不光坏了同行的名声，倘这病人日后真有个三长两短，有的事也就不好说了。不过，解先生又说，他后来听说了这事，却丝毫不怪唐先生。唐先生在行里虽然还算年轻，但人品却是有口碑的，他不是个故意贬低同行抬高自己的人，况且药这东西不像别的，不光得入口，还得能治病，必须有一是一，有二是二，一点儿不能含糊。

罗鼓点儿听了由衷地点头说，就冲您解先生说的这番话，人品就显出来了。

解先生摆手说，我说的是实话，唐先生那回改的方子确实有道理，咱该怎么说怎么说，我那味肉桂树皮，的确是用错了，经这一次事，也让我长了学问。

解先生一边说着，已经感觉到了，罗鼓点儿今天来的目的，好像就是为打听唐先生的事，于是不等再问，也就把知道的都说了出来。解先生说，这唐先生的家里是书香门第，他父亲当年是清朝举人。庚子年，八国联军打进天津，又建了"都统衙门"。第二年，"都统衙门"要扒城墙。唐先生的父亲和城里的士绅一听就急了，联合起来抗议此事。可抗也是白抗，这城墙到底还是给扒了。唐先生的父亲气不过，虽是个读书人，一怒之下，却干出了一件街上混混儿的事。一天上午，街上正是人多的时候，他把浑身的衣裳脱光，只用一块布条儿遮羞，就这样精赤条条地一路走着来到都统衙门的门口。来了也不说话，把辫子往脖子上一绕，两眼一闭，就盘腿坐在地上。他这样的意思不言而喻，天津城的城墙让人给扒了，也就如同一个人给扒光了衣裳，他是以这样的方式示人。但一个堂堂的举人脱成这样当街示众，在天津城里还从来没有过，这一下，都统衙门的门口立刻围得水泄不通，车马行人也堵成一团。唐先生的父亲就这样坐了一天一夜，最后在人们的一再劝说下，才让人扶回家去。但这一天一夜不吃不喝，又光着身子坐在冰凉的地上，回去就得了夹气伤寒。挨了一个来月，人就没了。

这以后，唐家也就败了。

解先生说，唐先生自己两年前也刚出了事。唐先生虽已四十来岁，几年前刚娶妻。女方是南门里清水胡同陆家的小姐。俗话说，不是一家人，不进一家门。这陆先生在学堂教书，也是为人耿直，性情刚正，从不肯为五斗米折腰，家境也就不太宽裕。但这位陆小姐从小受父亲影响，知书达理，也是陆先生的一个慰藉。后来陆先生为女儿择婿，就选了唐先生。其实当时，来陆家说媒的人很多。这陆小姐相貌脱俗，且知书达理，前来提亲的有商界的，也有政界的，甚至还有军界的。但正如古人说，不为良相，便为良医，陆先生一向蔑视权贵，倘在良相与良医之间取舍，还是宁愿选择后者。这位陆小姐嫁到唐家以后，与唐先生也确实鱼水相得，夫唱妇随，两人感觉不仅是夫妻，似乎也是前世的知己。

出事是在两年前。先是这位陆小姐总觉得腹内隐隐作痛。渐渐这腹痛日益加剧，再后来一发起病来已经无法忍受。唐先生为她仔细检查了，最后确诊是绞肠痧。也就在这时，唐先生对陆小姐说了一句话，他告诉陆小姐，她这病已经浸润内里，日后恐怕不能再生养了。这话对陆小姐如同晴天霹雳。陆小姐自幼饱读诗书，自然明白子嗣对夫家的重要。当即提出，让唐先生休了自己，再另娶他人。唐先生对妻子情深义重，自然不答应。这位陆小姐情知自己已病入膏肓，把心一横，就决定早一点儿为丈夫腾

260

出地方。唐先生的家里有一个药柜，这药柜里放的只是一些特殊的药材。陆小姐嫁过来之后，没事的时候也跟着唐先生认药，所以知道，这药柜里有一味药材叫"断肠草"。唐先生曾给她讲过，这断肠草是外用药，学名叫"钩吻"，毒性最烈，万不可内服。于是一天晚上，陆小姐就找出这断肠草，服下自尽了。

在这个下午，朱胖子听罗鼓点儿说完，才明白师父为什么说着说着唐先生，忽然又扯开，说起见到铁狮子胡同解先生的事。他说解先生，其实还是为说唐先生。但这么想了想，还是不太明白，师父为什么要跟自己说这唐先生的事呢？罗鼓点儿这时也已看出朱胖子的心思，这才意识到，看来自己把徒弟的智商估计得过高了。当然，也不全是徒弟智商的事，自己跟他这样说了半天刮钢绕脖子的话，用行里的话说，也是"皮儿太厚"了。

罗鼓点儿决定在这个下午跟朱胖子说破这事，是因为他刚听说，就在前一天上午，小桃红刚去了唐先生坐诊的杏林堂。当时唐先生正接诊，有个患痨病的年轻人，看样子已来过几次，这次是复诊。小桃红就坐在旁边，看着唐先生为这年轻人诊病。唐先生很耐心，诊过脉，又仔细问了这一阵的病情，然后才又开了一个方子。等这年轻人起身走了，小桃红才过来。唐先生一直没注意小桃红，这时一见是她，愣了一下说，哦，不舒服？

小桃红在唐先生的跟前坐下来，说，没不舒服，就是，来看看您。

唐先生一听小桃红说这话，又愣了一下。

小桃红笑笑说，我的师父是桃又红，您给看过病。

唐先生点头说，我知道。

小桃红又说，我师父，这一辈子，就一个人。

261

唐先生看着小桃红，不知她要说什么。

小桃红说，本来，我跟师父说过，这辈子也学她。

唐先生的脸微微红了一下。

小桃红说，可现在，我改主意了。

她说完站起来，没再看唐先生，又说了一句，我来，就是想告诉您这事。

说完，就扭身走了。

其实这件事，罗鼓点儿本来不该知道，小桃红在杏林堂对唐先生说这番话时，只有他们两个人在，如果她不说，唐先生不说，也就不会有第三个人知道。但小桃红回来之后还是说了，不过不是对活人说的，是对死人说的。小桃红住在南市牌楼西边的一个小院，是一明两暗三间正房。这里本来是师父桃又红的住处，小桃红正式拜师以后，就搬过来，一直跟着师父住。现在师父走了，就把师父的一幅画像摆在外面屋里的八仙桌上，每天早晚一炷香，再摆上香茶水果，心里有话，也过来冲着画像念叨几句，就如同师父还在。这个中午，小桃红从南门外的杏林堂回来，先给师父换了一杯茶，然后就坐在跟前，把刚才去杏林堂的事一五一十都对师父说了。其实说给师父听，也是说给自己听，就为把话说出来，否则憋在心里，觉着闷得慌。但她这样说时，并不知道，门外有个人一直在听。这人倒不是偷听，只是无意间撞上了，又不好进来打断，只好先等在门外。可这一等，也就听了个满耳朵。

这个在门外听着的人，是管事的徐福。

徐福来小桃红这里，是想跟她商量，自从前几天马大手出了那场事，说好的角儿就都不来了，不来也不说不来，跟商量好了似的，都说身子不爽，要么就说嗓子倒了，得缓几天。可一个人两个人这么说行，都这么说，徐福就吃不住劲了，没个"攒底"的角儿，这一晚上的演出就压不住，老茶座儿眼里都不揉沙子，况且没个硬磕角儿，门口的水牌子也没法儿写。这时徐福就想起小桃红。小桃红毕竟是桃又红的徒弟，行里的人不看僧面看佛面，虽说桃又红不在了，倘小桃红出面，大家也总得给个面子。这一想，在这个中午，就来南市口找小桃红。但没想到，来了还没进屋，却在门口听见小桃红冲着师父的画像念叨了这么一番话。这下就把徐福难住了，站在门口想想，进去不是，不进去也不是。倘进去了，小桃红就知道自己刚才说的话大概让徐福听见了，她尴尬，徐福也尴尬。可不进去，如果转身走，也不敢保证小桃红看不见，她要是看见自己来了，又没进来，这事儿就更让人尴尬了。

徐福想来想去，最后还是没进屋，转身贴着西厢房赶紧走了。

徐福在后台做管事，这个角色俗话叫"千手千眼"。所谓"千手"，就是各种各样的大事小情都得亲自操持，大到邀角儿排场口儿，小到演员的饮场夜宵儿，有一样没想周全，真到裉节儿上可能就得出毛病；"千眼"，则说的是后台所有的事，哪个演员怎么来怎么去，谁跟谁又是怎么个关系，都逃不过管事的眼睛。干这行，同样也得有师父。徐福当年刚入行时，师父先告诉他，这行没别的，就记住两样儿，一是多长手，二是勤闭眼。师父说，所谓多长手，就是得勤快，既然是当管事的，就得下力气，不能怕麻烦，而且不光肯张罗，还得会张罗，说白了这一行吃的就是个张罗的饭；勤闭眼，是别管看见的还是没看见的，一概只当没看见，只要心里明白就行了，尤其是容易生是非的闲事，只能烂在肚子里。朱胖子对小桃红的心思，徐福是早就看在眼里的，心里也明白，这事肯定成不了，倒不是小桃红看不上朱胖子，是这俩人根本就没有夫妻相，或者说命中注定，就不是夫妻的缘分。所以这回，徐福无意中听到小桃红冲着师父的画像说了这样一番话，也就并不感到意外。但不意外，还是有些意外，小桃红竟然对这个唐先生有意，这是徐福没想到的。

徐福想来想去，就还是把这事告诉了罗鼓点儿。

其实这时，小桃红已对朱胖子说过，这一阵总觉着胃疼。

小桃红跟朱胖子有一种说不出的亲近。也许是当初朱胖子的师父罗鼓点儿的缘故。师父桃又红曾对小桃红说过，她明白罗鼓点儿的心思。但桃又红对小桃红说这事，只是想告诉她，一个女人该怎样婉拒男人，又不伤人家的面子。可师父对小桃红这样说了，反倒让小桃红跟朱胖子更亲近了，似乎成了自己人。只是这种亲近，就像是兄妹。

朱胖子喜欢小桃红，也喜欢小桃红的人品。朱胖子从十几岁拜罗鼓点儿，入门也有几年了。在这行里待的时间长了，见的人和事也就多了。吃开口饭的女人不容易，有豁得出去的，也有豁不出去的。豁得出去的就不用说了，有了靠山，让人养着，甭管养几天还是养几年，日子总能舒坦一些，不用整天再为衣食奔忙。即使豁不出去的，毕竟吃的是这碗饭，就像俗话说的，既要卖，脸儿朝外，为了取悦于人，在台上也难免得跟台下的老茶座儿眉来眼去。但小桃红从不干这种事。小桃红对朱胖子说，师父曾说过，吃开口饭的虽然要视"年子儿"（观众）为衣食父母，正如老话讲的，没有君子不养艺人，但要想正正经经地作艺，与"年子儿"的交往就只能限于台上台下这一会儿，一旦超出了这一会儿，就有可能生出别的枝节，此乃艺人的大忌。所以，小桃红一下台，从不与前面的茶座儿有任何瓜葛。

朱胖子不管小桃红的心里怎么想。他对她，有自己的想法。自从小桃红告诉他，空肚子时经常胃疼，他心里就总惦记这事。小桃红每天的习惯，晚饭是要从园子回来之后才吃的。师父桃又红给她讲过，上台的时候肚子里不能有食，一有食，也就有了浊气，且唱的时候气会短，正因如此，从老辈才留下一句话，饱吹饿唱。所以，小桃红从来都是空着肚子上台。但后来就不行了。她对朱胖子说，空肚子上台总发虚，心里慌慌的，有几次几乎站不住，险些晕倒在台上。朱胖子发现，小桃红这一阵，每晚都唱《忆真妃》。她的《忆真妃》不仅得了师父桃又红的真传，且跟桃又红又有所不同。桃又红虽也唱得低回婉转，但是"云遮月"的嗓子，这一来也就有几分苍凉。而小桃红的嗓子却如同流淌的泉水，清澈见底，这样的低回婉转也就如泣如诉。尤其唱到"……孤灯照我人单影，雨夜同谁话五更，乍孤眠岂能孤眠眠未惯，恸泉下有个孤眠和我同……"，简直能唱得人落泪。也就是因为小桃红这个《忆真妃》的段子，后台管事的徐福给了她当初桃又红的待遇，让她"攒底"。所谓"攒底"，也就是最后一个节目，一般都是大角儿才能压得住。罗鼓点儿毕竟吃了大半辈子开口饭，还是有几分担心。一天晚上，他把小桃红拉到旁边问，孩子，你最近，是不是有什么心思？

小桃红垂着眼说，没有啊。

罗鼓点儿比桃又红小几岁，论着，小桃红该叫他师叔。罗鼓点儿就说，孩子，眼下你师父不在了，你心里要是有事，就跟师叔说，别自个儿闷着。

小桃红点头说，知道了师叔，您放心吧。

几天前的晚上，小桃红在台上一个段子没唱完，胃疼病又犯了。别人没看出来，但朱胖子看出来了。朱胖子赶紧让三条沏了一碗红糖水给预备着。等小桃红一下来，赶紧给她端过来。其实这晚上临上台，管事的徐福已看出小桃红的脸色不对，过来小声说，行不行，不行别硬撑着，临时换一场，总比上了台再出毛病强。小桃红咬着牙说，救场如救火，这时候把台晾了怎么行？说完就还是强撑着上去了。这时下来，三条刚把红糖水端过来，小桃红一伸手没接住碗，人就倒了。罗鼓点儿一看，赶紧让朱胖子雇辆人力车，把她送回去了。

正月十五元宵节的这个晚上，燕鸣茶园让人喊了倒好儿，这事儿第二天就传出去了。其实园子里喊倒好儿，也是常有的事，再大的角儿，也不敢保证每回一上台都是"碰头好儿"。可这回让人喊了倒好儿的是罗鼓点儿，这就新鲜了。罗鼓点儿在南市一带的茶馆儿园子虽然称不上是"老板"，最多也就是个"角儿"，但他这角儿跟一般的角儿还不一样。曲艺和梨园有相近的地方，真唱红了，成了"腕儿"，也有说道儿。行里说的"腕儿"跟"蔓儿"还不是一回事。说这人是"腕儿"，指的是身份，在行里到了一定的程度才能叫"腕儿"，大红大紫的腕儿叫"响腕儿"。但"蔓儿"，指的是在行里的根脉，就像瓜秧，盘根错节跟哪儿都勾着连着，且徒子徒孙众多，如同结的瓜一嘟噜一串的。"角儿"和"老板"也不是一回事。说这人是"角儿"，指的是名气。到哪儿一提都知道，这就叫"角儿"。"老板"就不同了，还得养着一帮人，傍角儿的，跟包的，管事的，用今天的话说也就是经纪人，这些人都指着他吃饭，这才称得上是"老板"。罗鼓点儿就只能算"角儿"。其实他这些年也收了几个徒弟，徒弟们也都想跟着他，傍着他，可他不养。来拜师学能耐可以，三年学徒，两年效力，差不多了就得出去自己闯。用说书的话说叫闯江湖，行里的话说，也就是自己去"闯腕儿"。

可这回，堂堂的罗鼓点儿却让人喊了倒好儿，不光喊倒好儿，干脆让底下的茶座儿给轰下来，这就好说不好听了。罗鼓点儿也知道，这话肯定是马大手传出去的。上一次涮肉房的吴大头拎着两把菜刀来后台找马大手，一刀劈掉了八仙桌子的一个角儿，这要砍在马大手的脑袋上，非得成了猪头不可。马大手吓得在家躲了小半个月，再出来时，就想明白了，这事儿肯定是朱胖子在暗地里捣的鬼。后来让朋友去探吴大头，知道这事是园子门口儿卖糖墩儿的连三宽传过去的。于是来找连三宽，买了他几串糖墩儿，没费劲就把话套出来，果然是朱胖子跟他说的。尽管马大手事先已经想到了，可这时一听，还是气得两眼发黑。吴大头在南市口儿一带是个什么人，街上没有不知道的。有一回，两个单街子那边的混星子来吴大头的涮肉房吃涮肉，一个混星子喝大了，只是多看了吴大头的老婆两眼，吴大头抄起一个海碗就扣在这混星子的脑袋上。如果就是一个海碗，也就罢了，可这海碗里还有大半碗滚开的肉汤，这混星子又是个秃子，这一下烫了一脑袋燎泡。吴大头扣了这一海碗还不解气，又把这混星子一脚踹到街上，当众暴打了一顿。这时马大手想，连三宽的那张嘴就如同女人的棉裤腰，在街上出了名的要多松有多松，朱胖子把这事儿告诉他，显然是想让他传给吴大头。而吴大头又是这样一个腌醋的缸，他要知道了自然得出人命。看来，这朱胖子这回是要跟自己动真格的了。马大手当然不敢明着跟朱胖子干。朱胖子年轻，还没闯出腕儿，年轻，又没腕儿，自然就豁得出去。但马大手不行，他豁不出去，他这把三弦儿眼下在行里也有一号，真闹起来，失身份的是自己。不过马大手明白，朱胖子有师父，他豁得出去，他师父罗鼓点儿可豁不出去。正月十五元宵节这个晚上的事，真可谓老天送来的机会。第二天，马大手在南市的几个园子转了一遭，罗鼓点儿在台上让茶座儿轰下来的事，可着南市就全知道了。

但罗鼓点儿是明白人。街上有句话，好鞋不踩（睬）臭狗屎。曲艺这个行业里，多好的人都有，同样，多下作的人也都有。像马大手这种下三烂，也就不新鲜，唯一的办法就是淡着他，哪天赶上个比吴大头脾气还大，还浑还愣的主儿，他也就到头儿了。这就应了那句老话，恶人自有恶人磨。至于正月十五晚上的那点事，外面的人知道也就知道了，大不了也就是他罗鼓点儿在台上让人嘘（轰下来）了一回，也没嘛大不了的。行话说，这叫"伤蔓儿"，可他罗鼓点儿已混到今天这地步，就是伤一回蔓儿也伤得起。

真正让罗鼓点儿伤脑筋的，是另一件事。

其实这件事如果从头儿捯，盐打哪儿咸，醋打哪儿酸，说到底，根儿还是在朱胖子这儿。朱胖子喜欢上了小桃红，这才有了后来这一连串的事。话说回来，倘朱胖子跟小桃红真成了，这当然是一桩好事。但罗鼓点儿的心里明白，这应该只是剃头挑子一头儿热。朱胖子平时跟小桃红的交往，罗鼓点儿都看在眼里。表面看着，俩人走得挺近，关系也挺好，可明眼人还是能看出来，他们的这个好，不是男女之间的那种好。

罗鼓点儿越来越发现，这朱胖子虽是自己徒弟，其实还是不了解他。前几天，罗鼓点儿特意在下午来了趟园子，把南门外唐先生的事跟朱胖子说了。可朱胖子平时学相声脑子挺灵，一说就有，一点就透，这会儿却像个三枪打不透的榆木疙瘩，怎么说还是不明白。罗鼓点儿想，这事儿不能再这么拖下去了。倘再拖，还不光是对小桃红不好，对朱胖子也不好。这小子看着心眼儿挺活泛，其实也是一根筋，可别为这事儿，最后再受点儿病。罗鼓点儿毕竟是过来人，知道这男女之事的厉害，就想，这个晚上等园子散了，该跟朱胖子挑明了。

罗鼓点儿这个晚上来到园子，一看门口儿的水牌子，愣了一下。只见水牌子上写着小桃红，今晚要唱的又是《忆真妃》。小桃红自从那个晚上在台上犯病，让朱胖子雇了辆人力车送回去，一直在家歇着。这时，罗鼓点儿来到后台，见小桃红正跟朱胖子说话，就过来说，身子骨儿行不行，要是没好利落，别硬撑着。小桃红的脸色还有些白，先叫了声师叔，又说，本来今天只想来园子看看，可进来了，又觉着精神好些了，才跟徐福说，只当遛遛嗓子。

这时，罗鼓点儿从台口往下看去，已经看见了又坐在东面靠墙边那张茶桌的唐先生，也就明白，小桃红今晚是为谁唱了。于是想了想，叮嘱说，上去之前，先洇洇嗓儿。

这个晚上的场口儿还是老规矩。平时只要有小桃红，都是小桃红的"底"，罗鼓点儿和朱胖子的"倒二"。所谓"底"，也就是"攒底"。戏曲行里也叫"大轴儿"。"倒二"则是倒数第二个节目，戏曲也叫"压轴儿"。小桃红年轻，本来还到不了"攒底"的分量。过去"攒底"一直是师父桃又红。后来师父不唱了，小桃红也红了，徐福才把这场口儿给了她。小桃红不来时，就由罗鼓点儿和朱胖子"攒底"。相声在这个时候还没有"攒底"的，似乎不是这个分量。但小桃红如果不来，除了罗鼓点儿也就再没别的角儿，只能暂且这么安排。

这时，罗鼓点儿想了想，看看离的场口儿还远，就把朱胖子叫到一边。朱胖子了解师父，一看脸色就知道，是有话要跟自己说。罗鼓点儿点头说，对，是有句话。

朱胖子说，您说。

罗鼓点儿说，正月十五那个晚上，你在台上分神，是不是因为这唐先生？

朱胖子一见师父没拐弯儿，也就只好点头承认，说是。

罗鼓点儿说，你是聪明人，我不用把话说得再明白了。

朱胖子说，是，我看见了，今天唐先生又在底下。

罗鼓点儿说，我今天说的话，你可听清了，那天晚上那事儿，不能再有第二回了，再有这么一下子，咱爷儿俩就真没法儿在这地界儿混了。

朱胖子说，我明白，您放心吧。

朱胖子到底是罗鼓点儿手把手教出来的。这个晚上，师徒俩使了一段《八扇屏》，行话叫《章扇儿》。朱胖子的几段贯口不洒汤不漏水，一气呵成。接着又返场使了几个小段儿。罗鼓点儿直到下来坐到后台，端起三条沏的茶，喝了一口，心里才稍稍松了口气。但就在这时，突然发现前面台上的弦儿停了，心里立刻咯噔一下，知道应该是小桃红又出事了。接着就见三条几个人已将小桃红从台上搭下来。朱胖子过来告诉罗鼓点儿，刚才在台上，小桃红正唱着就晕倒了。罗鼓点儿正想让三条去前面把唐先生请过来，却见唐先生已经来到后台。唐先生先摸了一下小桃红的脉相，掏出个锦盒，取出点东西在小桃红的两个鼻孔抹了一下。

一会儿，小桃红把眼睁开了。

小桃红一见唐先生正站在自己跟前，苍白的脸上一下红润起来。

嗫嚅了一下说，唐先生，让您见笑了。

唐先生说，刚才让你闻的，是麝香，你没大事，只是胃气太

270

弱了。一边说着一边把这个锦盒放到小桃红的手里，又说，这麝香是开窍的，能通胃气，以后难受的时候，就闻一下。

小桃红攥着这个锦盒，脸上更红了。

唐先生说，你要吃饭，这样饿着上台，不是长事。

小桃红点点头，看着唐先生说，知道了。

这个晚上，罗鼓点儿让朱胖子去园子门口叫了一辆人力车，师徒二人一起把小桃红送回去。一路上，小桃红的手里还一直紧紧地攥着那个锦盒儿。

从小桃红的家里出来时，罗鼓点儿咳了一声。

朱胖子立刻说，师父，您不用说了。

……

2019年5月25日写毕于天津木华榭
2021年5月30日修改于曦庐

一溜儿堂

天津老城的东门外有一条街。街不长，东西向，西头顶着东马路，东头顶着海河。再早老城里没有甜水井，更没自来水，人们喝水，只能去海河的河边拉。后来英国人建了自来水厂，水管子通进老城里。但这自来水有一股怪味儿，城里人不懂这是漂白粉，就都叫"洋胰子水"。有人说，喝了这种"洋胰子水"生不出孩子，也就都不敢喝，还认头去东门外的海河边拉水。拉水，也就得走这条街。这条街是个土街，每天拉水车的挑水桶的过来过去，洒了水净是泥，日子一长也就总出事，不是人摔了跤就是车撞了人。后来有人捐钱，骑着这条街盖了一座观音阁。这条街是拉水的街，人们就把这观音阁叫"水阁"，用天津的土话说，叫"水阁儿"，阁发"gǎo"的音。再后来，这条街也就叫"水阁儿大街"。

　　刘一溜儿的棺材铺再早不在水阁儿大街，是在东门里广东会馆的后身儿。但东门里住的都是有势力的大户人家，出来进去总看见这棺材铺，不光碍眼，也丧气，就三天两头成心找别扭。刘

275

一溜儿也明白，门口儿的人找别扭，无非是想把自己挤走。其实在东门里，棺材生意本来也不好做。街上的人都活得好好儿的，谁家也不会三天两头总死人，经常十天半月也卖不出一口棺材，这么一想，也就一咬牙，惹不起躲得起，干脆把这铺子搬城外去。后来选中东门外的水阁儿大街，倒不是冲这座骑街的水阁，而是冲着水阁旁边的一家医院。这医院看着不大，可人挺多。医院里自然都是病人，病人得病，就有治好的也有治不好的，治好的自不用说，倘没治好，也就得说后一步的事了。这后一步的事，刘一溜儿的棺材铺也就正好接着。但刘一溜儿真把棺材铺搬到这条街上，过了些日子，才发现不是这么回事。敢情这医院也是有来头儿的。当初袁世凯当直隶总督时，在天津办了一个"北洋军医学堂"，水阁儿大街上的这家医院也就是那时一块儿办起来的。但这还不是主要的，主要的是不知袁世凯当时怎么想的，办的是一家女医院，也就是后来所谓妇科医院。妇科医院，自然是专治女人的病。女人的病跟别的病还不一样，一般是麻烦多，但死的少。刘一溜儿本来想的是，医院死了人，苦主儿为图省事，也就会就近来自己这里买棺材。可这时眼瞅着还是没生意。刘一溜儿每天站在自己棺材铺的门口，朝斜对门这家医院看着，出来进去的女人虽都带着病容，可一个个儿还都挺结实，看样子别说一时半会儿，恐怕三五年也用不上自己的棺材。这时才想起街上的一句俗话，卖棺材的盼死人。这话听着有点儿缺德，可再想，也真是这么回事，倘若满大街上都是活蹦乱跳的人，自己这卖棺材的就得饿死。

所以，粑粑三儿这天上午来棺材铺时，刚一进门，刘一溜儿就猜到他的来意，也看出他有要张口的意思，于是立刻决定，别等他说出来，赶紧把话给他堵回去。

眼下的生意一天不如一天，过去的三个伙计已经打发走两个，可话又说回来，跟粑粑三儿他爹毕竟有这些年的交情，只要粑粑三儿的话一说出口，再想驳就不好驳了。刘一溜儿想到这儿，就叹了口气，又摇摇头，咂着嘴说，你爸活着时，经常说一句话，阴阳饭最难吃，当初我俩也是走岔了道儿，现在他自己头前走了，扔下我，再想改行也来不及了。

说着，两个嘴角就耷拉下来。

粑粑三儿虽然只有十几岁，看着傻，其实心里也明白事。刘一溜儿这一说，就知道是成心拿话堵自己的嘴。但这次来，还真不是想来刘一溜儿的棺材铺当伙计。

粑粑三儿的爹是个木匠，但不是做好活儿的木匠，用行里的话说，是专摔寿材的"脏活儿木匠"。这个"脏"倒不是平常说的脏，只是不吉利。粑粑三儿从小就看着他爹摔寿材。他爹手巧，只要主家能说出样子，多蹊跷的寿材都能摔出来。但他爹也觉着这一行实在是"脏"，一直不想让儿子再入这个门儿。直到粑粑三儿十几岁了，眼看着干别的也不会有嘛出路，才一咬牙狠下心，让他跟着自己学了这门手艺。

可入行刚学一年，就出了这档子事。

粑粑三儿他爹一直在刘一溜儿的棺材铺干活儿，但不是伙计，也不拿月钱，是铺子里的木匠师傅，摔一口寿材拿一口寿材的钱。十几天前，刘一溜儿说接了一档子活儿，还是个急茬儿，南门外有一户人家要迁坟，想趁这机会给两个老人合葬，一块儿摔两口寿材。又说，木料他家是现成的，已经送到铺子里来，给两天限，必须摔出来，第三天等着用。粑粑三儿他爹一听，两天三宿摔两口寿材，倒也不算太紧。可来到铺子的后面一看，木料虽还算整齐，却都是旧料，心里就有点儿不痛快。倘是旧料，刘

277

一溜儿就该事先说明白，本来干的是这路活儿，也就不爱用旧料，用也行，但钱上得另说。不过粑粑三儿他爹是厚道人，也就没太争竞。赶着两天三宿把两口寿材摔出来了，这才发现，自己的左手腕子不知什么时候碰破了一块。本来木匠干活儿，整天离不开锛凿斧锯，碰破手也是常有的事，粑粑三儿他爹也就没当回事。可当天晚上这腕子就肿起来。睡了一宿觉，第二天再看，整个胳膊都肿了。粑粑三儿他爹心大，还没当回事。有手艺的人都好喝酒，中午又跟几个朋友一块儿喝了一回酒。想着再睡一宿觉也就没事了。可晚上回来时，整个人就都肿起来。到后半夜，已经浑身发烫，人也不明白了。粑粑三儿一看，赶紧去棺材铺把刘一溜儿砸起来。刘一溜儿跟着过来看了，说不要紧，就是心里有点毒火，手腕子一破，这点毒火就拱出来了，先让他睡，再睡一宿也许就好了。但粑粑三儿他爹这一睡，就再也没醒过来。第二天早晨，粑粑三儿见他爹一直没动静，过来推了推，没动，再摸身上，也不热了，不光不热，是已经凉了。这才知道，人已经没气了。刘一溜儿得着信儿赶紧又过来，一听粑粑三儿说，他爹头一天中午还出去喝了半斤多酒，立刻跺着脚说，哎呀，这么大的事，你怎么早不说？他这一肚子毒火儿，再喝酒，还不是火上浇油啊！粑粑三儿曾听他爹说过，刘一溜儿当年做过汗门生意。汗门是江湖上的话，也就是卖药的。这时一听刘一溜儿说，也就信了，看来爹走，最后还是走在这酒上了。

粑粑三儿这次来棺材铺，只是想让刘一溜儿给拿个主意。

这几天已把爹的后事都办完了。粑粑三儿的爹摔了一辈子寿材，最后自己走，却连口像样的寿材也没用上。本来刘一溜儿挺大方，对粑粑三儿说，毕竟是这些年的交情了，知道粑粑三儿的手里也没几个钱，干脆就送一口寿材，也算是老哥儿俩这辈子最后的一点儿情分。粑粑三儿听了，心里还挺感激。可寿材送来了，粑粑三儿一看，不是寿材，只是个匣子。匣子跟寿材就是两回事了。寿材也叫寿枋，用的料最少也要半尺厚，且两帮起鼓，前后出梢，看着就像一条船，也像一间房。而匣子只是用几块薄板钉的，也叫"三块半"，不光看着寒碜，也不结实，埋在土里没一年也就烂了。街上的俗话说，倘有个"三长两短"，指的也就是这种匣子。但这时粑粑三儿已不能说别的，也说不起，只好就用这匣子凑合着把爹发送了。这时来棺材铺，先给刘一溜儿磕头谢了孝，然后才把来意说出来。本来是跟着爹学木匠，现在爹突然走了，手艺学了个半犟子，就不知后面该怎么办了。刘一溜儿一听粑粑三儿是为这个来的，心里才松了口气，想了想反问，你心里，是怎么打算的？

粑粑三儿老老实实地说，我不想再干这行了。

刘一溜儿一听，顿时更轻松了，粑粑三儿当然是离自己这行越远越好。于是连连点头说，是啊，难怪你爹当初总说，阴阳饭不好吃，现在你看，就这么一甩手，说走就走了。

粑粑三儿说，我想，进汗门。

刘一溜儿一听噗地乐了，说，汗门这饭碗，可是更难端啊！说完发觉自己走了嘴，赶紧又往回拉着说，不过也看怎么说，总还是个正经营生，比吃这阴阳饭强多了。

粑粑三儿看一眼刘一溜儿，说，我想去益生堂。

刘一溜儿斜起脑袋眨巴眨巴眼睛，没立刻说话。

粑粑三儿又说，去找施杏雨。

刘一溜儿嗯了一声，点头说，好，好啊。

接着又说，不过，施杏雨现在已从汗门出来了。

粑粑三儿已看出来了，刘一溜儿点头说好，并不是从心底说的真好。粑粑三儿毕竟已十几岁，就算听不出好赖话儿，不会察言观色，从对方的口气也能听出来。这时也就明白了，街上有句话，人走茶凉，现在爹已经走了，刘一溜儿跟自己，也就这么回事了。这一想，也就知道，再跟刘一溜儿说下去也说不出个所以然，于是就告辞出来了。走到铺子门口，刘一溜儿又在后面追了一句，你爹没了，我还在，有事儿只管过来。

粑粑三儿站住，回头看一眼刘一溜儿，哦了一声。

粑粑三儿并没告诉刘一溜儿，他爹临走的那个晚上，曾对他说了一句话。那天晚上爹已肿得像用气儿吹起来，肉皮都撑得透明发亮。大概知道自己已经不行了，就费劲地把粑粑三儿叫过来，说，让他去益生堂，找施杏雨。当时已是半夜，粑粑三儿说，这会儿益生堂早上板儿了，等天亮吧，天亮再去。爹这时已说不出话来，只是拿眼看着他。他从爹的眼神里看出来，好像自己领会错了，爹说的不是这个意思，可不是这意思，又是什么意思呢？后来，直到把爹发送走了，他才明白，爹的意思是指以后，等他走了，让自己去找施杏雨。

施杏雨是益生堂药铺的坐堂大夫，再早在街上并没有多大名气。后来出名，是因为一件偶然的事。当时这事，粑粑三儿的爹就在跟前，后来也是爹对他说的。那天粑粑三儿的爹去北门里的乔四爷家里摔寿材。这乔四爷过去在南运河上养船，专门贩运南边的丝绸茶叶，后来在北门里的街上也有买卖，地面儿上是个有名有姓的人物，就是官面儿的人也得给点面子。这回是老娘死了，要办丧事。刘一溜儿对粑粑三儿的爹说，这乔四别看在街面儿上混，可最孝顺，早就给他老娘备了做寿材的料，听说都是用船从广西拉来的上等好料，所以这回，要请棺材铺的木匠上门去

280

摔寿材。粑粑三儿的爹一听，就带上手使的家什去了北门里。乔家的这场白事果然办得很大，来吊丧的，往外送客的，进进出出都是人。乔四爷不光孝顺，心也细，先跟粑粑三儿的爹详细交代了，按他老娘当初的心思，这口寿材要什么式样，都说清楚了还不放心，干脆让人搬来一把太师椅，就坐在旁边看着。这一下粑粑三儿的爹心里就不痛快了，手艺人都有脾气，以往上门干活儿的事也有，可还没见过主家这么瞪眼盯着的，知道的说他心细，孝顺，不知道的还以为对做活儿的不放心。心想，你这木料确实都是好料，可再怎么好，还怕我偷吃一块不成？但转念再想，这乔四爷看着面色发暗，像挂了一层灰，想必是娘老子殁了，心里难受，加上连日操劳累的。这一想，也就不再计较。果然，一会儿底下的家人过来说，请的大夫到了。乔四爷说，让他到这儿来吧。底下的人应一声就走了。一会儿又回来说，大夫说，外面乱，看病得诊脉，最好还是找个清静地方。乔四爷听了倒没急，说话的声音也不大，又对底下人说了一句，就在这儿。

底下的人不敢多嘴，赶紧又走了。

一会儿，大夫来了。这来的就是施杏雨。施杏雨从一个粗布包里拿出脉枕，朝四周看看，问乔四爷，脉枕放哪儿。乔四爷用手拍了下太师椅的扶手说，放这儿。

施杏雨又问，我坐哪儿？

乔四爷抬头看他一眼，你站着，够不着我的手腕子？

施杏雨笑笑，说，够是够得着。

当时粑粑三儿的爹在旁边一边干着活儿，心想这乔四爷也太过分了，你对做粗活儿的木匠再怎么着，也就算了，可不该对大夫也这样。这时就见施杏雨站在太师椅的旁边，为乔四爷诊了脉，然后说，没大碍。乔四爷说，知道没大碍，可我这心口疼得厉害。施杏雨没再说话，朝粑粑三儿的爹这边看了看，就走过来，从粗布包里拿出一张草纸，在地上抓了一把锯末包起来，转身递给旁边的家人说，用它煮水，连喝三天。家人一下愣住了，看着施杏雨手里的这个纸包，不敢接。乔四爷也有点意外，歪过脑袋朝这边看了看。他没想到这个施杏雨竟然如此大胆，显然，他是对自己让他站着诊脉，心里不满，所以才这么干。

乔四爷毕竟是街上混的，瞥一眼这纸包说，你拿我开玩笑？

施杏雨说，医家治病是人命关天的事，没有玩笑。

乔四爷说，不开玩笑，让我吃锯末？

施杏雨点头，三分药，七分缘，管不管用，只能看缘分。

乔四爷笑笑，好吧，我就信你。

施杏雨说，连喝三天，早晚各一次。

乔四爷又嗯一声，我这人从不信缘，三天不管用，去益生堂找你说话。

粑粑三儿的爹说，当时乔家正办丧事，院里都是人，这事过后，一下就在街上传开了。这乔四爷是街面儿上混的人，当然矫情，过后还真把这包锯末煮水喝了。这时喝这锯末已不为治病，就想有个由头儿，三天以后，好去益生堂找施杏雨说话，在地上抓把锯末就敢给他吃，他还没见过这么大胆的人。可连着喝了三天，他把老娘的大殡出了，人也埋了，这才发现，自己心口疼的毛病竟然真的好了。本来街上的人还都等着看热闹，知道乔四爷不是省油的灯，益生堂的坐堂大夫施杏雨这回算是捅了马蜂窝，乔四爷非得把益生堂一把火儿点了不可。可这时一听说，乔四爷喝了这锯末煮的水，心口疼的毛病竟然真就好了，一下又在街上哄嚷动了。这回不光施杏雨出了名，连益生堂药铺的买卖也跟着火起来。

粑粑三儿听了这事，也觉着挺神，要不是他爹亲眼看见的，简直没法儿相信。但他爹又说，后来棺材铺的刘一溜儿也跟他说起这事儿，听刘一溜儿一说，就是另外一回事了。刘一溜儿先问粑粑三儿的爹，那天在乔家摔寿材，用的是哪种木料。粑粑三儿的爹一听就连声说，料可真是难得的上等好料，摔了这些年寿材，还从没用过这样的料。刘一溜儿眨着眼问，到底是哪种木料？粑粑三儿的爹说，是正经的广西沉香木，拉一锯，满院的沉香味儿熏得人眼晕。刘一溜儿一听就乐了，说，这事儿的毛病就在这儿。

粑粑三儿的爹不懂，问毛病在哪儿。

刘一溜儿说，这沉香木不光是木料，还是一味药材。

粑粑三儿的爹当然知道沉香是药材，可沉香跟沉香木不是一回事。

刘一溜儿摇头说，当然是一回事，沉香木也就是沉香。接着又说，这沉香入药，从古时就有，专治谷气郁积，胃脘不畅，施杏雨那天也是走时运，正赶上你用沉香木摔寿材，他这才捡了个大便宜。粑粑三儿他爹听了想想，又摇头说，还是不对，这乔四爷那天不是胃疼，是心口疼啊。刘一溜儿又笑着摇摇头，一般人不懂医，胃疼和心口疼当然很难分清楚。

粑粑三儿的爹对粑粑三儿说，起初刘一溜儿的这些话，他还将信将疑，以往刘一溜儿也说起过这个施杏雨，话里话外总带着不屑，就想，这也难怪，当大夫的都是想尽办法让人活，就是得了要死的病也千方百计给拉回来，而开棺材铺的当然盼人死，两边儿就算不是冤家，也是对头，刘一溜儿说起这施杏雨，当然不会有好话。但后来有一回跟几个朋友一块儿喝酒，才听说，刘一溜儿当年也是汗门出身，跟施杏雨不光同行，还是一个师父教出来的，只是后来两人闹翻了。当时刘一溜儿在街上发狠说，是施杏雨砸了他的饭碗，既然这样，他干脆就往这锅里撒泡尿，索性这锅饭谁都甭吃了。就这样，他一咬牙才改行，开了这个棺材铺。施杏雨后来虽也离开汗门，却当了大夫，再后来就让益生堂药铺请去坐堂。

粑粑三儿这次来棺材铺找刘一溜儿，直到出来，才明白这趟不该来。本来想的是，施杏雨在益生堂药铺坐堂，毕竟是街上有名有姓的名医，自己就这么直眉瞪眼地去找人家拜师，说不定就得碰钉子，而刘一溜儿跟施杏雨的关系甭管怎么着，当初毕竟是师兄弟，臭嘴不臭心，况且自己的爹跟刘一溜儿又是这些年的交情，现在爹殁了，如果让刘一溜儿给施杏雨递个话儿，施杏雨怎么说也得念一点儿过去的情分。可这回来了才发现，不是这么回事。刘一溜儿虽然嘴上说好，但看得出来，心里并不是这么想的。粑粑三儿这时才意识到，刘一溜儿跟施杏雨的疙瘩不可能解开，而且随着施杏雨的名气越来越大，这疙瘩只会越系越紧。

粑粑三儿这么一想，也就明白了，当初爹在世时经常说一句话，求人不如求己。看来去找施杏雨，只能就这么撞着去了。至于施杏雨怎么说，也就只能听天由命。这时，粑粑三儿又想起爹说的一句老话，老天爷饿不死瞎家雀儿。

想到这儿，自己反倒噗地乐了。

刘一溜儿本名叫刘福有，叫一溜儿，是因为棺材铺的字号叫"一溜儿堂"。棺材铺的字号本来没有叫"堂"的，听着不像棺材铺，倒像药铺。但刘一溜儿在街上说，这棺材要说起来，其实也是一味药材，人得了病，如果别的药都不管用了，棺材也就是最后的一味药，这药吃了肯定管用，一服下去，一了百了。但也有人说，叫"一溜儿堂"不光不伦不类，也不吉利。刘一溜儿一听就乐了，说，当然吉利，叫"一溜儿"，是为了让人走得痛快，一出溜就奔西去了，至于奔了西边儿是上天，还是入地，那就看个人的造化了。

在这个上午，刘一溜儿把粑粑三儿打发走，又寻思了寻思，就有点儿后悔了，心想不该就这么让他走了，粑粑三儿倒不是痴傻呆茶，可脑子不会拐弯儿，肯定听不出自己说话的弦外之音，倘若他信以为真，认为自己真赞成他去益生堂找施杏雨，这事儿就不太好了，虽说这粑粑三儿的脑子缺根弦儿，可一般的事还能分出好坏，懂得倒正，他爹毕竟在棺材铺干了这些年，铺子里的这点事儿瞒得了别人，可瞒不了他，如果他回去都跟粑粑三儿说了，粑粑三儿去了益生堂，再把这些事告诉施杏雨，传到街上去，后边说不定就又要有麻烦了。

这一想，心里就打了个愣儿。

让刘一溜儿没想到的是，傍黑时，粑粑三儿又来了，这回还跟着崔大梨。刘一溜儿跟崔大梨也熟，知道他是粑粑三儿的表哥。崔大梨的爹跟粑粑三儿的爹是姨表兄弟，叫崔大杠子，是西门外杠房铺抬杠的。杠房虽然叫杠房，其实不光抬棺材，也有出殡的响器班儿和一应执事。崔大杠子专管抬灵柩，还是头杠，在杠房铺说话也就占地方，平时城里城外的街上谁家有办丧事的，就多一句嘴，问寿材置办了没有，倘没置办，就往粑粑三儿他爹这边引。粑粑三儿他爹揽来生意，刘一溜儿当然也不让白揽，多少给一点抽头儿。这个傍晚，粑粑三儿和崔大梨来棺材铺，是又带来一宗生意，北门里"庆祥布疋庄"唐掌柜的老姑奶奶殁了，要办一口寿材。崔大杠子连着两天都有事，脱不开身，就让儿子崔大梨带着唐家办寿材的定钱来棺材铺找刘一溜儿。刘一溜儿接了定钱，先问这寿材送哪儿，又问清主家要求几时送到，然后说了一句，还是老规矩。崔大梨一听就明白了，刘一溜儿说的是抽头儿的事。刘一溜儿又把粑粑三儿叫住，说还有点事要说。崔大梨一见就头前走了。

粑粑三儿看看刘一溜儿，不知他又要说什么。

刘一溜儿见崔大梨出门走了，才问粑粑三儿，是不是已经去过益生堂药铺了。

粑粑三儿说，还没去。

刘一溜儿一听，心里才松了口气，看一眼粑粑三儿，嗯嗯了两声说，我跟你爹到底是这些年的交情，现在他走了，把你交给我，怎么说也得让你有个牢靠的饭辙，上午你问我，当时也是随口答音儿，没过脑子，你走了又细想，要学医倒不是不可以，不过去益生堂找施杏雨，就不如去找郭瞎子，虽说郭瞎子是气摸儿，也总是一门手艺。

粑粑三儿一听有些意外，眨巴着眼睛看看刘一溜儿，没说话。

刘一溜儿说的郭瞎子也是个大夫，但没有诊所，只是住家儿，就在这水阁儿大街东头，一间临街的门脸儿房，离刘一溜儿的棺材铺不远。但这郭瞎子虽也行医，跟施杏雨却不是一回事。施杏雨在益生堂药铺坐堂，是诊脉开方的大夫，郭瞎子只扎针灸，用街上的话说，叫"气摸儿"。这郭瞎子并不瞎，只是眼不吃劲，刚五十来岁就已离不开老花镜，戴上花镜看东西还得凑到近前，看着不像看东西，倒像是用鼻子闻东西。粑粑三儿曾听爹说过，刘一溜儿最恨这郭瞎子。当初刘一溜儿的棺材铺刚搬来时，曾有一件事。这水阁儿大街东头把着海河边有一户姓田的人家儿，老爷子再早是开布铺的，儿子在租界混洋事儿。当时这老爷子突然得了暴病，弄到水阁儿大街的医院去看。医院大夫说，这是女医院，不看一般的病，就算能看，这病人也已经没治了，回去想吃点儿嘛就吃点儿嘛吧。这田姓儿子一听，只好把人弄回来，果然，当天晚上这老爷子就没气了。这儿子是混洋事儿的，手里有点儿钱，老爷子殁了心里难受，为解心疼，就来刘一溜儿的棺材铺，说多花点儿钱没关系，想给老爷子办一口像样的寿材。刘一溜儿这时刚把铺子搬过来，还没站稳脚就来了这样一宗生意，心里自然高兴。先收了定钱，就赶紧把粑粑三儿他爹叫来，搬出平时不用的上好杉木，连夜给这田姓人家的老爷子摔寿材。可第二天早晨，寿材已经摔成了，这田姓儿子又来了，说寿材不用了。刘一溜儿一听，以为他又找了别的棺材铺。再一问才知道，这老爷子没死，夜里竟然又缓过来了。人没死，这寿材自然也就用不上了，可这时寿材已摔出来，也已经上了上好的大漆，只是还没干透。刘一溜儿有心不退这田姓儿子的定钱，又知道人家是混洋事儿的，有势力，不敢得罪，寻思来寻思去，最后还是忍气吞声地把定钱退了。这时街上的人已都在议论，刘一溜儿一听，才知道是怎么回事。敢情这事儿跟郭瞎子有关。这次刘一溜儿把铺子搬来以后，才听说旁边住着个叫郭瞎子的"气摸儿"大夫。开棺材铺的自然都躲着大夫，可这时已经搬来了，再想躲也躲不开了。据街上跟田家熟的人说，头天晚上，这田家的儿子一见老爷子咽气了，就赶紧给穿百年衣裳。可正穿着，突然听见老爷子放了个屁，这屁不光响，还臭。天津的街上有句俏皮话儿，叫"死人放屁，有缓"。这田家儿子本来一边给老爷子穿着百年衣裳一边哭哭啼啼，这时一听老爷子放了个响屁，知道可能有缓，也顾不上哭了，赶紧叫来家里人，一块儿给老爷子窝巴。正这时，住在门口儿的郭瞎子听着信儿也过来了。郭瞎子已经行医大半辈子，听说这田家的老爷子是得急病死的，而且死得这样快，就觉着不一定是死瓷实了。以往这种事也有，人已经死了，也出了殡，可抬到坟地上正要埋，却听见棺材里有动静，把棺材盖一掀开，人就在里边坐起来。这个晚上，郭瞎子来到田家，先给这老爷子摸了一下脉，然后拿出随身带的银针，在穴道上扎了几针。果然，行针不到一个时辰，只听这老爷子的嗓子眼儿里哏儿喽一声，先是睁开眼眨巴了眨巴，然后又长出一口气，就坐起来了。

这件事一下子在街上传成奇闻。刘一溜儿听了先还不太相信，偷着去田家，想看个究竟。去了一看，果然，就见这田家的老爷子正坐在床沿儿上，抱着个大碗喝粥，身上还穿着黑亮的团花儿寿衣。刘一溜儿扭头就回来了。从这儿以后，虽然在街上还经常跟这郭瞎子打头碰脸，见了面也彼此打招呼，说两句不疼不痒的闲话，可心里却系了死疙瘩。

这时，刘一溜儿对粑粑三儿说，要拜施杏雨，倒不如去拜郭瞎子。粑粑三儿一下就摸不着头脑了，心想刘一溜儿一直恨郭瞎子，夜里做梦都想把他掐死，现在怎么突然又拐弯儿了，让自己去投奔他？但再想，又觉着刘一溜儿也许真是好意，倘拜施杏雨，就算他肯答应，学诊脉开方也不是一年两年的工夫，还真不如去跟郭瞎子学一门"气摸儿"的手艺。

粑粑三儿这一想，也就决定，还是去找郭瞎子。

刘一溜儿不是个大方人，但谁给铺子介绍生意，抽头儿的事却从不含糊。做生意不能一锤子买卖，有抽头儿，也才能有下回，这点道理刘一溜儿的心里自然明镜儿似的。

粑粑三儿这天傍晚从棺材铺出来时，刘一溜儿拿出一块大洋说，老规矩，北门里唐掌柜家的这口寿材，抽头儿是一块大洋，你跟崔大杠子他们爷们儿怎么分，就是你们的事了。

粑粑三儿没说话，拿了这一块大洋就出来了。

鼓楼跟前有个小铺儿，专卖羊杂碎。粑粑三儿先在这小铺喝了碗羊汤，就着吃了两个烧饼，就奔西门外的杠房铺来。崔大杠子还没回来，只有崔大梨在，正帮着一个小伙计准备执事，回头一见粑粑三儿来了，就放下手里的事问，刚才刘一溜儿把你留下，看意思有事儿？

粑粑三儿把一块大洋掏出来，递给崔大梨。

崔大梨接过看看他，你不要？

粑粑三儿说，都是你的。

崔大梨把这块大洋在手里掂了一下装起来，点头说，行啊，不要就不要，咱表兄弟往后的日子长了，也过得着这个。说完又看看粑粑三儿，刘一溜儿还跟你说别的事了？

粑粑三儿就把刘一溜儿刚才的话，都对崔大梨说了。

崔大梨听了也有点纳闷，想了一下说，他让你去找郭瞎子？

粑粑三儿点头，说是。

崔大梨说，这刘一溜儿可没准儿，他在西门外这儿说的话，你得上东门里那边听去，不能轻信，说不定在哪儿挖个坑，就能让你掉进去，已经这些年了，你还没看出他是嘛玩意儿变的？粑粑三儿吭哧了一下说，这我当然知道，可他，跟我爹有交情。

崔大梨摇摇头，你呀，倒霉看反面儿，这话懂吗？

粑粑三儿说，甭管正面儿反面儿，我心里有数。

崔大梨问，郭瞎子前两天出事了，你听说了吗？

粑粑三儿说，这几天忙，没去那边。

崔大梨告诉粑粑三儿，他也是听街上人说的。几天前，水阁儿大街的医院里抬出个老太太，一帮儿子孙子，一边抬着一边哭。这时医院门口过来个人，是个瘸子，拄着拐棍儿，问怎么回事。一个孙子说，这是他奶奶，眼看要不行了，抬到医院来，大夫也不给治了。这瘸子听了朝东头一指说，去找郭瞎子试试，死马当活马医呗，兴许还有救。

这孙子一听赶紧问，这郭瞎子是干吗的？

瘸子说，气摸儿啊，扎针灸的，街上人都知道。说完又用拐棍儿敲敲自己的瘸腿，我当初在炕上瘫了几年，愣是让他几针就给扎好了。

这帮儿子孙子一听立刻来了精神，问清这郭瞎子住哪儿，就抬着老太太赶过来了。郭瞎子那天刚出诊回来，也是累了，又没吃午饭，就在门口的小馆儿叫了两个菜，又烫了一壶酒，正喝着，就见一帮人吆吆喝喝地抬进一个人来。郭瞎子先看了看，是个老太太，再一问，才知道是从医院那边过来的。要在平时，这样的病人郭瞎子就不接了。气摸儿跟一般的大夫还不一样，一般的大夫是先诊脉，再开方。开方也不是随便开，得先用几味平安药试一试，行话叫投石问路，看这药真用对了，行话叫用投了簧，才在方子上再做适当的加减。但气摸儿不行，扎一针是一针，这一针下去见效还行，就是不见效，也不能有一星半点儿的差池，倘真有差池就很难说清了，所以这一行的大夫都要先反复看，没有十分的把握不会轻易出手。但这天下午，郭瞎子也是喝了点儿酒，加上在街上已有些名气，也就艺高人胆大，二话没说就让把人抬来。这帮儿子孙子一听千恩万谢，赶紧抬过老太太放到床上。郭瞎子平时酒量很大，可这个下午空着肚子，喝了几两就已有些酒意。他先拿出针，对这帮儿子孙子说，大夫开方子都讲究投石问路，扎针也一样，我先扎一针，倘有动静了，再说下一步。但这时郭瞎子就忘了一点，他眼神儿不好，又没戴花镜，所以并没仔细看，这老太太这时已经只剩了一丝游气，且这丝游气就含在嘴里。就在郭瞎子的这一针扎下去的同时，老太太的嗓子眼儿里咕的一声，这口游气就咽了。这一来也就真的很难说清了，谁看了都得说，这老太太就是让郭瞎子的这一针扎死的。老太太的这帮儿子孙子刚才看着郭瞎子，还都一脸的感激，这时立刻翻脸了，那个孙子上前一把揪住郭瞎子，一边哭着一边打，说他奶奶让郭瞎子扎死了，让他偿命。他这一哭一打，别的儿子孙子也都围上来。郭瞎子虽然五十多岁，还是壮年，可人瘦，又水蛇腰，哪禁得住这帮儿子孙子这么打。但既然扎死了人，别管怎么说，也自知理亏，索性就倒在地上用两手抱住头，任由人家打，不躲，也不吭声。后来这帮儿子孙子哭着打够了，又把郭瞎子的家里砸个稀烂，才抬着老太太的尸首走了。

崔大梨说完，又问粑粑三儿，街上这么大的事，你没听说？

粑粑三儿摇头说，没听说。

崔大梨想了想，又说，要说学一门手艺，当然是好事，总是一辈子的饭辙，可这话也分怎么说。说着又瞄一眼粑粑三儿，你爹是木匠，我爹虽是抬杠的，说起来也算一门手艺，可你都看见了，有手艺又怎么样，手艺人再怎么说，就算一辈子饿不着，也撑不死。说着就噗地乐了，说白了，耍手艺就这么回事，说来说去，也就是个半死不活的营生。

说完看着粑粑三儿，我这话，你明白吗？

粑粑三儿眨了下眼睛，脑子一下转不过来。

崔大梨说，这么说吧，街上有句话，好汉不挣有数儿的钱。

粑粑三儿又想想，好像有点儿明白了。崔大梨还有个兄弟，叫崔二梨。粑粑三儿知道，他兄弟俩一直在外面合伙倒腾事儿，但具体干的是哪一路生意，连他们的爹崔大杠子也说不清楚。这时崔大梨看着粑粑三儿，又噗地乐了，摇晃了一下脑袋有几分得意地说，我爹说不清楚就对了，我俩在外面干的事儿，要让他知道了，就得吓死。

说着又凑近了问，前些天，城外又打仗了，听说了吧？

粑粑三儿立刻把眼瞪起来。这些日子城外经常响枪响炮，他当然知道。

崔大梨说，打仗是直隶总督操心的事，跟咱老百姓没关系，可赚钱，就跟咱有关系了。

粑粑三儿仍然瞪着崔大梨。

崔大梨又说，详细的就甭跟你说了，不过，你也不用瞎寻思，咱不偷不抢，干的都是本分事，没嘛了不起的，我这么劝你，是想说，你要愿意，就跟着我俩一块儿干。

粑粑三儿慢慢低下头，显然是在心里寻思。

崔大梨说，咱是亲表兄弟，往上说，是一个姥姥，我不会让你吃亏的。

粑粑三儿又沉了一下，抬头说，我再想想。

粑粑三儿想了一晚上，最后决定，还是去找郭瞎子。

粑粑三儿是第二天下午来找郭瞎子的。如果从街西头过来，得经过"一溜儿堂棺材铺"。虽然刘一溜儿也说，让他去找郭瞎子，但粑粑三儿真决定了，还是不想让刘一溜儿知道。粑粑三儿记住了爹当初说的一句话，自己心里想的事，只自己知道就行了，外人甭管谁，都不能说，除了自己爹妈，这世上没有真跟你一心的人，嘴上说得再好听，你也别信，心里怎么想的不用猜也能知道，你好了，他生气，你坏了就看乐儿，气人有笑人无，走到天边儿也是这么回事。粑粑三儿故意去海河边绕了个大弯儿，从水阁儿大街的东头过来。郭瞎子的门脸儿房在一棵老槐树旁边，门窗都擦得挺干净。粑粑三儿进来时，郭瞎子正背身坐在方桌跟前，水蛇腰扭出一个弯儿，背也有些驼。听见身后有动静，没回头说了一句，把门关上。

粑粑三儿在门口站了一下，回身把门关上了。

郭瞎子就不说话了，继续在方桌跟前忙自己的事。

粑粑三儿慢慢走过来。方桌上铺着一块粗布，粗布上摆着一溜儿长长短短的银针，短的一寸多长，长的有大半尺。郭瞎子戴着老花镜，正一根一根地擦这些银针。粑粑三儿来到近前，郭瞎子没抬头，捏着一根三寸多长的银针擦着说，你是程木匠的儿子？

粑粑三儿说，是。

粑粑三儿明白了，郭瞎子常在棺材铺门口过，离得又不远，铺子里的事也就都知道。

郭瞎子问，有事？

粑粑三儿犹豫了一下，没说话。

郭瞎子说，有事就说吧。

粑粑三儿先定了定神。已到这时候，也不想再绕弯子，于是说，我想跟你学气摸儿。

郭瞎子好像并不意外，把手里正擦的银针放下，又把老花镜从鼻梁子上摘下来，放到面前的方桌上，抬头看一眼粑粑三儿，忽然笑了，点头说，你叫粑粑三儿？

粑粑三儿说，是。

郭瞎子说，你爹怎么给你取了这么个名字？

粑粑三儿想了想，觉着这话没法儿接。

郭瞎子又摇摇头，你现在来找我，胆子不小啊。

粑粑三儿明白了，郭瞎子的意思是，他这里刚出了事，家都让人砸了，现在别说有人来看病，街上的人见了他都绕着走。粑粑三儿说，我爹说，你是个好大夫。

郭瞎子点头，你爹也是个好手艺人，他做的活儿，我见过。

粑粑三儿又说，我爹说过，让我来找你。

郭瞎子听了，抬头看一眼粑粑三儿。

粑粑三儿把郭瞎子的目光避开了。

粑粑三儿说的这话撒谎了。但也不是全撒谎，前面说的是实话。他爹活着时，确实说过，郭瞎子是个好大夫，但并没说让他来找郭瞎子。他这样说，当然是为了让郭瞎子高兴。

果然，郭瞎子笑了一下。

粑粑三儿一看郭瞎子笑了，心里稍稍松了口气。

郭瞎子突然又问，你去益生堂药铺找施杏雨了？

郭瞎子这一问，粑粑三儿的心一下又提起来。

粑粑三儿前一天带着崔大梨去棺材铺时，没跟刘一溜儿说实话。刘一溜儿问他，去没去益生堂，他说还没去，但其实已经去过了。那天上午去给刘一溜儿谢孝，从棺材铺一出来，他就去了益生堂药铺。粑粑三儿自从把爹发送了，自己也有点儿不认识自己了。过去爹总说，男人最怕没瘩子。粑粑三儿理解，爹说的没瘩子，也就是没主意，没定性儿的意思。爹总说，粑粑三儿遇事拿不准主意，男人这样不行，将来不光吃亏，也干不成大事。可自从把爹发送了，粑粑三儿越来越发现，自己不光有瘩子了，再遇事也有主意了。他这次来给刘一溜儿谢孝，看着是想让刘一溜儿帮着拿个主意，但其实来之前，以后究竟入哪个门，走哪条路，心里已经盘算好了。所以当时刘一溜儿一听他说，想去找施杏雨，没说行，也没说不行，只是含糊地点了下头，粑粑三儿的

294

心里也就明白了，倘真跟刘一溜儿提出来，让他给施杏雨递个话儿，肯定得碰钉子，说了还不如不说。这一想也就改了主意，没再说别的，扭头就出来了。

但粑粑三儿在那个上午去益生堂药铺时，心里还是没底。粑粑三儿曾听街上的人说过，施杏雨这人的底儿很深，脾气也各色。底儿深，指的是心计。不过在街上混饭吃，当然得有心计，且心计浅了还不行，真像一碗清水，让人一眼能看到底，在街上就没法儿混了。但脾气各色，就让人吃不准了，甭管急性子还是慢性子，脾气火暴还是绵软，都好说，这些都在明面儿上，可各色让人摸不透，也就不知他心里到底是怎么想的。不过粑粑三儿也有心理准备，大不了碰个钉子，真碰了也就碰了，就算他施杏雨不答应，总不能咬自己一口。

这一想，心里也就踏实了。

让粑粑三儿没想到的是，施杏雨竟然是个挺随和的人，话不多，说话的声音也不大。他显然知道摔寿材的程木匠，一听是程木匠的儿子，先把粑粑三儿上下打量了一下，又沉了沉，才问，你是从刘一溜儿那儿来？粑粑三儿没想到施杏雨一上来会这么问。这一问也就好办了，正好随口答音儿，于是点点头，老老实实地说，是。

施杏雨又问，是他让你来的？

粑粑三儿又说，是。

施杏雨接着又问了一句，他怎么说？

这下把粑粑三儿问住了，看看施杏雨，话在嘴里转了转，没说出来。

粑粑三儿虽然听说了，施杏雨跟刘一溜儿曾是师兄弟，当年又闹翻了，但到底翻成什么样，是各走各的，再也不来往了，还是已经反目成仇，粑粑三儿的心里也没底。倘是前者还好办，毕竟是同门师兄弟，还有情分在，而如果是后者就麻烦了，也许有刘一溜儿这一层，反倒不如没有。这时施杏雨一直盯着粑粑三儿。粑粑三儿又偷偷瞟了一眼。施杏雨的脸上没表情，像蒙了一层雾，怎么看也看不透。粑粑三儿这时已想到了，无论自己说，来之前刘一溜儿是怎么说的，施杏雨都会有一句现成的话等着，既然他让你来找我，他怎么不把你留在棺材铺？于是，粑粑三儿说，我来时刘掌柜说了，既然我不想再走我爹的道儿，吃这碗阴阳饭，索性就来找你，你这行的饭碗牢靠，从古至今，哪个朝代也没有饿死大夫的。

施杏雨听了，又叮问一句，刘一溜儿是这么说的？

粑粑三儿一咬牙，点头嗯一声，他就是这么说的。

施杏雨淡淡一笑，好吧，我信。

说完沉了一下，又摇摇头，就算刘一溜儿真这么说了，你来我这儿，也是舍近求远。

粑粑三儿听了看看施杏雨，不知他这话是什么意思。

施杏雨说，水阁儿大街上有郭瞎子，就在一溜儿堂的旁边，你怎么不去找他？

粑粑三儿这才明白了，施杏雨是有往外推的意思。

施杏雨好像看透粑粑三儿的心思，又摇了摇头，我不是往外推你，这么说吧，一来，当大夫看着简单，其实不是这么回事，没有几年的工夫下不来，就算功夫下到了，也不一定真能学成个好大夫，买卖生意学成个半羼子，也就半羼子了，可大夫不行，这是人命关天的事，真凭着半羼子的功夫出去干这行，也就如同杀人，再者说，街上的这潭水深了，跟你说好话的不一定是真为你好，说话听着扎耳朵的，也不一定就是让你坏，此外还有一

296

宗，郭瞎子是气摸儿大夫，气摸儿虽是另一路，但也算岐黄之术，要说起来，当年跟我这行也是同出一门，学着也容易些。说着又很认真地看看粑粑三儿，我说的，这都是实话。

粑粑三儿一边听着一边寻思，也觉着施杏雨说得有理。刚要张嘴，施杏雨又说，这样吧，你先去找郭瞎子，看他怎么说，他那儿不行，你再回来。

粑粑三儿听了，就只好出来了。

所以，粑粑三儿那天下午和崔大梨又去棺材铺时，一听刘一溜儿说，也让他去找郭瞎子，心里就有点儿意外。他没想到，刘一溜儿竟然跟施杏雨说的一样。甭管他两人想的是不是一回事，至少去找郭瞎子，看来是对的。

这时，粑粑三儿一听郭瞎子问，就知道瞒也瞒不过去了，只好承认说，是。

郭瞎子问，施杏雨怎么说？

粑粑三儿又犹豫了一下，就把施杏雨的话说了。但前面的话没说，只说了最后一点儿，看一眼郭瞎子，说，他说诊脉开方吃工夫，没个几年下不来，跟你学气摸儿，还容易一些。

郭瞎子听了摇摇头，叹口气。

粑粑三儿看看郭瞎子，不知他这叹气是什么意思。

郭瞎子说，我跟这施杏雨只在街上见过两回面，虽不太熟，也一直拿他当个知己，倒不是因为同行，说起来都是杏林中人，也觉着他应该最懂气摸儿，可现在听他这么说，看来这行是怎么回事，他也不懂局，也难怪，隔行如隔山，这山不光在行外，有时也在行里。

粑粑三儿听了想想，脑子一时又转不过弯儿来。

郭瞎子把桌上的银针在粗布上归置了归置，横着一叠，又一叠，再竖着来回一折，拿起来递给粑粑三儿。粑粑三儿看看这粗布包儿，又抬头看看郭瞎子。郭瞎子没戴花镜，两个眼里像有米汤，他揉了一下说，其实这世上的事，都讲个缘分，这个给你，先拿去吧，人这辈子出一门进一门不是简单的事，回去再想想，想好了，要是有缘，再来找我。

说完，就起身进里面的屋去了。

粑粑三儿既然来找郭瞎子，本来已不用再想。但郭瞎子这么一说，心里就又有些犹豫了。用施杏雨的话说，虽然他和郭瞎子都是杏林中人，吃的是行医这碗饭，可从两人的穿着打扮儿，浑身上下的意思，还是看出不太一样。施杏雨穿一件蟹青长衫，从上到下一尘不染，黑缎子的瓜皮帽方方正正戴在头上，细皮白肉的脸上看着也很光洁。益生堂药铺靠墙有一把红木太师椅，是施杏雨的专座，跟前摆着红木茶儿，对面放着一个硬木杌子，来求诊的人先在杌子上坐了，把手腕放到红木茶儿的脉枕上，施杏雨才不慌不忙地给诊脉。郭瞎子的家里却不像诊所，看着像个放杂物的堆屋儿，身上的衣裳也不讲究，一件黑布褂子皱皱巴巴的，前襟儿上还粘着几块棒子面儿粥的嘎巴儿。粑粑三儿回到家里，再细一想，俗话说，人凭衣裳马凭鞍，倘自己真拜了这郭瞎子，干几年气摸儿，是不是也就成了他这模样儿？

想到这儿，也就不再犹豫了，人往高处走，还是去拜施杏雨。

粑粑三儿第二天起了个大早，换了身干净衣裳，就从家里出来。益生堂药铺是在南门儿里，粑粑三儿走到鼓楼往南一拐，想了想又站住了。人办事，得讲个信用，既然头一天去找过郭瞎子，郭瞎子还送给自己一包银针，让回来再想想，现在就算决定了，不入气摸儿这行，也该给人家一个回话儿，总不能就这么黑不提白不提了。

这么一想，就又掉头往回走。

出东门来到水阁儿大街，快到那家女医院了，才猛然想起来，医院的斜对面就是一溜儿堂棺材铺。粑粑三儿这时不想见刘一溜儿。刚要拐进旁边的一个胡同，已经晚了，远远看见刘一溜儿站在铺子门口，正朝这边招手。粑粑三儿只好站住了，犹豫了犹豫，就朝这边走过来。刘一溜儿这个上午看着心情挺好，脸上的气色也很好，手里捧着个白铜的水烟袋，在太阳底下锃亮，见粑粑三儿来到跟前，就问，你是来找我，还是去找郭瞎子？

刘一溜儿这一问，粑粑三儿愣了愣，一时不知该怎么回答，要说是来找刘一溜儿的，一时想不起找他有什么事，可要说去找郭瞎子，跟郭瞎子的这点事，又不想让刘一溜儿知道，心里寻思了一下，还是如实说，打算去找郭瞎子，跟他说点事儿。

刘一溜儿噗地一乐说，你来晚了。

粑粑三儿没听懂，看看刘一溜儿。

刘一溜儿用手里的水烟袋朝东面一指说，你去看看就知道了。

粑粑三儿没动，顺他指的方向看了看，又看看刘一溜儿。

刘一溜儿又乐着说，去吧，去看看吧。

粑粑三儿就朝这边走过来。到跟前才发现，郭瞎子的家敞着门，伸头往里看看，屋里有几个人正归置东西，看意思是在腾房。一个秃头的胖子把一个破柜子搬出来，扔在街边的树根儿底下，拍了拍手上的土，正要进去，粑粑三儿过来问，郭大夫在吗？

胖子看看他，你说郭瞎子？

粑粑三儿说，是。

胖子说，走了。

粑粑三儿没听明白，走了？

胖子说，搬走了。

粑粑三儿忙问，你们是？

胖子说，卖嘎巴菜的。

说完就又进去了。

粑粑三儿站在老槐树的底下，又朝屋里看了看，就转身回来了。刘一溜儿还站在自己铺子的门口，一边咕噜咕噜地抽水烟，冲粑粑三儿乐着说，进来吧，喝口水。

粑粑三儿说，不了，还有事。

粑粑三儿一边朝东门里这边走着，一边心里再想郭瞎子昨天对自己说的话，就明白了。显然，他当时说，要是有缘，再来找他，意思指的不是现在，而是说以后。这一想，也就有些庆幸，看来自己决定去找施杏雨，还是对了，郭瞎子打算走，应该是早就想好了。

粑粑三儿这个上午从水阁儿大街出来，进东门走到鼓楼跟前，想了想，又改主意了。本来早晨出门时，心气儿挺高，想着跟施杏雨前面已经有话，这个上午再去益生堂药铺找他，应该一说也就成了。可现在一见郭瞎子不辞而别，就这么走了，心里又有点儿发空，再去益生堂药铺也就没心思了。这么想着，就转身回家来。到家已是将近中午，随便吃了口饭，一头扎到床上就睡着了。下午起来，正寻思着还去不去益生堂，崔大梨来了。崔大梨显然中午刚喝了酒，脸通红，手里拎着个大包袱。这包袱系得不紧，口儿上露出里面的东西，看出是团着的麻袋。一进门还急着要走，问粑粑三儿，头天说的事儿，想得怎么样了。

粑粑三儿刚睡醒，脑子一下没反应过来。

想了想问，头天说的嘛事儿？

崔大梨一跺脚，嘴里嘀的一声说，我这儿还等你回信儿呢，你倒忘啦？

粑粑三儿这才想起来，前一天下午去西门外的杠房，崔大梨曾劝他，跟他们兄弟俩一块儿干。当时自己说，回家寻思寻思。现在郭瞎子已经走了，只剩了施杏雨这一条路，还不一定能行，于是想了一下，试探着问，你们干的，到底是哪路生意？

崔大梨朝他看看说，先说好，你干还是不干？

粑粑三儿说，我得先知道，你们干的是哪行。

崔大梨摇头，你得先定下干，才能跟你说，要不干，就不能说了。

粑粑三儿低下头，没吭声。

崔大梨又一跺脚说，我那儿还忙着，没工夫跟你这儿打八岔。

粑粑三儿还是没吭声。

崔大梨哼一声说，你自个儿接着寻思吧。

说完就急急地走了。

粑粑三儿看着崔大梨走了，又坐着愣了一会儿。粑粑三儿也知道，自己现在已经要奔二十了，如果去益生堂药铺找施杏雨，就算人家答应了，真跟着学诊脉开方子，没个十年八年工夫也成不了能自己坐诊的正经大夫。而跟着崔大梨兄弟俩干，饭碗就是现成的，说白了一伸手就能有钱挣，挣了钱也就有饭吃。可是话又说回来，让粑粑三儿一直犹豫不定的也就是这个挣钱的事。自己跟崔大梨兄弟俩是表兄弟，俗话说打仗亲兄弟，上阵父子兵，跟着他们干当然比跟外人干强，但表兄弟是表兄弟，一沾钱的事，就难说了。粑粑三儿知道崔大梨的脾气，人倒不是奸，是滑，遇事心眼儿多，平时论着是表兄弟的情分，可真到一块儿赚钱的时候，这情分还能有多少，粑粑三儿的心里也没底。过去有爹在，遇到什么事还能跟爹商量，现在只剩自己了，再有事，怎么来怎么去就得自己先想明白了。崔大梨虽然一直不肯说他兄弟俩究竟干的是哪路生意，粑粑三儿也知道，他们干这营生已经不是一天两天了。当初爹活着时，一次和崔大杠子一块儿喝酒，崔大杠子喝大了，抹着泪说，儿大不由爷啊，本来想的是，让他兄弟俩也来杠房，怎么说也算一门手艺，可好说歹说就是不听，还整天在外面瞎折腾，现在也想开了，甭管他们混好混歹，爱怎么地就怎么地吧。

　　这时，粑粑三儿想，崔大梨现在突然提出来，让自己跟他兄弟俩一块儿干，应该只有两种可能，一是看自己刚把爹发送了，只剩一个人了，想给自己找个饭辙，二是他兄弟俩的营生最近忙不过来，需要找个帮手，找外人又不放心，所以才想拉自己去一块儿干。不过，粑粑三儿也明白，凭崔大梨的为人，要说心疼自己这个表兄弟，想给自己找个饭辙，应该不太可能，他也没这份儿闲心。那就只有一种可能了，他们找自己，只想找个帮手。不过，粑粑三儿自从把爹发送走了，这些天再想事，脑子也学会拐几个弯儿了。眼下摆在自己面前的是三条路，要么去一溜儿堂棺材铺找刘一溜儿，要么去益生堂药铺找施杏雨，再要么索性就跟着崔大梨兄弟俩一块儿干。第一条路去一溜儿堂，肯定不行，爹当初就说过，不想让自己再吃这碗阴阳饭，况且这刘一溜儿也不是能靠得住的人。这样一来，也就只剩后面这两条路了。而这两条路比起来，当然还是前者更稳妥一些，实在不行了，总不能瞪眼等着饿死，到那时再答应崔大梨也不迟。这么一想，心里也就清楚了。

　　于是穿上衣裳，又从家里出来。

粑粑三儿路上心想，甭管施杏雨怎么说，行还是不行，这回，也就这一锤子买卖了。

益生堂药铺是上午人多，下午人少，来问诊的人一般都是一早来，上午在益生堂让施大夫看了病，又顺手抓了药，回去吃了午饭就可以踏踏实实地睡午觉了。这时将近傍晚，铺子里已没人，也就挺清静。施杏雨收拾起东西，正准备回去，一抬头，见粑粑三儿进来，就把手里的东西放下了。粑粑三儿来到施杏雨跟前，在对面的杌子上坐下了。

施杏雨说，郭瞎子走了？

粑粑三儿有些意外，没想到施杏雨的耳朵这么灵，郭瞎子刚走就知道了。

于是点头说，是。

施杏雨嗯一声，他现在走，就对了。

粑粑三儿听了，看看施杏雨。

施杏雨说，要是再晚几天，还能不能这么囫囵着走就难说了。

粑粑三儿更不明白了，觉着施杏雨这话越说越玄。

施杏雨笑笑问，你知道这毛病在哪儿吗？说着又点了下头，你应该知道。

粑粑三儿隐隐地有些明白了，施杏雨指的，应该是一溜儿堂的刘一溜儿。粑粑三儿这次来，既然心里已打定主意，成不成也就这一下子了，索性也就不再拐弯儿，看着施杏雨说，我问句不该问的话，听说，当初刘一溜儿做汗门生意，跟你，是师兄弟？

施杏雨说，是，不光是师兄弟，还是同门，而且要论起来，他还是我师兄。说着又笑了，看一眼粑粑三儿说，有句老话，叫画虎画皮难画骨，知人知面不知心，你听过吗？

粑粑三儿想想，这话确实听爹说过。

施杏雨说，我这一说，你就该明白了。

施杏雨说话不紧不慢，声音也不大。但说话声音不大也分两种，一种是已经没底气，声音大不起来，还一种是本来中气十足，只是不想把声音放出来。施杏雨就是后者。他先端起跟前的茶盏喝了一口，才说，都说汗门生意是卖野药儿的，这话对，也不全对。

粑粑三儿听了一时吃不准，不敢说对，也不敢说不对，只是看着施杏雨。

施杏雨又说，其实，这一行里是鱼龙混杂。

施杏雨一说起江湖的事，声音就更低了。

卖药的在街上叫皮门生意，也叫汗门生意，其实皮门和汗门还不是一回事。皮门虽也是卖药的，但一般做的是正经生意。汗门有正经的，但也有不正经的，不正经的说白了，也就是蹲在街边儿卖野药儿的。街上有句话，叫九金十八汗，金门指的是相面算卦，而汗门说是十八汗，其实还不止十八种，在路边儿光膀子扎板儿带，打把式练武，一边吞宝剑吞铁球一边卖大力丸的，叫"将汗"，点眼药水儿的叫"招汗"，剔牙虫儿的叫"柴汗"，在街边摆一溜儿小口袋，里边装着药须梗子的叫"根子汗"，拿几块猴头熊掌当招幌，弄些猫狗骨头愣说是虎骨让人去泡酒的，叫"山汗"，还有卖鸡血藤嫩海燕儿海马驹子血三七的就更是五花八门了。施杏雨当年入汗门，学的是"坨儿汗"。所谓"坨儿汗"，也就是卖膏药的。当时的师父很有些名气，姓李，街上的人都叫坨儿汗李，卖的膏药是真膏药，且是好膏药，专治跌打筋损五痨七伤，但每天的膏药只卖五十贴，多一贴也不卖。施杏雨入门时，坨儿汗李的跟前只有刘一溜儿一个徒弟。坨儿汗李的膏药一直是在街上摆摊卖，自从施杏雨来了，他也就不再出来，每天只

304

让刘一溜儿带着施杏雨出去看摊儿。坨儿汗李毕竟有些名气，五十贴膏药不到半天也就卖完了。其实早就有人劝他，每天再多做些膏药。但坨儿汗李说，膏油子有限，多做也能做，可做出来的就不是这个膏药了。施杏雨为此很佩服师父，也真想跟着学点本事，每天在街上卖膏药也就尽心尽力。但刘一溜儿的心思却不在这摊儿上，后来干脆说，他还有别的事，一来街上只要师父看不见，就经常让施杏雨一个人盯摊儿，自己不知去哪儿了。施杏雨起初也没在意。一天快中午时，师父坨儿汗李突然来了。当时刘一溜儿又没在，坨儿汗李问施杏雨，刘一溜儿去哪儿了？施杏雨说不上来，吭哧了一下说，他说有事。坨儿汗李从摊儿上拿起一贴膏药，翻过来掉过去地看了看，没说话，揣在身上就扭头走了。过了一会儿，刘一溜儿回来了。刘一溜儿一听说师父刚才来过了，脸色立刻变了，问施杏雨，师父说什么了？施杏雨说，没说什么，拿了一贴膏药就走了。刘一溜儿一听更急了，拧起脸说，你怎么让师父把膏药拿走？施杏雨说，这是师父的东西，他要拿，我敢拦吗？刘一溜儿说，你要是把膏药都卖了，他还能拿吗？施杏雨一听，觉着刘一溜儿这话越说越没道理了，在街上看摊儿卖膏药，早卖完晚卖完，是自己能说了算的吗？但心里这么想，刘一溜儿毕竟是师兄，嘴上也就没说出来。

两人赶紧收了摊儿，就一块儿回来了。

施杏雨这时并不知道，这个上午，已经有人来找坨儿汗李。这来的人拿着一贴膏药，举着给坨儿汗李看，说他坨儿汗李怎么也做这种烂膏药，跟街上卖的狗皮膏药差不多了，膏油子一烤就成糖稀了，往身上一贴，能烫出一堆燎泡，这哪是治病，简直是害人。坨儿汗李一听就愣了，他做了这些年膏药，膏油子都是自己亲手熬的，还从没出过这种事。接过来一看，立刻看出了毛病，自己的膏药是白麻布的，而这贴膏药却是旧纺布，灰不溜秋的像一块王八皮。这来的人叫徐二，是在东门外拉水车的，平时难免抻了胳膊扭了脚，也就经常用坨儿汗李的膏药。这时坨儿汗李说，你既然经常用我的膏药，就应该能认出来，还别说膏油子，你先看看这膏药布，我用的是白麻布，可这是烂纺布，怎么能是我的膏药？徐二听了说，是啊，我一开始也不信，可这贴膏药就是在你摊儿上买的，这还能有错？坨儿汗李一听，立刻又是一愣，先把这徐二安抚走，就直奔街上自己的膏药摊儿来。

在这个中午，施杏雨和刘一溜儿回来时，坨儿汗李正黑着脸等在家里。一见他二人回来了，啪地把手里的膏药扔在桌上，问他二人，这是怎么回事。刘一溜儿先伸过头来看看，眨了眨眼睛，回头问施杏雨，这是怎么回事？施杏雨本来让师父一问，已经给问蒙了，这时刘一溜儿再问，就更摸不着头脑了。坨儿汗李的脸气得铁青，指着桌上的这贴膏药说，我自己的摊儿上卖的不是我的膏药，你俩的本事太大了，比我本事还大，以后我得叫你俩师父了。刘一溜儿先看一眼施杏雨，对坨儿汗李说，师父您先别急，我这几天家里有事，住南市的一个表大爷病了，家里没人，得经常过去看看，摊儿上的事也就一直没顾上。坨儿汗李打断他说，我现在就想知道，这假膏药到底是哪儿来的？刘一溜儿一听就回头问施杏雨，这膏药到底是哪儿来的？施杏雨这时已经彻底蒙了，刘一溜儿是大师兄，摊儿上的事一直是他说了算，自己只管盯摊儿，这每天的五十贴膏药都是刘一溜儿一早拿来的，中午卖完了，钱也是他交给师父，两头儿的事自己都不经手。坨儿汗李这时反倒心平气和了，点头说，我今天已经看了，咱这摊儿上膏药都是假的，我现在就想知道，我的那些膏药哪儿去了？说完看看刘一溜儿，又看看施杏雨，见他俩都不开口，就叹了口气，看来你们师兄弟的心还真齐啊，没想到，合起伙儿来一块儿糊弄我。刘一溜儿想了一下，赶紧说，师父您别生气，我先好好儿问问老二，这到底是怎么回事。说完就要拉施杏雨出来。坨儿汗李说，你也不用问了，我坨儿汗李卖了半辈子膏药，在街上还没栽过这样的跟头，看来我没这德行，根本就不配收徒弟，你们都走吧，从今以后，咱在街上再碰面儿，就当谁也不认识谁。

说完挥挥手，就起身进里屋去了。

其实这时，施杏雨的心里已经明白了。每天在街上看膏药摊儿的只有自己和刘一溜儿两个人，如果捣鬼的不是自己，也就只能是刘一溜儿。况且他在师父面前说的话也明显藏着奸，他说让师父先别生气，他再好好儿问问老二。这一说，也就先把他自己洗出来了，等于明着告诉师父，这事儿他不知道，也与他无关，自然就是老二干的。施杏雨虽比刘一溜儿小几岁，街上的事也明白一些。这天从坨儿汗李的家里一出来，刘一溜儿就跺着脚说，你看这事儿，怎么弄成了这样！施杏雨看看他，本想对他说，既然已让师父清了门户，以后咱在街上再碰见，也就只当谁也不认识谁吧。但想了想，觉着说这种绝话已经没嘛意思，就扭头走了。

后来过了些日子，刘一溜儿又来找施杏雨，想拉他一块儿去见坨儿汗李，说，这事儿已过去这些日子了，也许师父的气已经消了。但这时施杏雨已经知道是怎么回事了。施杏雨也是无意中听街上人说的。原来刘一溜儿认识一个在南市口儿卖膏药的，这人虽也是做正经生意的，但自己不会熬膏油子，卖的膏药都是从别人手里进的。刘一溜儿跟他不熟，只是认识，就找到他说，可以把坨儿汗李的膏药转手给他。坨儿汗李在老城里一带名气很大，这人一听当然高兴。但刘一溜儿也明白，这种事当然不能天天干，也就只是隔三岔五，先从坨儿汗李那里拿了膏药，再换成在街上卖野药儿的手里买的假膏药，把这假膏药拿到膏药摊儿上，让施杏雨当真的卖，他再把这些换出来的真膏药转手卖给南市那个卖膏药的人。施杏雨怎么也没想到刘一溜儿会干这种事，也就一直没注意他从师父那里拿到摊儿上来的膏药。

这时，施杏雨沉了一下，又看看粑粑三儿说，还有个事，恐怕你也不知道。

粑粑三儿盯着施杏雨，没说话。

施杏雨问，你爹是怎么死的，你知道吗？

粑粑三儿说，摔寿材时，斧子砸破了手腕子。

施杏雨说，你爹摔了这些年寿材，手没少破，怎么单这回就死了呢？

粑粑三儿说不上来了。其实这事，粑粑三儿也想过，总觉着爹这回死得蹊跷。

施杏雨说，要说你爹，这回太冤了，自己还不知怎么回事，糊里糊涂就这么死了。说着又叹口气，这事，我也是这两天刚听说的。说完看一眼粑粑三儿，先说下，这话我一说，你也就一听，咱是哪儿说哪儿了，你当真也行，可不许去找刘一溜儿，更不能说是听我说的。

粑粑三儿看着施杏雨。

施杏雨说，你真跟刘一溜儿说是听我说的，我可不承认。

粑粑三儿点头，嗯了一声。

施杏雨这才告诉粑粑三儿，刘一溜儿认识西门外北小道子一个叫二疤瘌眼儿的人。这二疤瘌眼儿是个专干偷坟掘墓营生的。刘一溜儿对二疤瘌眼儿从坟里偷出的东西不懂局，但是对他挖出的椁板却懂。有钱的大户人家，下葬不光用棺材，棺材的外面还有一层，叫椁，这椁的木料有的比棺材还讲究，刘一溜儿就跟二疤瘌眼儿说好，挖出的椁板赶上有好的，还没糟透，就卖给他的棺材铺。施杏雨说到这儿，看看粑粑三儿，你爹这次摔寿材，刘一溜儿让他用的就是这种从二疤瘌眼儿手里买的椁板。粑粑三儿立刻想起来，当时他帮爹摔寿材，爹曾说过，这木料都是旧的，闻着还有一股怪味儿。施杏雨说，这种椁板虽在棺材外面，不挨着死人，可年头一多，死人的东西流出来，也能渗进板里，这是尸毒，人沾上了很难治，你爹这次碰破手腕子，就是沾了这种尸毒。说着又摇摇头，他要是早来找我，也许还死不了。

粑粑三儿没说话，心里已经明白了。

施杏雨看一眼粑粑三儿，又问，这郭瞎子，你知道是为嘛走的吗？

粑粑三儿说，听说头些天，他扎死了人，让人打了，把家也给砸了。

施杏雨问，这是刘一溜儿告诉你的？

粑粑三儿说，我表兄听街上人说的。

施杏雨又沉了沉，说，跟你说吧，这事儿，也是刘一溜儿让人干的。

粑粑三儿听了立刻瞪起眼，刘一溜儿竟然还干出这种事，这他真没想到。

想了想，还是不太相信，就问，他为嘛这么干？

施杏雨笑笑说，天底下开棺材铺的，跟大夫都是对头，这你还不明白吗？说着又摇摇头，他这几年是没逮着机会，要逮着机

309

会了，早就想法儿把我也整死了。

施杏雨一边说着就收拾起东西，准备走了，看一眼粑粑三儿，又说，有句老话，叫良药苦口，忠言逆耳，跟你说句透底的吧，你这辈子干别的行，可干不了这一行，还是想个别的饭辙吧。说完，又招呼了一声铺子的伙计，把门板上了。就夹着自己的诊包儿走了。

粑粑三儿往回走的路上再想，也就明白了，施杏雨从一开始就没打算收自己。他让自己来，只是想把这些事告诉自己，目的是让自己知道刘一溜儿是个什么人，别再去他的棺材铺。

粑粑三儿想，施杏雨还是想错了，从一开始，自己就没想过要去刘一溜儿的棺材铺。

粑粑三儿终于决定了，还是跟着崔大梨兄弟俩一块儿干。人总得吃饭，甭管他俩干的是哪路营生，先说有饭吃，能长干就长干，倘不能长干，以后的事再说以后。

这天一大早，粑粑三儿就奔西门外的邢家胡同来。粑粑三儿知道，崔大梨兄弟俩平时虽跟他们的爹崔大杠子一块儿住，但在邢家胡同还单有一间小房儿。这小房儿是租的，他兄弟俩在这小房儿里单有自己的事。粑粑三儿曾跟着崔大梨来过这边，所以认识。

邢家胡同是南北向，北边顶着西关大街。粑粑三儿出西门，沿西关大街走了一段就拐进胡同。崔大梨兄弟俩的这间小房儿说是房，其实就是个没挂瓦的灰棚，窝在一堵大墙的后面，很不起眼，即使来到跟前也看不见里面。粑粑三儿绕过大墙看看，门没锁，但屋里没人。心里正犹豫，是在这儿等一会儿，还是去杠房那边找，就见崔大梨兄弟俩回来了。崔大梨的身上背着个大麻袋，崔二梨跟在后面。崔大梨和崔二梨虽是亲兄弟，但看着不像哥儿俩。崔大梨是个胖子，大高个儿，浑身上下五大三粗。崔二梨却瘦小枯干，长得也尖嘴猴腮。崔大梨一见粑粑三儿等在门口儿，做了个手势。崔二梨开了门，粑粑三儿就跟进来。崔大梨先把身上的麻袋扔到地上，长出一口气，让崔二梨把门关上，才回头问粑粑三儿，想好了？

粑粑三儿说，想好了。

崔大梨说，就是啊，咱是自家兄弟，能让你吃亏嘛。

粑粑三儿说，现在你能说了，这干的到底是嘛买卖？

崔大梨没说话，把地上的麻袋解开，抓住底下的两个角儿使劲一掀，把里面的东西倒出来。粑粑三儿立刻闻到一股噎人的怪味儿，伸头一看，竟是一堆黄军服。再细看，只觉头发根儿一下子都立起来，跟着嗓子眼儿一顶，差点吐出来。这黄军服上有一片一片黑紫色的血污，有的已经干硬，还有的仍然湿漉漉的。这才明白，这股奇怪的味道是血腥味儿和死人的恶臭。

崔大梨回头冲粑粑三儿说，明白了？干的就是这个买卖。

粑粑三儿的脑子一下还没转过弯儿来。

崔大梨说，从去年秋上，天南地北的军队都开过来，整天你来我走，不是在津南打仗就是在津北交火儿，当然打仗是他们的事，连直隶总督都管不了，跟咱平头百姓就更没关系，可他们打死的人，就跟咱有关系了。崔大梨见粑粑三儿没听懂，就又说，人死了，可身上的衣裳还能用，又是军服，明白了吗？旁边的崔二梨见粑粑三儿还不明白，就乐了，过来说，甭管哪儿的队伍，死了人就得补充兵员，新兵总不能光屁股，可军需又跟不上，他们这空缺也就正好是咱的买卖。崔大梨噗地乐了，说，把死人的衣裳卖给活人，这买卖多合适，无本求利，只赚不赔。说着又拍拍粑粑三儿的肩膀，就一样，得有胆儿，没胆儿可干不了这个。

崔二梨又在旁边补了一句，说，不光有胆儿，还得禁得住事儿。

粑粑三儿这才明白了，跟着头发根儿就立起来，敢情崔大梨兄弟俩一直干的营生，是去城外的乱葬岗子，从死人身上扒衣裳。但想了想，还是不明白，这扒来的衣裳怎么出手，又卖给谁？崔大梨说，这就不用你操心了。说完就开始和崔二梨忙起来，先把这堆军服一件一件整理好，上衣跟上衣放一堆，裤子跟裤子放一堆，然后又翻衣兜里的东西。崔二梨一边翻着嘟囔说，这些穷当兵的，兜里没嘛值钱的东西，可有时也能翻出点儿有用的。翻了一会儿，崔大梨就让粑粑三儿帮着把这些军服抱到院里。粑粑三儿这才发现，在院子角落有一口大水缸。军服泡进缸里，又倒了些火碱，崔大梨就用一根棍子在缸里来回搅。搅了一会儿，缸里的水就红了。捞出来，又换了清水，再涮一下这些军服就干净了。粑粑三儿这时才明白，崔大梨兄弟俩为什么选择这间灰棚儿。这里的前面有一堵大墙，外面也就看不见里边的小院。这时崔二梨已在小院里拴了几根绳子。把这些军服捞出来拧干，就都在绳子上晾起来。

崔大梨看看已是中午，擦了擦手说，走，喝酒去。

从邢家胡同出来，把着街边有一个卖烩饼的小铺儿。崔大梨和崔二梨各要了一碗素烩饼。粑粑三儿这时已经吃不下东西，一想刚才的恶臭腥味儿就想吐。看着他兄弟俩各要了二两老白干儿，就着素烩饼一边吃一边喝，跟他俩打个招呼，就从小铺儿出来了。

粑粑三儿回到家也没吃午饭，一想刚才的那堆烂军服心里就一翻一翻地想吐。崔大梨兄弟俩敢情干的是这种营生，如果这样，这事儿就得寻思寻思了。当初爹说过，阴阳饭不好吃，本来不想让自己再进这一行，后来跟着学木匠，摔寿材，也是出于无奈。可现在这阴阳饭算是吃到家了，竟然去死人的身上扒衣裳。粑粑三儿一想，身上就直起鸡皮疙瘩。但转念再想，现在如果不干这个，也已经无路可走了。施杏雨的话已说得很明白，粑粑三儿不适合干行医这一行，说白了，也就是不想收自己。而如果按施杏雨所说，刘一溜儿竟然是那种人，也不可能再去他的一溜儿堂棺材铺。退一步说，就是真想去，看刘一溜儿的意思，也没打算要自己。粑粑三儿这一想，也就明白，眼前只有这一条路了。崔大梨眼毒，这个中午已看出来，这事儿把粑粑三儿吓着了，所以他临走，就说了一句，晚上老二去西门外的杠房有事，这边缺人手儿，粑粑三儿要是想来，天黑就过来。当时粑粑三儿没说话，但已经听明白了，崔大梨的意思是让他回来再想想，如果想好了，还跟着干，晚上就去找他。这时，粑粑三儿终于想好了，既然已经没有别的路可走，这条路是泥是水，也就只能硬着头皮蹚下去了。

天大黑时，粑粑三儿又来到西门外的邢家胡同。崔大梨已经把院里晾的军服都收进来，一件一件叠得很平整。这些军服用火碱烧过，颜色浅了一些，但浅得很自然，像是经过风吹日晒已洗得发旧，也看不出一点有血渍的痕迹。崔大梨把这些军服分成两个大包袱，系好，自己拎起一个背在身上，冲粑粑三儿指了指另一个，就头前出门去了。粑粑三儿赶紧背起这个包袱，跟在崔大梨的身后出来。天一黑，街上就清静了。粑粑三儿跟着崔大梨沿西关大街从西门进来，一直往东走，过了鼓楼，还往东。粑粑三儿越走越含糊，不知崔大梨这是要把这些

313

军服往哪儿送，有心想问，可是看崔大梨在前面走得挺急，就又忍住了。

出了东门，穿过东马路，眼看着进了水阁儿大街，粑粑三儿实在忍不住了，紧走几步追上来，问崔大梨，这到底是要去哪儿。崔大梨已经走出一头汗，回头说，到了你就知道了。

这时，粑粑三儿突然有了一种预感。

果然，一过观音阁旁边的女医院，崔大梨在一溜儿堂棺材铺的门口站住了。粑粑三儿犹豫了一下，只好跟过来。崔大梨敲了敲棺材铺的门。里面的灯亮了，过了一会儿，门开了，粑粑三儿跟在崔大梨的身后进来。刘一溜儿显然正等着，一见粑粑三儿，愣了一下，跟着就噗地笑了，点头说，好啊，好，你这条道儿算是走对了。

粑粑三儿没说话。

崔大梨没理会刘一溜儿的话，放下包袱说，一共三十套，一个包袱十五套，你过过数儿。

刘一溜儿朝这两个包袱瞥一眼说，甭过数儿了，回回都是这样，还信不过你？接着又说，下午那边刚传过话来，再要一百套，这回可要得急，给三天限，行不行？

崔大梨想想说，行倒是行，八里台子那边还有，可那一块儿的人已经烂了，就不知能用的衣裳还有多少。刘一溜儿说，就算人烂了，衣裳也烂不了，不过这回可别像上回，衣裳不能有味儿，那边最忌讳这个，真退回来，你我可就白忙活了。

崔大梨说，这倒好办，用火碱多烧一会儿就行了。

刘一溜儿点头，这就是你的事了。

又说，还是老规矩，钱下回一块儿算。

崔大梨嗯了一声，就和粑粑三儿出来了。

粑粑三儿没想到，刘一溜儿表面开着棺材铺，暗地里还干这种买卖。往东门这边走了一段，问崔大梨，刘一溜儿收了这些军服，再去卖给军队？崔大梨这时交了军服，已经轻松下来，脚步也放慢了，回头说，他够不着军队的人，这中间还隔着好几道手呢。

崔大梨见粑粑三儿没明白，就告诉他，一开始，刘一溜儿找他干这事，他也以为很简单，先去城外扒了死人的衣裳，弄回来卖给刘一溜儿，然后刘一溜儿再转手卖给军队的人。可后来才知道，不是这么回事。这里的水也挺深，这些军服最后卖到哪儿，卖给谁，连刘一溜儿也不清楚。刘一溜儿认识一个叫马大瓢的人，这马大瓢是在估衣街上卖估衣的。估衣街上卖估衣的也分两种，一种有店铺，做的是正经买卖。还一种是打地摊儿，用街上的话说，做的是野买卖。这种做野买卖的，卖的估衣就不能问来路了。这马大瓢在估衣街上就是打地摊儿做野买卖的。有一回他的摊儿上来了个人，听着是外乡口音。这人蹲在他的摊儿上扒拉来扒拉去，最后抻出一件军服，拎起来问，这衣裳，是哪儿来的？马大瓢一看脸色就变了，这军服上还带着两个很明显的枪眼儿。马大瓢卖的这堆烂估衣从哪儿来的都有，这时一问，他自己也说不清了。再看这外乡人，长得方头方脸，留着一寸来长的茬子头，短脖子宽肩，也摸不清是干哪一行的。不过看着倒没恶意。这人用一根指头挑着这军服问，这种衣裳还有没有？马大瓢这才回过神来，说，眼下就这一件，不过真想要，还能想办法。这人说，照这样儿的，再要十套，连上衣带裤子，五天以后，我来拿。说完扔下这军服就起身走了。走了几步又站住，回头说，再有带枪眼儿的，给我补好。马大瓢看着这人走了，就赶紧收起地摊儿，奔水阁儿大街的一溜儿堂棺材铺来。刘一溜儿跟马大瓢

315

已认识几年了，也是生意上的交情。按街上人的习惯，谁家死了人，把这人发送了，他生前穿过的衣裳也就一块儿都烧了。刘一溜儿自从认识了这马大瓢，再有来买棺材的苦主儿就多一句嘴，问有没有旧衣裳，他可以收。这样把这些旧衣裳收来，再转手倒给马大瓢，让他拿去当估衣卖。这次马大瓢来到棺材铺，就把刚才遇到的这事儿跟刘一溜儿说了，又说，这事想来想去，只能找你，这一阵城外整天响枪响炮，听八里台子那边来的人说，打死的人一堆一堆的，都扔在野地没人管，让野狗拉得到处都是，弄几件军服，应该不是难事。刘一溜儿听了说，行倒是行。后面的话就没说出来。马大瓢知道刘一溜儿的意思，这人没给定金，就是拿嘴这么一说，怕这事儿不保裉。于是说，这种事儿也如同做买卖，买卖没有手拿把攥的，有赚就有赔，真打算干就甭犹豫，大不了弄来他又不要了，我当估衣卖也不会砸在手里。刘一溜儿一听，也是这个道理，就又去找二疤瘌眼儿。但二疤瘌眼儿只干偷坟掘墓的事，扒几件死人衣裳赚不了几个钱，这种事根本看不上眼，于是给刘一溜儿出主意，可以去西门外的杠房，找崔大杠子。刘一溜儿当然知道崔大杠子，但这时一听，觉着这二疤瘌眼儿说的根本不挨着，崔大杠子是杠房抬杠的，且还是头杠，他怎么会去干这种事。二疤瘌眼儿说，他不干，可他的两个儿子能干啊！

刘一溜儿一听也对，这才来找崔大梨。

这时，崔大梨对粑粑三儿说，干这事儿已经快一年了，现在也越干越熟，每回他和老二去城外弄了衣裳回来，先洗干净了，给刘一溜儿送来。刘一溜儿再转手交给估衣街的马大瓢。马大瓢再仔细洗一遍，找人把枪眼儿和破的地方都补上，然后卖给那个外乡人。这一阵，听刘一溜儿说，马大瓢要的量越来越大，他兄

316

弟俩实在忙不过来了，这才想找个帮手。

说完又看一眼粑粑三儿，干这行没别的，一是嘴严，二是胆儿大。

粑粑三儿闷着头，嗯了一声。

粑粑三儿这一宿没睡踏实，天快亮时才合眼。再醒来，就已是将近中午。起来吃了口东西，就又来西门外的邢家胡同找崔大梨兄弟俩。崔大梨和崔二梨已经准备好麻袋，一见粑粑三儿来了，用个包袱皮儿把几条麻袋包起来。崔大梨拎在手里，回头说，走吧。

粑粑三儿就跟着他兄弟俩出来了。

从邢家胡同南口儿出来，奔海光寺，再一路往南，就朝八里台子这边走过来。一过八里台子越走越荒，再往前就已经没有人烟了。这时天也渐渐黑下来。粑粑三儿跟在崔大梨兄弟俩的身后，又往前走了一段，就闻到一股一股的咸臭味儿，噎得人直想吐。他知道，这应该是死人的味道。下了大道又往里走了一阵，崔大梨兄弟俩就在前面站住了。粑粑三儿朝四周仔细看了看，登时头皮一麻，起了一身鸡皮疙瘩。借着月色，只见前面横七竖八躺的都是死人。显然都是打仗打死的，有的断了胳膊，有的少一条腿。粑粑三儿朝前迈了一步，脚下突然一绊，低头看看，才发现竟是一个人脑袋，正龇牙咧嘴地朝自己瞪眼看着。这个脑袋显然是被大刀斜着砍下来的，而且刀很锋利，刀口齐刷刷的。粑粑三儿只觉嗡的一下，又朝前紧走了几步。崔大梨兄弟俩已在前面忙着翻弄尸体。崔大梨回头说，你不用动手，跟着就行。

说着，就朝这边扔过一件军服上衣，让粑粑三儿装进麻袋。

这时，远处有个人影，朝这边走过来。

这人影喊了一声，来了？

崔大梨没抬头说，来了。

人影说，这回你们费点儿劲。

崔二梨问，怎么？

这人影说，衣裳不整齐，人都打烂了。

这人影说完，就朝旁边去了。

崔大梨兄弟俩在前面，不时地把衣裳扔过来。这些衣裳有的很湿，也黏，抓在手里滑不出溜的。粑粑三儿觉着自己马上就要吐出来了，但还是使劲忍着，一边在心里数着数儿，连上衣带裤子已有三十几套，第二条麻袋也装满了，已经在装第三条麻袋。刚才的人影在不远处朝这边喊，这边的尸首好，比那边的囫囵一点儿。崔大梨应了一声就朝那边深一脚浅一脚地走过去。走了几步又站住了，回头问粑粑三儿，麻袋还能装下吗？

粑粑三儿说，最后这条也快满了。

崔二梨在这边说，已经三十几套了，今天就到这儿吧。

崔大梨嗯了一声，就回来了。

这时，粑粑三儿已经把满满的三麻袋衣裳拎到旁边的小路上。崔大梨兄弟俩过来，三个人各拎起一个麻袋，背在身上，就费劲地朝大道这边走过来。

回到邢家胡同时，天已大亮了。粑粑三儿一进小院扔下麻袋，一屁股就坐在地上，不光是累，这一路让麻袋里的军服熏的，已经吐了几次，连肠子都快吐出来了。崔大梨也扔下麻袋，从屋里拿出一个酒瓶，自己先喝了一口漱漱嘴，吐了，又喝了几口，递给粑粑三儿说，把嘴涮涮，喝几口，这东西能解毒。粑粑三儿从没喝过酒，这时也已顾不得了，抓过酒瓶子就喝了一大口，连辣带呛，一下憋得脸通红，差点儿背过气去。赶紧吐了，又喝了两口，才渐渐喘过气来。崔二梨虽然瘦，倒有些干巴劲儿，这一路没看出累。这时已经把麻袋里的军服倒出来，翻了每个上衣的衣兜，然后抱着塞进院子角落的水缸里。

崔大梨喘了一口气说，等天黑，还得去一趟。

粑粑三儿已经走到小院门口，回头说，还去？

崔大梨说，要的是一百套，这才三十几套。

崔二梨说，是啊，至少还得跑两趟。

粑粑三儿没再说话，扶着墙慢慢走了。

这个下午，粑粑三儿再来时，一进小院，听见崔大梨兄弟俩正在小屋里矫情。粑粑三儿犹豫了一下。人家兄弟俩不知为嘛事儿矫情，就一时吃不准，进去还是不进去。这时屋里的崔大梨已经看见粑粑三儿来了，就朝外说，进来吧。

粑粑三儿这才进来了。

他兄弟俩还接着刚才的话，继续矫情。

粑粑三儿在旁边听了一会儿才明白了。崔大梨有个习惯，每次出门前，总要先在院里扔一只鞋，倘鞋尖冲东或冲南，就是吉，这事也就能干，而如果冲西或冲北，就是凶，这事就得寻思一下。这个中午他兄弟俩吃完了饭，又收拾好麻袋，崔大梨趁等粑粑三儿的工夫又去院里扔鞋。头一下扔得劲儿大，把鞋扔到房上去了。崔大梨就觉着不好。上房把鞋拿下来再扔，果然，鞋尖冲西。这下崔大梨就犹豫了，有心想这个晚上不去了，可棺材铺的刘一溜儿给的是三天限，今天已是第二天，倘不去，这一百套军服就凑不上数儿了，可如果去，心里又没底，眼看着是个凶卦，不知真去了会不会出事。崔二梨却不信这一套，觉着大哥是自己吓唬自己，就坚持说，该去还去。于是兄弟俩就为这事儿一直矫情来矫情去。这时，他俩又一块儿转过脸来让粑粑三儿说，去还是不去。粑粑三儿倒不相信扔鞋，但相信算卦，爹这回死，事先就曾算过一卦，算卦的说爹流年大凶，会有金器之灾。结果爹让斧子砸了手腕，人就这么走了。这时一听他兄弟俩问自己，就有些为难，有心想说不去，怕崔二梨不高兴，可如果说去，又怕崔大梨不高兴，况且既然已算出是个凶卦，倘真去了，再出点事，自己也担不起这责任。最后还是崔大梨一咬牙站起来，说，去就去吧，刘一溜儿那边催得紧，就算今晚去了，这一百套都不一定凑得上，咱小心就是了。

崔二梨一听也立刻说，对啊，咱小心就是了。

于是仨人拿上麻袋就出来了。

也就在这天晚上，果然出事了。

这一晚来到昨天来过的地方时，天还没黑透，四周也就看得很清。粑粑三儿这一看，浑身的汗毛又竖起来。敢情这是一片很大的乱葬岗子，四周黑乎乎的一片，扔的全是尸首。这些尸首都穿着军服，显然是在哪儿打完了仗，又被拉过来的，因为尸首太多，埋不过来，也就干脆横七竖八地都扔在这儿了。崔大梨又让粑粑三儿等在旁边，就开始和崔二梨忙着翻弄尸体，找身上囫囵的往下扒军服。粑粑三儿在尸堆外面，把崔大梨兄弟俩扔过来的军服一件一件装进麻袋。这时天已黑下来。昨天的那个人影又朝这边走过来，喊了一声，还天天来啊？

崔大梨一边忙碌着说，买卖的事，身不由己啊！

粑粑三儿朝那边看看。崔大梨已告诉他，这个人影就住在附近的李七庄，叫麻和儿，是个专在尸首堆里捡洋落儿的。所谓捡洋落儿，也就是在死人身上翻找值钱的东西。

这时，这麻和儿又朝这边喊了一声，这两天野狗多，小心啊！

说完，就朝远处去了。

这天来得早，天还没有完全黑透，崔大梨兄弟俩已经又扒了三十几套军服。粑粑三儿数着差不多了，就朝崔大梨那边喊了一声。崔大梨显然心里也有数，叫了一声崔二梨，就朝这边走过来。就在这时，远处突然传来一阵吵嚷声，再细听，是叫骂，跟着又是一阵哭号的声音。粑粑三儿听出来了，这哭号的是麻和儿。崔大梨知道出事了，喊了一声快跑！三个人背起麻袋就朝大道那边跑去。粑粑三儿一边跑着，一边扭头朝麻和儿那边看，这时就见几个人已朝这边追过来。粑粑三儿紧跟在崔大梨的身后。但崔二梨身材瘦小，腿也短，背着麻袋越跑越慢，渐渐就落在了后面。崔大梨回头喊，把麻袋扔了吧！崔二梨舍不得，还把麻袋背在身上。前面有个土坡，土坡的下面是一个水坑。崔大梨急中生智，跑到土坡跟前一扭身就跳下去。粑粑三儿明白了，也跟着跳下去。这时崔二梨从后面跑过来。但跑到还有一丈多远的地方，后面突然传来枪响，砰的一声，就见崔二梨的脑袋像一只猪尿脬，忽地一下就爆了，转眼间变成无数碎片飞得无影无踪，只剩了一个光秃秃的脖子。这光秃秃的脖子背着麻袋又往前跑了几步，似乎犹豫了一下，又侧歪了侧歪，才一头栽到地上。

后面的人追上来。粑粑三儿躲在黑暗中，借着月色看清了，这几个人都穿着军服，手里提着枪。他们过来，把崔二梨的尸首踢到一边，抓过麻袋把里面的军服倒出来，开始一件一件地翻找。翻了一阵，一个关外口音的人说，妈个巴子的，还是没有。

说完啐了口唾沫，就起身带着这几个人走了。

崔大梨和粑粑三儿见这几个人走远了，才从土坡底下爬上来。过来看看崔二梨，只见他像只蛤蟆似的趴在地上，脖腔里流出一大摊血。崔大梨哽咽着说，知道今晚就得出事，还非要来，这才叫倒霉看反面儿。又朝四周看看说，先埋这儿吧，以后再想办法。

说完，让粑粑三儿帮着把尸首抬到土坡下面，就草草地埋了。

粑粑三儿这时已有预感，这件事还没完。

果然，第二天就又出事了。

粑粑三儿和崔大梨第二天一大早回来，把这次弄来的军服整理出来，都洗净晾干。到了晚上，连头一天弄来的军服一起包好，就给刘一溜儿送来。刘一溜儿一看挺高兴。崔大梨没提兄弟崔二梨出事的事，只告诉他，这是七十八套军服，再多没有了，也弄不来了。刘一溜儿听了点头说，弄不来就弄不来吧，有多少算多少，两天以后，你来拿钱。

粑粑三儿和崔大梨就从棺材铺出来了。

快到东门时，崔大梨说，你今晚别回去了。

粑粑三儿明白崔大梨的意思。兄弟崔二梨刚死，现在尸首还扔在八里台子那边的坟地，又不敢告诉他爹崔大杠子，心里肯定烦乱。于是就跟着崔大梨一块儿回邢家胡同这边来。两人刚进屋，就听院里有动静。崔大梨正要出去看看，屋门咣的一下被踹开了，李七庄的麻和儿一步跌进来，后面跟着进来几个穿军服提着枪的人。粑粑三儿借着灯光，见麻和儿的脸上都是伤，身上的衣裳也撕成一条一条的了。接着就认出来，这跟进来的就是在坟地追着打死崔二梨的那几个人。显然，是麻和儿把他们带来的。麻和儿拖着哭腔说，崔大哥，你别怨我，是这几位老总让我带他们来的，其实也没嘛大不了的，只要跟他们说清楚，就没咱的事了。

崔大梨这时已说不出话来，看看麻和儿，又看看他身后这几个当兵的。

还是那个说话关外口音的人，走过来问，你们弄回的军服呢？

崔大梨犹豫了一下说，卖了。

这人问，卖谁了？

崔大梨不敢说了。

这人用手里的枪朝崔大梨指了指，说，再问你一遍，卖谁了？

崔大梨朝后退了一步，还不敢吭声。这时旁边的麻和儿已经哭出声儿了，对崔大梨说，崔大哥啊，你把这些军服到底卖谁了，赶紧说出来吧，再不说咱几个就都没命了！

崔大梨还不吭声。

这时，粑粑三儿忽然在旁边说，卖给一溜儿堂棺材铺的刘掌柜了。

关外口音的人扭头看看粑粑三儿，问，这一溜儿堂棺材铺在哪儿？

粑粑三儿说，东门外，水阁儿大街，一去就看见了，就在医院对面儿。

麻和儿立刻哦了一声说，我知道，这一溜儿堂我知道。

说完，就带着这几个人走了。

崔大梨见这几个人出去了，才回头埋怨地看看粑粑三儿。

粑粑三儿看一眼崔大梨，没说话。

粑粑三儿回到家，一连睡了两天。

第三天晚上，崔大梨来了。崔大梨平时很少来这边。这时，粑粑三儿一见他来，就知道，应该又出事了。崔大梨说，是又出事了，不过这回不是咱的事。

323

粑粑三儿问，谁的事？

崔大梨说，是刘一溜儿的事。

崔大梨告诉粑粑三儿，这天该是去找刘一溜儿拿钱的日子，他一大早就去了水阁儿大街的棺材铺。可到那儿一看，铺子里没人。一会儿铺子的伙计来了，问伙计，伙计也说不知道。再使劲问，伙计才说，两天前的晚上来了几个人，都穿着军服，提着枪，看样子挺吓人，一来就找刘一溜儿。伙计说不在。这几个人问去哪儿了。其实这时刘一溜儿就在铺子后面，但伙计不敢说，只说不知道。这几个人就走了。没一会儿又回来了，这回径直去后面，就把刘一溜儿揪了出来。刘一溜儿在铺子后面住的是一个暗室，为的就是怕有人找他。这时不知这几个人是怎么知道的。这几个人把他揪出来问，最近是不是收了一批军服。刘一溜儿起初不承认，说他是开棺材铺的，不卖军服。这几个人一见问不出来，就开始打他，还不是用手，是用手枪的枪托子，几下就把他的脑袋砸破了，流得浑身是血。刘一溜儿这才说，是收了一些军服，不过都卖给估衣街的马大瓢了。这几个人立刻让他带着去估衣街找马大瓢。

崔大梨说，刘一溜儿让这几个人带走，就再也没回来。

粑粑三儿问，他出事了？

崔大梨说，是，出事了。

当时崔大梨一听棺材铺的伙计说，刘一溜儿是让那几个人带着去估衣街找马大瓢了，就赶紧又奔估衣街来，想问问这个马大瓢。崔大梨倒不是担心刘一溜儿出事。刘一溜儿还欠着这几次军服的钱，这些钱是用崔二梨的命换来的，崔大梨想，不能让这钱就这么烂了。等去到估衣街，也找到了马大瓢，才发现马大瓢这时躺在床上，两眼睁得挺大，已经不省人事了。听他家里的人说，他是让那几个来人连打带吓，成了这样的。崔大梨再问马大瓢的家里人，那几个人后来带着刘一溜儿又去哪儿了。马大瓢家里的人也说不上来。

粑粑三儿一听就明白了，看来刘一溜儿这次是凶多吉少了。

崔大梨说，是啊，后来的事，还是听二疤癞眼儿说的。

这个下午，二疤癞眼儿来西门外的杠房找崔大梨。崔大梨一见他挺神秘，像是有话，又不想当着别人说，就跟他一块儿出来。等来到个没人的地方，二疤癞眼儿才说，水阁儿大街上一溜儿堂棺材铺的刘一溜儿出事了，问崔大梨，听没听说。崔大梨正急着要找刘一溜儿，一听就说，只听说他让人带着去估衣街找马大瓢，后来到底怎么回事就不知道了。二疤癞眼儿嗨的一声说，他也是刚听说的。他这几天刚又挖出一副好椁板，本想卖给刘一溜儿，可去棺材铺找了他两回，都没找见。这个下午，无意中听益生堂药铺的施杏雨说了，才知道是怎么回事。头些日子，不知哪儿开来一支军队，跟总督府的队伍在炮台庄打起来。这一仗打得挺惨，这支队伍的一个营长也给打死了。按说这营长死了也就死了，可他身上还有东西。这营长是个财迷，这几年搜罗了不少钱，后来他把这些钱都兑成了金子，又化成金饼。金饼在身上不好带，就都缝在军服上衣的领子里，平时穿在身上也看不出来。这事儿本来没人知道，可有一次他的马弁喝醉了，把这事儿秃噜出来。这一下，他手底下的人也就都记住了。这回这营长给打死了，他手下的人就都想找到他的尸首。找尸首，当然是冲着他缝在军服领子里的这几块金饼。这几个人一路捯着找到刘一溜儿，刘一溜儿先还不承认，说没收过军服。后来一见脱不开了，又说收是收了，可没见有什么金饼。再后来又说出马大瓢，这几个人就让他带着来找马大瓢。马大瓢也说没看见，而且说，刘一溜儿送来的这批军服还没打包。这几个人把包打开，果然找到了那个营长的军服，再一看，这军服的领子已经被人拆开，里面的东西都已拆走了。马大瓢这人本来胆儿就小，这时让这几个人连打带吓，一下就吐着白沫不省人事了。这时，这几个人也明白了，这事儿应该就是刘一溜儿干的，于是就把他带走了。

崔大梨说到这儿，就乐了。

粑粑三儿看看他。

崔大梨说，有个事儿，很奇怪。

粑粑三儿问，嘛事儿？

崔大梨问，刘一溜儿在棺材铺后面的这个暗室，你知道吗？

粑粑三儿想想说，不知道。

崔大梨说，是啊，连你都不知道，外人就更不会知道了，可这几个人是怎么知道的呢？

粑粑三儿一听，就明白崔大梨的意思了。

崔大梨又摇头咂了一下嘴说，只是他欠的钱，这回算是真烂了。

粑粑三儿问，他死了？

崔大梨说，是啊，今天一早，在海河里漂上来了。

这天上午，粑粑三儿到东门里的吴家胡同去了一趟。吴家胡同的把角儿有个"鸣记棺材铺"，掌柜的姓洪。粑粑三儿听爹说过，这洪掌柜还欠着两口寿材的工钱。粑粑三儿来到"鸣记棺材铺"，洪掌柜一见就赶紧说，等了你这些日子，总算来了，钱早准备了，就等着你来拿。然后又凑近粑粑三儿，把声音压低了问，这几天，去水阁儿大街了吗？

粑粑三儿见洪掌柜的眉毛一跳一跳的，看出挺高兴，就摇摇头。

洪掌柜嗯一声说，你去看看吧。

粑粑三儿问，看谁？

洪掌柜说，一溜儿堂啊。

粑粑三儿没说话，拿上钱就出来。

粑粑三儿径直奔水阁儿大街这边来。来到一溜儿堂棺材铺的门口，一下愣住了。只见郭瞎子正微笑着站在铺子的门口。他身后的棺材铺，已改成了针灸馆……

2020年4月6日写毕于天津木华榭

2021年6月10日修改于曦庐

附录 · 创作谈

"王三奶奶"是谁

——关于《王三奶奶考》

传说是个很有意思的东西，细想，能想出很多问题。

我们往往有种习惯意识，无论古今，只要听说了什么人或事，本来已经要相信了，但只要再一听，这是个"传说"，立刻就不信了。似乎只要是传说，就不可靠。

当然，有的传说也确实不可靠，或者可以说，大部分传说都不太可靠。

但正如通常的人和事，"传说"也有两面性。

首先是杜撰性；其次，也有真实的一面。

杜撰性就不用说了。一个人或一件事，经过若干时间，乃至几百甚或上千年在民间的口口相传，逐渐变了味儿，走了样，甚至脱离了初衷，这是很自然的事。曾有一个经典的关于"传说"的传说。说是当年在某个地方的乡间，有一个老人好端端的突然吐了一口血。不知是这老人的身份特殊，还是他当时吐这口血的情境特殊，总之，这件事就传了出去。而传到后来，竟然说成是某个地方的一个老人，一天突然吐了一只鸡。更有意思的是，这个传说传来传去，后来又传回来。这老人一听，人竟然能吐鸡，于是也就加入了继续传播的行列。而经他的嘴再一传，就不仅是吐鸡了，吐的还是一只母鸡，而且是活的，一吐出来立刻就下了一个蛋。可见，这杜撰性，也就是所谓后来的走了样，变了味儿，也有两种可能，一是在口口相传的过程中对真实性的衰减，因为这种传播方式的本身，"保真度"就值得怀疑。也就是说，是由客观因素无意中造成的。另外还有一种可能，也许在传播的某个环节，传播者因为什么原因或出于什么目的，就像把多米诺骨牌的某一张扭了一下。显然，这就是有意的了。当然，这种有意也有两种可能，一是出于善意，二是出于恶意。

这两种可能，且放到别的话题再说。

不过也还是要说一下。这后一种可能，如果拿到今天，也就是"谣言"。只不过在历史的长河中经过"浸泡"，谣言才不叫谣言了，我们为它换了一个好听的说法，叫"传说"。近的、当下的，叫"谣言"，时间久远了就叫"传说"，这是不是也有些哲学意味？

正如前面所说，传说还有另一面，也就是它的真实性。

这个真实性，也就是我们俗话中说的，是"有影儿的事"。也就是说，本来这个传说中的事就确有其事，人也真实存在，只是后来在人们口口相传的过程中不断丰富，才渐渐变成了传说。其实现在所说的传说的这一面，才最有意思，也最有价值。史学家如果追溯历史的真相，往往要通过考据和论证，然后写成志书或论文之类。小说家则不然，他们会写成小说。这也就是《三国志》和《三国演义》的区别。陈寿是西晋时期的史学家，而罗贯中则是元末明初的小说家。由此可见，如果从小说的角度，这里所谓的"考"其实也是演义的一种。说"考"，只是出于叙事策略层面的考虑，和真正意义的考证并不是一回事。

但这里还要说明一点，小说家的"考"，也是从相关史料中去寻找线索和梳理人物或事件的脉络。这一点，与史学家的方法类似，只是不会像史学家那样苛求严谨。这就又涉及一个问题，我们通常所说的"有案可稽"，这个"案"的本身，可靠性又究竟有多大呢？当然，史学家有他们自己的方法，可以通过几方面史料的相互佐证，倘能形成一个完整的证据链条就更好。小说家自然不必费这么大劲。小说的故事本来就是虚构的，在虚构的基础上再"杜撰"一下也未尝不可。但这一来，又有了一个问题，如果我们回过头来再问，前面所说的史料，是不是也存在这个问题？这个答案，又由谁来给出呢？

小说家的回答是，不得而知。

关于"传说"，前面说了这么多，其实就为说"王三奶奶"。

有关"王三奶奶"的事，我在长篇小说《烟火》中也提到过。当时写到这里时就曾想，关于这个传说中的人物，等有时间可以单独拿出来写一写。倒不是因为这个传说有故事性，只是觉得这个人物太具传奇性了，而且传奇得很有意味。应该说，无论一个国家还是一个民族，流传下来的传说都不是偶然的，传说中的人物也不会是凭空捏造出来的。一个城市也是如此，产生的传说，一定会与它的地域文化和特定的民俗等诸多方面息息相关。

天津是一座有着深厚的市井文化积淀的城市，多少年来，一直蒸腾着它自己独有的烟火气。所以，在这样一个地方，有"王三奶奶"这样一个传说中的人物出现，且流传至今，也就并不奇怪。我想，"王三奶奶"这个人应该是先在民间流传，流传得越来越广，渐渐地才有了后来相对完整的传说。这也符合传说形成的规律。再后来，大概是因为这个传说中的人物在民间的影响已大得不容忽视，于是在天津老城东北角的天后宫也塑起一尊"王三奶奶"的座像。可以这样说，这尊塑像的存在，也说明天津的民间完成了一次"造神运动"。

一次，我和著名的相声表演艺术家田立禾先生在电话里闲聊时，说起"王三奶奶"。田立禾先生是相声泰斗张寿臣先生的关门弟子，曾得过张老的亲传，在天津的传统文化尤其是民俗方面有很深的研究，用相声界的行话说，"肚囊儿很宽绰"。据田先生说，北京也有一个关于"王三奶奶"的传说。但他更了解的，还是天津的这个"王三奶奶"。也正是因为田先生的这句话，我又对北京的"王三奶奶"做了一番探究。最后得出的结论是，这个"王三奶奶"的原籍在河北香河一带，这一点是确定的。而这个传说的起源，还是在天津。

我想，这个传说形成的过程会不会是这样，从历史来看，京津冀的文化本来就相互渗透，这一带的善男信女，每到季节又都要去京西妙峰山参拜，这也是这三地民俗融合的一个机会。于是，"王三奶奶"的足迹，也就这样遍布了京津冀大地。

我一直认为，每个城市都有属于它自己的独有的文化，这是由这个城市的历史决定的。但天津这座城市的文化很特殊，无法用一两句话概括出来。我曾用了一个比喻，它就像拼图，其中的每一块都是这整体的一个不可或缺的组成部分。而如果再用一个形象的比喻，这座城市的文化也像一个"藏金洞"，至今也没人知道，在它的里面究竟还有多少不为人知的宝物。也正因如此，我写这篇《王三奶奶考》，就是想再打开一个通道，去这洞里一探究竟。

至于"王三奶奶"到底是谁，似乎已经不重要了。

2021年3月1日写于天津木华榭

2022年4月23日改于曦庐

关于"矫情"

——《梅花煞》的几句题外话

　　二十世纪九十年代，一个偶然的机会，我遇到一位鼓曲演员。她是著名梅花大鼓表演艺术家花五宝的亲传弟子。后来，我们成了很好的朋友。

　　一次闲聊时，她对我说，她会唱"含灯大鼓"，而且至今还收藏着这种表演的道具。我听了很吃惊。含灯大鼓我只听说过。这种表演形式在今天已基本绝迹，但在曲艺的鼓曲艺术中堪称一绝，如今在世的鼓曲艺人，能表演这门绝技的已经没有几个人了。后来有一个机会，我让她把这道具拿来。她很爽快地就答应了。尽管我在一些资料上看过照片，事先也有心理准备，但这一次，我还是一下子就被这道具的精美惊住了。的确，它真的是太漂亮了。

　　也就是那次，我有幸亲眼见到，她唱了一段含灯大鼓的著名唱段《秋江》。

　　顾名思义，含灯大鼓是把"灯"含在嘴里演唱。但这个灯不是普通意义的灯，准确地说，是一个木制的灯架子，架子上可以点燃若干支蜡烛，下面缀着红流苏。这些蜡烛和流苏，再加上架子本身，重量也就可想而知。就算演唱这种含灯大鼓的演员功底再深厚，有一个问题也必须面对，这东西不光叼在嘴里，还要用牙齿紧紧咬住，这样开口演唱时才不至于掉下来，可是这样演唱又谈何容易。所以，后来经过历代艺人的不断改良，架子还保留下来，但蜡烛减少了，或者干脆就不再点蜡，只在下面缀一些流苏。当然，这样的效果也就大大逊色了。这一次，这个女演员的演唱用她们的行话说，是"执功执令"，灯架子上还点起八支红蜡烛，流苏也缀全了。在她演唱之前，我特意把这个"灯"拿在手里掂了一下，确实有一些分量。但她演唱时，我仔细观察，这个灯叼在嘴里竟然并没显出太吃力。这时，才看出这种表演形式的独特魅力。演员的脸被这八支蜡烛映得很亮，这种亮给人的感觉似乎已不太真实，这是用今天的任何灯光手段都无法取得的效果。而最关键的还是她的演唱，她的吐字基本都是"齐齿音"，如果只听，不看，绝不相信她的嘴里还叼着这样一个东西。

这种含灯大鼓在早不是天津的曲种，应该起源于北京，是当年八旗子弟在票房玩儿"全堂八角鼓"时琢磨出来的玩意儿。直到后来，才随着曲艺艺人传到天津。其实不只是这种含灯大鼓，也包括别的曲艺形式，当年都是源于北京，火在天津。这件事如果细想，也有点意思。北京和天津，这两个城市的文化特征有着非常鲜明的差异，但唯独曲艺，为什么相通而且兼容？当然，如果细究，也许行里和行外的每个人都有自己的说法。

我觉得其中一个原因，就在于"矫情"。

我越来越发现，"矫情"这个词看似简单，其实有说不尽的哲学意味。比如在天津方言中，它接近于因为较真儿而争辩，或者是偏执的较真儿。如果用天津的另一句土语说，也就是"凿死

336

铆子"；总之，把这几个意思综合起来，也就是天津人所说的"矫情"。

北京和天津都有浓郁的市井文化色彩，但在某种意义上说，也就是这个"矫情"，让天津显得有些特殊。天津是个矫情的城市，而北京不是。当然，这里所说的矫情，又多了一层意思。北京的城市文化特征很鲜明，鲜明，当然也就不矫情。天津则不然。虽然文化特征也鲜明，但这鲜明却在于它的"杂色"，赤橙黄绿青蓝紫，"狐黄白柳灰"，不光杂色，各路"神仙"也混在其中，很难用一两句话说清楚。我曾在另一篇文章中说过，天津的城市文化，如果让一百个人说，会有一百种说法，这些说法好像都对，又似乎都不全面，就如同一个拼图，只有把这些说法拼接在一起，才有可能看到它的全貌。

这也就是天津这个城市的"矫情"所在。

由此可见，天津和北京，一个矫情，另一个不矫情，而连通这两个矫情和不矫情的城市的，就是曲艺。当然，除了曲艺还有别的。正如前面所说，一百个人又能举出一百个例子。

但曲艺，作为天津城市文化的一个重要组成部分，它的意义更深远。

2020年4月6日晨写于天津木华榭

2022年4月23日改于曦庐

天津人的"绝活儿"

——《梨花楼》赘语

　　天津人把掌握某种技艺，习惯叫会一门手艺。有手艺的人，则被尊称为师傅。也正因如此，在天津的街上有一种独特的称呼方式，两人一见面，如果不太熟，或干脆就不认识，彼此一张嘴都叫对方"师傅"。此时这样叫，就与手艺无关了。当然，或者也有关，先认定对方有手艺，因为只有有手艺的人才值得尊敬。

　　这也就是天津人的性格，敬重"手艺"。

　　如果再进一步说，当手艺达到一定程度，光精湛还不行，还要无可替代，也就把手艺提到一个更高的境界。这时就不能再叫手艺了，而是叫"绝活儿"。

　　崇尚绝活儿，也是天津这个城市的独特文化。

　　其实做事精益求精，哪一行都这样。但天津人不行，不仅求精，还要求"绝"。你精，那是应该的，既然敢叫手艺，就得地道，就得一板一眼，倘有一丝一毫的含糊，那就不叫玩意儿了。那就是另一回事了。同样一件事，我能来，你来不了，这就不服不行了。

338

服气，就是天津人对"绝活儿"的态度。

一天早晨，我在街上晨跑时，看见一个五十多岁的男人在遛宠物。现在街上遛宠物的很常见，大都遛狗。但这人不是，他遛的是一只龟。很多人以为龟的俗称是王八，其实不是，龟是龟，王八是王八，不是一种东西。这个男人在街上遛这只龟已经够奇怪了，还是一只巨大的龟，盖子的直径足有两尺多，看着就像一口成精的生铁锅在地上爬。更可乐的是，这男人还给这只龟的四个爪穿了小鞋，而且做得很精致，鞋面上还绣了花儿，看着就更萌了。这一下街上的人就都围过来，一边看，一边乐着指指点点。这男人更得意了，脸上的表情旁若无人，还故意跟他的这只龟说话，喊着，快走，别这儿看那儿看的，跟上我！

这只龟好像也真听懂了，立刻四个小爪紧捯，拼命跟在这男人的身后。

我对龟这东西是外行，看不出这是个什么品种。但能把这东西养这么大，已经令人称奇，还能驯得带出来在街上遛，而且好像还能听懂人话，这就叫"绝"。在今天，养宠物是一种时尚，而且人们根据自己的喜好养的东西也千奇百怪，按说养龟并不是什么新鲜事。但大家都养龟，这个男人却能把龟养成这样，不光大，还通人性，还能穿上鞋带出来在街上遛，这就不是一般人能做到的了。我想，在街上的这一刻，应该是这个男人最享受的时候。这种快乐外地人是体会不出来的，只有真正的天津人才知道。

天津人把从事一门手艺，习惯叫"玩儿"。但别管玩儿什么，跟北京人还不一样。北京人是玩儿给自己看，自得其乐，天津人则是玩儿给别人看的，尤其是同行。同样一种东西，我有，你没有；同样一件事，我能来你不能来，这就不叫本事了，得叫能耐。所以，天津当年的茶馆儿，只要不是听戏看玩意儿的园子，反倒更热闹，玩儿黑白草虫的，玩儿鸟的，玩儿蝴蝶的，甚至还有玩儿蝎子蝲蝲蛄的，大伙凑一块儿，把自己的东西拿出来亮亮，一是为展示，二来也是炫耀。这种炫耀是一种极大的心理满足。如果自己的东西让人家比下去了，回来就堵心，还是真堵心，就是砸锅卖铁也得想办法再淘换一个更绝的，否则寝食难安。

　　当然，也正是因为天津这种独特的城市文化，天津人这种独特的性格，才造就了一大批能工巧匠和一代又一代出色的艺人，乃至好角儿、大角儿、著名的艺术家。

　　今天的天津人，我说的是人，这种性格还有保留。你如果想寻找，只要在早晨，去真正的天津人开的早点铺，摊一套"煎饼果子"或买一碗"嘎巴菜"，就会知道了。可以这样说，只要是天津人，这早点是不是天津人做的，一口就能吃出来。你能想到吗？真正的"煎饼果子"，天津人是要用已经熬成乳汁状的羊骨头汤来和面糊的。这个味儿，能一样吗？

　　如果细想，天津人的这种性格又是多么可爱。技艺求精，求绝，求极致，做事讲诚信，不掺假，崇尚地道，如果都像真正的天津人这样，这世界该是多么美好！

2021 年 10 月 8 日写于曦庐

2022 年 4 月 23 日改于曦庐

关于"四块半"

——《一溜儿堂》的几句题外话

我想，应该不仅是我们这个民族，这世界哪儿的人都一样，只要脑子正常，对"死"这件事就会本能地认为是一种禁忌。本来嘛，人活得好好儿的，即使遇到再倒霉再背运的事，只要有这三寸气在，就还有机会。况且就是再倒时背运，生活中毕竟还有让人高兴的事儿，就算全没有了，只要没到山穷水尽的地步，谁也不会认头死。

所以，我们有句俗得不能再俗的话，活着总比死了强。

中国人聪明，遇到禁忌的事就故意绕开说。实在绕不开了，也能换个说法。我们的汉语有个最大特点，表达力极强——当然，这也为中国的小说家提供了得天独厚的语言条件，甚至可以这样说，就是再出色的语言学家，无论把中国小说家的作品翻译成哪种文字，都不可能把原作的神韵也一起翻译过去。当然，这是另一个话题，不在这里的讨论范畴。

还说前面所说的禁忌。

我不知道别的地方，至少在天津，对棺材就有另一种叫法。

341

因为这是一种特定的容器，当年时兴土葬，棺材是人的最后归宿，换句话说，是用来装死人的，当然也是禁忌。于是，天津人就把这东西叫"四块半"，也叫"三长两短"。我们北方人有句俗话，真有个三长两短如何如何，意思是遇到什么不测，这里所说的"三长两短"，指的也就是棺材。

其实这两种叫法都是从形状来的。先说"四块半"。棺材的形状都知道，上下左右四块长板，两头是两块短板。也就是说，这东西是由四个整板和两个半块板组成的，所以叫"四块半"。至于"三长两短"就更形象了，但为什么叫三长两短，不叫四长两短呢？这是指人躺到里面了，但还没盖上盖子。可见前者说的是容器，而后者指的是事件发生过程中的某一时刻。其实，如果再把棺材这两个字谐音，还能引申出别的意思。中国的语言就是这么神奇，棺材，又可谐音为"官"和"财"。这一来，东西还是这东西，意思就完全不是这么回事了。几千年来，升官发财一直是很多人深藏心底的憧憬和梦想。正因如此，有人送贺礼，竟然会送一只精致的小棺材。这时，棺材这东西就已不再是禁忌，而成为一种美好的祝福。

但在这里，我想说的就是棺材。

在北京，当年做棺材和卖棺材的地方叫"木厂"。这是因为当时京杭大运河上常有南来北往的客货商船，所以在靠近北京的通州地界，运河两岸有很多专门修船的木厂。到了冬季，河水封冻，无法行船了，这些木厂也就只好把修船的杉木堆在河边。后来有人想到，这种杉木不仅能修船，也是做棺材的上好木料，堆着也是堆着，于是到冬季无事可干了，干脆就做棺材卖。当年的老北京人也是为了避讳棺材这两个字，就把街上的棺材铺叫"木厂"。

但在天津不是，棺材铺就叫棺材铺。当年沿街唱"数来宝"的叫花子，打着竹板扯着脖子唱得字正腔圆："打竹板，迈大步，眼前来到棺材铺！你这个棺材真是好，一头儿大，一头儿小，装上死人跑不了，装上活人受不了！"唱得满街的人都能听见。

但我这里要说的，是关于"四块半"的另一件事。

1976年，唐山发生大地震。地震的事这里就不说了。我当时正在农村插队，离唐山的震中只有几十公里。村里的房子都塌了，勉强立着的也已经不能住人。我们的知青集体户在村边，于是就在下坡盖了几个简易的小棚子，用当时的话说，叫"临建棚"。这种临建棚是用秫秸夹的，外面再抹一层泥，夏秋还行，到冬天简直就像睡在冰天雪地里，屋里没一点液态的东西。起夜都不用出去，下炕就尿，反正冒着热气就冻上了，第二天早晨只要把这冰片铲出去就行了。一天中午，我突然发现，在我门前不远的地方有一片老坟地。很多不知哪个年代的棺木都已裸露在外面。我灵机一动，这东西可以用来烧火取暖。

从这以后，我也就有了取暖的燃料。

也就是在那时，我接触到了各种各样的棺木。到后来，我甚至只凭燃烧的气味，不仅能判断这棺木是什么材质，还可以断定大约是哪个年代埋葬的。当时我们集体户的知青跟我开玩笑，说等以后回城，我可以去干考古了。当然，现在想，我当时练就的这种本事就是考古学家也未必有。也许，这就是我写《一溜儿堂》这个小说的动机吧。

我总觉得，"动机"对一个作曲家很重要，但是对小说家更重要。这是因为，小说家的动机跟作曲家还不是一回事，动机在这里就不仅是动机了，也是燃点。

2020年8月30日写于天津木华榭

2022年4月24日改于曦庐

想起"万相归春"

——也算《春景》的"垫话儿"

相声，这种利用中国话的独特结构和语言特点抓哏找"包袱儿"的传统表演艺术形式，在全世界恐怕也找不出第二个。同样一句话，你这样说了，说了也就说了，让人觉着挺正常，但相声演员只要稍加改动，意思还是这意思，味儿就变了，让你怎么琢磨怎么觉着可乐。这也就是这门艺术的魅力所在。乐一乐，谁又不想呢，能乐，是一种起码的幸福。

只要是对相声有些了解的人，应该都知道"万相归春"这句话。相声这门起源于民间的艺术形式，当年在江湖上称为"团春"。所以，这句话也就不言而喻。但如果把它放到天津，在这个特定的地方，万相归春还是万相归春，意思就不一样了。这个不一样，不要以为是意思变了，没变，只是这四个字的内涵更丰富了。

本来，"万相归春"是一里一外两层意思。从里说，是相声本身。一段相声，行话叫"一块活"，看着就是一段相声，两人在台上一搭一句儿地嘟啵，其实没这么简单。这一块活里包含着

344

大千世界，大到世间万物，用相声艺人的话说，"天上飞的，地下跑的，水里凫的，草棵儿里蹦的，大小买卖儿吆喝"，小到人情世故，家长里短，无所不包含其中；从外说，这个世界的万物万象，乃至古今中外的人情事理，也无不能写成相声，或者说用相声表达出来。也正因如此，相声演员要懂"杂学"，用他们自己的话说，是无不知，百行通。

所以，一句"万相归春"，也就把相声这一里一外的本质说透了。

但在天津，还是这两层意思，可是这两层意思的内涵和外延就都向里，也向外延展了。也就是说，相声就不是相声了，或者也可以这样说，相声就不仅仅是相声了。

天津这地方，看着就是一个城市，似乎跟别的大都市没什么区别。城里也有河，海河；北面也有山，盘山；东边也有海，渤海，古时叫"沧海"。其实不然，这里是一个极其独特的地方。且不说天津话有多么奇异，从城里往外走出二三十里，说话的味儿就变了，听着跟天津口音完全不是一回事了。所以，天津方言才形成了一种"方言岛"现象；天津的地方文化特征，也是很难一言以蔽之。多年来，很多研究天津地方文化的爱好者都试图用一个或几个概念来定义天津的城市文化，"海河文化""码头文化""商埠文化""前工业文化"等等，但似乎总有以偏概全之嫌，这就像一个身材高大的人，你却非给他弄一床小被子盖在身上，往上一抻，脚露出来了，再往下抻，脚是盖住了，可上边又露出来，而且顾左顾不了右，顾右又顾不了左。但很少有人意识到，其实，这才是这座城市的神奇之处。

当然，也恰恰说明一个问题。天津的地域文化特征是跟诸多因素紧密相连的，既有人文的，也有历史的，说到底，是一种各色文化杂糅在一起的文化，我中有你，你中有他，他中还有它。用一句天津的俚语说，也就是"大杂烩"，所以，也才无法用一两句话说清楚。

但"万相归春"这四个字，就把这个问题解决了。

也正因如此，天津人才极爱相声。在天津有一个很独特的现象，这在全国的城市恐怕也绝无仅有。每到傍晚六点以后，如果你在天津，打开收音机，竟然可以听到有三个频道在同时播放相声节目，一个是"中国相声广播"，一个是天津文艺台，还一个是天津交通台。如果在街上听两个天津人聊天说话，不知道的还以为这二位就是说相声的，迟疾顿挫，筋筋儿根节儿，连高矮音儿都能给你说出来。懂行的明白，都是"包袱儿"。

就相声的产生和发展而言，曾有一种说法，北京是兴处，天津是聚处。这在相声行内，从专业角度或许可以这样说。但也有一个问题，我相信任何一个喜爱相声也懂相声的天津人都会认定，"北京相声"和"天津相声"并不完全是一回事，甚至可以这样说，有的"包袱儿"，你用天津人的方式说，它就可乐，而一变北京口儿就什么都不是了。这也就又说明一个问题，天津人有属于自己的，而且是心照不宣的幽默方式。这种幽默方式往大了说，是由这个城市独特的地域文化决定的，往小了说，也是天津人的性格决定的。

有人说，天津人说话生硬，很有冲击力。这个说法过于含蓄客气了，说得直白一些也就是"野"。但这种野不是粗野，而是一种血性。当然，说这种话的人显然也并不真正了解天津人。天津人也有儒雅的一面。天津人说话，更有相互尊敬、彬彬有礼的传统。当年在街上，两位中老年的长者见面，如果用北京话说，这位称呼那位"爷"，那位再回一个"爷"也就行了。但天津人不这样，在街上遇到熟人，人家称呼自己爷，立刻要倒退一步，然后抱拳拱手，回对方一串"爷爷爷"，似乎只有这样，才能表达对对方的礼貌和尊重。由此可见，这里所说的"天津相声"，应该是天津人的性格和这个城市"杂色文化"的一种外化形式，就如同在这片土壤上绽放出的一朵奇葩，或者说，是放射出的一枚色彩斑斓的烟火。

到这里，就觉得如果把上面所说的这些作为"垫话儿"，似乎有点长了。不过说到底，这篇题为《春景》的小说毕竟只是小说，不是"一块活"。所以，这"垫话儿"也就不是真正意义上的垫话儿。也许会带来一种误解，让读者以为我的这篇小说是写相声的。其实并不完全是。这里边有相声艺人的生活，也有鼓曲艺人的生活，同时还有天津当年的市井与世情。而天津人独特的性格和独有的生活方式，则是这篇小说的土壤。

"万相归春"，万相归春。不知这句值金子的话，是哪个年代、哪位相声前辈留下的。它道出的不仅是相声的实质，应该也是放之四海而皆准的艺术规律。

我以一个小说人的名义，向这位没有留下姓名的相声老艺人致敬。

2022年4月24日改毕于曦庐

三个不挨着的问题

——《人中黄》续貂

雨果在他的《悲惨世界》中曾说过一段著名的话："比大海浩瀚的是天空，比天空更为浩瀚的，是人的心里世界。"这当然是经过翻译家翻译的，我不敢保证，是雨果的原话。但我宁愿相信，这段话大致保留了原意。雨果在这里说的"心里世界"，其实就是人的大脑思维与想象。的确，这种思维与想象真可以说是广袤无垠，叫"脑海"，已经把它说小了。

在我的脑海中，有三个问题，总会时不时地冒出来，第一是关于感恩，第二是关于中医和中药，第三是方言，也就是天津人说话的口音。显然，这三个问题都已司空见惯，如果细想，好像也不是什么问题，就算是问题，似乎也没必要花费太多的时间去想。

但是，把这三个问题放到一起就有意思了。用一句俗话说，它们都不挨着。但也恰恰是这个"不挨着"，却让这三个本来不是问题的问题，成了问题。

先说感恩。

我们这个民族有一个优良的传统，如果用一句话说，就是知恩图报。我们的先人为了强调这一点，不惜把标准提得更高，要"滴水之恩也当涌泉相报"。可见这件事的重要。从古至今，它甚至成为衡量一个人人品和德行的依据。有一句老话：不懂报恩，那还叫人吗？由此可见，在我们传统的道德观念中，已经把是否具有知恩图报的品行，作为人和动物区别的标志。而即使是动物，也有"羔羊跪乳"和"乌鸦反哺"之说。我们伟大的先人，竟然又用这些动物为我们树立了榜样。同时也谆谆告诫我们，不要以为它们不是人，骡马比君子。

　　但是问题来了。报恩，是就受恩而言，当初的施恩者未必图报，可是他的后人就未必这么想了，也许认为，既然自己的先人施恩在先，那么当初的受恩者或受恩者的后代无论怎样涌泉相报，就算"瀑布相报"也理所应当。这时施恩与报恩的关系，也就在不知不觉中拧巴了。

　　再说中医和中药。

　　关于中医，近些年一直在明里暗里存在质疑，或者说是争议。但是，我不知质疑的人是否想过一个问题，西医是明末清初才传入中国的，满打满算也就几百年。而我们的先人，这成千上万年又是怎么过来的？当然是靠中医和中药。也许有人会说，正因为只靠中医和中药，所以那时人的平均寿命才只有三十多岁。但退一步说，即使如此，我们这个民族也并没有绝种，况且那时人类普遍的平均寿命都是如此，这是由当时的科技水平决定的，而并非中医中药使然；这在今天看来，似乎有些匪夷所思。我们现在看中医，吃中药，叫"调理"，而我们的先人是要靠这个来治病。治病和调理，当然是两回事。今天的人生病，且不要说是什么要命的大病，有几个敢只看中医，只吃中药？真去看中医吃中药的，无非是两种人：一是惜命，为了保健，正所谓"穷跑卦摊儿，富抱药罐儿"，因为生活好了，想多活几年，所以才跑去让中医为自己保养身体。还一种人则是已经病入膏肓，是去"死马当活马医"的，不到这个地步，谁也不会认这个头。可是反过来说，我们今天的人，又为什么越来越不信任中医和中药了呢？只凭一句"今天的人，体质发生了变化"，或"今天的人已经具有抗药性"，是说服不了人的。我一直认为，真正应该思考这个问题的，是从事中医的人。

第三个问题，是天津方言。

现在，在天津的外地人越来越多。无论是因为什么来天津，在这里生活久了，渐渐地也就有了一些天津口音。但有一点可以肯定，说话中带有天津口音的外地人，一定不是无意中带出来的，而是刻意学的。这是因为，天津话实在太难学了，而且如果学不好，或学不像，就要多难听有多难听。天津人说话之所以是这样的口音，是性格使然，也就是说，这话不是用嘴说出来的，而是从骨头里透出来的。你不具备天津人的性格，说天津话，就像一个演技没到火候的戏曲演员学唱戏，只是学，用行话说只是在"皮儿"上。所以，很少有人意识到，天津话其实是一个"陷阱"，听着挺容易，但真一说，天津人一耳朵就能听出来，不是这么回事。

说天津话是"陷阱"，还有一层意思。

这层意思是就写小说而言。如果用天津话写小说，那么就更危险了。写小说使用方言很普遍，但也要看是什么方言，怎么使。如果用天津话，就得要格外小心了。我曾尝试着用纯正地道的天津方言写过一篇小说，当时也挺满意，觉得自己终于找到了正宗的"天津味儿"。但这篇小说发表之后，再看，连自己都不敢看了，简直不堪卒读。所以，我越来越发现，天津方言就像天津这座城市，很矫情。矫情好了挺好，而如果矫情不好，就拧巴。

当然，这里还有一个根本原因，天津人说话的口音是性格的一种外化形式。这就又说到唱戏了，口音就如同唱腔，在"皮儿"上的，可以学，而骨子里的性格是没法儿学的。

我正是因为一直被这三个不挨着的问题缠绕着，就缠出了这篇《人中黄》。

2021年5月28日写于天津曦庐

2022年4月25日改毕于曦庐

后　记

——关于这个"文化城市"的文化

也许应该先说明一下。

这里所说的"文化城市",不仅是有文化的城市,也是能产生文化的城市,而且不仅能产生文化,还能一直不断地产生文化。可以这样说,产生文化,也是这个城市的性格。

对,这就是天津。

当然,也是我近几年一直醉心写这个城市的原因。

尽管我祖籍不是天津,从小受的文化熏陶也不是天津,但我生于斯,长于斯。说不清从哪一天,我开始"认真地打量这座城市"——这是一位评论家对我的评论;我这时才惊讶地发现,原来这个城市的文化基因,早已注入我的血液,乃至生命,或者说,就如同"胎记"一样一直带在身上,只是我自己没意识到。而且,我竟然很喜欢这个城市,说喜欢还不准确,干脆说,就是热爱。很多年前,我忘了在哪里看到过一位哲学家说的话:一个人,生活在他热爱的城市,是一生的幸运。当时不理解,现在才真的明白了。

喜欢什么？热爱什么？

当然，是属于这个城市自己的文化。

如果把天津这个城市说成是一个人，那么这里所说的"文化"，就是它的骨骼。也就是说，这个城市，是由这种只属于它自己的独特的"文化"支撑起来的。

先说这个城市。

天津这个城市本身就很独特。它的独特之处正如前面所说，拥有的很多文化，其实都来源于自身，或者说是它自己制造出来的。更神奇的是，直到今天，它仍还在不断地制造着属于自己的文化。这种文化，如果不是天津人，是很难体味到的。

有一句俗话，叫"三百六十行，行行出状元"。这话放到天津最合适不过。在这里，文化不一定是"高、大、上"的东西。举个例子，天津包子当年只是街上提篮摆摊儿卖的小吃，但就是这种小吃，一个包子得捏出十八到二十二个褶儿，多了少了，内行拿眼一搭就知道不是正宗。天津菜馆儿有一道菜，叫"老爆三"，这菜本来很普通，但里边放的蒜末儿，要叫"蒜米儿"，这蒜米儿切的形状和放的时机都有讲究，稍错一点儿，天津人一口就能吃出来。

在并不久远的当年，天津街头有一种职业，专修自行车。当然，这职业并非天津独有。但问题是天津修车的，也跟别处不一样。就说补胎这点事，也分"倒角儿"和"不倒角儿"。所谓"倒角儿"，也就是在剪补窟窿的皮子时，剪刀要偏锋，斜着剪，这看似简单，其实也是一门有技术含量的手艺，这样剪出的皮子边儿飞薄，补到窟窿上，就如同长在了上面，跟车胎浑然一体。所以一说街上的哪个师傅补胎"倒角儿"，也就意味着技术达到一定段位。

可见，天津文化的独特之处，也在于"讲究"。

当年买自行车不容易，要凭"购买证"，天津人叫"自行车条儿"，当时可谓"一条儿难求"。但天津人手巧，有自己的办法，而且很快就把这办法也上升成一种文化。如果你有多余的车链子，我有多余的车鞍子，大家可以交换，反正每种零件都有固定价钱，多退少补。这样换来换去，也就能换出一辆车的零件，甚至有手更巧的，连车架子都能自己焊，自己喷漆，车把也能自己做，然后自己再组装起来。那时在"劝业场"的和平路门口，是专门交换自行车零件的地方，外地人从那儿过，都不知这是干什么的，说的话也听不明白。

这又是天津文化的另一个独特之处，源于手巧。

不夸张地说，天津人的手巧确实令人瞠目。只要他想，别管多难的事，没有学不会的，而且还能迅速形成一种文化。计划经济时期木质家具难买，当时走在天津的街上，问十个年轻人，得有八个会木匠手艺，高低柜、高平柜、酒柜、组合柜……一说工艺就更复杂了，贴树脂板的、不贴树脂板的，老虎爪儿的、八岔爪儿的、立爪儿的，光书桌——天津人叫"字台"，就能说出多少样儿。不光木匠，连铁艺也会。当时最讲究的是"钢管儿床"，在今天看来有些类似于"欧陆风格"。这种床架子竟然也能自己做。找来铁管儿，按尺寸截好，烧红了就可以弯成想要的形状。但这样一弯也出问题，弯的地方会变形，可以想象，铁管儿在这个地方就会瘪了。聪明的天津人很快就攻克了这个难题。可以先在铁管儿里灌满沙子，这样烧红了再弯，也就能保持原来的形状了。最后，连这铁床架子上的黄铜饰件都能做出来。

当时流行几句话："上海青年学科技，成名成家多神气；北京青年学外语，联合国里当翻译；天津青年打家具，娶个老婆拜天地。"

当年，天津的年轻人对这几句话很反感，好像说的是一种没出息的表现。但此一时彼一时，今天再看，这也是一种本事，不仅有出息，也应该是这个城市的大出息。

天津就是这样一个城市，天津人也就是这样的脾气，因为好讲究，也就崇尚手艺。当然，不是现在才这样，几百年来一直都是这样。讲究，再注重手艺，也就是这个城市的性格，也才注定有这种独特的文化。不懂讲究、没手艺的就不用说了，即使懂讲究也有手艺的，稍差一点儿，在街上都没法儿混，想觍着脸混也能混，但得忍着，肯定让人瞧不起。

其实天津人的"讲究"，说到底就是地道。

天津人夸人也这么说，一问谁谁的活儿怎么样，就俩字儿：地道。这一说应该就是最高的评价了。天津人所说的"活儿"，也就是手艺，这手艺的含义很宽泛，连说书唱戏说相声也都是"活儿"，也算一门手艺，所以每当夸谁，也常这么说，谁谁的活儿不错，地道。也正因如此，在天津的文化里，决不容忍滥竽充数。别说"滥竽"，你的活儿稍差一点儿都不行，还别说稍差一点儿，就是活儿再好，一旦出了岔子，天津人的眼里也都不揉一点儿沙子。当年马连良，号称马老板，来天津的"中国大戏院"演出，出了一点儿岔子，当时底下的天津观众连茶壶茶碗都飞上去了。小说《春景》里写的这一段，是真事儿。当然，天津人也宽容，宽容是因为通情达理，不该错的地方你错了，这当然不能原谅，但如果确实情有可原，也能体谅台上。所以，真正的艺人来天津演出，其实是很快乐的事，你在台上演，台下能懂，而且还是真懂，鼓掌叫好儿都在很节儿上，节骨眼儿也拿得准，就算在底下起哄接下荐儿，尺寸火候儿都拿捏得恰到好处，还能给你

358

喊出高矮音儿来，能把台上的演员也逗乐了。台上台下其乐融融，已经融为一体，这种气氛，在全国也罕见。由此可见，且不说别的，单说相声，"北京是兴处，天津是聚处"，这句话流传至今，也就不奇怪了。

其实这话，也是此一时彼一时。

相声发展到今天，"天津相声"已经单是一回事。它的特征已越来越鲜明地显现出来。这也是因为这个城市的独特性格。当然，具体说是因为天津人的性格已经完全融进了天津的相声。所以，你承认也好，不承认也罢，相声在天津发展到今天，已经形成"天津相声"。

曾有个外地朋友，让我简单地为他描述一下天津这个城市的文化和天津人的性格特点。我一听就乐了，对他说，要向你描述这些，不是简单不简单的事儿，关键是这件事的外延实在太大了，用一句数学的话说，已经大得"无限大"。但这个"无限大"也不是大得没边儿，一百个人，可能对天津的城市文化和天津人的性格有一百种看法儿和说法儿，所以关键还在自己。不过也有一个办法，我对这朋友说，你去街上的茶馆儿买张票，听一晚上茶馆儿相声，这听还有窍门儿，别光听台上，也听台下，台上怎么说，台下怎么接茬儿，有这一晚上，你就能大概知道是怎么回事了。不过，要想真正知道，恐怕也不易，否则也就不是天津了。

这又是天津文化的一个特点，天津人自己制造出来的文化，是为哄自己乐。

小说《梨花楼》里讲的故事，也是有影儿的。这个人物的原型，当年到上海滩演出时，确实引起轰动，当时的上海报纸也确实把他说成是"秦腔泰斗"。当然，这个"秦腔"并不是西北秦腔，而是河北梆子。这件事是有案可稽的。后来，这位"秦腔泰斗"死在了哈尔滨，是被人害死的。但此事成了"无头案"。再后来，还是天津喜爱他的观众在社会贤达的帮助下，去了一些人把他的遗骨接回来，葬在天津。这样，他才算魂归故里了。

有件事很值得思考。当年的戏曲名家大角儿，几乎都曾来天津演出，而且很多人在别的地方没红，到天津一唱就红了。这是为什么？戏曲行和曲艺行里有句话："天津的观众最捧人。"其实这话对，也不对。天津的观众也不是是个人就捧，因为懂，也就分得出好赖，不行的上台一张嘴，直接就往下轰，翻开天津的旧报纸看看，当年让天津观众轰下来的不少。但如果活儿真地道，因为天津人有属于自己的独特文化，这种文化就能让一个演员成角儿，成大角儿，想让谁红，还就真能红起来。所以当年还有一句话，别管什么演员，只要是吃开口饭的，在天津这码头能得到认可，到别处也就不用愁了，肯定没问题。

由此可见，天津的文化本身，也是文化的土壤。

其实打量一个城市，也没这么容易，不是"窥一斑而见全豹"的事。我一直认为，天津这个城市就像是一本没头没尾的书，从哪儿翻都能看进去。

但要想看完，是看不完的。

2021年9月2日改毕于曦庐